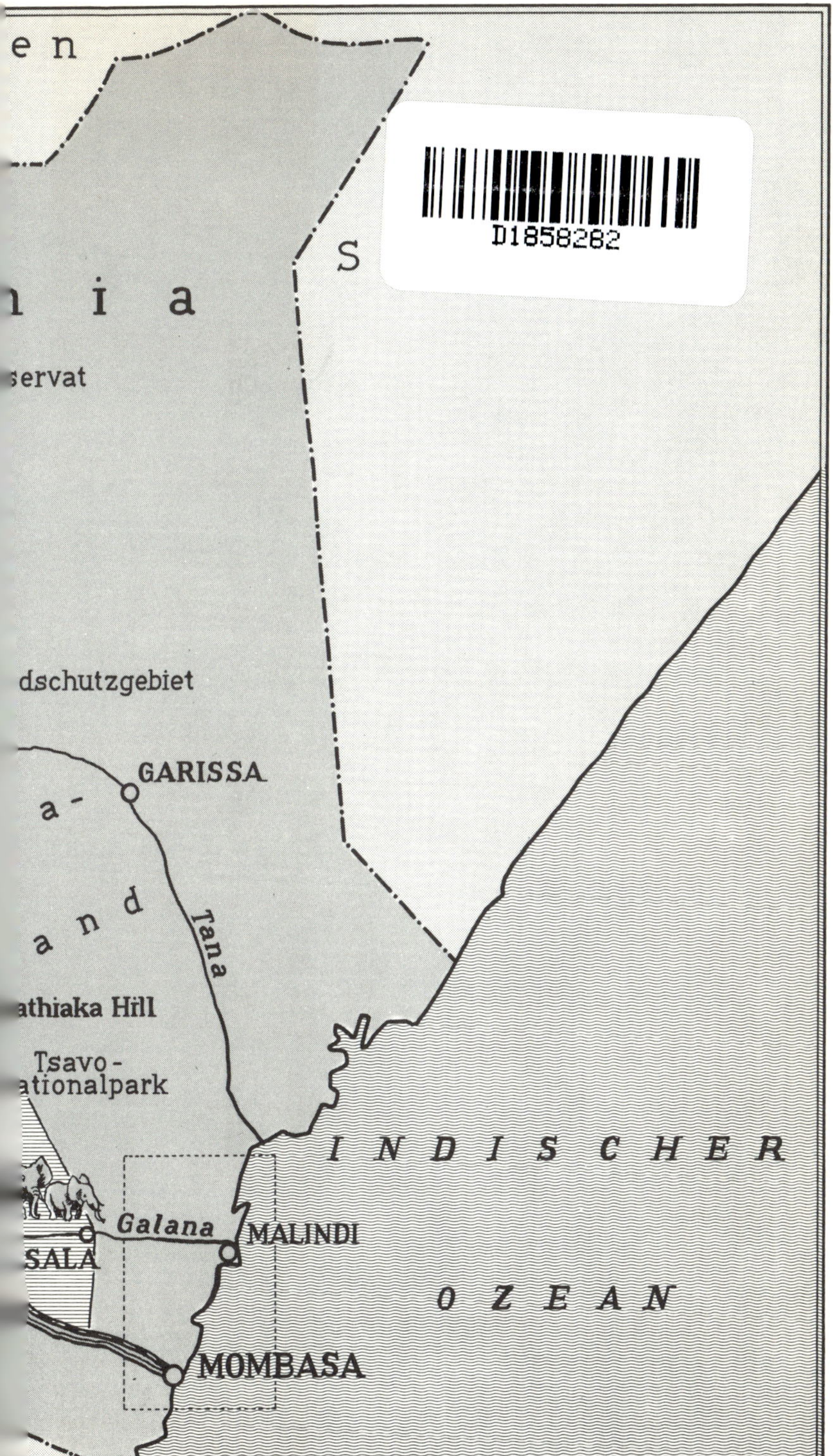
e n
S
i a
servat
dschutzgebiet
GARISSA
a-
a n d
Tana
athiaka Hill
Tsavo-
ationalpark
Galana
MALINDI
SALA
INDISCHER
OZEAN
MOMBASA

Henry Kolarz
Die roten Elefanten

Henry Kolarz

Die roten Elefanten

Roman

Ullstein

Verlag Ullstein GmbH · Berlin · Frankfurt/M. · Wien

Satz: Fotosatz Otto Gutfreund, Darmstadt
Druck und Verarbeitung: May u. Co., Darmstadt
Printed in Germany 1981
ISBN 3-550-06461-6

Der weiße Jäger

Der Schatten eines Spazierstocks
schützt nicht vor der Sonne.
(Afrikanisches Sprichwort)

Die weiße Kuppe des Kilimandscharo ragte aus einer Krinoline von Wolkentüll, und der Ausblick versöhnte Karl Wegner mit der durchwachten Nacht im Jumbo-Jet: mit dem Geruch nach Schweiß, kaltem Rauch und ungelüfteten Socken.

Wegner reichte der Stewardess sein abgegessenes Frühstückstablett, schlüpfte, ohne sich hinunterzubeugen, in seine Slipper und schloß die Gürtelschnalle seiner Popelinehose unter dem überhängenden Buschhemd. Er mußte dabei tief einatmen. Wegner hatte in den vier Jahren am Schreibtisch in Frankfurt Fett angesetzt.

Langsam verlor der Jumbo an Höhe. Wegner sah wieder hinaus. Von fern blinkte noch silbern die Bergkuppe. Unten im Tsavo-Nationalpark zählte Wegner ein Dutzend grauer Punkte. Elefanten. Früher hatte er sie gejagt, und jetzt kam er zurück, um sie vor der Ausrottung zu schützen.

Wegner zwängte sich durch den Gang nach hinten zu den Waschräumen und reihte sich in die Schlange der übernächtigen Touristen ein.

Als er frisch rasiert wieder herauskam, überflogen sie schon den grünen Saum der Küste. Palmen, Sisal-Plantagen und der weiße Strand mit dem vorgelagerten Korallenriff, an dem sich der Ozean schäumend brach.

Der Jumbo nahm Kurs auf den neuen Flughafen von Mombasa.
Aus der Klimaanlage über den Fensterplätzen dampfte es wie aus einer leckgewordenen Tiefkühltruhe. Die Stewardess verstopfte die tropfenden Düsen mit Papiertüchern.
Zehn Minuten später trug Wegner sein Handgepäck über das Rollfeld zum Abfertigungsgebäude. Die Schwüle des Indischen Ozeans hüllte ihn ein wie ein heißes, feuchtes Tuch.
Wegner stellte seine Bordtasche ab und atmete durch. Afrika hatte ihn wieder.

Obwohl Wegner nur noch eine vage Erinnerung an Kimani Adipo hatte, erkannte er den Afrikaner sofort im Gewühl der Touristen, Taxifahrer, Gepäckträger, Händler und Polizisten in der Abfertigungshalle.
Früher war Kim stets barfuß herumgelaufen, aber jetzt trug er halbhohe sandfarbene Stiefel und die grüne Uniform eines Rangers, ein Käppi, Shorts, kurze Ärmel und Epauletten mit zwei aufgestickten Sternen.
»Hast wohl Karriere gemacht, Kim?«
Adipo zog ihn am Arm fort und schleuste ihn durch den Zoll. »Erzähl' ich dir unterwegs. Ist das dein ganzes Gepäck?«
Als Adipo keine Anstalten machte, ihm den Koffer oder wenigstens die Bordtasche abzunehmen, winkte Wegner einen Träger herbei.
»Draußen zum Unimog«, sagte Adipo. Es klang befehlsgewohnt. Aus dem halbwüchsigen Kim, der sich einst darum gerissen hatte, dem weißen Jäger die Elefantenbüchse im Busch tragen zu dürfen, war so etwas wie eine Respektsperson geworden. Warum hatte Kim ausgerechnet ihn für den Job angeheuert?

Als hätte er Wegners Gedanken erraten, sagte Adipo: »Hab' nie einen besseren Jäger gekannt als dich.«
Wegner hatte das Gefühl, ihm ein Gegenkompliment schuldig zu sein. »Und ich keinen besseren Fährtenleser als dich.«
»Dann machst du also mit, Karl?« Sie waren inzwischen in Adipos Unimog eingestiegen und fuhren über den Makupa-Damm stadteinwärts.
»Ich werde ja kaum sechstausend Kilometer fliegen, nur um dir die Absage persönlich zu überbringen.«
»Reich kannst du bei uns nicht werden.« Adipo sah zufrieden aus. Zum erstenmal ließ er die Andeutung eines Lächelns sehen. »Bin froh, daß du gekommen bist, Karl. Hab' nicht daran geglaubt, ehrlich gesagt. Jedenfalls nicht so schnell.«
»Ich auch nicht.« Seit drei Tagen wunderte sich Wegner über sich selbst. Noch bevor er Adipos Luftpostbrief zu Ende gelesen hatte, war sein Entschluß gefaßt.
Auch Helga hatte ihn davon nicht abbringen können. Von seiner verlorenen Selbstachtung hatte sie gesprochen, von einer ungewissen Zukunft und von seinen leichtfertig aufgegebenen Rentenansprüchen, falls er wirklich alles hinwerfen würde, nur weil ihm ein Afrikaner, den er nicht einmal besonders gut kannte, einen nicht näher umrissenen Job angeboten hatte.
Helga war fünfzehn Jahre jünger als er, Junglehrerin an einer Frankfurter Gesamtschule, mit all den Widersprüchen ihrer Generation: Idealismus und Selbstgerechtigkeit, Sicherheitsdenken und progressive Parolen.
Sie waren seit zwei Jahren zusammen, in getrennten Wohnungen, aber er hatte ihr nie etwas vorgemacht. Familie und Kinder hätten ihn eingeengt, ein Reihenhaus auf Raten, der Lottoschein am Freitag, der ewige

Nieselregen und die Dimensionen eines Landes, in dem man überall auf Beton stieß.
Hatte sie wirklich angenommen, er würde noch weitere zwanzig Jahre Abenteuer-Safarireisen an erlebnishungrige Touristen verkaufen und Rentenmarken kleben, bis die Vollbelegung erreicht war?
Kurt Wegner hatte Helga wirklich gern gemocht, aber im Grunde war sie ihm nie eine Partnerin gewesen. Vielleicht wäre es fairer gewesen, ihr zu sagen, daß er auf eine dauerhafte Lebensgemeinschaft keinen Wert legte.
Wegner gestand sich ein, daß Helga in einem Punkt wohl recht hatte. Das war die Sache mit der verlorenen Selbstachtung. Nach siebzehn Jahren in Kenia hatte ihm die Regierung die Jagdlizenz entzogen, und Karl Wegner hatte von einem Tag auf den anderen mit leeren Händen dagestanden. Es war ihm nur ein schwacher Trost gewesen, daß es Dutzenden von anderen Berufsjägern nicht besser ergangen war, nachdem die Regierung über Nacht ein allgemeines Jagdverbot eingeführt hatte, um die letzten Bestände an Großwild zu erhalten.
Damals hatte sich Wegner um einen Posten als Wildhüter im Tsavo-Park bemüht, und sicherlich wäre er ein erstklassiger *game warden* gewesen; aber da die Regierung in diesem Land voller Arbeitsloser für Ausländer keine Verwendung hatte, hatte Wegner schließlich seinen Koffer packen und sich einen neuen Job in Deutschland suchen müssen.
Abenteuer-Safaris verkaufen...
Es war keine sonderlich anregende Beschäftigung gewesen, doch die einzige, die ihn von fern an seine beste Zeit erinnerte. Abgesehen davon, daß Karl Wegner außer Schießen und Afrika keine besonderen Kenntnisse auf-

zuweisen hatte, die sich in Deutschland beruflich hätten verwerten lassen.

Das *Castle Hotel* hatte sich in den vier Jahren nicht verändert, wenn man davon absah, daß die Kilindini Road, an der es lag, nun Moi Avenue hieß, nach dem neuen Präsidenten Daniel arap Moi.

Es war um die Jahrhundertwende von einem preußischen Architekten errichtet worden, ein Prachtbau mit eigentümlichen Arkaden auf jedem Stockwerk. Wegner erinnerte sich dunkel, daß Pius, der Schweizer Besitzer, ihm einmal das System des Labyrinths von Arkaden erläutert hatte. Der Preuße hatte sie damals so angelegt, daß sie wie Windkanäle wirkten, die feuchte, heiße Luft ansogen und durch die Gänge fächelten, was den Aufenthalt für Europäer eine Spur erträglicher machte.

In den Häusern ringsum war längst die salzhaltige Ozeanluft unter die abblätternden Fassaden gekrochen, hatte sich grauer Schimmel in alle Fugen und Ritzen gefressen. Nur das *Castle* blieb jungfräulich weiß, von außen jedenfalls. Darauf achtete Pius, der jedes Jahr nach der Saison die Maler kommen ließ.

Adipo hatte ein *continental breakfast* im Terrassen-Café bestellt, vorzüglichen Kenia-Kaffee mit fadem grauweißen Maisbrot. Eigentlich war es nur getoastet zu genießen, aber in Mombasa gab es gerade wieder einmal eine Stromsperre.

Wegner ließ das vertraute Ambiente des Terrassen-Cafés auf sich wirken, die rosigen Neckermänner, fett, laut und schwitzend in ihren Basketball-Shorts und Unterhemden. Die Prostituierten, die ihre Köder auswarfen, bunte zwitschernde Kolibris mit raffiniert geflochtenen Zöpfchen, an deren Enden Löwenzähne und allerlei Schnickschnack baumelten. Schwarze, feucht schimmernde Haut lockte unter dünnen Kleidchen.

Der blinde Bettler, von einem Jungen geleitet, vollführte sein Ritual, blieb vor den Tischen des Cafés stehen und stieß so lange mit seinem Stock auf den Asphalt, stumm und hartnäckig, bis die Touristen sich schließlich mit einem Shilling von ihrem schlechten Gewissen freikauften.

Es war noch immer derselbe Bettler, und Wegner schien es, als sei er nicht vier Jahre, sondern nur vier Wochen fortgewesen.

Nichts hatte sich verändert, nur Kimani Adipo. Bevor Wegner damals das Land verließ, hatte er Tom Garrison auf den anstelligen jungen Mann aus dem Kamba-Dorf aufmerksam gemacht, und Tom hatte ihn als Wildhüter in den Tsavo-Nationalpark geholt. Schließlich hatte Adipo den Job bekommen, um den sich Wegner selbst vergebens beworben hatte.

Später, als die Regierung Tom Garrison mit der Aufgabe betraute, eine zentrale Einheit zur landesweiten Bekämpfung der Wilderer aufzubauen, die Anti Poaching Unit APU, hatte Garrison seinen Schützling mitgenommen und Adipo eines der raren Stipendien in England verschafft, auf der Militärakademie von Sandhurst. Und so war es nur logisch gewesen, daß die Wahl auf Captain Kimani Adipo fiel, als die Regierung einen fähigen Chef für ein schlagkräftiges Einsatzkommando suchte, die Mobile Anti Poaching Strike Unit.

Wegner stippte sein Brot in den Kaffee. »Hat Tom Garrison mich für die MAPSU vorgeschlagen?«

»Es war meine Idee.«

»Hm. Wer macht denn noch mit bei der MAPSU?«

»Ich stehe erst am Anfang. Mehr als sechs Mann sollen es nicht werden.«

»Und die suchst du allein aus?«
»Schließlich trage ich auch die Verantwortung, wenn's schiefgeht.« Adipo lächelte. »Meinst du, du wirst dich daran gewöhnen können?«
Und als Wegner die Frage überhörte, stieß er nach. »Du weißt genau, was ich meine. Ich bin nicht mehr der Junge aus dem Dorf. Hier habe ich das Kommando.«
Wegner antwortete mit einem Achselzucken. »Käme auf 'nen Versuch an. Hab' noch nie unter einem richtigen Boss gearbeitet. Und auf Menschen habe ich auch noch nie geschossen.«
»Die Zeiten haben sich geändert, Karl. Die Wilderer auch. Heute kommen sie von Somalia rüber, von überall her. Organisierte Banden mit automatischen Waffen. Die APU hat sich auf die Dauer als machtlos erwiesen. Wer mit der Faust gegen eine Mauer schlägt, wird sich nur die Hand verletzen.«
»Und gegen die Banden soll die MAPSU Krieg führen? Mit sechs Mann?« Wegner blähte seine Backen. »Du kennst doch so viele afrikanische Sprichwörter, Kim. Wie hieß das noch mit dem Spazierstock...?«
»Der Schatten eines Spazierstocks schützt nicht vor der Sonne.«
»Genau das meine ich.«
Adipo schlug mit der Hand auf die Brusttasche seines Buschhemds. »Hier habe ich das Rückflug-Ticket.«
»Vorher würde ich gern ein bißchen mehr hören.«
»Okay. Wo soll ich anfangen...? Also, seit die Regierung vor vier Jahren die Jagd auf Großwild und den Handel mit Trophäen verboten hat...«
»Diesem weisen Ratschluß verdanke ich vier beschissene Jahre in Europa.«
»Du solltest das nicht persönlich nehmen.«

Wegner winkte ab. »Wie haben es die Wilderer genommen?«
»Seitdem sind die Preise für Elfenbein um das Achtfache gestiegen. Und für abgeschnittene Nasenhörner um das Dreizehnfache.«
Wegner empfand so etwas wie grimmige Genugtuung, und er gab sich keine Mühe, sie zu verbergen. »Dann lohnt sich also das Geschäft erst richtig, seitdem es keine Berufsjäger mehr gibt.«
»Im letzten Jahr haben sie ungefähr achttausend Elefanten abgeschlachtet. Der World Wildlife Fund hat gerade eine Zählung veranstaltet. Nashörner sind schon fast ausgerottet. Nach der letzten Regenzeit hatten wir eine Konferenz mit dem WWF und der Weltbank. Die Regierung macht sich Sorgen...«
»Wegen der Touristen?«
Adipo nickte. »Auch wegen der Touristen. Wenn die keine Elefanten mehr vor die Kameras kriegen, werden sie wegbleiben. Aber die UNO ist aus anderen Gründen beunruhigt. Die letzten Elefanten, Nashörner und Leoparden gehören der ganzen Menschheit, sagen sie.«
»Aber zahlen wollen sie nicht.«
»Doch. Die Weltbank hat endlich einen Kredit lockergemacht. Drei Millionen Dollar. Und der WWF will auch etwas hineinstecken.«
»Wurde Zeit, daß ihr eure APU ein bißchen aufmöbelt. Schießen die noch immer mit Gewehren aus dem Burenkrieg?«
»Nach und nach soll die Bewaffnung modernisiert werden.«
»Und für deine Spezialeinheit, diese mobile...«
»Mobile Anti Poaching Strike Unit.«
»Für deine MAPSU also haben sie dir wohl sechs neue Hinterlader spendiert.«

»Ein bißchen mehr ist es schon. Automatische Waffen, ein Flugzeug, der Unimog da draußen, Funksprechanlagen, Infrarotgeräte, Nachtgläser mit Restlichtverstärker und allerlei technischer Kram. Ich habe auch einen Hubschrauber beantragt, aber den haben sie mir gestrichen.«
»Und das alles für ein halbes Dutzend Leute?«
»Die MAPSU hat absoluten Vorrang, Karl. Sie setzen große Hoffnungen auf uns.« Adipo sah seinen weißen Freund erwartungsvoll an.
»Das Rückflug-Ticket kannst du zerreißen, Kim.«

Jetzt, in der gleißenden Mittagssonne, wirkte der internationale Flughafen wie ein verschlafenes Wüstenfort. Zwei Stunden nach Wegners Ankunft hatte der *Neckermann*-Jumbo mit einer vollen Ladung rückreisender Touristen an Bord Mombasa wieder verlassen. Ein Straßenfeger kehrte mit einem Reisigbesen Papier zusammen, und im Schatten der Ankunftshalle schliefen die Gepäckträger auf den kühlen Fliesen. Bis zum Inlandsflug der *Kenyan Airways* in die Hauptstadt Nairobi, nachmittags um fünf, gab es nichts zu tun.
Am Gatter zum Rollfeld salutierte ein Soldat. Adipo rief ihm etwas in der Sprache seines Kamba-Stammes zu; der Soldat öffnete das Tor und ließ den Unimog passieren.
An einem entlegenen Ende der Rollbahn standen ein paar Sportmaschinen. Adipo deutete auf ein weißgestrichenes zweimotoriges Flugzeug. »Das ist sie. Wir haben sie gebraucht gekauft. Eine Cessna 206 mit einem Heckrad für Buschpisten. Vorn bauen wir noch ein Maschinengewehr ein.«
»Wer soll sie fliegen?«
»Weiß noch nicht. Vielleicht Robertson.«

»Der fliegende Doktor?«
»Er ist nicht mehr bei den *Flying Doctors.*«
»Schade«, sagte Wegner. Er hatte Robertson in guter Erinnerung, den trinkfesten, schweigsamen Kenia-Engländer mit dem Schnauzbart wie eine rostige Drahtbürste, der ihm einmal bei einer Safari am Lake Turkana aus der Patsche geholfen hatte. Ein Flußpferdbulle hatte Wegner, als er mit einem Einbaum gekentert war, eine tiefe Fleischwunde gerissen.
Da es dort oben im Umkreis von zweihundert Kilometern keinen Arzt gab, hatte ein Askari über Funk den *Flying Doctors Service* um Erste Hilfe gebeten, jene nützliche Organisation mit Sitz in Nairobi, die sich zum größten Teil aus Spenden finanziert und die ein Gebiet von der doppelten Größe Europas ärztlich versorgt.
Wie alle *Flying Doctors* hatte Robertson die Maschine selbst geflogen, er hatte sich um die klaffende Oberschenkelwunde gekümmert, sie desinfiziert und einen Druckverband angelegt.
Adipo brachte den Unimog vor einer Baracke zum Stehen, vor der nur noch ein alter Toyota Landcruiser parkte.
Das Schild über dem Eingang war verblichen. Wegner entzifferte die Aufschrift *Aeronautic Club*.
Als Adipo und Wegner hereinkamen, deutete der Clubpächter hinter der Theke auf das *Members only* an der Tür. »Sorry, Gentlemen.«
Der einzige Gast hob eine Hand. »Okay, Larry. Die Herren sind meine Gäste.«
Wegner störte sich nicht an der Ungemütlichkeit des Clubraums mit seinen Plastikmöbeln, angelaufenen Pokalen, staubigen Wimpeln und vergilbten Fotos an den Wänden, die Piloten mit ihren Maschinen zeigten.

Er steuerte auf den einsamen Gast zu, der über einem Steckschach brütete.

»Hallo, Robertson.«

Robertson blinzelte freundlich, ohne Wegner die Hand zu geben. Er war Engländer. »Hab' ich Sie nicht mal verarztet?«

Adipo kam ihm zu Hilfe. »Das ist Karl Wegner, der weiße Jäger.«

»Wollen Sie auch eine Coke?« Robertson ging zum Automaten hinüber und zog zwei Flaschen.

»Sind wohl unter die Guttempler gegangen, Robertson?«

Robertson zog es vor, Wegners Bemerkung zu überhören. Er stellte die lauwarmen Coca-Cola-Flaschen auf den Plastiktisch und wischte sich mit einem riesigen Taschentuch die Stirn.

»Die Wunde ist übrigens gut verheilt.« Wegner klopfte mit der Hand auf seinen rechten Oberschenkel. »Da ist nur ein Loch übriggeblieben. Mindestens ein Pfund Fleisch fehlt.«

»Wenn Sie's zurückhaben wollen, müssen Sie sich schon an den Flußpferdbullen halten.«

»Sie haben damals saubere Arbeit geleistet. Nur der Flug nach Nairobi war 'n bißchen ungemütlich.«

Robertson nickte. »Hatten Sie nicht das Bewußtsein verloren?« Und nach eine Weile: »Sie waren doch mit so einem Hollywood-Star unterwegs...«

»Ja, Stewart Granger. Krokodile schießen. Damals war's große Mode in Hollywood. Jeder einmal auf Privat-Safari mit einem weißen Jäger.«

»Die müssen alle Hemingway gelesen haben.« Robertsons Miene drückte Mißbilligung aus. Seit ihrer Begegnung vor zwölf Jahren am Turkana-See hatte er wenigstens zwanzig Pfund zugelegt. Schnurrbart und das dichte Haar waren grauer geworden, er trug einen schnurgeraden Scheitel. Er sah aus wie ein altgewordener Eton-Zögling, und er versuchte, seine abgekauten Fingernägel zu verbergen.

Adipo blickte ungeduldig auf seine Uhr. »Haben Sie sich die Cessna mal angeschaut?«

Robertson sah kaum von seinem Steckschach auf. »Nicht mehr ganz neu, aber erstklassig gewartet.«

»Ich habe Ihnen gestern gesagt, daß die MAPSU nicht so gut zahlen kann wie die Charter-Fluggesellschaft, für die Sie jetzt arbeiten.«

»Hab's verstanden.«

»Und?«

»Ich brauche nicht viel. Ein Steak am Tag, ein bißchen Tabak und ein Zelt für mich allein.«

»Also machen Sie mit?«

»Nur als Pilot. Als Arzt praktiziere ich nicht mehr. Das ist meine Bedingung.«

»Wann können Sie anfangen?«

»Sobald ich einen Ersatzpiloten für meine Gesellschaft gefunden habe. Ich denke – nächsten Montag.« Für Robertson schien das Gespräch beendet. Er zog den weißen Turm auf seinem Steckschach und notierte den Zug auf einem Zettel.

»Okay«, sagte Adipo. »Kann ich vorher noch was für Sie tun?«

»Ja, Captain. Sie sind doch morgen in Nairobi.« Robertson faltete den Zettel und reichte ihn Adipo. »Können Sie das da an die Akazie im *New Stanley Hotel* pinnen?«

Adipo gab den Zettel an Wegner weiter. »Karl wird das für Sie erledigen. Er steigt sowieso im *New Stanley* ab.«

»Was ist mit dem Zettel?« wollte Wegner wissen.

»Robertson spielt Fernschach mit einem jugoslawischen Piloten.«
»Mit einem Russen von der *Aeroflot*«, korrigierte Robertson.
»Also meinetwegen mit einem Russen. Der fliegt jede Woche Nairobi an und holt sich Robertsons letzten Zug vom Baum. Bevor er abfliegt, hinterläßt er seinen Gegenzug. Ist doch richtig so?«
Robertson nickte. »Deshalb würde ich Sie bitten, am nächsten Tag noch mal am Baum vorbeizuschauen und Olegs Gegenzug mitzubringen. Falls es Ihnen nicht zuviel Mühe macht.«
»Vielleicht ist es einfacher, wenn Sie mir diesen Oleg beschreiben«, schlug Wegner vor. »Dann kann ich ihn direkt ansprechen.«
»Ich kenne den Burschen doch gar nicht.«
»Wie lange spielen Sie schon mit ihm Schach?«
»Das dritte Jahr.«
»Und trotzdem haben Sie ihn noch nie getroffen?«
Robertson sah erstaunt auf. »Getroffen? Wozu?«
Wegner glättete den Zettel und steckte ihn in seine Brusttasche. Morgen würde er ihn an den Thorntree pinnen, die Dornakazie im Straßencafé des *New Stanley Hotel*, so wie er früher dort Nachrichten hinterlassen oder von Freunden, die im Busch auf Safari waren, empfangen hatte.
Seit siebzig Jahren war der Thorntree so etwas wie Kenias Informationszentrale.

Erst draußen im Busch verspürte Wegner wirklich, daß er heimgekommen war. Das drückende Mombasa lag hinter ihnen, Adipo hatte sich dort keinen Tag länger aufgehalten als nötig.
Hier oben auf dem karstigen Hochplateau der Loita

Plains wehte ein trockener Wind. In der Bezirksmetropole Narok mit seinen leuchtend blauen Jacaranda-Alleen hatten sie die Teerstraße verlassen, um die letzten 120 Kilometer bis zum Basiscamp auf der berüchtigten C 13 zurückzulegen.
Der Unimog wühlte sich hochbeinig durch die Fahrrinnen, Schlaglöcher mit hohen Wülsten, zwischen Kies und nacktem Fels, auf dem von Zeit zu Zeit die Bodenwanne des Geländefahrzeugs anstieß.
Obwohl sie erst vor zwei Stunden in der APU-Unterkunft in Narok geduscht hatten, waren Adipo und Wegner schon wieder weiß gepudert vom Staub der Savanne.
Wegner strich sich über das stumpfe Haar. »Das Camp liegt am Fluß?«
»Ja, am Talek.«
»Führt er jetzt Wasser?«
»Ja, warum?«
»Ich freue mich auf ein Bad.« Wegner räkelte sich voller Behagen. Er hatte Europa hinter sich gelassen.
Links am Horizont verschwand im Dunst die Silhouette der Loita Hills. Geier zogen unweit der Piste ihre Kreise.
Auch Adipo hatte die Vögel bemerkt. Er schlug das Steuer ein und rumpelte über die Savanne südwärts. Auch früher, als er noch Wegner auf der Jagd begleitet hatte, waren sie nie achtlos an Plätzen vorbeigefahren, über denen sich Geier versammelt hatten.
Unweit der Straße passierten sie ein paar Lehmhütten. Nach ihrer Karte mußte es das Dorf Olentutu sein. Aus einer der Hütten kam ein junger Afrikaner gelaufen, barfüßig und locker heftete er sich an den Unimog, und als Adipo etwas mehr Gas gab, um ihn abzuschütteln, lachte der Afrikaner nur und holte sie mit einem Zwischenspurt mühelos ein.

So legten sie noch zwei Kilometer zurück, den Kreisen der Geier folgend, bis Adipo in einer flachen Senke einen grün angestrichenen Kübelwagen entdeckte. Daneben einen massigen Tierkadaver. Ein Ranger stand dort, und eine junge Frau hockte neben dem Kadaver.

Adipo fuhr den Unimog näher heran, und als sie absprangen, machten ihnen die Marabus unwillig Platz. Der Koloß, die kurzen Beine von sich gestreckt, lag auf der Seite wie ein umgekipptes Riesenspielzeug aus Plastik. Aber es war kein Spielzeug, sondern eine Nashornkuh aus Fleisch und Blut.

Der Ranger salutierte. »Gewildert. Sie haben das Horn mitgenommen, Captain.«

Dort, wo sie das lange, spitze Horn am Maul und auch das kürzere darüber abgeschnitten hatten, schimmerte weiß der Knochen durch die Schwarte. Das rechte Auge war verkrustet von schwarz geronnenem Blut.

Die Frau sah nur kurz auf, dann setzte sie ihre Arbeit an dem Kadaver fort. Vermaß den Kopf, notierte das Ergebnis in eine Kladde. Fotografierte ein Ohr, dann das andere.

Adipo sah ihr eine Weile zu. »Wozu machen Sie das?«

»Um sie zu identifizieren.« Die Frau blickte ihn an. Ihre Augen waren trübe, die Netzhaut gerötet. Sie schien geweint zu haben.

Sie erhob sich und schlug einen Zeichenblock auf, in dem sie die Merkmale von Dutzenden von Rhinozerossen notiert hatte, eine Art Steckbriefkartei. »Wenn mich nicht alles täuscht, ist es Adele.« Sie deutete auf das eingeklebte Foto einer Nashornkuh und verglich die in dem Zeichenblock notierten Maße mit jenen, die sie gerade aufgenommen hatte. »Einfacher wär's, wenn die Hörner noch dran wären. Früher haben sie gewildert, um ihren Hunger zu stillen. Fürs Fleisch. Das ist noch irgendwie zu verstehen. Aber wegen ein paar Kilo Horn...« Ihre Stimme zitterte vor verhaltener Wut. Sie wandte sich ab und ging zu ihrem Kübelwagen, um ihre Unterlagen dort zu deponieren.

Eine Hyäne wich ihr aus, zögernd, trollte sich zwanzig Meter fort, setzte sich wieder auf ihre kurzen Hinterläufe und starrte hungrig herüber.

Die Geier hatten sich inzwischen auf einer toten Akazie niedergelassen, wiegten ihre Köpfe auf dürren Hälsen und sahen aus wie Clochards in zu groß geratenen Wintermänteln. Die Marabus promenierten noch immer, die kahlen Köpfe mit den langen Schnäbeln im schiefergrauen Gefieder eingezogen, rosa Kröpfe baumelten wie leere Klingelbeutel an den nackten Hälsen.

Als der Ranger einen Stein nach ihnen warf, schwappten sie nur mit den Flügeln und hüpften träge ein Stück weiter.

Obwohl ihm das Bild aus früheren Jahren vertraut war, befiel Wegner beim Anblick der ungebetenen Gäste leichter Ekel. Natürlich hatten sie ihre hygienische Funktion wie Müllmänner in der Zivilisation. Dennoch hatte er all diese Schmarotzer nie gemocht, die sich an der Beute gütlich taten, die andere für sie erlegt hatten.

Vor der Ankunft der Menschen hatten die Hyänen den Bauch der toten Nashornkuh aufgerissen, um an die Eingeweide heranzukommen. Halb verdauter, wässeriger Brei quoll, mit Blut vermischt, aus der aufgerissenen Schwarte. Es stank nach Aas und Kot und Wild. Eine schwarze Lache versickerte im Boden.

Wegner rümpfte die Nase und trat ein paar Schritte zurück. »Hast du die Einschüsse gesehen?«

Adipo nickte. »Automatische Waffen. Mindestens zwanzig Kugeln.«

»Kein Tier ist leichter zu treffen als ein Rhino, arglos und kurzsichtig, wie die sind.«
»Sie sind nicht mehr arglos«, sagte Adipo. »Inzwischen haben sie gelernt, daß der Mensch ihr Feind ist. Ihr einziger Feind.«
Der junge Afrikaner, der ihnen gefolgt war, warf mit einem Stein nach einer Hyäne. Aufjaulend humpelte sie davon.
»Treffer!« rief Wegner. »Und das auf die Entfernung!«
»Laß das«, rief Adipo. »Man soll kein Huhn vom Misthaufen jagen, wenn man den Mist nicht selbst essen will.«
Der Afrikaner grinste unbefangen. »Ich kann Hyänen nicht ausstehen.«
»Hast du in den letzten Tagen Fremde in der Gegend gesehen? Oder vielleicht Schüsse gehört?«
»Ja, viele Schüsse. Vorgestern.«
»Vorgestern kann stimmen«, sagte die Frau, die inzwischen von ihrem Kübelwagen zurückgekommen war. »Adele muß etwa zwei Tage tot sein.«
»Nun wissen wir zwar, wie das tote Rhino hieß«, sagte Wegner. »Aber wer sind *Sie* eigentlich?«
»Dr. Redcliffe.«
Adipo schien überrascht. »Ach, Sie sind das. Ich hab' Dr. Redcliffe für einen Mann gehalten.«
»Da wären Sie der erste.«
Adipo wandte sich an Wegner: »Dr. Redcliffe leitet die Rhino-Gruppe vom World Wildlife Fund.«
Wegner verzog die Mundwinkel. »Haben die wieder was zum Spielen gefunden?«
Dr. Redcliffe runzelte die Stirn. »Wie meinen Sie das?«
»Schon gut.« Wegner wirkte leicht angeödet. »Ein Alther-

renclub von reichen Honoratioren, die sich in Europa langweilen und unbedingt was Gutes tun wollen.«

»Den Satz können Sie beim Guinness Buch der Rekorde einreichen«, sagte Dr. Redcliffe. »Es ist schon ein Kunststück, soviel Unsinn in einem einzigen Satz unterzubringen.«

»Na, dann widerlegen Sie mich doch.«

»Wenn Sie sich entschließen könnten, Ihre Scheuklappen abzulegen, dann würde Ihnen vielleicht auffallen, daß ich kein alter Herr bin. Und in Europa bin ich noch nie gewesen, dafür seit acht Jahren in Afrika. Das Wort Langeweile kenne ich nur vom Hörensagen, und reich ist noch keiner geworden, der sich mit Nashörnern wissenschaftlich beschäftigt.«

Wegner grinste spöttisch. »Manche kennen Sie sogar beim Namen.«

»Vermessen und fotografieren. Das ist die einzige Möglichkeit, sie zu registrieren. Die paar, die noch übriggeblieben sind. Aber es hat ja wohl wenig Sinn, einem Mann wie Ihnen wissenschaftliche Methoden zu erklären.«

»Was haben Sie denn studiert? Statistik?«

»Ich habe in Harvard meinen Doktor der Zoologie gemacht und nebenbei vier Semester Veterinärmedizin studiert. Zufrieden?«

Dr. Redcliffe reckte wütend ihre 1,60 Meter und funkelte Wegner aus ihren braunen Augen an. »Und was die alten Herren vom WWF angeht, die sind mir allemal lieber als jene Leute, die sich über sie mokieren.«

Adipo hob beschwichtigend eine Hand. »Mein Freund meint das nicht so. Schließlich arbeiten wir für dieselbe Sache. Ich bin Captain Adipo von der MAPSU.«

»Ach, von der MAPSU. Hab' davon gehört.« Dr. Redcliffe schien interessiert. »Ist das nicht die neue Wunder-

waffe gegen die Wilderer? Wieviel Mann habt ihr denn zur Verfügung?«
»Nur er und ich.«
»Und Robertson«, ergänzte Wegner.
»Dr. Robertson, ja, unser Pilot. Heute abend bringt er die Cessna mit dem Proviant in unser Basiscamp. Wenn Sie mal in der Nähe sind, dann besuchen Sie uns doch, Dr. Redcliffe. Das Camp ist am Talek-Fluß unten im Massai-Mara-Reservat, östlich von der *Mara Serena Lodge*.«
Dr. Redcliffe schüttelte den Kopf. »Hab' hier noch zu tun. Wir haben ein Leopardenmännchen ausgesetzt. Will nachsehen, ob er von den Leoparden dieser Gegend angenommen wird.«
»Wo haben Sie ihn denn eingefangen?« fragte Adipo.
Sie deutete auf die kahlen Kuppen im Osten. »Jenseits der Loita Hills. Die Leute in den Dörfern dort waren völlig aus dem Häuschen, weil der Leopard Nacht für Nacht ihre Hunde und Ziegen gerissen hat. Viel mehr, als er jemals hätte fressen können. Schließlich haben wir ihn aufgestöbert und mit dem Narkosegewehr betäubt. Und wissen Sie, was ich in seinem Fell gefunden habe? Eine abgebrochene Pfeilspitze. Vergiftet natürlich. Die Wilderer hatten es auf sein Fell abgesehen, und das wollten sie nicht mit Kugeln perforieren. Aber das Gift war nicht mehr frisch, es hat nicht tödlich gewirkt, und der Leopard ist halb verrückt geworden vor Qualen. Ich habe ihn gesund gepflegt und hierhergebracht.«
»Ich hoffe, Sie haben die Genehmigung der Regierung eingeholt«, sagte Adipo.
»Klar. Der Wildhüter hat mir den Ranger hier mitgegeben.«
Der Mann im grünen Overall nickte zur Bestätigung.

Wegner feixte. »Hoffentlich haben Sie dem Kater Ihre Telefonnummer aufgeschrieben, damit er Sie anrufen kann, sobald er sich hier eingelebt hat.«

Dr. Redcliffe zog es vor, Wegner zu ignorieren. Sie wandte sich an Adipo. »Wir haben ihm einen Minisender am Hals befestigt, damit wir ihn orten können. Wenn Sie mal ein bißchen Zeit übrig haben, Captain, dann erklären Sie Ihrem Freund doch, wie so etwas funktioniert.«

Sie sprach immer im gleichen Tonfall, leise und schnell, als fürchtete sie, unterbrochen zu werden, bevor sie geendet hatte. Und jetzt, da sie ihm keinen Blick mehr gönnte, nahm Wegner die Gelegenheit wahr, sie etwas genauer zu betrachten. Sie hatte eine straffe, zierliche Figur mit festen Brüsten unter dem Buschhemd. Offenbar trug sie keinen BH. Ihr aufknöpfbarer Safarirock ließ eine Handbreit oberhalb der Knie ihre Beine frei, die weißgepudert waren vom Staub und zerkratzt von Dornen.

Vorhin, als die Amerikanerin das Rhino vermaß, schienen ihre tiefliegenden Augen von undefinierbarer Farbe zwischen braun und grau. Aber in diesem Augenblick funkelten sie jadegrün.

Sicherlich hatte sie nicht übertrieben mit der Behauptung, daß sie seit acht Jahren in Afrika lebte. Ihr Teint war gelb und verwittert, in den Augenwinkeln hatten sich erste Fältchen gebildet. Sie trug ihr braunes Haar kurz und lockig wie einen Kranz, wahrscheinlich ließ es sich so leichter pflegen.

Objektiv betrachtet, war sie recht ansehnlich, und Wegner brauchte eine Weile, um den Grund für seine Ablehnung herauszufinden. Vielleicht waren es ihr eigenwilliges Kinn und ihre kräftig gewölbte Stirn, die ihn unangenehm an ein Mädchen erinnerten, das ihn vor vielen

Jahren einmal versucht hatte unterzubuttern. Beinahe hätte er sich ihr damals ausgeliefert.
Die Amerikanerin gab Adipo die Hand. Wegner gönnte sie nur ein lässiges Winken. Dann stieg sie in ihren klapprigen Kübelwagen und knatterte in Richtung Narok davon. Der Auspuff schien ein Loch zu haben.
»Karl, wir sind auf die Leute vom WWF angewiesen«, sagte Adipo vorwurfsvoll. »Erst neulich haben sie der APU in Isiolo fünf Kamele gestiftet.«
»Beim nächstenmal küsse ich ihr die Hand«, knurrte Wegner. »Fahren wir?«
Als sie zu ihrem Unimog hinübergingen, hielt sich da noch immer der hochaufgeschossene junge Afrikaner auf.
»*Kwa heri*«, sagte er auf suaheli. »Auf Wiedersehen.«
Adipo und Wegner nickten ihm zu. »*Kwa heri.*«

Keine drei Stunden später hatte der Unimog das Basiscamp der MAPSU im Reservat erreicht. Am Eingang des Palisadenzauns standen dekorativ zwei Massai-Krieger mit ihren Speeren und Schilden. Sie schienen durch die Neuankömmlinge hindurchzuschauen.
Der Koch unterhielt sich mit einem jungen Afrikaner, der sofort aufsprang, als er den Unimog sichtete, und fröhlich winkend auf Adipo zulief. Er hatte sich etwas unter den Arm geklemmt, und als Wegner näher kam, sah er, daß es das Nummernschild eines Autos war.
»Das ist doch der barfüßige Junge von vorhin«, murmelte Adipo.
»Unmöglich! Höchstens sein Zwillingsbruder.« Wegner fiel das Märchen vom Hasen und dem Swinegel ein.
»*Jambo*«, rief der Afrikaner. »Sie haben Ihr Nummernschild verloren.«
»Wo?«

»Da, wo das Rhino war.«
Wegner stieg aus und lief um den Unimog herum. »Tatsächlich. Das hintere Kennzeichen ist weg. Wie lange wartest du schon auf uns?«
»Höchstens zehn Minuten.«
»Wer hat dich denn hierher gefahren?«
Der Afrikaner schüttelte den Kopf. »Bin gelaufen, Captain.«
»Jetzt flunkerst du uns was vor«, sagte Wegner. »Das wären ja achtzig Kilometer in weniger als drei Stunden.«
»Ich bin nicht auf der Straße gelaufen.«
Adipo zog aus dem Handschuhfach eine Karte der Provinz Narok, faltete sie auseinander. »Kannst du Karten lesen?«
»Ich hab' die Secondary School in Narok beendet.«
»Dann zeig uns doch mal auf der Karte den Weg, den du genommen hast.«
Der Afrikaner verfolgte mit dem Zeigefinger den direkten Weg von seinem Dorf Olentutu über die Plains bis zum Camp.
Adipo maß die Abkürzung mit zwei Streichhölzern ab und verglich die Entfernung. »Das sind immer noch, warte mal…, mindestens fünfundvierzig Kilometer.«
»In zwei Stunden und vierzig Minuten«, staunte Wegner. »Den solltet ihr zur nächsten Olympiade schicken.«
»Wie heißt du?« fragte Adipo.
»Jason Koski.«
»Bist du ein Nandi?«
»Ein Kipsigis.«
»Alle Nandi haben Hühnerbeine gegessen.«
»Was haben sie gegessen?«
»Man sagt, wer Hühnerbeine ißt, wird ein schneller

Läufer. Kipcheino Keino war ein Nandi. Henry Rono auch. Und die Kipsigis sind mit den Nandi verwandt.«
»Wie alt bist du, Jason?«
»Dreiundzwanzig.«
»Und was machst du in Olentutu?«
»Ich hüte die Ziegen meines Vaters. Er ist der Dorfälteste.«
»Fürs Ziegenhüten hättest du nicht die Schule besuchen müssen.«
»In Narok hatten sie keine Arbeit für mich.«
Adipo überlegte. Nach einer Weile sagte er: »Du wirst müde sein, Jason. Am besten, du bleibst heute nacht hier, und morgen bringen wir dich in dein Dorf.«
»Danke, Captain«, sagte Koski. »Aber ich muß jetzt zurück. Die Ziegen...«
»Du willst jetzt noch zurücklaufen? Bist du denn nicht müde?«
»Mein Vater wartet.«
»Morgen spreche ich mit deinem Vater.« Es klang sehr bestimmt. »Hol dir was zu essen. Du kannst da drüben schlafen. Da ist ein freies Zelt.« Adipo zog Wegner am Ärmel. »Da wir gerade dabei sind – ich zeig' dir, wo du wohnst.«
Während sie zu den Zelten am Rande des Camps hinübergingen, wo das Ufer zum Talek-Fluß steil abfiel, geriet Wegner ins Schwärmen. »Hast du das eigentlich richtig mitgekriegt? Fünfundvierzig Kilometer in weniger als drei Stunden! Wenn ich's nicht mit eigenen Augen gesehen hätte! Was dieser Koski braucht, ist ein erstklassiger Trainer, und dann schickt ihr ihn auf die nächste Olympiade.«
»Ich habe eine bessere Verwendung für ihn«, sagte Adipo kurz.
Die Zelte waren vom gleichen komfortablen Typ wie

jene, in denen Wegner früher seine verwöhnten Safarigäste untergebracht hatte. Vor dem Eingang die Waschschüssel mit dem Zahnputzglas. Ein senkrechter Reißverschluß ersetzte die Tür, Tageslicht fiel durch Moskitogitter ein, die in die Zeltleinwand geschnitten waren. Der Schlafraum war mit zwei Feldbetten und Hockern ausgestattet, dahinter der abgeteilte Wohnraum mit einer Ablage für das Gepäck und zwei Garderobenstangen mit leeren Bügeln. Und schließlich die Dusche und das WC, beide aus Zisternen gespeist.

Der Koch kam mit einer Kanne, um von außen warmes Wasser in die Zisterne über der Dusche zu gießen.

»Später«, wehrte Wegner ab. »Ich will mich erst mal umsehen.«

Mittelpunkt des Camps war ein offener, auf Holzpfählen errichteter Unterstand unter einem Schilfdach. Auf einem Tisch lagen Generalstabskarten aller Provinzen Kenias aus. Die APU-Stützpunkte waren mit bunten Stecknadelköpfen markiert.

Vom Unterstand hatte Wegner einen freien Blick auf die Savanne jenseits des Flusses, ein Plateau, auf dem die riesigen Herden der *Wildebeests* weideten, Weißbartgnus, die in ewig wiederkehrendem Zyklus zu Hunderttausenden von der Serengeti herübergewandert waren.

Die Küche bestand aus einem offenen Feuerplatz mit einem leeren Ölfaß, in dem der Koch Wasser erhitzte, und einem verlassenen Termitenbau, der jetzt als Backofen diente.

Ein mächtiger Feigenbaum spendete zusätzlichen Schatten. Marabus, wohlgelittene Müllabfuhr in jedem Camp, inspizierten die Abfallgrube auf verwertbare Futterreste.

Fünfzig Meter entfernt war aus Pfählen und Schilf

ein gedeckter Eßplatz errichtet. Glattgehobelte Baumstämme dienten als Tische.
»Jetzt fehlt nur noch Robertson mit dem Dinner«, sagte Adipo.

Robertson landete eine Stunde später mit der Cessna auf der Buschpiste jenseits des Palisadenzauns. Er hatte Schnellfeuergewehre, Handgranaten, Munition, Walkie-Talkies und Proviant geladen, Mehl, Salz, Konserven, Mangos und Passionsfrüchte, Dörrfleisch, ein frischgeschlachtetes Molo-Lamm und eine Kiste mit Eiern.
Er trug ein blütenweißes Pilotenhemd. Für seine Verhältnisse wirkte er frisch und gut gelaunt. Seine erste Frage lautete: »Haben Sie den Zug von Oleg mitgebracht?«
Wegner fischte den Zettel, den der Russe an den Thorntree in Nairobi gepinnt hatte, aus seiner Brusttasche. »Er ist ein bißchen zerknittert, Robertson. Ich hatte ihn schon fast vergessen.«
Robertson nahm den Zettel wortlos entgegen und zog sich in sein Zelt zurück. Er kam erst wieder heraus, als Wegner ihn holte, weil das Lamm am Spieß gar war.

Der Berg der tanzenden Steine

Wer sich mit ungewaschenen Füßen schlafen legt,
dem wird der Teufel die Sohlen lecken.
(Afrikanisches Sprichwort)

Nachdem die weißen Krieger vor vielen, vielen Regenzeiten abgezogen waren, hatte Durako den Berg in Besitz genommen. Er hatte nie verstanden, worum die beiden weißen Stämme miteinander Krieg geführt hatten. Um Brunnen oder Weideplätze jedenfalls konnte es nicht gegangen sein, denn so etwas gab es hier weit und breit nicht.

Der eine Stamm war von Norden gekommen, aus Äthiopien, das damals noch Abessinien hieß. Dessen Krieger waren etwas kleiner und schwarzhaarig im Gegensatz zu den anderen Weißen, die damals noch im ganzen Land herrschten und die sich Engländer nannten.

Es hatte nicht sehr lange gedauert, bis die Engländer ihre schwarzhaarigen Feinde vertrieben hatten, und später erfuhr Durako von seinem Medizinmann, daß diese Feinde Italiener hießen.

Als die fort waren, hatte Durako in den zerklüfteten Hängen des Berges glatte Stöcke gefunden, von ebenso graublauer Farbe wie die Kuppe des Berges, und ein paar Kisten voller länglicher, blinkender Hülsen, die man von hinten in die Stöcke hineinschieben konnte. Durako hatte eine Weile damit herumprobiert, und eines Tages gab es einen schrecklichen Knall, und Durako war dahintergekommen, wie das alles zusam-

menhing und daß der Flug dieser Hülsen viel weiter reichte als der jedes Pfeils. So hatte Durako für sich das Schießen entdeckt.
Damals, als das geschah, hatte der Vater seine Ziegenherde dem älteren Bruder vererbt, und weil dies so war, hatte Durako seinen Stamm weiterziehen lassen zu dem großen See hinter der Sandwüste, dem Lake Turkana. Durako war gerade ein Mann geworden, nun wollte er allein für sich sorgen.
Nahrung bot ihm der Berg genug. Es gab Elefanten und Antilopen und Zebras in der unendlichen Weite ringsum, und dank der Zauberstäbe, welche die Weißen zurückgelassen hatten, war für Durako kein Wild mehr unerreichbar.
Mit der Zeit lernte Durako, wie die Tiere zu leben, die er jagte. Er verständigte sich in ihrer Sprache und begann mehr und mehr die Sprache seines Stammes, der Turkana, zu vergessen; er traf sowieso nur selten Menschen, mit denen er hätte reden können, wie beispielsweise die drei Somali auf den Kamelen.
Er war ihnen vor etlichen Regenzeiten draußen in der Savanne begegnet. Sie hatten seine Waffe bewundert und ihm in der Turkana-Sprache erzählt, daß dies ein Gewehr sei. Ob er noch genügend Patronen besitze.
Nein, hatte Durako erwidert, nur noch so viele, wie eine mittlere Zebraherde Stuten habe.
Und die Somali hatten ihm einen Tauschhandel vorgeschlagen: Sie würden ihm viele neue Patronen bringen, wenn er ihnen dafür die Zähne von gejagten Elefanten überließe.
Was sie denn mit den Zähnen wollten, hatte er gefragt, die könne man doch nicht essen.
Und die Somali hatten erwidert, daß die Weißen aus den Zähnen für ihre Frauen Schmuck schnitzten.

Das hatte Durako eingeleuchtet, denn auch seine Unterlippe schmückte ein elfenbeinerner Pflock.
Hier gebe es weit und breit keine Bienen, und er esse so gern Honig. Ob sie ihm denn nicht welchen mitbringen könnten. Und die Somali hatten ihm nicht nur gewöhnlichen Honig versprochen, sondern sogar den harten Honig der Weißen.
Sie hatten ein Versteck ausgemacht, in einer Höhle unter Steinen, wohin Durako seine Elefantenzähne legen sollte. Sobald die Somali dort wieder vorbeikämen, würden sie die Stoßzähne abholen und ihm dafür Patronen und Bonbons hinterlassen, wie sie den harten Honig der Weißen nannten.
Und so geschah es. Seit dieser Begegnung hatte Durako die Somali nie mehr wiedergesehen, aber alle drei Monate hatte er Patronen und Bonbons in dem Versteck gefunden.
Seitdem hatte Durako alles, was er brauchte.
Um seine Füße nicht an den glühenden Steinen seines schattenlosen Reiches zu verbrennen, schnitt er sich aus Elefantenhaut neue Sandalen. Ein Wams aus Gazellenleder schützte ihn vor den Dornen der wenigen dürren Sträucher, die in den Schluchten seines Berges gediehen, totes grauweißes Holz, das nur während der Regenzeit ein paar Blätter trug. Aber die nächste Regenzeit war fern, die Wolken kamen immer seltener zu seinem Berg, und Durako fürchtete, daß sie eines Tages ganz ausbleiben würden.

Durako kletterte hinauf zu seiner Höhle. Er hatte es sich zur Gewohnheit gemacht, von Stein zu Stein zu springen, um Fremden keine Wegweiser zu hinterlassen, geknickte Zweige etwa oder niedergetretene Halme. Nie würde ein Feind den Eingang zu seiner Höhle finden,

einen unauffälligen Spalt, der sich in nichts von vielen anderen Falten seines Bergs unterschied.
Dort drinnen war es kühl und dunkel. Es roch nach Asche. Heute früh hatte Durako Eidechsen gefangen und geröstet, und jetzt war er wieder hungrig.
Er griff nach dem Zauberstab, um frisches Fleisch zu schießen. Aber die Kiste mit den Patronen war fast leer, und Durako beschloß, seinen Vorrat so lange zu schonen, bis die Somali neue Patronen mitgebracht hatten. So nahm er eine der Fallen mit, die hinter seinem Lager aus trockenen Halmen lagen.
Unten in der Ebene, am Wildwechsel der Antilopen, wo es etwas Sand gab, grub er ein Loch in den Boden, legte die Falle aus und die Schlinge, die er aus Sisal geknüpft hatte. Er schüttete Sand darüber, glättete ihn mit den Händen und kletterte wieder hinauf zum Eingang seiner Höhle, um sich schlafen zu legen.

Einen Tagesmarsch südlich des Berges verließen Adipo, Wegner, Robertson und Koski die Fahrspur, die hier nach Westen abbog, um die Chalbi-Wüste zu durchqueren und irgendwann am Ostufer des Lake Turkana zu enden. Doch wer seine Sinne beisammen hatte, flog mit einer Chartermaschine, zumal es auf dem Weg zum See nichts zu sehen gab außer nacktem Geröll. Eine karstige, lebensfeindliche Einöde ohne Wasser, Dörfer und Menschen, von seltenen umherstreifenden Nomaden abgesehen.
Vor Urzeiten hatten Vulkane ihre Lava über dieses Gebiet von der Größe Österreichs ergossen. Zwischen dem Basalt und den Tuffbrocken kümmerten in den Flußbetten Halme und niedrige Sträucher, aber auch nur in der Regenzeit, wenn die Flüsse etwas Wasser führten.

Am Morgen hatten sie die *Marsabit Lodge* verlassen, und seither war ihnen auf der Piste niemand begegnet, außer einer Gruppe Rendille-Nomaden mit ihren Kamelen. Adipo steuerte den Unimog an den Tuffbrocken vorbei, der schweigsame Robertson beobachtete den Kompaß, und Wegner genoß in vollen Zügen das langentbehrte Gefühl, Herr seiner Zeit zu sein ohne Bürobeginn, Mittagspause, Termine und Büroschluß.

Auf der Ladefläche des Unimog hockte Jason Koski, der junge Kipsigis, den sie vor vier Tagen in der Nähe des gewilderten Nashorns angetroffen hatten. Adipo hatte seine Ankündigung wahrgemacht und mit dem Vater des Wunderläufers verhandelt, der ihm nach langem Palaver seinen Sohn für die MAPSU überließ, für den Gegenwert von vier Ziegen.

Mit Jason Koski waren sie nun vier.

Am Tage nach Koskis Verpflichtung hatte der APU-Kommandant des Marsabit-Distrikts Adipo über Funk um Hilfe gebeten. Seine Ranger waren wieder auf einen abgeschossenen Elefanten gestoßen. Der Wilderer hatte sich aus dem Kadaver ein Lendenstück herausgetrennt und die Stoßzähne herausgebrochen, und viele Umstände deuteten auf den Wilden, den noch niemand zu Gesicht bekommen hatte und der in den Huri Hills unweit der äthiopischen Grenze jagte. Man nahm an, daß der Wilde sich dort mit Gewehren bewaffnet hatte, die im Zweiten Weltkrieg von italienischen Soldaten zurückgelassen worden waren.

Im Laufe der Jahrzehnte war der Wilde von den Huri Hills zur Legende geworden. Niemand hatte über die Anzahl der Elefanten, die er erlegt hatte, Buch geführt. Mittlerweile mochten es mehr als zweihundert geworden sein, und der Erlös des Elfenbeins mußte den

Wilden längst zu einem vermögenden Mann gemacht haben.
Von Zeit zu Zeit hatten die APU-Ranger des Marsabit-Distrikts das Gelände um einen bestimmten Berg durchkämmt, den Tulu Galla, wo man den Schlupfwinkel des Wilden vermutete. Aber seitdem das Gerücht umging, der Mann vom Tulu Galla besitze einen Zauber, der ihn unsichtbar mache, war kein Ranger mehr dazu zu bewegen, sich dem Berg auf mehr als fünfhundert Meter zu nähern.
Selbst Adipo beschlich ein leises Unbehagen, als er jetzt die blauschimmernde Kuppe des Tulu Galla aus der Ferne zu Gesicht bekam. »Ich kann mir nicht vorstellen, daß da wirklich jemand haust«, murmelte er.
Als die Fahrspur nach Westen abbog, vom Berg weg, bahnten sie sich ihren Weg durch das ausgetrocknete Bett des Flusses, der zum Berg hinführte. Ein Rudel Grant-Gazellen flüchtete vor dem Brummen des Unimog, das die Stille der Wildnis zerriß; dann brachen die Gazellen aus dem Flußbett aus und suchten mit graziösen Sprüngen über das Geröll das Weite.
Nach einer Stunde verlor sich das Flußbett irgendwo zwischen den Lavabrocken.
Adipo und seine Leute ließen den Unimog stehen. Den Rest des Weges legten sie zu Fuß zurück. Vor ihnen lag eine Senke, die von staubfeinem Sand zugeweht war. Koski lief voran, und als er sich die nackten Füße an den scharfkantigen, unter dem Sand verborgenen Tuffbrokken aufriß, gab ihm Adipo zwei Lappen. »Die kannst du dir um die Füße wickeln.«
Der kurzatmige Robertson war ein Stück zurückgeblieben. Wenn er etwas nicht ausstehen konnte, dann waren es Fußmärsche durch die schattenlose Steppe. »He«, rief

er den anderen nach, und gerade, als er die Hand zum Winken erhob, passierte ihm das Malheur.
Zuerst glaubte er, in ein Loch eingesunken zu sein. Sein linkes Bein steckte bis zum Oberschenkel im Sand, er spürte das Zwicken spitzer Zähne an seiner Wade. Als Robertson sein Bein aus dem Sand herauszog, sah er, daß es in einer Art Felge von einem halben Meter Durchmesser steckte. Jemand hatte sich die Felge aus Holz zurechtgebogen, und Dutzende von angespitzten Stäbchen bildeten die Speichen, die sich durch sein Hosenbein gebohrt hatten.
Eine Sisalschlinge, an einem Tuffbrocken festgemacht, schnürte seine Wade ab.
Noch ehe Koski ihm zu Hilfe eilen konnte, hatte Robertson die hölzerne Felge zerbrochen und die Schlinge von seinem Fuß abgestreift.
»Eine Falle«, sagte Wegner. »Primitiv, aber wirksam.«
Robertson rieb sich die Wade. »So ungefähr muß sich das anfühlen, nachdem man einem Krokodilbaby auf die Füße getreten ist.«
Inzwischen war auch Adipo herangekommen. »Blutet's?«
Robertson schüttelte den Kopf.
»Es wäre besser, wenn einer beim Unimog bleibt.« Adipo sah Robertson an, und der trollte sich dankbar zum Geländewagen.
»Früher haben die Turkana solche Fallen gebastelt«, meinte Adipo.
Wegner sah auf. »Wenn das unser legendärer Wilder war – warum nimmt er nicht eins von seinen italienischen Gewehren und schießt sich einfach eine Antilope?«
»Jedenfalls wissen wir jetzt, daß es ihn wirklich gibt.«

Adipo starrte auf den nahen Berg. »Irgendwo da drin.«
Wegner lud sein automatisches Gewehr durch, und zehn Minuten später standen sie am Fuß des Tulu Galla. Von weitem hatte der Berg glatt und jung ausgesehen. Aber nun aus der Nähe entdeckten sie sein wahres Alter. Ein Greisengesicht mit unzähligen Falten und Runzeln. Zerklüftete Hänge, Felsspalten und Schluchten.
Eine der Schluchten schien direkt in das Innere des Tulu Galla hineinzuführen. Die drei Männer kletterten eine Weile über das Geröll, bis sich die Schlucht zu einer Klamm verengte.

Durako kauerte im Schatten seiner Höhle und beobachtete die drei winzigen Punkte, die sich unten in der Schlucht bewegten. Trotz der Entfernung erkannte er, daß es zwei Schwarze und ein Weißer waren. Die beiden Schwarzen bereiteten ihm kein Kopfzerbrechen, um so mehr aber der Weiße, der anscheinend ihr Anführer war. Seit die Soldaten vor vielen, vielen Regenzeiten hier ihre Zauberstöcke vergessen hatten, waren keine Weißen mehr am Berg aufgetaucht. Und so tief in die Schlucht hatte sich ohnehin noch nie jemand vorgewagt. Wahrscheinlich war es der Sohn oder der Sohn des Sohnes eines der Soldaten von damals. Zeitlebens hatte Durako den Tag gefürchtet, an dem einer von ihnen wiederkommen würde, um ihm die Zauberstöcke fortzunehmen und ihn einem langsamen Hungertod auszusetzen.
Aber Durako war auf diesen Tag vorbereitet. Er machte sich keine Sorgen um die Überzahl der Feinde; er wußte, daß er den Berg auf seiner Seite hatte.
Behutsam kletterte er seitlich am Hang entlang bis an

jenen Platz, von dem aus die Steine mit der größten Kraft und Schnelligkeit hinabrollen würden, weil dort der Hang am steilsten war. Durako kauerte sich hinter einem Steinhaufen nieder und wartete, bis die drei Feinde tief genug in der Schlucht steckten. Dort, wo die Schlucht endete, ragten auf drei Seiten nur noch steile Wände auf. Die Männer würden umkehren, und die Steine würden ihnen den Rückweg abschneiden.

Viele Tage hatte Durako damit verbracht, die Steine zu sammeln und so aufzuschichten, daß ein leichter Stoß genügen würde, sie in Bewegung zu setzen. Und sollte die erste Steinlawine ihr Ziel verfehlen, so konnte Durako die nächste auslösen, und noch eine und noch eine. Er hatte mehr Steinhaufen aufgeschichtet, als er Finger an den Händen hatte.

Jetzt waren die Fremden fast am Ende der Schlucht angelangt. Es wurde Zeit.

Durako stieß den Haufen an. Träge begannen die Steine zu rollen, sie prallten gegen den Hang und brachen andere Steine aus dem Fels, flogen hinunter, zerschellten wieder am Hang, aus wenigen wurden viele, und auf ihrem Flug rissen sie immer mehr mit; jeder einzelne war groß genug, um einen Menschen zu töten.

Durako starrte der Lawine nach. Noch nie hatte er Menschen gejagt, und er war froh, daß die Steine ihm die Arbeit abnehmen würden.

Bevor Koski die Lawine herunterkommen sah, hörte er sie. Zunächst ein fernes Prasseln hoch oben am Berg, das Prasseln wuchs an zu einem bedrohlichen Grollen.

Koski schaute auf. Der Berg schien in Aufruhr geraten zu sein, er spuckte ganze Felsblöcke, die an den Steilwänden barsten auf ihrem Flug nach unten, dorthin, wo er stand.

Auch Adipo und Wegner hatten inzwischen die Gefahr erkannt.

Wegner machte auf dem Absatz kehrt und begann, den Weg zurückzurennen.

»Bleib hier, Karl!« schrie Adipo. Die beiden Afrikaner hatten sich hinter einen großen Basaltblock geduckt.

Die Lawine hatte an Fahrt gewonnen, auch an Wucht, und Wegner wurde klar, daß er es nicht mehr schaffen konnte. Zur Seite konnte er nirgendwohin ausweichen, die Steilhänge standen hier keine fünfundzwanzig Meter auseinander.

Bevor die ersten Steine auf ihn niederprasselten, warf er sich neben die beiden Afrikaner hinter den Basaltblock. Alle drei verschränkten die Arme über den Köpfen, und eine Sekunde lang sah Wegner, wie Koski mit seinem Körper Adipo zu decken und wie Adipo sich der Fürsorge des jungen Kipsigis' zu erwehren versuchte.

»Kopf runter!« schrie Wegner, aber seine Stimme erstickte in dem Getöse, tausendfach gebrochen und vervielfältigt an den Wänden der Schlucht.

Der Basaltblock stand in einem toten Winkel zur Flugbahn der Geschosse. So bot er ihnen leidlich Deckung. Die Steine flogen an ihnen vorbei und kamen auf der Sohle der Schlucht zur Ruhe, aber einige sprangen wieder hoch und prallten noch einmal vom Hang hinter ihnen ab wie Pucks von der Eishockeybande. Wegner spürte einen stechenden Schmerz am Schulterblatt, doch die Gewalt des Steins, der ihn getroffen hatte, war gebrochen, er hinterließ nicht mehr als einen blauen Fleck.

Ebenso plötzlich, wie es angefangen hatte, war es vor-

bei. Es kamen keine Steine mehr den Berg herunter, nur ihr Echo hallte nach.
Adipo kroch unter Koski hervor. Ihre schwarzen Gesichter schienen grau von Staub und Entsetzen.
Adipo überspielte seinen überstandenen Schrecken mit einer Metapher: »An diesem Berg tanzen die Steine.«

Es dauerte eine Weile, bis sich die Staubwolke unten in der Schlucht so weit gesetzt hatte, daß Durako durch den Dunst wieder die Umrisse der drei Eindringlinge erkennen konnte. Zu seiner Überraschung bewegten sie sich noch, sie schienen sogar unverletzt.
Einer von ihnen schaute herauf, dorthin, wo Durako die Lawine ausgelöst hatte und wo er immer noch stand, um die Wirkung zu beobachten.
Durako trat einen Schritt zurück in den Schatten einer Felsspalte, bevor er mit einem Tritt den zweiten Steinhaufen in Bewegung setzte. Auch wenn die Feinde dort unten einen *juju* besaßen, einen Zauber, der sie vor den Steinen schützte – er wollte sie wenigstens fortjagen von seinem Berg.
Diesmal warteten die Männer dort unten nicht, bis die Steine herunterkamen. Schon beim ersten Prasseln rannten sie in die Richtung, aus der sie in den Berg eingedrungen waren, und Durako wartete gespannt, ob sie es schaffen würden, die Schlucht zu verlassen, bevor die Steine sie erschlugen. Er lief hinüber zu einem dritten Steinhaufen hinter einer Felsnase und stieß auch ihn an. Selbst wenn es den Feinden gelang, der zweiten Lawine zu entgehen – die dritte mußte sie erwischen.
Der Berg würde sie nicht mehr herauslassen.

Als Koski nach einem kurzen Spurt die Felsnase erreicht hatte, blieb er erleichtert stehen und sah sich nach dem

Captain um. Adipo war ihm dicht auf den Fersen. Er würde rechtzeitig unter der Lawine hindurchschlüpfen, und wenn Wegner sich beeilte, hatte auch er noch eine Chance.
Dann hörte Koski das Grollen des Berges vor ihm. Er rannte ein paar Meter weiter, bis zu der Biegung, von der aus er die letzte Etappe des Hohlwegs einsehen konnte.
Erst jetzt erkannte Koski, daß der Berg eine dritte Lawine ausspie. Noch war sie unterwegs, in Sekunden würde sie alle drei unter sich begraben.
Koski stutzte, und als Adipo ihn einholte, packte er den Captain am Arm und riß ihn mit sich fort auf dem Weg zum Ausgang der Schlucht.
Adipo schaute sich nach dem zurückgebliebenen Wegner um. Er zögerte, kämpfte mit sich, dann siegte sein Selbsterhaltungstrieb. Er begriff, daß er keine Sekunde mehr verlieren durfte in diesem Wettlauf auf Leben und Tod.
Wegner gelang es, dem ersten Stein auszuweichen. Er verschränkte die Arme über dem Kopf und rannte weiter.
Ein zweiter Stein zerschellte hinter ihm auf dem Basalt, die Splitter trafen ihn an den Beinen, fast schmerzlos. Dennoch fühlte er sich befreit, er ahnte, daß er schon den Rand der Lawinenzone, deren Zentrum sich etwa zehn Meter hinter ihm befand, erreicht hatte. Noch ein paar Sprünge, und er wäre gerettet.
Allmählich begann er den Schmerz in seiner Lunge zu spüren, ein Ziehen und Reißen nach dem mörderischen Sprint. Er hustete Staub. Aber es war überstanden. Hinter der Biegung der Felsnase wäre das Schlimmste überstanden, dort würde er Deckung finden bei den anderen.

Und dann entdeckte er die Lawine vor sich, die mörderische dritte, noch weit oben am Hang. In Sekunden würde sie über ihn hereinbrechen. Es gab kein Vorwärts, kein Zurück – nur prasselnde Steine, keinen schützenden Basaltblock, rechts und links nur Steilwände.

Sterben ohne Schmerzen, dachte er. Ohne Schmerzen. Einfach stehenbleiben und auf den Stein warten, der ihn erschlagen würde.

Sein Blick, mit dem er von der Welt Abschied nahm, streifte einen unscheinbaren Akazienbusch am Steilhang auf der rechten Seite. Irgendwann einmal mußte der Wind einen Samen dorthin geweht haben, auf einen fußbreiten Absatz im Fels, wo sich das hinablaufende Regenwasser so lange gehalten hatte, bis der Samen in einer Handvoll Sand hatte keimen können.

Inzwischen war der Busch längst verdorrt, sterbend hatten sich seine Wurzeln an den nackten Fels gekrallt und ihn seither nicht mehr losgelassen.

Der Busch hatte nie eine Chance in seiner lebensfeindlichen Umwelt, aber er hatte sich nicht aufgegeben.

Nach drei, vier Sätzen stand Wegner unter dem Busch. Er sprang hoch und angelte mit einer Hand nach einem dürren Zweig, zog sich daran hinauf, und als der Zweig knickte, hatte Wegners andere Hand schon einen weiteren Zweig erfaßt.

Mit der freigewordenen Hand krallte sich Wegner in den Felsabsatz, mürber Stein bröckelte, aber mit letzter Anstrengung gelang Wegner ein Klimmzug. Er schwang das Bein auf den Felsabsatz und gewann gerade so viel Halt, daß er auch noch das andere Bein nachziehen konnte.

Er versuchte, sich klein zu machen. Preßte seinen Körper in den Felsabsatz, hielt sich mit den Händen am

Dornbusch fest und hörte keine drei Meter unter sich die Lawine herunterkommen, Hunderte von Felsbrokken und Tausende von Steinen, die nach dem Aufprall auf der Talsohle zerstoben und zersplitterten.
Wegner preßte sein Gesicht, um es vor dem Steinhagel zu schützen, in den Busch. Er spürte die Splitter, die ihn überall am Körper streiften.
Nach einer Ewigkeit war es vorbei. Verwundert stellte Wegner fest, daß er noch lebte. Aus seinem Safarihemd tropfte Blut, und die Dornen des Busches hatten ihm viele Kratzer und Striemen in Gesicht und Hände gerissen.
Der Felsabsatz begann zu bröckeln, Wegners Finger verloren ihren Halt. So ließ er sich einfach in die Wolke von Staub fallen. Auf der Talsohle angekommen, blieb er erschöpft liegen. Und während er auf eine neue Lawine wartete, summte es in seinen Ohren.
Dann wurde ihm schwarz vor Augen.

Wegner schlug die Augen auf. »Hab' ich verschlafen?«
»Kannst du gehen?«
Adipo und Koski starrten ihn besorgt an. »Wir müssen hier raus«, sagte Adipo. »Die nächste Lawine erwischt uns bestimmt.«
Wegner versuchte, sich aufzurappeln. Adipo griff ihm unter die Arme und half ihm hoch.
»Wie lange ist es her?«
»Wir sind gleich gekommen, um dich zu suchen.« Adipo hustete. Der Staub hing in der Luft wie Nebel.
Wegner trat vorsichtig auf und sank erschöpft zu Boden. »Ich will schlafen, Kim. Laß mich noch ein bißchen schlafen.«
»Komm mit!« Kim riß ihn hoch. »Wer sich mit ungewa-

schenen Füßen schlafen legt, dem wird der Teufel die Sohlen lecken.«

Der Rückweg zum Unimog fiel Wegner leichter als befürchtet. Solange sie sich noch zwischen den drohenden Steilwänden der Schlucht aufhielten, drängte Adipo zur Eile. Nachher ließen sie sich mehr Zeit. Und als sie den Unimog erreichten, wo Robertson immer noch Wache hielt, fühlte sich Wegner schon wieder ganz leidlich. Die Stelle am rechten Schulterblatt, wo ihn ein Stein getroffen hatte, schmerzte ein wenig, aber sonst spürte er kaum Beschwerden, abgesehen von einer quälenden Trockenheit im Hals, dem Jucken des schwarzgeronnenen Blutes auf seiner Haut und dem Brennen der Dornen, die noch immer in Gesicht und Händen steckten.

Robertson musterte Wegner und legte sein Steckschach beiseite. »Sie sind wohl in einen Dornbusch gefallen.«

Und als Adipo ihm berichtete, was geschehen war, sagte Robertson nur: »Innere Verletzungen scheint er nicht zu haben. Aber er kann sich ja sicherheitshalber in Nairobi röntgen lassen.«

Wegner kletterte auf die Ladefläche des Unimog, goß etwas Wasser aus dem Kanister in eine Schüssel und wusch sich das verkrustete Blut ab.

»Sie sollten die Kratzer mit Alkohol reinigen, damit's keine Sepsis gibt«, riet Robertson.

Aber es war nicht Robertson, sondern Adipo, der ein Fläschchen mit Alkohol und Watte aus dem Verbandskasten holte und Wegners Striemen abtupfte.

»Warum du? Er ist doch der Arzt.«

»Laß ihn.«

»Noch so ein Naturereignis, und ich fliege zurück nach Europa.«

»Das war kein Naturereignis, Karl«, sagte Adipo. »Halt mal still!«
»Paß auf, das brennt!«
»Muß brennen, sonst wird's nicht sauber.«
»Meinst du, da hat einer die Steine tanzen lassen?«
»Ja, und zwar derselbe, der die Falle gelegt hat.«
»Hast du ihn gesehen?«
»Nein, aber wenn drei Lawinen hintereinander niedergehen, und alle drei genau über unseren Köpfen, dann ist das kein Naturereignis.«
»Also der Wilde?«
Adipo nickte.
»Ich frag' mich nur, wie der existieren soll ohne Wasser. Hier hat es monatelang nicht geregnet, und der Fluß ist ausgetrocknet.«
Robertson war näher getreten. »Als Sie fort waren, habe ich im Flußbett gegraben. Nichts.«
Koski zeigte zum Tulu Galla hinüber. »Wir sollten den Berg absuchen.«
»Er hat ihn zu seiner Festung gemacht.«
»Aber einmal muß er ja runterkommen und Wasser holen.«
»Du hörst doch, hier gibt's weit und breit kein Wasser.«
»Für den Wilden schon«, sagte Adipo nachdenklich.
»Ich mache uns erstmal einen Tee«, schlug Robertson vor. »Dazu hätte ich Dörrfleisch und Knäckebrot zu bieten.«
Inzwischen hatte Adipo Wegners Wunden gereinigt. Er ging zum Unimog, holte sein Fernglas und starrte auf die Savanne hinaus. Dann winkte er Koski herbei. »Bring mir den.«
»Den Pavian da?«
»Ja, den oder einen anderen.«

»Soll ich ihn schießen?«
Adipo wandte sich zu Robertson um. »Haben wir ein bißchen Obst?«
»Nur noch eine Ananas.«
Adipo kletterte auf die Ladefläche und kramte die Ananas aus der aluminiumbeschlagenen Proviantkiste. Während er ein Loch in die Frucht schnitt, erkundigte sich Wegner: »Was willst du damit?«
»Das wird unser Köder.«
»Willst du den Pavian vergiften?«
»Frag nicht solange. Sammelt lieber schon mal Holz.« Und als ihn die anderen entgeistert anstarrten: »Ein kleines Feuer genügt. Wir brauchen unserem Freund da oben ja nicht unbedingt auf die Nase zu binden, daß wir noch in der Nähe sind.« Mittlerweile hatte er die Ananas ausgehöhlt und mit einigen Tropfen aus einer Flasche getränkt. Er reichte Koski die Frucht und verabschiedete ihn mit einem aufmunternden Klaps. »Los!«
Als Koski fort war, räusperte sich Robertson. »Seien Sie mir bitte nicht böse, Captain. Ich bin bestimmt kein Kostverächter, aber Affenfleisch steht gewöhnlich nicht auf meinem Speisezettel.«
»Also meinetwegen hätte sich Koski die Mühe auch nicht machen müssen«, sagte Wegner. »Ich bin mit Dörrfleisch und Knäckebrot zufrieden. Wirklich, Kim, ich bin kein anspruchsvoller Esser, ich komme auch ganz gut ohne frisches Fleisch aus.«
Adipo schien verärgert. »Soll ich das ganze Holz alleine sammeln?«
»Schon gut«, maulte Wegner. Er wechselte einen verschwörerischen Blick mit Robertson.
Als Koski bald darauf einen halbwüchsigen Pavian herbeischleppte, waren die anderen mit ihrem Dinner

schon fertig. Koski lud den betäubten Pavian von seinen Schultern ab. »Ich hab' die Ananas in seine Nähe gelegt. Er hat sie sich geholt, davon gegessen und ist eingeschlafen. Was nun?«

»Da ist noch Tee und Dörrfleisch«, sagte Adipo. »Um den Affen kümmere ich mich inzwischen. Schade, daß wir keinen Käfig mithaben.«

Koski wartete auf ein Lob. »Ist er groß genug?«

»Genau was ich brauche.« Adipo trug den Pavian zum Unimog, legte ihn in die Führerkabine und verriegelte die Türen von außen, nachdem er eines der Fenster einen Spalt geöffnet hatte.

»Du wirst dir sicher was dabei gedacht haben«, begann Wegner, und als Adipo darauf nicht reagierte, wandte er sich kopfschüttelnd ab.

Die Nacht brach schnell herein, die vier Männer wickelten sich in ihre Schlafsäcke und machten es sich im Sand des Flußbettes bequem.

Am nächsten Morgen erwachten sie von dem empörten Kreischen des Pavians, der in der Fahrerkabine umherturnte.

»Er will nicht einsehen, warum er wie ein Gefangener gehalten wird«, sagte Wegner. »Ich übrigens auch nicht. Willst du ihm nicht wenigstens was zu trinken geben?«

Adipo holte eine Dose mit Salzmandeln aus der Proviantkiste, riß die Aluminiumlasche auf und schüttete den Inhalt in die Fahrerkabine.

»Wasser wird er nötiger brauchen«, meinte Wegner.

Der Affe sammelte die Mandeln auf und stopfte sie sich heißhungrig in den Mund.

Wegner sah dem fressenden Affen zu, aber er verzichtete auf weitere Fragen. Er half Robertson Holz sammeln. Robertson war einsilbig wie immer, und sein befremdeter Blick verriet, daß auch er sich keinen Reim auf Adipos Verhalten machen konnte. Jedenfalls schien er froh, daß der Affe jetzt wenigstens Ruhe gab.

»Salzmandeln«, murmelte Wegner indigniert. »Der muß davon doch einen furchtbaren Durst kriegen.«

Durst! Das war es! Durst!

Er lief hinüber zu Adipo. »Kim, du willst, daß er uns zu einer Wasserstelle führt, stimmt's?«

»Wo Paviane leben, muß es auch Wasser geben.«

»Und das Wasser führt uns direkt zu dem Wilden.« Wegner stieß einen anerkennenden Pfiff aus. »Wo hast du den Trick gelernt, Kim? Auf der Militärakademie in Sandhurst?«

»So was lernt man nicht in England«, sagte Adipo nicht ohne Würde. »Von der Natur verstehen wir Afrikaner mehr.«

Nach dem Frühstückstee schulterten die Männer ihre automatischen Gewehre. Adipo öffnete die Tür des Unimog, trat beiseite und wartete, was der Pavian nun anstellen würde. Der Affe blieb eine Weile argwöhnisch sitzen. Nachdem er begriffen hatte, daß er nicht mehr eingesperrt war, verlor er keine Zeit, sprang aus der Fahrerkabine und lief auf allen vieren davon, schnurstracks auf den Berg zu.

Koski heftete sich an seine Fersen. Wegner, Adipo und Robertson folgten, aber nur Adipo konnte einigermaßen Schritt halten, die beiden Weißen fielen bald zurück.

Am Fuß des Berges schlug der Affe nicht den Hohlweg in die Schlucht ein, den sie gestern gegangen waren. Statt dessen kletterte er eine schmale Rinne im Basalt hinauf.

Knapp hundert Meter unterhalb des Grats schien der Pavian sein Ziel erreicht zu haben. Er verharrte auf einem Felsabsatz, hob eine Steinplatte auf und schöpfte mit den Händen aus einer Mulde Wasser.

Als Koski ebenfalls den Felsabsatz erklommen hatte, kletterte der Pavian zeternd die Rinne weiter hinauf und ließ sich zwölf Meter höher auf einem überhängenden Fels nieder, um dort zu warten, bis der Mensch seine Tränke wieder freigeben würde.

Bevor Koski sich der Wasserstelle näherte, zückte er sein Buschmesser und sah sich die unmittelbare Umgebung an. Dann trat er heran, bückte sich tief hinunter und tauchte eine Hand ins Wasser.

Es war von einer Rinne herabgelaufen und hatte sich in einer metertiefen Wölbung im Fels gesammelt, wo es keinen Ablauf fand. Koski räumte die Felsplatte, die den Brunnen zu drei Vierteln bedeckte, ganz beiseite. Jemand mußte die Platte darübergelegt haben, um das Wasser vor der Sonne zu schützen. Die Form des Brunnens erinnerte Koski an jene Sitzbadewanne aus Plastik, die einst ein weißer Missionar in sein Dorf mitgebracht hatte.

Koski schöpfte eine Handvoll Wasser und kostete es. Es war kühl und trüb und schmeckte muffig. Der letzte Regen war vor Monaten gefallen, und ohne die Felsplatte wäre es längst verdunstet. Ein Mensch mußte die Platte dorthin geschoben haben. Hier irgendwo mußte der Wilde hausen.

Zwölf Meter über ihm schimpfte der Affe, und Koski machte sich daran, die Umgebung des Brunnens Zentimeter für Zentimeter abzusuchen.

Koski hörte den Pfeil erst, als der dicht neben seiner Schulter vom Basalt abprallte.

Koski warf sich auf den Boden. Der Pfeil konnte nur aus

dem dunklen Spalt dort drüben gekommen sein. Koski hob sein Gewehr, aber noch bevor er es entsichern konnte, sprang der Wilde mit seinem Bogen aus dem Spalt ins Freie und zielte ein zweites Mal auf ihn.
Der Pfeil hatte die Sehne noch nicht verlassen, da war Koski mit ein paar Sätzen bei dem Wilden und riß ihn nieder. Aber der Wilde hatte ihn am Hals gepackt und drückte zu. Koski befreite sich mit einem kräftigen Kick in die Hoden des Gegners. Der Wilde ließ sofort los, preßte seine Hände an den Unterleib und wimmerte vor Schmerzen.
Koski setzte seinen Fuß auf ihn, aber der Wilde schien den Kampf schon verloren zu geben.
Der Pavian über ihnen zeterte noch immer, und nun endlich erreichte auch Adipo den Kampfplatz.
Der Captain betrachtete den Wilden. »Hätte nie gedacht, daß er schon so alt ist.«
Koskis Fuß gab den alten Mann frei. In seinem Dorf galten die Alten mehr als die Jungen. Alte Männer sind weise, man bekämpft sie nicht, man ehrt sie. Koski hob den Bogen auf und gab ihn dem Alten zurück.
Mit einer demütigen Geste legte der Wilde den Bogen vor Koskis Füße. Ergeben schaute er zu seinem Bezwinger auf. Er war ein Bündel von Sehnen, mit tiefliegenden Augen in einem runzligen tiefschwarzen Gesicht. Er hatte krauses weißes Haar und eine für Afrikaner ungewöhnlich gerade Nase. Ein Pflock aus dunkelgelbem, rissig gewordenem Elfenbein schmückte seine durchlöcherte Unterlippe. Er trug ein zerfetztes Wams aus Antilopenleder und selbstgeschnittene Sandalen, die mit Sisalfasern an seinen Füßen befestigt waren.
»Es ist ein Turkana«, sagte Koski.
»*Juju.*« Erschrocken riß der Alte die Augen auf. Der

Rest seiner Worte ging in einem unverständlichen Lallen unter.

»Er spricht Turkana«, sagte Koski. »Es klingt ähnlich wie meine Sprache. Aber er ist wohl aus der Übung. Später werde ich ihn sicher verstehen.« Koski beugte sich hinunter und fragte den Alten auf kipsigis, wie er heiße.

»Durako«, murmelte der Alte. Und während Koski sich bemühte, ein Gespräch mit Durako in Gang zu bringen, machte sich Adipo daran, die Höhle des Turkana zu inspizieren. Wegner, der soeben angekommen war, begleitete ihn.

Ihre Augen brauchten Minuten, um sich an das Dunkel zu gewöhnen. Sie fanden ein primitives Lager aus Elefantengras, etwas Asche, sechs Gewehre und eine fast leere Kiste mit Patronen.

Wegner trug eines der Gewehre ans Licht. »Mit so was haben die Italiener im Zweiten Weltkrieg geschossen.«

»Hier oben hat es mal Italiener gegeben«, sagte Adipo. »Sie kamen aus Äthiopien und haben mit den Engländern gekämpft. Man hat ihre Waffen übrigens nie gefunden.«

»Kein Wunder.«

»Ist das der Wilde?« fragte Robertson, der endlich, keuchend und schwitzend, ebenfalls den Platz mit der Wasserstelle erreicht hatte. Er putzte sich die Brille mit seinem Taschentuch, um den Gefangenen besser in Augenschein nehmen zu können.

»Die Italiener können unmöglich Munition für vierzig Jahre zurückgelassen haben«, sagte Wegner. »Er muß Nachschub bekommen haben.«

Adipo rieb sich nachdenklich das Kinn. »Jason, frag ihn doch mal, woher er die Patronen hat und wo das

Elfenbein von den gewilderten Elefanten versteckt ist. Was hat er bisher erzählt?«

»Ich hab' ihn gefragt, wie alt er ist«, sagte Koski. »Er weiß es nicht. Jedenfalls lebt er hier, seit er ein Mann geworden ist. Sein Großvater hat schon an dem Berg gejagt, sein Vater auch, und er kann nicht verstehen, warum er es nicht darf.« Während Koski über ihn sprach, betastete Durako staunend die Armbanduhr des Mannes, der ihn besiegt hatte.

»Phantastisch!« rief Robertson. »Er kann nicht schreiben und nicht lesen. Nicht mal die Uhr. Wissen Sie, an wen er mich erinnert? Ich habe mal in der Kalahari einen Buschmann kennengelernt. Diese Kerle haben Fähigkeiten, von denen unsereins nicht einmal träumen kann.« Da offensichtlich keiner der Anwesenden seine spontane Begeisterung teilte, zog sich Robertson sofort wieder in sich selbst zurück. Der Gefühlsausbruch erschien ihm nachträglich wie eine peinliche Entgleisung.

Während sie mit ihrem Gefangenen zum Fuß des Tulu Galla hinunterstiegen, zog Durako den elfenbeinernen Pflock aus der Unterlippe. Zwischen Koski und Durako entwickelte sich ein umständliches Palaver. Der Turkana schien sich über die langentbehrte Gelegenheit zu freuen, sich einem anderen Menschen mitzuteilen. Allmählich kam er in Fluß, seine Rede war weniger stokkend als am Anfang, er benutzte jetzt auch die Lippen und Zähne, um Konsonanten zu formen.

»Verstehst du ihn?« fragte Wegner den Captain.

»Ich hab' die Sprache der Turkana nie gelernt«, sagte Adipo. »Aber Koski scheint einigermaßen damit zurechtzukommen.«

»Er ist doch Kipsigis.«

»Kipsigis und Turkana haben die gleichen Wurzeln. Aber Koskis Stamm hat sich weiterentwickelt. Und die

Turkana sind noch immer Hirten, Jäger und Sammler wie vor zweihundert Jahren.«
Sie waren am Fuß des Berges angekommen, und Durako führte sie jetzt über den Basalt nach Osten, weg von der Stelle, wo der Unimog abgestellt war.
»Er will uns das Versteck zeigen«, sagte Koski.
»Wo das Elfenbein liegt?«
»Ja. Wenn ich ihn richtig verstanden habe, dann legt er die Elefantenzähne dort ab. Irgendwann kommen Somali mit ihren Kamelen, um sie abzuholen. Im Austausch hinterlegen die dort Patronen für seine Gewehre und Bonbons.«
»Kennt er die Namen der Somali?«
»Nein. Er hat sie nur einmal getroffen. Und das muß viele Jahre her sein. Seitdem läuft das Tauschgeschäft Elfenbein gegen Munition, ohne daß sich die Partner je wieder zu Gesicht bekommen haben.«
»Und natürlich hat Durako keine Ahnung, daß er ein ganz schlechtes Geschäft dabei macht...«
Koski schüttelte den Kopf. »Den Begriff Geld kennt er jedenfalls nicht.«
»Ein Mann, der nichts besitzt, weiß nicht, was Armut ist.«
»Durako ist nicht arm«, widersprach Wegner. »Wer hier Patronen und Wasser hat, der ist ein reicher Mann.«

Eine halbe Stunde später schickte Adipo den ermatteten Robertson zum Unimog zurück, wo er die Rückkehr der anderen abwarten sollte.
Das Versteck, das sie nach einer weiteren Stunde endlich erreichten, lag draußen in der Savanne, wo zwischen Felsbrocken und vereinzelten Dornbüschen spärliches Elefantengras sproß.

Durako räumte ein paar Tuffbrocken beiseite, unter denen schließlich eine Basaltplatte zum Vorschein kam, die einen Hohlraum fast vollkommen bedeckte.
Zu viert schoben die Männer die Basaltplatte beiseite. Darunter lagen Dutzende von Elefantenzähnen, ein Leopardenfell und ein Bündel mit abgezogenen Zebrahäuten. Sie waren besonders schön gezeichnet und stammten von Grevy-Zebras, einer Rasse, die hier oben im Norden so gut wie ausgerottet war.
»Jedenfalls hat uns der Turkana nicht angelogen«, sagte Wegner. »Wie bringen wir das Zeug nun weg?«
»Das bleibt hier«, sagte Adipo.
»Aber Kim! Das ist doch ein paar hunderttausend Kenia-Shillinge wert.«
Wie so oft beendete Adipo eine aufkeimende Diskussion mit einer afrikanischen Metapher: »Folge den Bienen, und du wirst Honig essen.«

Obwohl Robertson in ihrer Abwesenheit die Fahrerkabine des Unimog gesäubert hatte, stank es immer noch nach Affendreck.
»Sauberer ging's nicht mit dem bißchen Wasser, das ich zur Verfügung habe«, entschuldigte er sich. Ansonsten nahm er die Rückkehr der anderen kommentarlos zur Kenntnis.
»Macht euch fertig«, sagte Adipo, »wir fahren zurück zur Landepiste.«
Sie füllten ihre Feldflaschen aus dem Plastikkanister, und auch Durako bekam eine.
Wegner holte die Handfesseln, um sie dem Gefangenen anzulegen.
»Einen Wilden kann man nicht fesseln«, sagte Koski. »Er wird nicht verstehen, warum wir ihm die Würde stehlen.«

»Und wenn er sich unterwegs aus dem Staub macht...«
»Er wird es nicht tun. Ich versprech's dir.«
Adipo überlegte einen Augenblick. Dann bedeutete er Wegner mit einer Geste nachzugeben.
Durako war es entgangen, daß die anderen über ihn sprachen. Er war mit seiner Freude über Koskis Geschenk beschäftigt, eine unzerbrechliche Kalebasse aus dem gleichen Stoff, aus dem seine Zauberstöcke gemacht waren.
Am Mundstück hatte die Kalebasse Rillen, und auch der hohle Pfropfen hate Rillen, und wenn man ihn auf das Mundstück drehte, hielt er das Wasser in der Kalebasse gefangen, so daß kein Tropfen davon verdunsten konnte.
Als Koski auf das seltsame Gefährt mit den vier Rädern kletterte, tat Durako es ihm nach. Es schreckte ihn nicht einmal, daß das Gefährt sich plötzlich mit einem ärgerlichen Brummen in Bewegung setzte. Wenn es Koski nichts ausmachte, dann hatte das seine Ordnung, auch wenn das Gefährt furchtbar schaukelte, fast wie ein Kamel.
Koski war weise, dachte Durako, obwohl er jung war, so wie es der Medizinmann Durako geweissagt hatte, damals vor vielen, vielen Regenzeiten, bevor Durako fortgegangen war von seinem Stamm zu diesem Berg. Durako erinnerte sich noch genau an die Worte des Medizinmannes: »Einst werden die Götter einen Boten schicken, der einen Zauber besitzt. Er wird jünger und stärker und klüger sein als du, und er wird dich mitnehmen in seine Welt.«
Zeitlebens hatte Durako den Tag gefürchtet, an dem ihn die Götter holen würden, aber nun war er alt und müde und froh, daß ein anderer für ihn jagen und nach Wasser

graben würde. Wie gut, daß die Steine den Götterboten nicht erschlagen hatten.

Wen die Götter schicken, dem können auch alle Steine seines Berges nichts anhaben, und sicher war es der *juju*, der Zauber des Götterboten Koski, der auch dessen Begleiter beschützt hatte.

Oder waren auch sie Götterboten? Der andere Schwarze war bestimmt ein Häuptling, stolz und stark, es war ihm anzumerken, daß er zu befehlen gewohnt war. Zum Glück schien er ihm die Steine verziehen zu haben, die er auf ihn hinuntergeworfen hatte.

Aus dem Weißen, der vorn neben dem Häuptling in dem Kasten saß, wurde Durako nicht recht klug. Er schien ein Vertrauter des schwarzen Häuptlings zu sein, und er hielt ein Rad fest, das so aussah wie die Falle, mit der Durako Gazellen fing. Irgendwie schien er mit dem Rad Gewalt über das Gefährt auszuüben. Er hatte die weiße Haut wie jene Soldaten, die vor vielen Regenzeiten die Zauberstöcke am Berg zurückgelassen hatten. Er war groß und stark, aber ein Teil seines Kopfes war nackt. Wahrscheinlich war er krank. Er war arm, denn er war viel weniger gut genährt als der andere weiße Mann, der sich später zu ihnen gesellt hatte und der so wenig sprach.

Durako war überzeugt, daß dieser andere Mann zu Hause viele Ziegen besaß, vielleicht sogar Rinder, man sah seinen Hüften und seinem Bauch an, daß er immer genug zu essen hatte. Als Junge hatte Durako einmal von dem Land der Weißen gehört, wo es immer regnete und wo es grüne Bäume und Weiden geben sollte mit fetten Rindern.

Jedenfalls trug der reiche weiße Mann seinen Schmuck nicht in der Lippe oder in den Ohrläppchen, wo er hingehörte, sondern auf der Nase, ein sonderbares run-

des Ding, durch das er hindurchsah und das er irgendwie hinter seinen Ohren befestigt hatte.
Durako verstand kein Wort von dem, was die Männer da vorn im Kasten sprachen, aber er spürte, daß es in dem Gespräch um ihn ging.
Durako schaute sich nach seinem Berg um, dessen blaue Kuppe am Horizont verflimmerte. Es war ein Abschied ohne Trauer.
Der Götterbote war gekommen, um ihn zu holen.

»Das Sprichwort mit den Bienen und dem Honig«, erkundigte sich Wegner. »Ich kann mir ungefähr denken, was du damit sagen wolltest, Kim.«
»Wir machen aus dem Versteck eine Falle«, sagte Adipo. »Und darin werden wir die Somali fangen, sobald sie das Elfenbein und die Felle des alten Turkana abholen.«
»Du meinst, wir sollen uns dort auf die Lauer legen?«
»Nicht wir, Karl.« Adipo schüttelte den Kopf. »Das kann Wochen dauern, bis die kommen. Ich schicke die APU-Ranger aus Isiolo hin. In der Umgebung des Verstecks gibt es genügend Plätze für einen Hinterhalt.«
»Ich fürchte, die Somali werden nicht kommen, wenn sich erst herumgesprochen hat, daß wir den legendären Wilden gefangen haben. Ihr Afrikaner seid viel zu schwatzhaft.«
»Du hast recht, Karl.« Adipo lächelte. »Drei Männer können ein Geheimnis behalten, wenn zwei tot sind. Also wird es nur einer erfahren, und der ist verschwiegen.«
»An wen denkst du?«
»An den APU-Kommandanten in Isiolo. Dem kann man trauen.«

Wegner lachte. »Dann wäre er der erste verschwiegene Afrikaner, von dem ich höre.«
Auch der stille Robertson riskierte einen Einwand. »Leider wird Ihr diskreter Freund in Isiolo nicht umhin können, seine Ranger einzuweihen. Denn er wird die Somali wohl kaum allein fangen wollen.«
»Natürlich wird er sie einweihen. Aber erst, nachdem sie ausgerückt sind und am Tulu Galla Position bezogen haben.«
»So könnte es klappen«, sagte Wegner. »Aber in Isiolo werden sie dahinterkommen, wen wir da eingefangen haben.« Er zeigte zur Ladefläche. »Spätestens dann, wenn wir Durako im Gefängnis abgeliefert haben.«
Koski steckte alarmiert seinen Kopf durch das Rückfenster in die Fahrerkabine. »Durako weiß doch gar nicht, daß Wildern ein Verbrechen ist. Captain, willst du ihn wirklich ins Gefängnis werfen?«
»Darüber muß das Gericht entscheiden. Später, sobald wir seine Aufkäufer haben.«
»Und so lange sollen wir ihn mit uns herumschleppen?« Wegner rümpfte die Nase. »Habt ihr ihn gerochen vorhin?«
»Für Durako ist Wasser viel zu kostbar, um es mit Waschen zu verschwenden«, sagte Koski.
Zum zweitenmal erwachte Robertson aus seiner Lethargie. »Ich finde diesen Duft wunderbar. Das ist Fauna. Wildnis. Ganz Afrika ist da drin!«
»Damit wäre die Frage der Unterbringung gelöst«, bemerkte Wegner trocken. »Robertson hat einen neuen Untermieter für sein Zelt.«

Kurz vor Gof Barachuma, der verlassenen Behelfspiste am Rande des Marsabit-Reservats, setzte Adipo die anderen ab und fuhr allein voraus, um die Ranger nach

Hause zu schicken, die bis dahin die Cessna bewacht hatten.
Vorgestern waren sie zu viert losgefahren, und Adipo wollte überflüssigen Fragen aus dem Wege gehen, wer denn der fünfte Mann sei, mit dem sie vom Tulu Galla zurückgekehrt waren.
Die Sonne stand tief. Für den Rückflug zum MAPSU-Basiscamp war es zu spät geworden. So übernachteten sie noch einmal im Freien, in der Cessna und im Unimog, und als Adipo die Nachtwachen einteilen wollte, erbot sich Koski, freiwillig bis zum Morgen aufzubleiben. Obwohl er sich für den Gefangenen allein verantwortlich fühlte, machte er keinen Hehl daraus, daß er diese Vorsichtsmaßnahme eigentlich für entbehrlich hielt.

Ginger

Spielst du mit einer Löwin,
steck nicht die Hand in ihren Rachen.
(Afrikanisches Sprichwort)

Ihr innerer Wecker trieb Ginger Redcliffe mit dem ersten Sonnenstrahl aus dem Bett. Seit sie in Afrika lebte, hatte sie sich dem Lebensrhythmus der Tiere angepaßt, gleichgültig, wo sie schlief, ob in ihrem kleinen Haus am Rande von Nairobi, im Zelt draußen im Busch oder in einer *Lodge*, wie jetzt im Massai-Mara-Reservat.

Ginger liebte den Luxus, der sie an ihre behütete Jugend in Neu-England erinnerte. Gleichzeitig schämte sie sich ihrer Vorliebe in diesem armen Land. Im Grunde hatte sie schon immer die komfortablen Touristenherbergen als deplaciert empfunden, die irgendwo aus der Wildnis gestampft worden waren, um die verwöhnten Europäer und Amerikaner mit ihren Devisen in das arme Land zu locken.

Sie schaute aus dem Fenster hinaus auf die Tränke, die von den Erbauern der *Keekorok Lodge* künstlich angelegt worden war, um den Gästen den Anblick des Großwilds frei Haus zu liefern. Um diese Stunde herrschte an dem Tümpel Gedränge. Eine kleine Zebraherde teilte sich das Wasser mit einem Warzenschwein, einer Elefantenfamilie und Antilopen, vereinzelte Hyänen streunten in einigem Abstand herum, und sie alle, außer den Elefanten, wichen gerade einer Löwenfamilie, die sich mit gemessener Trägheit der Tränke näherte.

Es war ein kühler, sonniger Morgen, noch zu kühl für die Ballonsafari. Gestern hatte es zum erstenmal seit Monaten anhaltend geregnet.
Nach dem Frühstück packte Ginger Fernglas, Nikon-Kamera und Notizbuch zusammen und ging zum Landeplatz hinüber, wo der Pilot gerade mit ein paar afrikanischen Gehilfen die orangefarbene Ballonhülle auseinanderfaltete.
»Brauchen Sie Hilfe, Phil?«
Der Pilot winkte ab. »In ein paar Minuten geht's los.«
»Und der Wetterbericht?«
»Kaum Wind, keine Wolken.«
»Soll ich nicht doch vielleicht...?«
»Halten Sie mal das Ding da.« Phil drückte ihr den Butanbrenner in die Hand und drehte die Düse auf. Ginger zuckte zusammen, als sich der Brenner mit einem Knall entzündete. Die Flammen schlugen zwei Meter hoch.
Die Afrikaner hoben die auf dem Boden liegende Ballonhülle etwas an, so daß die Flamme des fauchenden Brenners die Luft zwischen Boden und Hülle erwärmen konnte.
Die heiße Luft blies Leben in die starre Hülle. Bald begann sie sich aufzubäumen, und schließlich hob sie sich vom Boden ab.
»Einsteigen«, sagte Phil. Er ließ Ginger den Vortritt in den Korb. Dann warf er die Ballastsäcke ab.
Als der Ballon fast senkrecht aufstieg, drehte Phil die Flamme etwas herunter.
»Nach Osten«, rief Ginger gegen den Lärm des Brenners.
»Mal sehen, ob er mitmacht«, brummte Phil. Normalerweise nahm er nur Touristen mit, auf problemlose Ballonsafaris in der Umgebung der *Keekorok Lodge.* Auf

längere Flugstrecken mit Tierzählungen war er nicht eingerichtet.

»So ein Heißluftballon ist treulos wie 'ne Frau«, sagte er. »Kaum flüstert ihm ein Wind was zu, schon brennt er mit ihm durch.«

»Sie werden's schaffen, Phil«, sagte Ginger. »Also bis zur Grenze des Reservats und zurück.«

»Woher wissen Sie, daß Sie die Nashörner nicht doppelt zählen?«

»Nashörner sind ziemlich ortstreu.«

Phil nickte. »Hab' mal gehört, die Bullen markieren ihre Reviere, indem sie...« Er suchte nach einem unverfänglichen Ausdruck.

»... Urin versprühen.«

Sie waren auf etwa einhundertfünfzig Meter gestiegen, und Ginger starrte fasziniert auf die gewaltigen Herden der *Wildebeests*, der Weißbartgnus, hinunter. Auf ihrer ewigen Futtersuche waren sie zu Hunderttausenden von der abgeweideten Serengeti herübergewandert, kurz bevor hier die Regenzeit einsetzte. Nach einigen Monaten würden sie wieder nach Süden in die Serengeti umschwenken, wo inzwischen frisches Gras zu sprießen beginnen würde.

Noch zogen sie nordwärts, in geheimnisvollen Formationen, wie von einem Choreographen entworfen, Perlenketten in der baumlosen Savanne, von Löwen und Hyänen umkreist, die auf leichte Beute aus waren – ein krankes Tier oder ein neugeborenes Kalb, das sie in der Viertelstunde rissen, bevor es auf eigenen Beinen zu stehen gelernt hatte.

Der Ballon warf riesengroß seinen Schatten auf die Savanne, auf der sich nach dem gestrigen Regen neues Grün zeigte.

Es war Phil, der Ginger aus ihrer Versunkenheit riß.

»Was ist? Haben Sie noch nie die Wanderung der Gnus gesehen?«
»Doch, ein ganzes Jahr lang.« Damals war sie frisch von der Harvard-Universität gekommen, es war der erste Auftrag der Zoologin in Afrika. Ginger hatte das Glück, eine Assistentenstelle in einer wissenschaftlichen Expedition zu ergattern, die sich mit den Wanderungsbewegungen der Gnus beschäftigte, fußend auf den Untersuchungen des deutschen Professors Bernhard Grzimek.
Ein Jahr lang war die Forschungsgruppe im Auftrag des World Wildlife Fund mit Jeeps den unermeßlichen Gnuherden von der Serengeti in den Norden hinauf gefolgt, zum Mara und zu seinen Nebenflüssen. Die Gruppe hatte einzelne Tiere eingefangen, ihnen Blutproben und Parasiten entnommen, hatte manche von ihnen mit Ohrmarken gekennzeichnet, andere mit Miniatursendern ausgestattet, die an numerierten Halsbändern befestigt waren.
So hatten sie mit der Wissenschaftlern eigenen Systematik auf Karten den genauen Verlauf der Wanderungen fixieren können, auch die ungefähre Zahl der daran beteiligten Tiere, nämlich dreihunderttausend. Sie hatten auch Buch geführt über die beträchtlichen Verluste der Herden, entstanden durch Raubtiere, Erschöpfung und Seuchen. Nur das letzte Geheimnis des alljährlich wiederkehrenden Zyklus hatten auch sie der Natur nicht ablauschen können: Woher wußten die Tiere, wann es Zeit war, eine noch saftige Weide zu verlassen und sich auf den beschwerlichen Weg nach Norden zu machen, viele hundert Kilometer weit? Und welcher Instinkt gab den Tieren ein, rechtzeitig wieder umzuschwenken? Doch was ging das alles den Ballonpiloten an?
Ginger riß sich von dem Schauspiel los und suchte durch

das Fernglas die Savanne nach Nashörnern ab. Rhinozerosse – so lautete ihr aktueller Auftrag.
Nach zwei Stunden hatte sie elf Tiere notiert, darunter zwei Kälber und einen Einzelgänger, wahrscheinlich ein älterer Bulle.
»Fertig?« fragte Phil.
»Augenblick noch.« Sie schaute angestrengt durch ihr Glas nach Osten.
»Noch ein Rhino?«
Sie gab Phil das Glas.
»Elefanten und ein paar Touristen drum herum«, sagte er. »Auf Fotosafari, nehm' ich an. Na und?«
»Können wir noch ein bißchen näher heran?«
»Wir werden allmählich knapp mit dem Gas, Ginger. Ich habe nur noch einen Tank mit.«
Dennoch drehte er die Düse auf, die Flamme fauchte wütend, der Ballon stieg mit einem Ruck.
Als der Ballon direkt über dem Geschehen schwebte, rief Ginger: »Das sind keine Touristen, Phil!«
Zwei Geländewagen umkreisten wie Hütehunde eine Herde Elefanten und trieben sie vor sich her. Sobald einer der Elefanten seitlich ausbrechen wollte, waren die Geländewagen zur Stelle und korrigierten den Kurs.
In diesem Augenblick hob einer der Elefanten den Rüssel, wie zum Protest, stellte drohend die Ohren auf und steuerte auf einen Wagen zu. Offenbar war es die Leitkuh.
Der Wagen wich aus, die Leitkuh trottete ins Leere, ehe sie wieder einschwenkte, um der Herde zu folgen.
Vom nahen Gipfel des Leganishu blähte ein Fallwind die Plane. Der Ballon schoß ein Stück seitwärts.
»Wie weit ist es bis zur Grenze?« fragte Ginger.
»Wir müssen zurück!« sagte Phil.
»Wie weit?«

»Da drüben.« Er zeigte hinter sich.
»Sie treiben die Herde nach Tansania!« schrie Ginger. Sie setzte das Glas ab.
Phil hörte sie nicht. Der Ballon war in einen Sog geraten und trieb direkt auf den Leganishu zu.
Phil drehte die Düse voll auf, um an Höhe zu gewinnen.
»Zurück zur *Lodge*!« rief Ginger. »Hilfe holen. Die da unten dürfen nicht rüber mit den Elefanten.«
Ginger spürte die Gefahr erst, als der Korb eine Felsspitze streifte. Im nächsten Augenblick wechselte der Wind, jetzt trieb er den Ballon vom Berghang fort, bis eine neue Bö ihn erfaßte und ihn wieder mit voller Wucht gegen den Berg zu schleudern schien. Ginger klammerte sich an die Reling des Korbs, der nun heftig hin und her schaukelte.
Als der Korb gegen die Felswand prallte, stürzte Phil und streifte dabei den Brenner. Die Flamme begann, unregelmäßig zu flackern.
Ginger lag im Korb und wartete auf den nächsten Zusammenstoß mit dem Berg.
Doch zu ihrer Überraschung schoß der Ballon steil in die Höhe. Erst jetzt schien sich die zusätzliche Heißluft auszuwirken, die Phil Minuten zuvor dem Ballon gegeben hatte. Ginger spürte einen Ruck, dann einen Luftwirbel, der den Korb kreiselnd um die eigene Achse drehte.
»Wir sind über den Berg!« rief Phil erleichtert, und Ginger rappelte sich auf, um einen Blick über den Korbrand zu riskieren.
Das Bild hatte sich nicht geändert. Schräg unter ihnen trotteten die Elefanten, von den beiden Geländewagen eskortiert, nach Süden.
Phil zog die Luftklappen, um den Aufwärtssog zu vermindern, und allmählich sank der Ballon hinab.

»Wir haben kein Gas mehr«, sagte Phil. »Wir müssen runter.«
Es gab weit und breit keinen geeigneten Landeplatz in der Savanne, überall standen Dornbüsche im Wege.
Inzwischen waren sie auf fünfundzwanzig Meter herunter. Phil zog die Leine und schrie: »Festhalten!«
Der Ballon legte sich auf die Seite, so daß die heiße Luft laut berstend entweichen konnte. Es gab einen Rückstoß, der den trudelnden Korb mit sich zog. Dann fiel der Korb senkrecht hinunter und hüpfte, von dem nur noch halbgefüllten Ballon gezogen, ein paarmal auf dem Boden wie ein Ball.
Schließlich blieb er auf der Seite liegen, die Ballonhülle stülpte sich über einen Dornbusch.
»Sind Sie okay?« fragte Phil.
Ginger betastete ihre Gliedmaßen. »Nächstes Mal nehme ich ein Taxi.« Sie versuchte ein schwaches Lächeln.
»Ich hätte nicht auf Sie hören sollen«, sagte Phil, während er aus dem Korb kletterte.
Ginger nahm den Vorwurf nicht zur Kenntnis. »Wo kann ich hier einen Funkspruch absetzen?«
»Auf der *Lodge*.«
»Ich muß ihnen zuvorkommen.«
»Wem müssen Sie zuvorkommen?«
»Den Wilderern. Sonst treiben sie die Elefanten über die Grenze.«
»Scheißelefanten!«
»Wie weit ist's bis zur *Lodge?*«
»Zu Fuß zwei, drei Stunden. Aber wenn wir Glück haben, treffen wir unterwegs einen Safaribus.«
Ginger wandte sich westwärts. »Na los! In drei Stunden können die in Tansania sein.«
»Warum zum Teufel sollten die lebende Elefanten stehlen?!«

»Weil sie sich hier gestört fühlen. Und drüben können sie die Elefanten unbehelligt abschlachten.«
Inzwischen hatte Phil die vorauslaufende Ginger eingeholt. »Und wer näht mir nun den Ballon zusammen?«
Ginger lachte. »Fürs Nähen müssen Sie sich schon ein Hausmütterchen anlachen.«

Am Abend zuvor war das MAPSU-Team mit der Cessna ins Basiscamp zurückgekehrt. Nicht ganz vollständig freilich – Wegner war noch mit dem Unimog unterwegs.
Im Camp gingen die Männer sofort den verschiedenartigsten Beschäftigungen nach. Adipo versuchte über Funk, Tom Garrison zu erreichen, den Chef der APU.
Durako, der sich keineswegs als Gefangener zu fühlen schien, nahm von dem Lager Besitz, indem er nach Art der Nashörner sein Revier markierte. Er versprühte seinen Urin an den vier Ecken eines Quadrats von der halben Größe eines Fußballplatzes.
Robertson sah dem Turkana mit der aufmerksamen Indiskretion eines Verhaltensforschers zu. Er gewann mehr und mehr Interesse an seinem Studienobjekt, versuchte, den Turkana in sein Zelt zu locken, und als der darauf nicht einging, widmete Robertson den nächsten Morgen weiteren erfolglosen Zivilisationsversuchen. Er brachte Durako einen Teller mit Rührei – der Turkana rührte das Essen nicht an und biß statt dessen in eine Wurzel, die er selbst ausgegraben hatte. Einen Becher voll Coca-Cola beschnupperte er mißtrauisch und ließ ihn dann stehen. Robertsons Versuche, ihm einzelne englische Worte beizubringen, ignorierte er.
Koski beobachtete den sprachlosen Dialog zwischen

dem weißen Arzt und dem Wilden zunächst erstaunt, dann amüsiert und schließlich voller Verdruß.
Adipo, der später hinzukam, nachdem er seinen Funkspruch an Garrison abgesetzt hatte, war die Sache eher peinlich. »Mir wär's lieber, Robertson, Sie spielten Schach statt Robinson Crusoe und Freitag.«
»Bin schon zwanzig Jahre in Kenia«, sagte Robertson. »Aber so was wie den...« Er schüttelte fasziniert den Kopf.
Koski biß sich wütend auf die Unterlippe. »Durako hat zeitlebens gut für sich sorgen können. Warum wollen Sie ihm das alles beibringen?«
Robertson sah verblüfft die beiden Afrikaner an, die sich plötzlich gegen den Hochmut der Weißen verbündet zu haben schienen. »Aber ich will ihm doch gar nichts beibringen. Seinen Zivilisationsstand, den will ich herausbekommen.«
»Wenn Sie einen Weißen vierzig Jahre an einem einsamen Berg jagen ließen«, sagte Adipo, »wäre der auf dem gleichen Zivilisationsstand.«
Robertson schüttelte betrübt den Kopf. »Sie haben mich mißverstanden, Captain. Für mich ist Durako einer der letzten unverfälschten Jäger und Sammler in Afrika. Lebensfähig ohne jedes technische Hilfsmittel. Welcher Mensch ist das noch? Ich bewundere ihn dafür.«
»Er ist ein Wilder«, sagte Adipo. »Er paßt nicht in unsere Zeit. Kenia ist ein zivilisiertes Land.«
Robertson, der die Empfindlichkeit der Afrikaner kannte, lenkte das Gespräch auf ein anderes Thema. »Haben Sie den APU-Kommandanten von Isiolo erreicht?«
»Er wird noch heute ausrücken, mit sechs bewaffneten Männern.«
»Wissen die alle Bescheid?«

»Der Kommandant hat in seinem Camp die Version verbreitet, wir hätten den Wilden verpaßt. Seine sechs Leute werden erst an Ort und Stelle erfahren, worum es geht. Sie werden Wasser und Proviant für vier Wochen mitnehmen.«

»Das müßte wohl reichen«, sagte Robertson. Dann ließ er die beiden Afrikaner allein, holte sich sein Waschzeug und kletterte zum Fluß hinunter.

Robertson zog es vor, sich im Fluß zu waschen. Er mochte sich nicht wie ein Kolonialherr von dem afrikanischen Koch bedienen lassen, der regelmäßig jeden Morgen heißes Wasser in die Zisternen hinter den Zelten zu schütten hatte. Adipo war in diesem Punkt weniger empfindlich, aber schließlich war er der Chef hier und selbst Afrikaner.

Außerdem liebte Robertson das kristallklare Wasser, das der Talek River nicht nur jetzt, während der beginnenden Regenzeit führte.

Am Ufer faltete Robertson akkurat Hose und Buschhemd, legte Schuhe und Brille ab, stieg in das flache, laue Wasser und beobachtete ein Warzenschwein, das sich flußaufwärts behaglich sielte.

Als er sich erfrischt hatte, entdeckte er, daß seine abgelegte Garderobe Besuch bekommen hatte. Ein marderähnliches Tier machte sich an seinem Buschhemd zu schaffen. Offenbar wollte das Tier an den Inhalt seiner Brusttasche heran, und weil sie zugeknöpft war, scharrte es ungeduldig mit seinen langen Krallen.

Zu seiner Überraschung ließ sich das Tier davon auch nicht abbringen, als Robertson näher trat und es fortzuscheuchen versuchte. Schließlich hatte es sein Ziel erreicht, eine Tafel Schokolade. Es schnappte sich die Tafel mit den Zähnen, zerriß das Stanniolpapier und machte sich schmatzend über den Inhalt her.

Angewidert zog sich Robertson die Hose an, nahm Hemd und Schuhe auf und kletterte wieder hinauf. Als er bei Adipo und Koski angekommen war, die gerade frühstückten, beschwerte er sich: »Sie haben mir nicht erzählt, daß es hier dressierte Ratten gibt.«

»Meinen Sie den?« Adipo zeigte auf das Tier, das Robertson gefolgt war. »Das ist ein Mungo.«

Jetzt, da er seine Brille aufgesetzt hatte, betrachtete Robertson das Tier genauer.

Es war einen knappen halben Meter lang, hatte ein dichtes, braun und weiß gestreiftes Fell, einen langen, buschigen Schwanz und einen spitz zulaufenden Kopf mit kleinen Ohren. Es hielt sich eng an Robertson und schaute ihn erwartungsvoll an, so als wollte es fragen, wann denn nun nach der Schokolade das Hauptgericht serviert würde.

»Eine junge Zebramanguste«, sagte Adipo. »Ganz harmlos.«

»Die hat sich an meiner Schokolade vergriffen«, lamentierte Robertson.

»Vollmilch?«

»Vollmilch-Nuß. Bitte, Captain, können Sie mir das Biest nicht vom Hals schaffen?«

Adipo machte ein paarmal gleichmütig: »Ksch, ksch«, und als sich der Mungo davon unbeeindruckt zeigte, ließ er es dabei bewenden. »Frühstücken Sie erst einmal. Wenn der Mungo sich sattgefressen hat, wird er schon von allein verschwinden.«

»Lieber nicht«, grinste Koski. »Wenn er unten am Fluß herumerzählt, daß es hier Schokolade gibt, dann kommen bald alle Mungos in Kenia zu Dr. Robertson.« Und als er aus dessen angewidertem Gesicht herauslas, daß der sonderliche Weiße keinen Sinn für seine Art von Humor hatte, trollte sich Koski zum Koch, um für

Robertson das Frühstück zu holen, *ham and eggs* und starken Tee.
Vorn am Palisadentor entstand Bewegung. Wegner kehrte mit dem Unimog zurück. Staubig wie er war, lief er schnurstracks zu den frühstückenden Männern und rief: »Hab' heute noch keinen Bissen zwischen die Zähne bekommen!«
»Auch *ham and eggs?*« fragte Koski von der Küche herüber.
»Danke, Jason. Aber eine doppelte Portion.«
Dann fiel Wegners Blick auf den Mungo, der sich über Robertsons Frühstücksteller hermachte. »Wo kommt denn der her?«
»Direkt aus dem Waisenhaus«, sagte Adipo. »Du weißt ja, wie die Verpflegung in Waisenhäusern ist. Robertson hat ihm täglich Schokolade und *ham and eggs* versprochen. Und sonntags Kaviar.«
Wegner beugte sich zu dem Mungo hinunter. »Otto.«
»Wieso Otto?« wollte Koski wissen.
»Weil er beim Essen genauso schnieft wie mein Onkel Otto aus Stuttgart.«
»Ich will Ihrer Familie nicht zu nahe treten«, protestierte Robertson. »Aber dieser Otto ist mir ausgesprochen widerlich.«
»Ich finde ihn eigentlich ganz drollig.«
Robertson schob seinen Teller beiseite. »Jedenfalls ist mir der Appetit vergangen.«
Der Koch steckte seinen Kopf aus dem schilfgedeckten Befehlsstand. »Captain! Eine Dr. Redcliffe möchte Sie sprechen.«
»Dr. Redcliffe«, knurrte Wegner. »Sag ihr, sie soll bleiben, wo sie ist. Mit dem Typ Frau gibt's sowieso nur Ärger.«
»*Usicheze na simba, ukamtia mkono kinywani*«, sagte

Adipo, während er aufstand und zum Befehlsstand ging.
»Was hat er gesagt?«
»Spielst du mit einer Löwin, steck nicht die Hand in ihren Rachen«, übersetzte Koski.

Gingers Stimme klang atemlos.
»Captain, Sie müssen sofort was unternehmen. Da sind Wilderer mit Geländewagen ins Reservat eingedrungen. Sie scheinen es darauf angelegt zu haben, eine Elefantenherde über die Grenze zu treiben.«
»Von welchem Reservat sprechen Sie überhaupt?«
»Massai Mara. Nicht weit von Ihrem Basiscamp.«
»Und wo ist Ihr Standort jetzt?«
»*Keekorok Lodge.* Ich habe sie aus der Luft gesehen, vom Ballon aus. Zwei Geländewagen und dreiundzwanzig Elefanten.«
»Wann war das?«
»Vor knapp zwei Stunden. Am Leganishu. Wir sind dort mit dem Ballon gestrandet. Aber ich habe Glück gehabt, ein Touristenbus von der *Lodge* hat uns unterwegs aufgelesen und hergebracht.«
»Augenblick, Dr. Redcliffe.« Adipo rief zu den anderen hinüber: »Robertson soll die Cessna startklar machen!« Dann sprach er wieder ins Funksprechgerät. »Die wollen die Elefanten nach Tansania treiben, sagten Sie?«
»Ja, Sie müssen sofort die Behörden drüben verständigen.«
»Sie vergessen, daß Tansania alle Beziehungen zu Kenia abgebrochen hat.«
»Ihre verdammte Politik interessiert mich nicht!«
»Ich hab' die Politik nicht gemacht, Dr. Redcliffe. Und wenn ich die Situation richtig sehe, dann werden die Wilderer vorgesorgt haben, daß ihnen drüben in Tan-

sania keiner in die Quere kommt. Vielleicht haben sie die Ranger bestochen.«
»Dann kommen *Sie* ihnen doch in die Quere!«
»Ich habe gesunde Ohren.«
»Hoffentlich auch gesunde Beine.«
»Regen Sie sich nicht auf, Dr. Redcliffe. Am besten, Sie warten auf der Flugpiste der *Keekorok Lodge*. Ende.«
Wegner und Koski hatten gerade ihr Frühstück beendet, als Adipo sie im Telegrammstil ins Bild setzte.
»Was fangen wir inzwischen mit Durako an?« gab Koski zu bedenken.
»Wo steckt der überhaupt?«
»Keine Ahnung.«
Es war Wegner, der ihn entdeckte. Der alte Turkana jagte an der Peripherie des Camps hinter der Manguste her. Otto flitzte hakenschlagend über das Gelände, suchte fiepend unter einem Steinhaufen Schutz.
»Ich glaube, der will ihn braten!« rief Wegner entgeistert.
»Nehmt Durako mit«, sagte Adipo kurz angebunden. »Im Flugzeug soll Jason ihm endlich beibringen, daß es aus ist mit der Wilderei.«
»Wie soll er begreifen, daß plötzlich verboten ist, was er vierzig Jahre lang tun durfte?«
»Ist mir egal, wie du es ihm klarmachst, Jason. Sag ihm, wenn wir ihn noch einmal bei so was erwischen, dann sperren wir ihn ein.«
Koski fing Durako ein, und Wegner fuhr sie hinüber zur Flugpiste. Der Motor des Unimog war noch warm, und Wegner hatte schlechte Laune. »Eigentlich wollte ich duschen und dann ausschlafen.«
»Wir fliegen, und du kommst mit dem Unimog nach, Karl.«
Der vorausgeeilte Robertson hatte die beiden Motoren

der Cessna schon angeworfen. Eine Minute später waren sie in der Luft.

Der Flug zur *Keekorok Lodge* war kaum mehr als ein Katzensprung. Unterwegs blieb Adipo gerade Zeit, die Karte des Massai-Mara-Reservats zu studieren, an dessen Ostrand der Leganishu lag.

»Ungefähr zwanzig Kilometer bis zur Grenze«, stellte Adipo fest. »Das war vor zwei Stunden. Ich glaube nicht, daß wir sie noch stoppen können.«

»Warum schießen sie die Elefanten nicht gleich hier ab und brechen ihnen die Zähne aus?«

»Weil sie dann mit ihrer Beute nicht weit kämen. Schüsse machen Lärm.«

Unter ihnen kam die *Keekorok Lodge* in Sicht. Am Ende der Flugpiste stand Ginger Redcliffe und winkte heftig.

»Robertson, drehen Sie mal eine Schleife um den Leganishu«, sagte Adipo.

Robertson zog die Cessna wieder hoch. Wenige Minuten später entdeckten sie die orangefarbene Ballonhülle und nicht weit davon die Elefantenherde, die, von zwei Toyota Landcruisern eskortiert, gemächlich nach Süden trottete.

»Wie Hirten, die ihre Herde in den Stall treiben«, sagte Adipo grimmig. »Sehen Sie irgendwo einen Platz, wo wir landen können?«

Robertson schüttelte den Kopf. »Zu uneben und zu viele Büsche. Hier kommt man nur mit dem Hubschrauber runter.«

»Zurück zur *Lodge.*« Adipo drehte sich zu Koski um, der sich mit Durako in dessen Sprache unterhielt.

»Das Fliegen macht ihm Spaß«, sagte Koski. »Er hat keine Ahnung, wie der Zauber funktioniert, aber es macht ihm Spaß.«

»*Juju*«, sagte Adipo.
»*Juju*«, wiederholte Durako voller Ehrfurcht. Er duftete nach Schweiß und Wild.
Kurz nachdem sie auf der Piste der *Lodge* gelandet waren, traf auch Wegner mit dem Unimog ein.
»Wo bleiben Sie denn?« fragte Ginger den Captain.
»Wir haben mal nachgeschaut. Scheint, als kämen wir zu spät.«
Adipo kletterte aus der Cessna und winkte Wegner herbei. »Wir wechseln, Karl. Du fliegst mit Robertson, und wir nehmen den Unimog. Komm, Jason.«
»Und Durako?«
»Kommt mit uns. Und Dr. Redcliffe...«
Er sah sich nach der Amerikanerin um. Sie winkte aus der Cessna, auf deren Rücksitz sie ungefragt Platz genommen hatte.
»Was soll denn das?« Wütend stapfte Wegner zu der Maschine und riß die Tür auf. »Dies ist ein Job, bei dem wir keine Verwendung für Sie haben, Mrs. Redcliffe.«
»Dies ist ein Job, den es ohne mich überhaupt nicht gegeben hätte, Mr. Wegner.«
Wegner rannte zu dem startenden Unimog zurück. »Kim, kannst du mir vielleicht erklären...«
»Ich hab' nichts zu erklären. Dr. Redcliffe fliegt mit euch.«
»Okay, dann bleib' ich eben hier.«
»Karl, wenn du nicht unter einem Vorgesetzten arbeiten willst, mußt du dir einen anderen Job suchen.« Adipo schlug ihm die Tür des Unimog vor der Nase zu und fuhr los.
Wegner blieb noch einen Augenblick stehen, dann ging er zur Cessna hinüber und nahm seinen Platz im Cockpit neben Robertson ein. »Früher war er dankbar, wenn er meine Elefantenbüchse tragen durfte.«

»Die Zeiten haben sich geändert«, sagte Robertson.
»Verdammt, ja! Die Zeiten haben sich geändert!«
Ginger, auf dem Rücksitz, machte sich mit dem Ratschlag bemerkbar, Wegner solle sich vielleicht besser anschnallen, denn es gebe hier Turbulenzen.

Adipo steuerte den Unimog querfeldein auf dem kürzesten Weg zur Grenze. Massai Mara gehörte zu den ganz wenigen Schutzgebieten, in denen auch abseits der Straßen gefahren werden durfte. Östlich der *Keekorok Lodge* bis zur fünfzehn Kilometer entfernten Grenze des Reservats gab es ohnehin keine Piste mehr, nicht einmal eine Fahrrinne, nur die von Millionen Hufen festgetretene Savanne, in der sich vereinzelte Dornbüsche behaupteten.
Sie verloren ein paar Minuten, weil sich eine unübersehbare Herde von Weißbartgnus dem Unimog in den Weg stellte. Offenbar fühlten sich die Tiere in der Masse sicher, nur wenn der Unimog ihnen zu nahe kam, setzten die Böcke mit gesenkten Hörnern zu drolligen Galoppsprüngen an, aber sie wirkten dabei nicht sonderlich beunruhigt.
Ein Gnu kalbte gerade, und dreißig andere umringten das Muttertier, um ihm vor den allgegenwärtigen Hyänen Schutz zu gewähren.
Als Koski sein Gewehr hob, um im Fahren eine Hyäne abzuschießen, drückte Adipo den Lauf herunter, und Koski fügte sich widerspruchslos.
Adipo steuerte vorsichtig an die Mauer der Gnus heran, minutenlang bewegten sie sich in der trappelnden Masse, von allen Seiten ertönte das Murren der Tiere: »Gnu, gnu, gnu, gnu.«
Bald hatten sie die Herde hinter sich gelassen, und vor ihnen am Horizont tauchten die dunklen Leiber der

Elefanten und die beiden Toyota auf. Darüber drehte die Cessna ihre Schleifen. Offenbar warteten Robertson und Wegner auf Instruktionen.
Adipo schlug das Steuer rechts ein, um den Wilderern den Weg zur Grenze abzuschneiden.
Die Wilderer mußten seine Absicht durchschaut haben, denn plötzlich begannen ihre Landcruiser geschäftig herumzukurven, offenbar, um die südwärts trottenden Elefanten zur Eile anzutreiben.
Als der Unimog nahe genug heran war, hielt Koski eine Nationalflagge Kenias aus dem Fenster, und Adipo rief durch ein Handmegaphon: »Im Namen der Regierung! Kehren Sie um und fahren Sie langsam vor mir her!«
Ein paar Sekunden lang verharrten die Toyota. Adipo sah, wie ein Insasse etwas zu seinen Kumpanen im anderen Wagen hinüberrief. Dann schwärmten die beiden Geländewagen aus, wendeten und näherten sich in einer Zangenbewegung von West und Ost dem Unimog, um ihn von beiden Seiten unter Beschuß zu nehmen.
Die ersten Salven gerieten etwas zu kurz, Sand spritzte vor dem Unimog auf.
»Sie haben automatische Gewehre!« rief Adipo.
Um kein statisches Ziel zu bieten, steuerte er den Unimog im Zickzackkurs. Koski erwiderte mit dem Maschinengewehr das Feuer. Auch Adipo schoß mit der freien Hand.
Im Funksprechgerät knackte und rauschte es. Wegner meldete sich zu Wort: »Sollen wir nicht mitmischen?«
»Haltet sie uns nur vom Leib, Karl.«

Wegner sah Robertson an. »Gehört?«
Robertson nickte und setzte zum Tiefflug an.
Wegner nahm den Kühler eines der beiden Toyota ins

Visier und jagte eine Garbe aus der Bordfeuerkanone. Die Cessna wackelte, und die Schüsse streuten.
Der Lauf des Maschinengewehrs aus dem zweiten Toyota richtete sich nach oben, und gleich darauf hörte Wegner das metallische »Pling«, mit dem eine der Kugeln vom Rumpf der Cessna abprallte.
»Die machen ja richtig Krieg!« rief Ginger vom Rücksitz.
Die beiden Männer nahmen keine Notiz von ihr.
Robertson zog die Maschine hoch, wendete und setzte zu einem neuen Tiefflug an.
»Tiefer!« rief Wegner. Und als sie nahe genug heran waren, drückte er auf den mechanischen Auslöser. Die Kugeln malten eine schnurgerade Spur in den Sand und nach einer Schleife auf dem Rückflug eine zweite Spur.
Dann spürte Wegner eine Hand an seinem Hemdkragen, als wollte ihn jemand hochheben wie einen jungen Hund. »Aufhören! Sind Sie verrückt geworden!« Es war Gingers Stimme.
Wegner jagte eine dritte Garbe in den Sand. »Zum Aussteigen ist es zu spät, Dr. Redcliffe.«
»Sie bringen sie ja um!«
»Immer noch besser, als wenn sie Adipo und Koski umbringen.«
Ginger packte mit beiden Händen seinen auf die Toyota fixierten Kopf und drehte ihn gewaltsam zur Seite.
Erst jetzt entdeckte Wegner, was sie gemeint hatte. Die Elefanten, von den Schüssen aufgeschreckt, hatten ihren Kurs geändert. Jetzt trampelten sie direkt auf den stehengebliebenen Unimog zu.
»Verdammt, sie hat recht.« Robertson zog die Cessna wieder hoch.
Ginger ließ Wegners Kopf los. »Kaum drückt man dem

großen Jäger einen Schießprügel in die Hand, schon verliert er die Übersicht.«

Plötzlich drohte die Gefahr nicht mehr von den Wilderern, sondern von den Elefanten, die sich wie eine graue Woge dem Unimog näherten. Um sich vor den Angreifern zu schützen, hatten sie sich ganz dicht zusammengedrängt, die Kälber im Zentrum der Herde waren nun zwischen den grauen Rücken und den nach vorn gestellten Ohren nicht mehr zu sehen.
Sie schienen sich ganz auf den neuen Feind eingestellt zu haben. Offenbar waren es nicht so sehr die Schüsse, die sie reizten, sondern vor allem das Brummen des Unimog.
Adipo riß das Steuer herum, aber der Unimog gehorchte nur schwerfällig. Er rumpelte dreißig Meter über die Savanne, dann drehten die Hinterräder durch.
Adipo beugte sich hinaus. Das linke Vorderrad rollte auf den Felgen, der Reifenmantel war zerfetzt.
»Was ist?« fragte Koski.
»Ein Reifen ist zerschossen.« Adipo schaltete auf Vierradantrieb um, die Räder griffen wieder und brachten den Unimog ein paar Meter vorwärts. Inzwischen hatten sie ihren Vorsprung vor den wütenden Elefanten fast eingebüßt.
Die mächtige Leitkuh, den Kopf erhoben und den Rüssel wie eine gespannte Feder unter die Stoßzähne gerollt, rückte bedrohlich nahe, und Adipo war sicher, daß es mehr war als einer der üblichen Scheinangriffe, zu dem sie jetzt ansetzte.
Kein Quieken, kein Grollen, kein Trompeten. Sie meinte es ernst.
Einmal in Fahrt, war die Elefantenkuh schneller als der plattfüßige Unimog. Sie senkte den Kopf, rammte ihre

Stoßzähne ins Heck und schob den Feind aus Blech ein Stück vor sich her.
Als sie einen Augenblick verschnaufte, sprang Durako seitwärts ab und brachte sich mit ein paar Sätzen aus der Reichweite des schwingenden Rüssels.
Die Elefantenkuh nahm einen neuen Anlauf, stieß ihre Zähne ein zweites und ein drittes Mal ins Heck. Adipo verlor vollends die Gewalt über das schwankende Gefährt, während Koski auf den Elefanten anzulegen versuchte. Es war zwecklos. Das Gewehr fiel ihm aus der Hand, und als Koski sich danach bückte, warf ihn eine neue Erschütterung um.
Die Elefantenkuh hatte ihre Stoßzähne seitlich unter den Unimog gerammt und stemmte ihn hoch, der Wagen bekam Schlagseite und kippte.
Dann ließ die Elefantenkuh vom Unimog ab. Unvermittelt wandte sie sich um und trottete davon. Wie auf ein geheimes Signal hatte die ganze Herde hinter ihr die Richtung gewechselt.
Adipo hörte ein schrilles Trompeten, und jetzt sah er, daß es kein Elefant aus der Herde war, der den Angstruf ausgestoßen hatte, sondern Durako. Der Turkana stand da, die Hände zu Schalltrichtern geformt, und stieß ein so durchdringendes Trompeten aus, wie Adipo es von Elefanten noch nie vernommen hatte.
»Er spricht ihre Sprache«, sagte Koski voller Ehrfurcht. »Er hat sie in die Flucht gejagt – er ganz allein.«

»Seid ihr okay?«
Wegner ließ die Sprechtaste los und ging auf Empfang.
»Der Unimog könnte einen neuen Anstrich vertragen.« Aus dem Rauschen und Krächzen des Funkgeräts drang Adipos Stimme ruhig und klar. »Außerdem müssen wir

den Reifen wechseln. Ich kann die Wilderer in dem Staub nicht mehr sehen.«
»Sie steuern auf die Grenze zu. Und die Elefanten sind ihnen ganz dicht auf den Fersen.«
»Wie weit ist es bis zur Grenze?«
»Höchstens fünfhundert Meter. Der Fluß macht hier eine Schleife. Sieht so aus, als ob die beiden Toyota direkt in die Falle rasen. Vorn links und rechts der Olngainet, hinten die Elefanten.«
»Beobachtet sie und bleibt dran. Aber nicht über die Grenze, hörst du, Karl!«
Ginger beugte sich nach vorn und griff nach dem Sprechmikrofon. »Soll das heißen, wir sollen sie entwischen lassen?«
»Wenn's nicht anders geht...«
»Tansania wird nichts dagegen haben, daß wir die Grenze überschreiten. Die tun selbst sehr viel gegen das Wildern.«
»Aus Grenzverletzungen können sich Kriege entwikkeln, Dr. Redcliffe. – Könnt ihr sie vor dem Fluß noch aufhalten?«
Diesmal antwortete Robertson: »Hier können nur Hubschrauber landen.«
»Wieviel Wasser führt der Olngainet?«
»Kann ich von hier oben nicht beurteilen. Aber gestern hat's kräftig geregnet.«
Robertson zog die Cessna etwas höher. Jetzt hatten sie das ganze Panorama unter sich, das Geschehen lief ab wie in einem Sportstadion.
Noch immer trieben die Elefanten die beiden Toyota vor sich her. Unten auf der Erde schienen die Fahrer der beiden Toyota nicht mitzubekommen, daß sie geradewegs in eine Falle hineinfuhren; denn an dieser Stelle bog der Flußlauf scharf rechts ab, um gleich darauf in

einer Linkskurve zurückzukehren, so daß die beiden Toyota jetzt auf drei Seiten vom Fluß umschlossen waren.

Der Olngainet hatte sich hier zu einer brodelnden Rinne verengt, sein Bett lag wenigstens fünf Meter tief.

Als die beiden Toyota das steil abfallende Ufer erreicht hatten, versuchten sie, seitlich auszubrechen, auf der Suche nach einer flachen Furt. Aber die gab es nicht, und auch der Rückweg war ihnen versperrt. Die Elefanten waren inzwischen ausgeschwärmt und hielten den Flaschenhals besetzt, durch den die Wilderer hineingefahren waren.

So blieb für die Wilderer nur die Flucht nach vorn.

Der erste Toyota kullerte den Abhang hinunter, überschlug sich und tauchte mit der Kühlerhaube in das lehmig sprudelnde Wasser ein. Das Heck drehte sich seitwärts, die Fluten erfaßten die Seitenfront und schoben den Toyota vor sich her. Wie ein Papierschiffchen trudelte er flußabwärts, prallte gegen einen Fels, drehte sich noch ein paarmal um die eigene Achse, dann lief er voll und versank bis zum Dach.

Der andere Toyota hatte es glücklicher erwischt. Langsam, ständig gegen die Seitenströmung kämpfend, pflügte er sich durch die Fluten. Seine Vorderräder wühlten sich in das jenseitige Ufer, drehten ein paarmal durch den Schlamm, gewannen dann irgendwie Halt und zogen das Heck nach.

Der Toyota kletterte die Böschung am tansanischen Ufer hinauf und raste davon, in Panik wie ein angeschossener Büffel.

Während dies alles geschah, hatte Wegner die Elefanten aus den Augen verloren. Jetzt entdeckte er sie wieder, zweihundert Meter flußaufwärts, wo der Olngainet gemächlich floß. Sie standen bis zu den Bäuchen im

Wasser, spritzten sich mit ihren Rüsseln voll und prusteten genußsüchtig.
Inzwischen trafen auch Adipo, Koski und Durako am Schauplatz ein, zu spät, um noch eingreifen zu können. Sie hatten erst den Unimog wieder auf die Beine stellen und den Reifen wechseln müssen.
Robertson dirigierte sie aus der Luft bis zu jener Stelle, an der der Toyota im Fluß versunken war.
Mit einem Abschleppseil hievten sie den Toyota an Land. In der Fahrerkabine fanden sie drei Afrikaner, die sich in ihrer Todesangst an Türen und Volant festgeklammert hatten, bis sie ertrunken waren.
Vierzig Stunden später trieb der Leichnam eines vierten Insassen im Fluß an der *Mara Serena Lodge* an.

Als es Zeit war heimzukehren, weigerte sich Ginger, das Schlachtfeld zu verlassen. Sie wollte sich vergewissern, ob die dreiundzwanzig Elefanten auch wirklich in Kenia blieben. »Falls sie über den Fluß wechseln, könnten die Wilderer sie doch noch in Tansania erwischen. Immerhin ist einer der beiden Toyota durchgekommen. Vielleicht sitzen die Kerle jetzt irgendwo in der Nähe, um die Elefanten zu holen.«
»Wie lange wollen Sie denn hier Wache halten?« erkundigte sich Adipo.
»So lange, wie's nötig ist.« Über ihrer Nasenwurzel bildete sich eine entschlossene senkrechte Falte. Offenbar war sie nicht von ihrem Vorhaben abzubringen.
»Brauchen Sie noch etwas? Proviant? Ein Zelt vielleicht?«
»Ich schlafe im Freien.«
»Haben Sie denn keine Angst? Hier gibt's Hyänen und Wildhunde.«
»Ich kenne mich in der Fauna des Massai-Mara-Reser-

vats gut aus«, sagte Ginger. Es klang wie eine Zurechtweisung. »Aber wenn es Sie beruhigt, können Sie mir ja eins von Ihren Walkie-Talkies dalassen.«
Bevor die Männer den Schauplatz verließen, brachte Robertson ihr einen Schlafsack und ein paar Dosen mit Fleisch. »Wollen Sie nicht lieber mit uns kommen?«
Sie schüttelte den Kopf und lächelte. »Trotzdem vielen Dank, Robertson.«

Im Basiscamp wurde der heimkehrende Robertson sofort von dem Mungo in Beschlag genommen. Otto kletterte an ihm hoch, scharrte mit seinen langen Nägeln an dem Buschhemd, das sich über Robertsons Bauch spannte, turnte ihm über die Schultern und verfolgte ihn schließlich bis in sein Zelt.
Robertson wandte sich hilfesuchend an Adipo. »Wir müssen einen Weg finden, wie ich mir das verdammte Biest vom Hals halten kann.«
Im Hintergrund hockte Durako und starrte den Mungo mit hungrigen Augen an.
Adipo winkte Koski herbei. »Jason, du hast dem Wilden doch hoffentlich gesagt...«
»Er wird sich an dem Mungo nicht vergreifen. Aber da wir gerade von Durako sprechen... War es nicht phantastisch, was er da draußen gemacht hat?«
»Wenn einer vierzig Jahre allein in der Savanne jagt...«
»Er hat uns gerettet. Er kann die Elefantensprache, und wahrscheinlich kann er noch viel mehr.«
Hinter der Zeltwand war Robertsons Stimme zu vernehmen: »Durako hat Fähigkeiten, von denen zivilisierte Leute wie wir nicht einmal träumen. Und wenn er jetzt zur Belohnung den Mungo fordert, dann hat er ihn weiß Gott verdient.«

»So billig werden Sie Otto nicht los«, lachte Adipo.
»Ich dachte an eine andere Belohnung, Captain«, sagte Koski hartnäckig. »Wir sollten Durako in unser Team aufnehmen.«
»Was – einen Wilden?«
»Ein Mensch mit den Instinkten eines wilden Tieres.« Robertson war aus seinem Zelt getreten, um Koski zu unterstützen. »Das ist es ja gerade, was ihn für uns so unersetzlich macht.«
»Das ist doch alles romantischer Unsinn«, sagte Adipo. »So was kann nur einem Engländer einfallen.«
»Es war Koskis Idee«, erwiderte Robertson gekränkt.
»Sobald wir seine Abnehmer gefaßt haben, die Somali mit den Kamelen, kommt Durako vor Gericht. Ich kann für ihn nicht mehr tun, als mich für mildernde Umstände einzusetzen.«
Jetzt meldete sich auch Wegner zu Wort. »Kim, ich frage mich bloß, was mehr nützt: einen Wilderer einzusperren, der sich seines Unrechts gar nicht bewußt sein kann, oder seine einzigartigen Fähigkeiten zu nutzen gegen hundert andere Wilderer?«
Adipo rieb sich unentschlossen das Kinn. »Ich muß mit Tom Garrison sowieso über den Hubschrauber sprechen, den wir brauchen. Bei der Gelegenheit kann ich das Thema ja auch mal anschneiden.«
Robertson war inzwischen zum Unterstand hinübergegangen, um eine Funkverbindung mit der Rezeption des *New Stanley Hotel* in Nairobi herzustellen. Er verlangte seinen alten Freund Miles McKenzie.
»Können Sie für mich eine Nachricht an den Thorntree pinnen, Miles?«
»Klar. Worum geht's denn?«
»Läufer von f6 nach c3. Haben Sie's?«
»Ist das alles?«

»Ja.«
»Und für wen ist das?«
»Für Oleg.«
»Oleg? Klingt verdammt russisch. Ist das etwa eine verschlüsselte Spionagesache oder so was?«
»Fernschach. Oleg ist ein Pilot der *Aeroflot*.«
»Das sind doch die mit den komischen Tellermützen. Ich glaub', die Crew ist vorhin angekommen. Gibt's sonst was Neues?«
»Nichts Besonderes. Einen Pavian mit Salzmandeln gefüttert und einen Steinzeitjäger eingefangen. Er hat sich vorhin mit dreiundzwanzig Elefanten unterhalten. – Otto!«
»Wer ist denn das schon wieder?«
»Ein anhänglicher Freund.« Der Mungo hatte ihn aufgestöbert. Er versuchte, sich mit seiner spitzen Schnauze einen Weg in seinem Hosenbein aufwärts zu bahnen.
»Auch aus Rußland?«
»Nein, in meiner Hose.«
So energisch Robertson sein Hosenbein auch schüttelte, der Mungo schien fest entschlossen, bis zum Oberschenkel vorzudringen.
Und als Adipo, aufgeschreckt durch Robertsons Schrei, herbeieilte, zog sich Robertson auf der Flucht die Hose aus und rief: »Keinen Tag bleibe ich hier länger, Captain! Entweder er oder ich!«
So konnte er die besorgten Fragen seines Freundes Miles McKenzie am Funksprechgerät nicht mehr hören: »He – antworten Sie! Sagen Sie doch was! Was ist los – Robertson? Sind Sie wirklich gesund?«

Giraffenaugen

Poche gegen einen Baumstamm
und hör dir an, wie er klingt.
(Afrikanisches Sprichwort)

Wegner sehnte sich zurück in den Busch. Er machte sich nichts aus Nairobi, genaugenommen reizte es ihn ebensowenig wie Frankfurt, weil es mit Afrika nicht sehr viel zu tun hatte. Die Kenianer mochten stolz sein auf ihre Hauptstadt mit den Wolkenkratzertürmen und dem runden Konferenzturm, Wegner beeindruckte das wenig.

Für ihn war Nairobi nichts weiter als eine moderne afrikanische Metropole, gesichtslos und auswechselbar wie Abidjan oder Pretoria, von den Engländern vor achtzig Jahren gegründet, weil das Klima hier in der trockenen Hochebene erträglicher war als in der alten Hauptstadt Mombasa.

Nun mopste sich Wegner im Straßencafé des *New Stanley Hotel* bei süßem klebrigen Kuchen und bereute es, den Ausflug mitgemacht zu haben. Draußen auf der Kimathi Street lungerten die jungen Burschen herum und erzählten ahnungslosen Touristen herzzerreißende Dramen. Wegner kannte sie alle auswendig, die Pechvogelgeschichten vom leprakranken Vater oder von der Heuschreckenplage, die ihr Dorf heimgesucht hatte, oder die Story des politisch verfolgten Studenten aus Uganda, der seit fünf Jahren hundert Shillinge zu schnorren versuchte, angeblich für ein Ticket nach Dar-es-Salam.

Seltsamerweise zeigte sich in Nairobi das wirkliche Elend mit lachendem Gesicht. Der poliokranke Bettler auf seinen Krücken, der Wegner stets mit einem freundlichen *»Jambo«* begrüßte, und all die anderen Krüppel, die mit ihren von Lepra und Elefantiasis verunstalteten Leibern unbefangen auf dem Trottoir krochen – für sie hatte Wegner immer ein paar Shillinge übrig.
Es waren nur wenige Meter, die sie von den Glücklicheren trennten, den Müßiggängern, den Touristen, den Geschäftsleuten und den Regierungsbeamten beim *five o'clock tea* im Straßencafé.
Vom Thorntree, der mächtigen Gelbrindenakazie, deren Zweige fast in die Hotelfenster wuchsen, schwebte bröckelndes Filigranlaub auf die weißen Plastiktische. Früher hatte Wegner seine Nachrichten für andere Großwildjäger einfach an die Rinde gepinnt, inzwischen hatte der Hotelmanager die Prozedur etwas verfeinert: Vier Tafeln faßten den Stamm ein, darüber waren Netze gespannt, unter die man seine Botschaften schob, diskret gefaltete Zettel, die es gratis an der Rezeption gab.
Fast alle Botschaften ähnelten sich. Jemand hatte einen alten Landrover zu verkaufen, ein anderer suchte einen zahlenden Mitfahrer für eine Safari im Busch, ein dritter bat um das Lebenszeichen eines vierten, den er aus den Augen verloren hatte.
Robertson suchte die Tafel nach seiner Nachricht ab.
Sicher war er der einzige, der den Baum als Medium für seine Schachpartien nutzte. Es dauerte eine Weile, bis er Olegs letzten Antwortzug gefunden hatte. Robertson faltete den Zettel auseinander und studierte ihn andachtsvoll wie einen Liebesbrief.
Auf dem Rückweg zu Adipos und Wegners Tisch nickte er zerstreut einem Inder zu.

»Na, was schreibt der Russe?« fragte Wegner.
»Bauer von c6 auf c5.«
Adipo hörte nicht hin. Sein Gespräch am Vormittag mit Tom Garrison war unbefriedigend verlaufen. Die Abfuhr hätte er sich auch über Funk holen können, dazu hätten sie nicht extra nach Nairobi zu reisen brauchen. Garrison hatte nicht bestritten, daß Adipos MAPSU mit einem Hubschrauber zweifellos schlagkräftiger agieren würde, aber er hatte immer nur von den unvertretbar hohen Kosten gesprochen, dem Anschaffungspreis, der teuren Wartung und von einem europäischen Piloten, den sie erst anheuern müßten.
Nachdem sie eine Weile schweigend ihren Kaffee geschlürft hatten, raffte sich Wegner zu einer Frage auf.
»Was hat Tom Garrison eigentlich zu Durako gesagt?«
»Sehr begeistert war er nicht. Immerhin hat er dem Turkana eine Art Probezeit zugebilligt. Solange seine Aufkäufer nicht gefaßt sind, können wir ihn ja sowieso nicht vor Gericht bringen. Nur kosten darf er nichts.«
»Klingt nicht schlecht.«
»Ohne Sold! Ich bin doch kein Ausbeuter!«
»Durako braucht kein Geld. Er weiß ja gar nicht, was das ist. Hauptsache, er hat zu essen.«
»Auf den Turkana kommt es mir wirklich nicht so an«, sagte Adipo. »Aber daß Garrison mir den Hubschrauber abgelehnt hat...«
»Oleg will mich zum Austausch zwingen, um freie Bahn für seinen c-Bauern zu gewinnen.« Robertson hatte die Brille auf die Stirn geschoben und grübelte über seinem Steckschach. Dann sah er auf und zeigte auf den Inder.
»Komisch, daß Sie gerade jetzt davon sprechen, Captain. Da drüben sitzt der beste Hubschrauberpilot von Kenia.«

»Der, den Sie vorhin begrüßt haben?«
»Zugenickt«, schränkte Robertson ein. »Jawal Mirza. Hat übrigens einen eigenen Helikopter.«
»Was fängt ein junger Mann mit einem eigenen Helikopter an?«
Robertson zuckte die Achseln. »Fliegt spazieren.«
»Komisch, daß Sie diesen Mirza kennen.«
»Hab' ihn mal bei der East African Rallye verarztet. Ein *Flying Doctor* kann sich seine Patienten nicht aussuchen.« Es klang wie eine Rechtfertigung.
»Rallyefahrer ist der auch?«
»Und was für einer! Total verlottert, aber ein technisches Genie. Mit Maschinen kann er jedenfalls umgehen.«
Zwischen ihnen standen ein paar Tische, so daß der Inder von ihrem Gespräch auch dann nichts mitbekommen hätte, wenn seine Aufmerksamkeit nicht gerade von einer schwarzen Schönheit beansprucht worden wäre, die sich in diesem Augenblick an seinen Tisch setzte. Eine Prostituierte schien sie nicht zu sein, eher ein Playgirl aus dem Jet-set von Nairobi, der sich abends im Kasino oder im *New Florida Nightclub* tummelte. Sie kicherte beglückt, als er ihr Knie tätschelte.
»Mit Frauen kann der auch umgehen«, grinste Wegner.
Mirza trug einen Anzug, den Wegner auf mindestens zweitausend Shillinge schätzte, und draußen am Rinnstein stand ein Jaguar. »Geschenk von Papa«, bemerkte Robertson.
Adipo betrachtete den Inder mit der Miene eines Briefmarkensammlers, dem unverhofft die blaue Mauritius angeboten wurde. »Ich geh' mal rüber.«
Wegner rührte verdrossen in seinem Milchkaffee. »Kim, du denkst doch nicht im Ernst daran...«

»Den Monatssold, den Sie ihm zahlen würden, verjubelt Mirza zwischen Tee und Dinner.« Für Robertson war die Diskussion damit beendet. Er widmete sich wieder dem Studium seiner Schachpartie.
»*Gonga gogo usikilise mlio wake*«, sagte Adipo, bevor er sich auf den Weg zu Mirza machte.
»Was hat er gesagt?«
Robertson hob träge seine Augenlider. »Poche gegen einen Baumstamm und hör dir an, wie er klingt.«
»Hohl«, tippte Wegner.
Immerhin kam drüben an Mirzas Tisch ein Gespräch in Gang. Das Gesicht des Inders drückte höfliches Interesse aus.
Nach drei Minuten verabschiedete Mirza sein Mädchen mit einem freundschaftlichen Klaps aufs Hinterteil und folgte Adipo zu seinem Tisch.
»Entschuldigen Sie, daß ich jetzt erst komme«, begrüßte er Robertson. »Ich hatte vorhin eine Konferenz.« Vage deutete er auf seinen verlassenen Tisch. »Sagen Sie mal, war ich nicht irgendwann mal bei Ihnen in Behandlung? Ich kann mich beim besten Willen nicht erinnern, was es war.«
Robertson blieb auf seinen Händen sitzen. »Die Managerkrankheit wird es wohl nicht gewesen sein.«
»Und jener Gentleman?« Mirza deutete auf Wegner. »Auch ein *Flying Doctor*?«
Wegner schob einen Stuhl heran. »Karl Wegner.«
»Freut mich, Mr. Wegner. Ich heiße Jawal Mirza.« Er setzte sich. »Ich habe Ihrem Freund schon gesagt, wie leid es mir tut, daß ich Ihnen nicht helfen kann. Aber mein Hubschrauber, wissen Sie, der ist für mich so etwas wie eine Spielzeugeisenbahn. Wozu brauchen Sie denn überhaupt so ein Ding?«
»Für den Wildschutz.«

Mirza nickte. »Ach so! Zebras zählen oder Elefanten.«
»Nicht zählen. Schützen. Wir bauen eine Spezialeinheit auf zur Bekämpfung der Wilderer«, sagte Adipo.
Wegner räusperte sich. »Wir wollen Ihre Zeit nicht unnötig in Anspruch nehmen, Mr. Mirza. Mein Freund Adipo möchte nur wissen, ob…«
»Schlicht gefragt, Mr. Mirza«, platzte der Captain heraus. »Würden Sie uns Ihren Vogel zu einem annehmbaren Preis verkaufen?«
»Schlicht geantwortet, Mr. Adipo: nein.«
Als Wegner Anstalten machte, sich mit einem abschließenden »Na, dann« zu erheben, drückte ihn Adipo auf seinen Stuhl nieder. Auch Robertson gab sich kaum Mühe zu verhehlen, daß er das Gespräch für ebenso nutzlos hielt wie den Partner, diesen weichlichen Schönling mit dem Milchkaffee-Teint und dem Rubin in seinem lächerlichen Turban. Er hatte die Augen der Inder, schwarz und verhangen, mit langen Wimpern, traurige Giraffenaugen.
Robertson nutzte die entstandene Gesprächspause, um sein Steckschach abzubauen. Eigentlich wartete er nur noch, daß Adipo das Zeichen zum Aufbruch gab.
»Mein Spielzeug ist leider unverkäuflich«, bekräftigte Mirza überflüssigerweise. »Es sei denn, Sie wollten den Vogel chartern.«
»Chartern.« Adipo nahm den Ball auf, etwas zu begierig, wie Wegner fand. »Chartern wäre vielleicht eine Lösung.«
Wegner zwang sich zu einem Lächeln. »Und was verlangen Sie so für die Woche?«
»Täglich einen Drink.«
»Nun mal Spaß beiseite, Mr. Mirza.«
»Gin Tonic mit zwei Stück Eis«, sagte Mirza in einem

Tonfall, als fordere er einen unangemessenen Preis. »Und was meine Hughes 500 C betrifft, die trinkt Kerosin pur.«
»Und wo ist der Haken?«
»Kein Haken, Mr. Wegner. Nur auf einer Kleinigkeit muß ich bestehen: kein fremder Pilot.«
»Verstehe«, murmelte Adipo enttäuscht. »Sie wollen also selbst fliegen.«
»Ja. Ich bewerbe mich als freier Mitarbeiter. Ohne Honorar übrigens.«
»Freie Mitarbeiter sind bei der MAPSU nicht vorgesehen. Aber Ihr Angebot klingt doch so ungewöhnlich, daß ich Sie bitten möchte, mir Ihre Beweggründe zu nennen.«
Mirza spreizte die linke Hand und begann, seine Gründe an den Fingern einzeln aufzuzählen. »Erstens habe ich eine Menge gegen Wilderer. Zweitens habe ich Zeit. Drittens gibt es in ganz Kenia keinen besseren Piloten für die Hughes 500 C als Jawal Mirza. Und viertens lebe ich streng nach meinen Prinzipien.«
»Nach welchen Prinzipien, bitte schön?«
»Nach zwei Prinzipien, Mr. Adipo.« Er begann wieder an den Fingern abzuzählen. »Erstes Prinzip: das Lustprinzip. Ich habe nun mal Lust auf den Job. Zweites Prinzip: Geld, seine Frau und sein Spielzeug verleiht man nicht.«
»Kim, ich werde den Verdacht nicht los, unser junger Freund will uns ein bißchen auf den Arm nehmen.«
Mirza schlug sich entrüstet an die Brust. »Aber Sir, ich bin ein durch und durch ernsthafter Mensch.«
»Fast ein Philosoph«, ergänzte Wegner süffisant.
Adipo rieb sich unschlüssig am Kinn. »Also – irgendwie geht mir das zu schnell. Viel zu spontan.«
»Ich bin nun mal ein Freund spontaner Entschlüsse«,

sagte Mirza. »Aber wenn's Ihnen lieber ist, können wir die ganze Sache auch abblasen.«

»Warten Sie mal, Mr. Mirza. Vielleicht wollen Sie sich erst ein bißchen in unserem Basiscamp umsehen. Und wenn es Ihnen gefällt...«

»Sie machen sich da vielleicht falsche Vorstellungen«, warf Wegner ein. »Discos, Mädchen und Spielcasinos können wir Ihnen nicht bieten.«

»Aber bei dem täglichen Gin Tonic bleibt's doch?«

»Unsere Bar steht im Freien, und unser Swimming-pool ist der Fluß.«

Mirza nickte zufrieden. »Hört sich doch ganz nett an.«

»Wann würden Sie denn anfangen wollen?«

»Hab' heute sowieso nichts Besonderes mehr vor.«

Und während Adipo schon darüber nachzusinnen begann, wie man diese Neuerwerbung Tom Garrison schmackhaft machen könnte, sagte er: »Da wäre noch eine Kleinigkeit, die Sie vielleicht beachten sollten, Mr. Mirza. Wir sind so eine Art militärischer Betrieb. Nichts mit Exerzieren und so weiter. Viel lockerer. Doch unterordnen müßten Sie sich schon.«

»Gern. Aber wem?«

»Der Chef bin ich.«

Mirza legte grinsend zwei Finger an seinen Turban. »Aye, aye, Sir.«

»Was hältst du davon, Karl?«

Wegner zuckte die Achseln. »Du sagst doch selbst, du bist der Chef.«

»Und Sie, Robertson?«

Zum zweitenmal in der letzten Viertelstunde hob Robertson seine schweren Augenlider. »Können Sie wenigstens Schach spielen, Mr. Mirza?«

Es dauerte doch noch einen Tag länger.
Bevor Adipo den Inder mitsamt seinem Hubschrauber endgültig in das MAPSU-Team aufnahm, fuhr er hinaus nach Ngong Hills, zum Hauptquartier der APU, um Tom Garrison die Zustimmung abzuringen. Adipo hatte zwar auf der Militärakademie in Sandhurst zwei Jahre lang Erfahrungen im Umgang mit Engländern sammeln können, aber ihnen ins Herz zu schauen hatte er immer noch nicht gelernt. Wenn sich ein Afrikaner freut oder ärgert, dann zeigt er es. Ein Engländer verzieht kaum einen Mundwinkel. Ein Engländer erklärt einer Frau seine Liebe mit der Bemerkung, er sei recht angetan von ihr.
Adipo hatte erfahren, daß Engländer praktisch, intelligent, spröde, verläßlich und höflich sind. Obwohl Tom Garrison längst die Staatsbürgerschaft des afrikanischen Landes angenommen hatte, in dem er seit Jahrzehnten lebte, schien er mehr als jeder Daheimgebliebene die Tugenden und Eigenschaften seiner weißen Landsleute bewahrt zu haben.
Tom Garrison war schon einmal Adipos Vorgesetzter gewesen – als *senior game warden* im Tsavo-Nationalpark; er hatte sich für Adipo verwandt, als die Regierung beschloß, die MAPSU aufzubauen. Er mußte also eine ganze Menge von Adipo halten, aber zu dessen Kummer hatte er das nie ausgesprochen.
Immerhin hörte Garrison geduldig zu, als Adipo für die Idee plädierte, Jawal Mirza mitsamt seinem Hubschrauber in die MAPSU aufzunehmen.
Schließlich erkundigte er sich, ob Adipo mit seinem Vortrag zu Ende sei. Und als Adipo dies bejahte, sagte Tom Garrison: »Wissen Sie mehr über diesen Mann als das, was Sie mir eben erzählt haben?«
»Nein, Sir.«

»Dann will ich Ihnen gern ein bißchen aushelfen, Adipo. Dieser Mirza ist ein stadtbekannter Playboy, und mir ist nie zu Ohren gekommen, daß er jemals in seinem Leben etwas Nützliches geleistet hätte, schon gar nicht für unser Land. In Mombasa hat ihm die Polizei ein dickes Strafmandat wegen Verkehrsgefährdung verpaßt, weil er mit seinem Hubschrauber unter einer niedrigen Brücke hindurchgeflogen ist.«
»Dann muß er die Maschine aber gut beherrschen.«
»Daß er fliegen kann, bestreitet ja keiner. Ich finde es auch ganz bemerkenswert, daß er kein Geld verlangt. Der junge Mann langweilt sich eben. Eine Laune. Nächste Woche überlegt er es sich vielleicht anders, und Sie sitzen wieder ohne Hubschrauber und Piloten da.«
»Das Risiko würde ich in Kauf nehmen.«
»Und wie sieht das aus mit der Disziplin in Ihrer Einheit?«
»Ich werde schon mit ihm fertig.«
Garrison schüttelte den Kopf. »Adipo, ich habe Ihnen Vollmacht gegeben, die MAPSU nach Ihrer Wahl zusammenzustellen. Offen gesagt entspricht Ihre Wahl durchaus nicht dem, was ich mir unter einem schlagkräftigen Team vorgestellt habe. Sie haben sich einen ehemaligen Berufsjäger aus Deutschland kommen lassen; das mag noch angehen, und ob Karl Wegner sich bewährt, wird sich zeigen müssen. Und ich gebe gern zu, daß Sie mit diesem Jason Koski eine gute Wahl getroffen zu haben scheinen. Problematischer scheint da schon Dr. Robertson, immerhin ein Mann von fast fünfzig Jahren, und noch dazu mit einem dunklen Punkt in seiner Vergangenheit.«
»Er ist loyal und ein guter Pilot.«
»Sie kennen die Gründe, warum er vor drei Jahren seine Approbation als Arzt zurückgegeben hat...«

»Ja, Sir.«
»Na gut, den verkrachten Arzt habe ich auch noch geschluckt. Dann kommen Sie mir mit einem Wilden. Ein Analphabet, der nicht einmal die Uhr lesen kann, geschweige denn eine Dienstanweisung.«
»Verzeihen Sie, Sir. Durako hat dafür Fähigkeiten, die...«
»Sie sollen Wilderer fangen, nicht einstellen.« Garrison winkte ab. »Aber dazu habe ich Ihnen schon heute früh meine Meinung gesagt. Und kaum habe ich mich mit dem Turkana abgefunden, da bringen Sie mir schon wieder so einen Gelegenheitskauf: diesen Jawal Mirza, einen notorischen Tagedieb. Adipo, langsam fange ich an zu zweifeln, ob wir beide unter der MAPSU das gleiche verstehen. Ich habe mir eigentlich darunter eine Truppe von hochqualifizierten Spezialisten vorgestellt. Sie hingegen scheinen darin mehr eine Bewährungseinheit für ausgeflippte Originale zu sehen.«
»Jungo kuu halikosi ukoko.«
Garrison dachte einen Augenblick nach. »Na gut, Adipo. Wenn Sie also meinen, daß es keinen Kochtopf ohne angebrannten Reis gibt, dann müssen Sie sich auch darüber klar sein, daß Sie es sind, der den Topf eines Tages vielleicht auswaschen muß.«
»Sir, heißt das – ja?«
»Es heißt, daß Mirza die letzte Kröte ist, die ich schlucke. Definitiv, Adipo, die allerletzte Kröte.«

Bei ihrer Rückkehr ins Camp fiel ihnen der betagte grüne Kübelwagen auf, der neben dem Palisadentor stand.
Koski kam ihnen entgegengelaufen. »Es ist nur die Zoologin«, sagte er. »Will ihren Antrittsbesuch machen. Sonst war hier nicht viel los. Und in Nairobi?«

»Der Chef hat mir Durako bewilligt. Und außerdem habe ich noch einen neuen Mitarbeiter eingestellt.« Adipo schaute auf seine Armbanduhr. »Müßte ungefähr in einer Stunde da sein.«
»Falls er es sich nicht anders überlegt hat«, sagte Wegner.
Durako hockte unter dem Feigenbaum und kaute an einer Wurzel. Seinem Berg Tulu Galla schien er nicht mehr nachzutrauern. Er starrte die heimgekehrten Männer ausdruckslos an. Er schien sie nicht vermißt zu haben, Koski war ja bei ihm geblieben.
Der Mungo flitzte im Camp umher, in respektvoller Distanz zu dem Wilden. Als Otto jedoch Robertson entdeckte, kam er fiepend näher, um sofort an ihm hochzuklettern und seine Brusttasche zu untersuchen.
Robertson fuchtelte mit den Armen wie jemand, der in einen Bienenschwarm geraten war.
»Wir hätten ihm einen Käfig kaufen sollen in Nairobi«, sagte er.
Vom Fluß her winkte Ginger herauf. Sie war gerade aus dem Wasser gestiegen, das sie sich jetzt aus ihren kurzen braunen Locken schüttelte. Erst auf den zweiten Blick bemerkte Wegner, daß sie nackt war.
Als sie in ihr Safarikleid schlüpfte, fielen Wegner ihre kleinen festen Brüste auf. Sie brauchte wirklich keinen Büstenhalter.
Ginger hüpfte ein paarmal auf einem Bein, um eingedrungenes Wasser aus den Ohren ablaufen zu lassen. Dann kletterte sie die Uferböschung hinauf und fragte Adipo nach einem Drink.
Während Koski ihr einen Whisky holte, wandte sich Ginger an Robertson: »Ich hab' Ihnen den Schlafsack vor Ihr Zelt gelegt. Vielen Dank übrigens.«

»Ich hoffe, Sie haben ihn gebrauchen können.«
»Heute früh sind die Elefanten weitergezogen.«
»Was – so lange haben Sie Wache gehalten?« wunderte sich Adipo.
»Die Wilderer hätten ja auch zurückkommen können. Außerdem habe ich mir Sorgen um die Leitkuh gemacht. Sie hätte sich an Ihrem Unimog den Stoßzahn verletzen können.«
»Unsere Leute hätten aber auch draufgehen können«, bemerkte Wegner.
»Einem verletzten Menschen ist zu helfen. Ein Elefant mit einem entzündeten Zahn geht qualvoll zugrunde.«
Ginger hatte zu lächeln aufgehört, und jetzt, als sie den Mund geschlossen hielt, fiel Wegner wieder diese eigenartige Querfalte auf, die ihre Oberlippe teilte, offenbar ein Indiz, daß sie viel lachte.
Sie sah ihn forschend an. »Oder hab' ich wieder was falsch gemacht, Mr. Wegner?«
»Manche Leute sind von beneidenswerter Unbefangenheit.«
»Können Sie sich ein bißchen präziser ausdrücken?«
»Ich meine den Striptease, den Sie da unten am Fluß vorgeführt haben.«
»Hat er Ihnen nicht gefallen?«
»Mich läßt so was kalt. Aber die Afrikaner hier im Camp. Sie hätten ruhig ein paar hundert Meter weiter weg baden können.«
»Ich weiß nicht, wie Sie aufgewachsen sind, Mr. Wegner. Aber für eine Zoologin hat Nacktheit nichts Anrüchiges.«
»Jedenfalls finde ich so was schamlos und provozierend.«
»Ich kann darin kein Problem sehen, Mr. Wegner.« Sie lächelte wieder. »Und wenn es hier wirklich ein Pro-

blem geben sollte, dann betrifft es wohl eher Sie als mich.«
»Können wir das Thema nicht begraben«, schlug Adipo vor. »Sie bleiben doch zum Dinner, Dr. Redcliffe?«
Gingers Blick blieb auf dem Mungo hängen, der sich an Robertsons Schnürstiefel zu schaffen machte. Sie beugte sich interessiert hinab. Otto knabberte weiter unbeirrt an dem Schnürsenkel.
»Eine Zebramanguste«, sagte sie sachkundig. »*Mungos mungo*. Hübsches Exemplar. Ausgewachsen werden sie einen halben Meter lang, mit Schwanz natürlich. Haben Sie den Mungo mitgebracht, Mr. Robertson?«
Statt einer Antwort stieß Robertson einen gequälten Seufzer aus.
»Gehört zur Familie der Schleichkatzen«, fuhr Dr. Redcliffe fort. »Geselliges Tagtier. Ernährt sich vorwiegend von Eidechsen, Schnecken, Vogeleiern, Fröschen und Grashüpfern.«
»Dann ist dieses hier völlig degeneriert«, knurrte Robertson. »Frißt Rühreier und Schokolade.«
»Vollmilch-Nuß«, präzisierte Wegner.
»Interessant.«
»Nicht wahr«, sagte Robertson hoffnungsvoll. »Ich überlasse Ihnen das Tier gern als Studienobjekt.«
Das Geräusch des ankommenden Hubschraubers beendete das Gespräch.
»Mirza hat Wort gehalten!« rief Adipo.

Der Inder hatte sogar ein frischgeschlachtetes Molo-Lamm mitgebracht, »statt Blumen«, wie er sagte. Und er bestand darauf, das Lamm am Spieß selbst zu rösten, weil er es gern *medium rare* mit einem Hauch Curry haben wollte, so wie er es aus dem *Tamarind* in Mombasa gewohnt sei, dem besten Restaurant im Lande.

Nach dem opulenten Dinner blieben sie noch eine Weile am Feuer hocken. Das Heulen der Schakale vom anderen Flußufer mischte sich mit dem sonoren Schnarchen des Turkana, der sich, nachdem er das Skelett des Lamms bis auf die letzte Faser abgenagt hatte, unter den alten Feigenbaum gelegt hatte und sofort eingeschlafen war. Ginger erzählte von ihrer Arbeit, von der *Rhino Group* zur Rettung der letzten Nashörner, die praktisch nur aus ihr selbst bestand, und von dem Leoparden, den sie in die Loita Hills umgesiedelt hatte und nach dem sie morgen sehen wollte, um sich zu vergewissern, daß er von den Leoparden seiner neuen Umgebung auch angenommen worden war.

Mirza, der das Gehörte sofort in eine Pantomime umsetzte, kroch fauchend auf allen vieren um das Feuer.

»Also, wo haben Sie den Peilsender befestigt? Zeigen Sie doch mal.«

Ginger stand lächelnd auf und piekte mit dem ausgestreckten Zeigefinger in Mirzas Hals.

»Vorsicht! Da bin ich kitzlig.« Mauzend und schnurrend wie ein verliebter Kater rieb er seinen Kopf an ihrer Wade.

»Vergessen Sie nicht das Narkosegewehr«, sagte Wegner mürrisch. Dann wandte er sich abrupt ab und ging zu seinem Zelt.

Mirza erhob sich und sah Ginger aus seinen Giraffenaugen an. »Wir sehen gemeinsam nach dem Leoparden. Ich flieg' Sie morgen in meinem Hubschrauber hin.«

»Das wäre großartig!«

»Die Einzelheiten können wir ja noch in meinem Zelt besprechen.«

»Jetzt?«

»Wenn ich mich schon auf eine Arbeit einlasse, dann erledige ich sie am liebsten gleich.«

»Sie sind Rallyefahrer, nicht wahr?«
»Ja.«
»Dann sollten Sie doch wissen, daß es nicht sosehr aufs Tempo ankommt, sondern darauf, daß man sein Ziel richtig ansteuert.«
Mirza grinste. »Wir können das natürlich auch morgen früh besprechen.«
Es war Robertson, der hartnäckig darauf bestand, Ginger durch die Dunkelheit zu ihrem Zelt zu geleiten.
Ginger führte die Kavaliersgeste auf den akuten Frauenmangel im Camp zurück. Vor dem Zelteingang angelangt, druckste Robertson ein wenig herum. »Ich möchte Ihnen einen Vorschlag machen, Mrs. Redcliffe.«
Unwillkürlich verschränkte sie ihre Arme vor der Brust.
»Wir sind heute nachmittag unterbrochen worden...«
Mirza hatte sich jedenfalls gewitzter angestellt, dachte Ginger. »Ich bin etwas müde, Mr. Robertson. Wollen wir nicht zur Sache kommen?«
»Entschuldigen Sie. Es ist wegen der Streifenmanguste.«
»Zebramanguste«, korrigierte sie mechanisch. »*Mungos mungo*.«
»Vorhin hatte ich den Eindruck, daß Sie an dem Tier Gefallen gefunden haben.«
»Hab' ich.«
»Dann machen Sie mir die Freude und nehmen Sie es als Geschenk an. Die anderen werden bestimmt nichts dagegen haben.«
»Meinen Sie?«
»Bestimmt!«
»Ich weiß Ihre Großzügigkeit zu schätzen, Mr. Robertson, aber leider kann ich Ihr Geschenk nicht annehmen.«

Robertson schien enttäuscht, für den geringfügigen Anlaß unangemessen stark, wie sie fand. Und sie beeilte sich hinzuzufügen: »Ich glaube, wir täten dem Tier damit keinen Gefallen. Sehen Sie, Mr. Robertson, ich bin ständig unterwegs. Heute hier, morgen bei den Loita Hills, übermorgen in Nairobi. Und dann muß ich gleich wieder rauf in den Aberdare-Park zu den Nashörnern. So eine Manguste braucht ihre heimische Umgebung und ihre Bezugsperson.«
»Schade.« Robertson schien trostbedürftig.
»Trotzdem vielen Dank, Mr. Robertson. Ich bin sicher, Sie werden noch viel Freude an dem Tier haben.« Sie zog den Reißverschluß an ihrem Zelteingang zu. »Gute Nacht, Mr. Robertson.«

Am nächsten Morgen erhielt Ginger hinreichend Gelegenheit, sich von Mirzas Fähigkeiten als Hubschrauberpilot zu überzeugen. Akkurat flog der Inder ein Quadrat von zehn mal zehn Kilometern östlich der Loita Hills ab, ohne auch nur einmal die Flughöhe von fünfundzwanzig Metern zu verlassen.
Ginger hatte den Peilempfänger an ihrer Hüfte in Betrieb gesetzt und suchte gleichzeitig mit dem Fernglas die Savanne ab.
Mirza mißfiel ihr konzentriertes Schweigen. »Ihr Gurt sitzt zu locker.«
Und als sie an der Verschlußschnalle nestelte, kam Mirza ihr zu Hilfe. Spielerisch glitten seine Finger über ihren Brustansatz.
»Ihre Hand sitzt auch zu locker«, sagte sie.
Mirza grinste. »Als Pilot bin ich für die Sicherheit an Bord verantwortlich.«
»Und ich für die Sicherheit meines Körpers.«
Seine Hand war unversehens etwas tiefer gerutscht.

Jetzt verweilte sie, wie zufällig, auf ihrem linken Knie, jedoch mit aufsteigender Tendenz. »Eine lohnende Aufgabe bei diesem Körper.«

»Sie haben was vergessen«, sagte sie, ohne das Glas abzusetzen.

»Oh, Verzeihung.«

Sein Lächeln strafte die gespielte Zerknirschung Lügen. Seine Hand, von ihrem Knie vertrieben, wanderte hinauf zu ihrer Hüfte. »Bin manchmal ein bißchen zerstreut, aber das liegt wohl...«

Ein Ruck ging durch ihren Körper. Sie hob den Peilempfänger und hielt ihn ans Ohr. »Nun halten Sie doch mal die Klappe! Und gehen Sie mir endlich von der Wäsche! – Hören Sie denn nicht?«

Aus dem Empfänger piepte es vernehmlich, und als das Piepen leiser wurde, zog Mirza unaufgefordert eine Schleife, während Ginger eine Akaziengruppe ins Visier nahm.

Dann entdeckte sie den Leoparden. Er hing in einer Astgabel und verzehrte einen Pavian, den er gerissen hatte. Die Spitze seines Schwanzes, die bis dicht über den Boden hinabhing, zuckte heftig. Jetzt entdeckte Ginger auch einen zweiten Leoparden. Er wälzte sich im Baumschatten auf dem Boden und spielte mit der Schwanzspitze wie eine Katze mit einem Wollknäuel.

»Sie haben ihn angenommen!« rief Ginger begeistert. »Er jagt schon wieder!« Dabei packte sie Mirzas Oberarm so heftig, daß er für einen Augenblick den Helikopter verzog. »Und verlobt hat er sich auch! Ein richtiges Happy-End mit allem Drum und Dran.«

»Sie haben Talent als Kupplerin«, sagte Mirza. »Aber Sie sollten auch ein bißchen an sich selbst denken. Wirklich, Ginger. Sollten Sie.«

»Wenn ich Zeit habe, denke ich mal darüber nach.« Sie

stellte den Peilempfänger ab. »So, jetzt könnten Sie mich zu meinem Kübelwagen zurückbringen.«
Bevor sie den Leoparden seinen Flitterwochen überließen, flog Mirza noch eine Schleife, aber Ginger war mit ihren Gedanken längst bei ihrem nächsten Job in Nairobi.
So entging ihr auch der Antrag, den Mirza mit seinem Helikopter in die Luft gemalt hatte: ein weitgeschwungenes Herz.

Die roten Elefanten

Tote Bäume werfen keine Schatten.
(Afrikanisches Sprichwort)

Die alte Elefantenkuh erschrak vor dem Spiegelbild, das sie in der Pfütze entdeckte: dem schrundigen Rüssel, der faltig herabhängenden Haut und den hohlen Wangen hinter den Stoßzähnen. Das Spiegelbild des Hungers. Sie nahm es nur undeutlich wahr, wie durch einen Schleier. Sie war erschöpft und sie schwankte. Wenigstens spürte sie den bohrenden Schmerz in ihrem Leib jetzt gedämpfter.

Es war ihr, als werde sie von innen aufgefressen, und auch ihre Schwestern waren von einer seltsamen Mattigkeit befallen, die sie bisher in der Herde nicht gekannt hatten, nicht einmal damals, als alle Wasserstellen in weitem Umkreis versiegt waren und das Futter verdorrt war. Sie hatten keine Blätter an den Bäumen mehr gefunden und kein Gras, nur gelegentlich einige Büschel raschelndes Heu.

Damals war der größte Teil der Herde verhungert, auch das jüngste Kalb der Elefantenkuh. Sie hatte es noch tagelang mit sich auf ihren Stoßzähnen geschleppt, bis das verwesende Fleisch zu stinken anfing und ihr die Last zu schwer wurde. Da hatte sie ihr totes Kalb hingelegt und so lange Äste auf den Kadaver geschüttet, bis er unter den Holzresten nicht mehr zu sehen gewesen war.

Als es kein Heu und keine Blätter mehr gegeben hatte,

rissen sie die Bäume aus und fraßen die Wurzeln und Rinden. Die alte Elefantenkuh erinnerte sich an das anhaltende Trompeten ihrer Schwestern. Das Holz hatte schwer in den Eingeweiden gelegen, und es hatte geschmerzt, wenn sie es ausscheiden wollten.

Als diesmal wieder der Regen ausblieb, viel zu lange ausblieb, wollte sie es nicht so weit kommen lassen. Sie trieb die Herde an zu einer tagelangen Wanderung dorthin, wo es Wasser gab und süße Früchte, die von hohen Palmen fielen. Bald hatten sie die Palmen gefunden und die Früchte und das Wasser, und wenn es nach der Elefantenkuh gegangen wäre, dann hätten sie das neue Land nie mehr verlassen.

Aber dort fanden sie nicht nur Wasser, Blätter, Gras und jene schmackhaften Früchte. Es gab auch Wesen, die Pavianen ähnelten, nur daß sie aufrecht gingen, lärmten und die Elefanten mit Stöcken verjagten. Und ihre Mutter hatte der Elefantenkuh überliefert, daß diese Wesen Feinde der Elefanten waren, denen man lieber aus dem Wege ging, denn sie hatten die Fähigkeit, Elefanten zu töten, ohne ihnen nahe zu kommen, indem sie einen knallenden Stock auf sie richteten.

So kehrte die Herde um, nachdem sie sich an den süßen Früchten gelabt hatte, zurück in ihre Heimat mit der roten Erde, dem spärlichen Gras und den dürren Bäumen und Büschen.

Auf dem ganzen Rückweg waren ihnen die Feinde gefolgt, und wenn sie ihnen gelegentlich zu nahe kamen, hatten die Elefanten einen Kreis gebildet, um sich die Feinde mit Scheinangriffen vom Leibe zu halten.

Nun war die Herde wieder hier. Inzwischen hatte es geregnet, neues Gras war gewachsen, und die wenigen Bäume, die noch nicht abgestorben waren, trugen frisches Laub. Aber plötzlich waren die Elefanten zu schwach und zu müde zum Äsen, und sie hatten diese unerklärlichen Schmerzen in den Eingeweiden.

Die Elefantenkuh spürte den Rüsselstumpf einer ihrer Schwestern in ihrem Maul. Wahrscheinlich wollte sie sich dort etwas zu fressen holen. Halt suchend schmiegte sie sich an die Leitkuh. Vor langer Zeit war die Schwester mit ihrem Rüssel in eine Schlinge geraten. Die Herde hatte versucht, ihn daraus zu befreien, aber je kräftiger die Elefanten daran zogen, desto fester hatte die Schlinge den Rüssel abgeschnürt. Im Laufe der Zeit hatte sich eine schwärende Wunde in der Kerbe gebildet, und eines Tages war das faulende Rüsselende abgefallen.

Die anderen Tiere der Herde hatten die kranke Schwester, die sich nun nicht mehr selbst ernähren konnte, abwechselnd gefüttert, und sie hatten diese Fürsorge beibehalten, auch nachdem die Narbe am Rüssel verheilt war. Sie hatten ihr die Blätter und Gräser, die sie zum Überleben brauchte, einfach ins Maul gesteckt.

Aber jetzt hatten sie selbst nicht die Kraft, ihre Rüssel zu den Blättern an den Bäumen zu heben oder das frische Gras aus der roten Erde zu reißen. Behutsam schob sie den Rüssel der Schwester weg. Die Elefantenkuh verspürte keinen Hunger, nur Durst. Sie kannte eine bessere Wasserstelle in der Nähe als die leergeschlürfte Schlammpfütze hier. Sie versuchte, ihre Schwestern anzutreiben, doch die blieben stehen, eng aneinandergelehnt, um nicht zu stürzen, zitternd vor Schmerz und Schwäche.

Als ihr Junges in der Mitte des Kreises mit den Vorderbeinen einbrach, reckten sich ihm mehrere Rüssel entgegen, um es wieder aufzurichten. Trotz ihrer Mattigkeit beugten sich die Elefantenkuh und ihre Schwestern hinab, um das Junge mit den Stoßzähnen anzuheben. Noch einmal versuchte das Kalb aufzustehen, dann rollte es seinen kleinen Rüssel zusammen, fiel auf die Seite und blieb liegen.

Den Rest des Tages und die darauffolgende Nacht hielt die Herde bei dem sterbenden Kalb Wache. Am Morgen waren sie fast alle tot, auch die alte Leitkuh.

Nur ihre jüngere Schwester mit dem verkürzten Rüssel lebte noch. Unaufhörlich wanderte sie von einem Kadaver zum anderen, stieß ihn an mit ihrem Rüsselstumpf, ihren Stoßzähnen und mit dem Kopf. Sie wollte nicht wahrhaben, daß sich kein Leben mehr regte in ihrer Herde, und sie ahnte, daß auch sie nun bald verhungert neben ihren Schwestern liegen würde.

In der Nähe heulten Hyänen, und hoch über ihrem Kopf kreisten Geier.

In der Nacht hatte sich der Mungo aus Robertsons Zelt dessen Brille geholt.

Nach dem Aufstehen machte sich Robertson auf die Suche nach der gestohlenen Brille. Dann entschloß er sich zu einer förmlichen Beschwerde bei Adipo.

»Captain, allmählich bin ich die Belästigungen leid. Ich habe keine Lust, ständig dieser Bestie und meinem Eigentum nachzujagen.«

Adipo zeigte unverhohlene Gleichgültigkeit, versprach aber, sich gelegentlich um die verlorengegangene Brille zu kümmern.

Robertson wandte sich enttäuscht ab und beklagte sich bei seinen Kameraden, die am überdachten Eßplatz des Camps beisammensaßen. Als er auch dort wenig Verständnis für seine Probleme fand, zog er sich grollend in sein Zelt zurück und widmete sich seiner Fernschachpartie.

»Ich hab' immer geglaubt, den könnte nichts aus der Ruhe bringen«, meinte Wegner.
»Habt ihr gesehen, wie seine linke Augenbraue gezuckt hat?« sagte Mirza. »Für einen Engländer ein ungeheuerlicher Wutausbruch.«
Koski schüttelte den Kopf. »Nur wegen eines Mungos.«
»Otto liebt ihn eben«, sagte Mirza. »Und wenn er schon nicht sein Herz erobern kann, dann wenigstens seine Brille.«
»Für Otto ist Robertson einer, der Schokolade hat«, meinte Wegner. »Mit Liebe hat das nichts zu tun.«
Mirza griff nach seiner Bierdose und führte sie an den Mund. Dann wandte er sich verblüfft an Koski. »Hast du mein Bier ausgetrunken?«
»Was?«
Mirza hielt die leere Dose hoch. »Eben war die Dose noch voll.«
»Was hab' ich damit zu tun?«
»Du hast neben dem Bier gesessen, Jason.«
»Ich trinke nie Bier«, beharrte Koski, auf seine Limonadendose zeigend.
»Vielleicht in Gedanken...«
»Quatsch! Bier ist bitter, das hätte ich auf der Zunge gespürt.«
Wegner versuchte, den aufkommenden Streit zu schlichten. »Wahrscheinlich haben Sie selbst schon so viel getrunken, daß Sie es gar nicht mehr gemerkt haben. Überhaupt – Sie sollten vielleicht weniger Bier trinken und statt dessen...«
»Hab' ich bei der MAPSU angeheuert oder bei den Guttemplern?« protestierte Mirza.
Es war Durako, der den Zwischenfall gestenreich aufklärte. Er hatte den Mungo beobachtet, wie er seine

spitze Schnauze in die Bierdose gesteckt und sie leergesoffen hatte, während die Männer mit Robertson sprachen.
Unterdessen nahm der Koch eine Nachricht aus Nairobi für Robertson auf, und Mirza erbot sich, den Funkspruch Robertson zu überbringen, der in seinem Zelt Schachprobleme wälzte.
»Haben Sie Ihre Brille wieder?« erkundigte er sich.
Und als Robertson verdrossen den Kopf schüttelte, überreichte er ihm den Funkspruch. »Das ist eben für Sie angekommen, Robertson. Von Miles McKenzie aus dem *New Stanley Hotel.*«
Robertson hob interessiert den Kopf. »Würden Sie es mir bitte vorlesen? Ohne Brille, wissen Sie…«
»Schon gut. Also, da steht: Oleg hat seinen nächsten Zug an die Akazie gepinnt: Springer von c4 auf d2. Gruß Miles.«
»d2? Wirklich d2?«
»So steht's hier jedenfalls.«
»Das habe ich fast befürchtet.« Robertson atmete tief durch. Dann versetzte er den schwarzen Springer auf seinem Steckschach in das Feld d2. »Vielen Dank, Mirza.« Robertson sah auf, als wollte er fragen, ob das alles sei. Offenbar wollte er wieder allein gelassen werden.
Aber Mirza blieb stehen wie ein Hotelpage, der auf sein Trinkgeld wartete. »Ist das nicht ein bißchen langweilig? Immer allein mit sich selbst spielen.«
»Ich spiele ja nicht allein.«
»Kennen Sie denn diesen Oleg überhaupt?«
»Wozu? Er übermittelt seine Züge und ich meine. Das genügt doch.«
»Also, mir würde das nicht genügen, Robertson. Das ist wie… wie eine Selbstbefriedigung oder so was.«

»Eine Fernschachpartie hat durchaus ihre Reize.«

»Selbstbefriedigung auch. Aber schöner ist es doch, wenn ein Partner mitmacht, finden Sie nicht?«

»Soviel ich weiß, interessieren sich weder Adipo noch Koski oder Wegner für Schach. Oder soll ich das Spiel etwa Durako beibringen?«

»Dem Wilden?« Mirza lachte. »Dann fragen Sie schon besser mich.«

»Haben Sie denn schon mal Schach gespielt?«

»Nein.«

»Schach ist ein sehr schwieriges Spiel.«

»Ich lerne schnell.«

»Hätten Sie wirklich Lust?«

»Doch, doch. Ist ja sonst nicht viel los hier.«

»Wenn Ihnen so viel daran liegt, könnte ich Ihnen die Grundbegriffe ja mal beibringen. Setzen Sie sich doch, Mirza.« Mirza nahm auf dem Bett Platz und hörte Robertson aufmerksam zu, der ein zweites Steckschach herbeiholte und ihn geduldig mit den Grundregeln vertraut machte.

»In der Theorie klingt das alles ziemlich verzwickt«, meinte Mirza schließlich. »Am besten lerne ich immer in der Praxis.«

»Wenn Sie unbedingt wollen...«

»Aber richtig, Robertson. So, als ob Sie gegen Ihren Russen spielen.« Robertson musterte ihn nachdenklich. Dann versteckte er einen weißen und einen schwarzen Bauern in seinen beiden Händen. »Wählen Sie.«

Mirza deutete auf Robertsons verdeckte Rechte. Robertson öffnete die Hand. »Sie haben Schwarz.«

»Ist das schlechter als Weiß?«

»Kaum. Aber Weiß hat einen winzigen Vorteil, nämlich den Eröffnungszug.« Robertson baute die Figuren auf und zog den Damebauern auf d4.

»Augenblick mal!« protestierte Mirza. »Ich denke, man darf mit den Bauern nur ein Feld vorrücken!«
»Ach ja, habe ich vergessen zu erwähnen: Beim ersten Zug darf jeder Bauer auch zwei Felder ziehen. Sie könnten jetzt ebenfalls mit Ihrem Damebauern vorrükken. Auf d5. Sie könnten aber auch...«
»Verzeihen Sie, Robertson, aber ich möchte lieber alleine spielen. Ohne Hilfe.«
»Wie Sie meinen.«
»Als Anfänger brauche ich natürlich etwas mehr Zeit. Ich hoffe, daß ich Ihre Geduld nicht zu sehr strapaziere.«
»Wir haben ja genug Zeit.«
»Noch eine Bitte, Robertson. Ich bin zwar ein leidenschaftlicher Spieler, aber ganz ohne Einsatz macht's mir einfach keinen Spaß.«
»Mirza, Sie unterschätzen die Schwierigkeit des Schachspiels. Ich habe fünfundzwanzig Jahre gebraucht, um meinen heutigen Standard zu erreichen. Und es wäre unanständig von mir, die Unerfahrenheit eines Anfängers auszunutzen. Ich spiele mit Ihnen nicht um Geld.«
»Eigentlich dachte ich mehr an einen symbolischen Einsatz.«
»Einen Drink oder so was?«
»Otto.«
»Otto?«
»Der Verlierer muß sich um den Mungo kümmern.«
»Was heißt das: kümmern?«
»Na, versorgen, die Verantwortung übernehmen. Sozusagen adoptieren.«
»Gräßliche Vorstellung. Aber dann verlange ich, daß auch Sie die Wette einhalten.«
»Abgemacht! Der Verlierer adoptiert Otto.«

Robertson blinzelte mißtrauisch. »Sie haben wirklich noch nie Schach gespielt?«
»Ehrenwort, Robertson.«
»Sie können sich fest darauf verlassen, daß ich mein Bestes geben werde.«
»Wie gegen den Russen?«
»Wie gegen den Russen«, wiederholte Robertson grimmig. Er dachte an den Mungo.
Doch bevor Mirza Robertsons Eröffnungszug beantworten konnte, kam Adipo mit der Bitte ins Zelt, Robertson möge sofort die Cessna und Mirza seinen Helikopter startklar machen. Es gehe um einen Einsatz im Ostteil des Tsavo-Parks. Vor fünf Minuten habe der dortige Wildhüter einen Funkspruch abgesetzt. Eine Herde von sieben Elefanten, darunter drei Junge, sei dort auf rätselhafte Weise verendet. Genaueres wisse er zwar noch nicht, aber er habe auf alle Fälle den World Wildlife Fund benachrichtigt, und Dr. Redcliffe habe sich von Nairobi aus schon auf den Weg gemacht.

Früher, vor dem 1977 erlassenen Jagdverbot, hatte Wegner an den Rändern des Nationalparks gejagt. Elefanten in den Hochebenen, Krokodile unterhalb der Lugard-Fälle am Galana-Fluß und manchmal auch Löwen, falls seinen Auftraggebern die Abschußlizenz nicht zu teuer gewesen war.
Seit dem allgemeinen Jagdverbot war aus dem exklusiven Sport der weißen Millionäre längst ein Massenvergnügen der Fototouristen, aus Fangschüssen waren Schnappschüsse geworden.
Später, in seinem Frankfurter Reisebüro, hatte Wegner Hunderte von Fotosafaris in den Tsavo-Park verkauft, der so groß ist wie die Schweiz, durchschnitten von der Straße Nairobi-Mombasa und der parallel dazu verlau-

fenden Eisenbahnlinie. Er hatte den Kunden die roten Elefanten angepriesen, charakteristisch für jenen Landstrich, in dem die Erde von rostfarbenem Lateritstaub bedeckt war. Und er hatte den Kunden ein oder zwei Nächte in dem Luxushotel *Voi Safari Lodge* verkauft mit der pompösen Eingangshalle, die wie von einem Disneyland-Architekten gestaltet schien, und mit den von Flutlicht angestrahlten Wasserlöchern, an denen man vom Restaurant aus das Großwild beobachten konnte.

Ginger war dem MAPSU-Team zuvorgekommen. Sie war mit ihrem grünen Kübelwagen schon am Manyani-Tor links abgebogen, auf die Straße nach Malindi. Kurz vor Sala hatte sie über den Galana in den gesperrten Nordteil des Nationalparks übergesetzt. Von dort aus wiesen ihr die Geier den Weg.

Eine halbe Stunde nach Ginger trafen Adipos Leute am Schauplatz der Tragödie ein, auch Durako. Koski hatte ihn einfach mitgenommen.

Ginger nickte Adipo traurig zu und deutete stumm auf den Platz, an dem die Elefanten sich zum Sterben niedergelegt hatten. Ihre Leiber waren über und über rot gepudert vom Staub des Tsavo. Nur in einem der Tiere regte sich noch ein Rest von Leben. Die Elefantenkuh kniete neben ihren Schwestern, zu schwach, um aufzustehen. Sie starrte herüber und hob matt den Stumpf ihres Rüssels.

»Erlösen Sie das Tier«, bat Ginger leise.

Adipo hob sein Gewehr und ließ es wieder sinken. »Dazu brauche ich die Genehmigung des Wildhüters.«

»Sie ist sowieso zum Tode verurteilt. Bitte!«

»Vielleicht erholt sie sich doch noch.«

»Sehen Sie ihren Rüssel, Captain. Das untere Drittel fehlt. Wahrscheinlich ist sie irgendwann einmal in eine Schlinge geraten. Der Rüssel ist abgefault. Sie ist nicht mehr lebensfähig.«

»Aber sie hat bis jetzt gelebt.«

»Weil ihre Herde sie durchgefüttert hat. Allein hat sie keine Chance.«

Ein Schuß unterbrach sie. Ein zweiter und dritter folgten.

Adipo schlug Wegner das Gewehr aus der Hand.

»Du kannst mich ja entlassen«, sagte Wegner und ging hinüber zu der Elefantenkuh, die jetzt leblos auf der Seite lag. Dann legte er noch einmal an zum Gnadenschuß.

Während die anderen Männer die Kadaver der Elefanten betrachteten, sagte Robertson: »Ich sehe keine Schußwunden. Vielleicht verhungert, so mager, wie sie aussehen.«

»Elefanten verhungern nacheinander«, sagte Ginger. »In Tagen, in Wochen. Nicht alle in derselben Stunde.«

Adipo strich über die rissige Haut der Leitkuh. »Ich hätte auf Gift getippt. Aber ich finde keine einzige Wunde und keine Pfeilspitze.«

»Es riecht nach...« Wegner schnupperte. »Ja, Rum oder so was.«

Ginger beugte sich hinunter und rührte mit einem Zweig in einem Kotballen. »Normalerweise ist der Kot fest und trocken. Aber dieser hier...« Sie stocherte ein paar kleine Kerne heraus. »Sie haben die Früchte von Dum-Palmen gefressen.«

»Im Tsavo-Park gibt's keine Dum-Palmen.«

Ginger deutete nach Osten. »Aber an der Küste. Die Herde hatte Hunger und ist auf Wanderschaft gegangen. Für Elefanten gibt es keine schönere Delikatesse als die kleinen braunen Früchte von den Dum-Palmen. Im Darm gären die Früchte, und die Elefanten kriegen einen regelrechten Rausch.«

»Also eine Art von Alkoholvergiftung?«

»Nein. Daran ist noch kein Elefant gestorben. Da muß noch etwas anderes sein.«

Als Durako Anstalten machte, sich ein Stück Lendenfleisch aus einem Elefanten herauszuschneiden, sagte sie zu Koski: »Er soll die Finger davon lassen.«

Ginger ging zu ihrem Kübelwagen hinüber und kam mit einer alten Hebammentasche zurück. Dann zog sie mit einer riesigen Injektionsspritze ein wenig Blut aus der Ohrvene der zuletzt verendeten Kuh ab, füllte das Blut in ein Reagenzglas, mischte es mit einer farblosen Flüssigkeit, schüttelte das Gemisch und sah hindurch. »Womit spritzen Sie in Kenia die Pflanzen?«

Adipo sah ihr verständnislos zu.

»Benutzen die Farmer neuerdings Insektizide? DDT oder Folidol?«

»Die Farmer nehmen keine Chemikalien«, sagte Robertson, »sondern Pyrethrum. Das ist billiger und wächst im Lande. Sie kennen vielleicht die Felder mit den weißen Blüten im Kikujuland.«

»Mein Vater hat auch Pyrethrum angepflanzt«, sagte Adipo. »Es hält die Insekten fern und ist für Menschen ungefährlich.«

Ginger nickte. »Also wohl auch für Elefanten. Aber diese hier sind an Folidol gestorben.«

»Woher wollen Sie denn das wissen?«

»Ich habe einmal eine wissenschaftliche Arbeit geschrieben über die Wirkung von Pestiziden und Insektiziden auf die Wildtiere.«

»Sie hören doch aber, daß Folidol auf den Kaffee- und Teeplantagen nicht benutzt wird.«

»Dann ist es den Elefanten eingegeben worden«, sagte Ginger bestimmt. »Und zwar vorsätzlich. Würde mich nicht wundern, wenn man irgendwo die Früchte von Dum-Palmen mit unverdünntem Folidol-Öl getränkt und sie dann in größeren Mengen auf einem Elefantenpfad verstreut hätte.«

»Das würden die Elefanten doch wittern.«

»Folidol ist geruch- und geschmacklos.«

»Das ergibt doch keinen Sinn, Dr. Redcliffe! Wer sollte schon so etwas tun?«

»Es könnte durchaus einen Sinn ergeben, Captain. Nämlich Elfenbein von sieben Elefanten.«

»Wilderer?«

»In der Küstenregion können sie Elefanten nicht abschießen. Jedenfalls nicht unbeobachtet. Und hier im Nationalpark würden die Schüsse gehört werden. Von einer Rangerstreife beispielsweise.« Ginger überlegte.

»Reden Sie weiter!«

»Elefanten fühlen sich nur in den Nationalparks und Reservaten noch einigermaßen sicher. Sie müssen schon großen Hunger haben, wenn es sie hinaustreibt. Und dann kehren sie auch regelmäßig bald zurück.«

»Ich weiß.«

»Die Wilderer wissen das auch. Nehmen wir an, die haben die hungrigen Elefanten mit vergifteten Früchten von Dum-Palmen gefüttert. Dann brauchen sie doch nur abzuwarten, bis die Tiere verendet sind, um sich geräuschlos das Elfenbein zu holen.«

»Was sie sagt, klingt irgendwie plausibel«, gab Wegner zu. »Aber da ist ein logischer Bruch, Kim. Warum hat ausgerechnet die schwächste Elefantenkuh, nämlich die mit dem verstümmelten Rüssel, die anderen überlebt?«

»Weil sie am wenigsten abbekommen hat«, sagte Ginger. »Sie konnte mit ihrem verkrüppelten Rüssel die

Früchte nicht selbst vom Boden aufnehmen und war auf das angewiesen, was die anderen Mitglieder der Herde ihr zugesteckt haben.«
»Vorhin haben Sie aber behauptet, Elefanten gehen so sozial miteinander um.«
»Auch Sie würden einen in Not geratenen Bruder vielleicht nicht gerade verhungern lassen, Mr. Wegner.«
»Bestimmt nicht.«
»Sie würden ihn aber auch nicht ausgerechnet mit den teuersten Delikatessen wie Gänseleber und Kaviar füttern. Die würden Sie wohl allein aufessen.«
»Nun werden Sie nicht gleich persönlich«, brummte Wegner.
Adipo trat von einem Bein aufs andere. »Hier irgendwo hinter den Büschen stecken die Wilderer und warten, bis Sie Ihren lächerlichen Streit über Gänseleber beendet haben, damit sie sich die Stoßzähne holen können.«
»Schade, daß der Hubschrauber an der *Voi Lodge* steht«, sagte Mirza.
»Wir können sie auch mit der Cessna suchen«, schlug Wegner vor. »Robertson und ich stöbern sie auf, und ihr nehmt sie am Boden fest.«
Adipo winkte ab. »Die Handlanger sind mir nicht so wichtig. Ich will die Leute, die dahinterstehen. Die Abnehmer.« Er wandte sich an Ginger. »Sie haben da neulich so einen Peilsender an dem Leoparden angebracht, Dr. Redcliffe. Haben Sie noch mehr von den Dingern?«
»Im Auto.«
»Können Sie mir einen holen?«
Nach einer Minute kehrte Ginger mit einem Plastikkästchen zurück, kaum größer als das Zifferblatt ihrer Armbanduhr.
Adipo betrachtete das Kästchen zufrieden. »Sogar die

Farbe stimmt. Weiß wie Elfenbein. Wie lange hält die Batterie?«

»Mindestens vier Tage.«

»Das reicht.« Adipo beugte sich zu der Leitkuh hinunter und begann, mit seinem Taschenmesser ein Loch von der Größe des Peilsenders in die Unterseite des linken Stoßzahns zu schnitzen.

Mirza begriff als erster. Er holte seine Nagelfeile heraus und glättete mit ihr die Ränder und Kanten der Vertiefung im Stoßzahn, bevor er den Peilsender sanft hineindrückte. Er strich über das glatte Elfenbein und betrachtete sein Werk. »Es muß fest verankert sein.« Nur die winzige Antenne hing heraus. Irgendwoher zauberte Mirza eine Rolle mit durchsichtigem Klebeband hervor, und damit klebte er die Drahtspirale an den Stoßzahn, bis nur noch die Antennenspitze hervorlugte.

Adipo sah auf die flinken, schmalen Finger des Inders. »Sie stellen sich so geschickt an, als ob Sie das schon oft gemacht haben.«

»Kein Problem für einen alten Elfenbeinschmuggler wie mich«, grinste Mirza. Dann wandte er sich unvermittelt an Robertson. »Hab' inzwischen nachgedacht: Bauer auf d5.«

»Wie bitte?«

»Das ist mein Antwortzug.«

»Mhm. Na, dann ziehe ich Bauer auf c4.«

»Was! So schnell geht das bei Ihnen?«

»Die Eröffnungszüge sind Routine.«

»Bei mir dauert so was länger. Ich muß mir das erst auf dem Schachbrett genau angucken.«

»Lassen Sie sich nur Zeit, Mirza.«

Adipo drängte zum Aufbruch. »Wir ziehen uns jetzt zurück und warten, bis die Wilderer ihre Beute holen.«

»Das kann aber lange dauern«, sagte Wegner.
»Nur ein geduldiger Mann wird reife Früchte essen.«
Auf dem Weg zum Landrover, den Adipo im APU-Stützpunkt Voi ausgeliehen hatte, nahm er Wegner beiseite. »Ich wollte dich nicht vor den anderen zurechtweisen, Karl. Aber geschossen wird erst, wenn ich das Feuer freigebe.«
»Hast du nicht gesehen, wie sich die Elefantenkuh gequält hat?«
»Einer kann nur das Kommando haben.«
Und als Wegner störrisch schwieg, faßte Adipo nach. »Ich möchte, daß das klar ist. Ein für allemal. Okay?«
»Okay.« Er ist verdammt erwachsen geworden in den letzten Jahren, dachte Wegner.
Sie stiegen ein und fuhren eine Viertelstunde bis zu einer Gruppe von Fieberbäumen am Fluß, hochgewachsenen Akazien mit glatten gelben Rinden. Eine äsende Zebraherde suchte widerwillig das Weite.
»Halt!« rief Adipo. »Das ist der richtige Platz. Sehen und nicht gesehen werden.«
Er gab Koski sein Fernglas und schickte ihn auf einen der Bäume.
»Es rührt sich nichts bei den toten Elefanten«, rief Koski, nachdem er den Baum erklettert hatte. Am Fuß der Akazie hatte sich Durako hingehockt. Er starrte unverwandt nach oben zu seinem Herrn, der beruhigend in der Kipsigis-Sprache auf ihn einredete.
»Sie haben uns sehr geholfen«, sagte Adipo zu Ginger, die in ihrem Kübelwagen darauf zu warten schien, was nun passieren würde. »Am besten, Sie fahren jetzt zur *Voi Safari Lodge*, bis die Sache erledigt ist. Und nehmen Sie Mirza mit. Er soll sich in der *Lodge* aufhalten. Vielleicht brauchen wir noch seinen Hubschrauber.«
»Ich möchte gern hierbleiben, Captain.« Ein Schweiß-

tropfen, der ihr von der Schläfe herunterrollte, bahnte sich eine Rinne durch die rote Staubschicht auf ihrem Gesicht. »Aber Mirza kann meinen Wagen haben.«

»Es könnte zu einem Schußwechsel kommen, Dr. Redcliffe. Ich übernehme keine Verantwortung für Ihre körperliche Unversehrtheit.«

»Bisher habe ich auf meinen Körper ganz gut selbst aufgepaßt.«

Mirza grinste. »Stimmt. Kann ich bezeugen.«

Wegner wischte sich die Stirn. »Soll sie doch draufgehen, wenn sie unbedingt darauf besteht.« Er starrte mißmutig in sein vom Lateritstaub gerötetes Taschentuch.

»Ich bin nicht aus Neugierde hier, sondern weil ich einen Bericht für den World Wildlife Fund schreiben will. Die möchten über alles Bescheid wissen, was mit der Erhaltung der Fauna zu tun hat. Also auch mit der Bekämpfung von Wilderern.«

»Auf Ihre Verantwortung, Dr. Redcliffe«, sagte Adipo.

Nach Mirzas Abfahrt blieb Wegner noch in Gingers Nähe, um ihr einen Denkzettel zu verpassen, aber ihm fiel nichts Rechtes ein.

»Trotzdem vielen Dank, Mr. Wegner«, sagte sie.

»Dank – wofür?«

»Für den Gnadenschuß vorhin.«

»Komisch, daß gerade Sie das sagen. Mit dem Captain habe ich deswegen Krach bekommen. Dabei habe ich's nicht mal gern getan.«

»War doch nicht Ihr erster Elefant.«

»Ich bin ein bißchen aus der Übung gekommen in den letzten Jahren.«

»Haben Sie früher viel im Tsavo gejagt?«

»Ja. Aber da sah es noch anders aus.« Er zeigte auf die

Baumskelette draußen in der Savanne. »Nicht so trostlos.«
»Inzwischen hat sich die Situation dramatisch verändert. Kein Wunder bei der Übervölkerung. Wir haben jetzt mindestens dreißigtausend Elefanten im Tsavo.«
»Was – dreißigtausend?«
»Sie kommen von draußen rein, weil sie sich nirgendwo mehr sicher fühlen außer in den Nationalparks. Aber hier finden sie zuwenig Gras. Und weil an den Bäumen keine Blätter mehr sind, entwurzeln sie die Bäume, um wenigstens an das Wurzelholz heranzukommen. Der Tsavo wird zur Wüste, nichts wächst nach. In ein paar Jahren werden sie alle verhungert sein.«
»Dann werden sie sich eben außerhalb der Parks Nahrung suchen. Dort, wo noch was wächst.«
»Das Land draußen ist gerodet. Die Bauern brennen die Büsche ab, um Weideflächen für ihre Rinder zu bekommen.« Traurig schüttelte sie den Kopf. »Nein, für Elefanten ist der Tsavo die letzte Zuflucht. Und zugleich ist es eine Todesfalle. Haben Sie bemerkt, wie abgemagert die vergifteten Tiere waren?«
»Vor zehn Jahren ungefähr habe ich das hier schon mal gesehen.«
Ginger nickte. »Ich erinnere mich genau. 1971 ist die Regenzeit ausgeblieben. Ich habe damals in der Forschungsgruppe von Richard Laws gearbeitet. Wir haben sechstausend verhungerte Elefanten gezählt. Der Tsavo ist ein riesiger Elefantenslum geworden. Hunger und Streß, weil die Tiere zu stark der direkten Sonneneinstrahlung ausgesetzt sind. Die Bäume sterben, und tote Bäume werfen keine Schatten.«
»Irgendwie blicke ich da nicht durch«, sagte Wegner. »Auf der einen Seite sollen wir die Elefanten schützen, um sie vor dem Aussterben zu retten. Und jetzt höre ich von

Ihnen, daß es in Kenia eigentlich viel zu viele von ihnen gibt.«

Ginger lächelte nachsichtig. »Aus welcher Stadt kommen Sie?«

»Frankfurt. Wieso?«

»Und ihr seid sechzig Millionen Deutsche...«

»So ungefähr.«

»Nun versuchen Sie sich mal vorzustellen, die müßten alle in Frankfurt leben und in zwei, drei anderen Städten.«

»Schauderhaft!« Wegner schüttelte sich. »Aber bleiben wir lieber bei den Elefanten. Welche Lösung hat Ihre Forschungsgruppe vorgeschlagen?«

»Wahrscheinlich ist es zu spät. Die einzige Lösung wäre...« Ginger zögerte. »Sie ist so scheußlich, daß ich sie sofort wieder vergessen möchte. Man müßte die Bestände der Elefanten dezimieren.«

»Hört sich an wie ein feineres Wort für abschießen.«

»Ja, abschießen. Jedes Jahr dreitausend Elefanten. Zehn Prozent des Bestandes. Das wäre die einzige Möglichkeit, um den anderen eine Überlebenschance zu sichern.«

»Verrückte Welt!« Wegner biß sich auf die Lippen. »Und wie stellt sich die Regierung zu dem Vorschlag?«

»Sie sind noch zu keinem Entschluß gekommen.« Ginger winkte zu Adipo hinüber. »Ich glaube, die haben was zu essen vorbereitet.«

»Mir ist der Appetit vergangen.«

Es gab Corned beef, Cracker und Wasser statt Tee, weil Adipo kein Feuer machen wollte, um die Wilderer nicht zu warnen.

Sie schwiegen eine Weile und lauschten dem rhythmischen Piepen aus dem Empfänger, der die Signale des im

Stoßzahn der toten Elefantenkuh verborgenen Peilsenders wiedergab.
»Soll dich Wegner ablösen?« rief Adipo den Baum hinauf.
Koski winkte ab. »Rührt sich nichts.«
Eine Viertelstunde später begann Durako unruhig hin und her zu laufen. Er hob den Kopf wie ein witternder Hund und rief etwas in seiner Turkana-Sprache zu Koski hinauf.
»Er behauptet, da seien Menschen«, übersetzte Koski. »Er kann sie riechen, und er hört Geräusche, wie sie unser Landrover macht.«
Adipo stellte den Empfänger des Peilsenders ab.
»Drüben bei den toten Elefanten.« Unwillkürlich dämpfte Koski seine Stimme.
»Unmöglich!« Aber auch Wegner begann jetzt zu flüstern. »Das sind doch mindestens drei Kilometer bis dorthin.«
Ein paar Minuten vergingen, bis Koski sich von seinem Auslug wieder meldete. »Jetzt kann ich sie auch sehen. Ein Geländewagen. Fährt auf die Elefanten zu.«
»So früh hätte ich die nicht erwartet«, sagte Wegner.
»*Mwenje kuchinja hachelei kuchuna*«, sagte Adipo. »Wer ein Tier tötet, will ihm auch die Haut abziehen. Und das können sie nur jetzt. Sie haben uns vorhin beobachtet, und sie rechnen damit, daß wir bald einen Wächter herschicken werden.«
Koski setzte sein Fernglas ab. »Jetzt haben sie angehalten und fangen an, die Stoßzähne abzubrechen.«
»Komm runter, Jason.«
Wegner schüttelte den Kopf. »Das gibt's doch gar nicht, daß einer auf drei Kilometer Menschen riecht!«
»Aber er hat sie gerochen«, sagte Koski. »Der Wind steht günstig.« Er war inzwischen von seinem Baum

heruntergeklettert und wartete auf Instruktionen des Captain.
»Komm mit, Jason.« Adipo holte ihm aus dem Landrover eine Maschinenpistole, einen Taschenkompaß und ein Walkie-Talkie. »Nimm das Fernglas mit und den Peilempfänger auch. Mit dem Walkie-Talkie hältst du zu uns Verbindung.« Dann verabschiedete er Koski mit einem aufmunternden Klaps. »Laß dich nicht abhängen, Jason. Wir bleiben dir auf den Fersen.«
Leichtfüßig trabte Koski davon. Durako stutzte, dann rannte er seinem Herrn nach.
»Laß ihn«, sagte Adipo, als Wegner den Turkana zurückhalten wollte.

Der Platz, den sich die Elefantenfamilie zum Sterben ausgesucht hatte, lag in einer flachen Senke und war von außen gut einzusehen. Koski wollte nicht riskieren, vorzeitig von den Wilderern entdeckt zu werden. Als er ihnen auf einen knappen Kilometer nahe gekommen war, drückte er Durako zu Boden, legte sich selbst bäuchlings daneben und beobachtete durch das Fernglas die Wilderer beim Ausschlachten des Großwildes.
Es waren fünf Mann, jeder mit einem automatischen Schnellfeuergewehr bewaffnet. Einer hatte sein Gewehr geschultert und schaute sich um. Die anderen brachen den sieben toten Elefanten das Elfenbein aus, selbst den Kälbern, deren Stoßzähne aus Koskis Perspektive so klein wie Zahnstocher wirkten.
Dann trugen die Männer die Zähne auf die Ladefläche des Landcruiser, deckten sie mit leeren Säcken zu und sprangen auf. Offenbar hatten sie es jetzt eilig wegzukommen.
Als der Toyota Landcruiser in einer roten Staubwolke verschwand, drückte Koski die Sprechtaste seines Wal-

kie-Talkie: »Captain, sie fahren los. Richtung Nordost.«
»Kannst du dranbleiben?«
»Sie kommen nicht sehr schnell voran. Das Gelände ist ziemlich uneben.«
»Und Durako?«
»Wenn er nicht mehr mitkommt, laß ich ihn irgendwo sitzen.«
»Gut, wir picken ihn dann auf.«
In der folgenden Stunde erwies sich der alte Turkana als ausdauernder Läufer. Fast mühelos folgte er Koski in einem kräftesparenden Trab, den er den Zebras abgesehen zu haben schien.
Koski brauchte sich nur nach der roten Staubwolke zu orientieren, und als die ausblieb, weil der Toyota ein Stück grüne Savanne durchquerte, richtete sich Koski nach den Piepsignalen aus seinem Empfänger.
Nach einer Weile meldete Koski über sein Walkie-Talkie, daß der Toyota vor ihm die Richtung geändert hatte. Er fuhr jetzt nördlich.
Wegner sah auf die Generalstabskarte, die auf seinen Knien ausgebreitet war. »Klar. Sie wollten nicht im Nationalpark erwischt werden, und jetzt sind sie draußen. Aber ich hätte geschworen, sie fahren nach Osten, irgendwo an die Küste. Nach Malindi oder zu einem der Creeks.«
»Kann sein, daß sie nach Somalia wollen«, vermutete Adipo. »Was meinen Sie, Robertson?«
Robertson zuckte schweigend die Achseln. Er schaltete auf Vierradantrieb, das Gelände war unwegsamer geworden. Die Dornbüsche standen hier so dicht, daß Robertson sie niederwalzen mußte, um überhaupt mit dem Landrover voranzukommen.
»Lassen Sie sich nur Zeit«, sagte Adipo. »Wir dürfen

nicht zu dicht auffahren. Ein Geländewagen ist auffälliger als zwei Männer zu Fuß.«

Allmählich ermüdete Durako. Immer öfter legte er eine Pause ein. Koski fürchtete, den Anschluß an die Wilderer zu verlieren. Er wartete auf den Alten und trieb ihn wieder an. Die Pausen waren ihm lästig, andererseits tat ihm der alte Mann leid, der offenbar die Grenze seines Leistungsvermögens erreicht hatte.
Als vor ihnen eine Felsgruppe in der Savanne auftauchte, hielt der alte Turkana seine Nase in den Wind wie vorhin unter den Fieberbäumen. »Menschen«, japste er, auf die Felsgruppe zeigend.
»Ich weiß, Durako.« Koski rannte weiter, Durako folgte ihm widerwillig.
»Jason!« rief er.
»Komm schon!« Koski drehte sich nach dem ausgepumpten Alten um. Der Peilempfänger piepte jetzt lauter als zuvor, die Wilderer konnten also nicht sehr weit sein.
Ein Schwarm metallisch grüner Glanzstare begleitete ihn, und ihr Zetern hörte sich an, als wollten die Vögel ihn vor einer unsichtbaren Gefahr warnen.
Irgendwo verhallte ein einzelner Schuß. Es war nicht auszumachen, woher er kam. Koski warf sich instinktiv zu Boden, und als er sich nach Durako umsah, bemerkte er, daß eine blutende Wunde am Oberschenkel das Lederwams des Alten rot färbte.
Koski versuchte, auf allen vieren zu Durako zurückzukriechen, aber als die Einschläge ringsum ihm den Weg abschnitten, suchte er hinter einem Felsbrocken Dekkung.
Koski duckte sich und zog die Beine an. Die Schüsse kamen aus der Felsgruppe vor ihnen.

Koski entsicherte seine Maschinenpistole und versuchte, sie in Anschlag zu bringen, sah aber sofort ein, daß es zwecklos war. Um sie abzufeuern, hätte er seine behelfsmäßige Deckung verlassen müssen, ohne die geringste Chance, da vorn in der Felsgruppe ein sichtbares Ziel auszumachen.

Er drückte die Sprechtaste seines Walkie-Talkie: »Captain, sie haben sich verschanzt und nehmen uns unter Feuer.«

»Wir kommen!« antwortete Adipo.

»Aber schnell. Lange können wir uns nicht halten.« Koski spähte zu der Felsgruppe hinüber, zog aber unter einem neuen Geschoßhagel seinen Kopf wieder ein.

So entging ihm die Gestalt, die plötzlich schräg hinter ihm auftauchte. Der Mann hob sein Gewehr und zielte auf Koski, doch bevor er abdrücken konnte, strauchelte er. Ein Schuß löste sich aus seinem Schnellfeuergewehr.

Als Koski sich umdrehte, sah er den Wilderer und den verletzten Durako, der sich halb aufgerichtet hatte. Offenbar hatte Durako den Wilderer entdeckt und mit einem Steinwurf gefällt.

Mit ein paar Sätzen war Koski bei dem Wilderer und setzte ihn mit zwei, drei Karateschlägen außer Gefecht. Er empfand Wut wie selten zuvor, aber er widerstand der Versuchung, den Mann mit einem Fangschuß zu erledigen. Es wäre sein gutes Recht gewesen, immerhin hatte der Mann ihn töten wollen. Auge um Auge, Zahn um Zahn. Er mußte aus der Felsgruppe gekommen sein und ihn in weitem Bogen umgangen haben.

Koski warf sich zu Boden. Der Körper des Wilderers gab einen brauchbaren Kugelfang ab. Ein Geschoß schlug in den Körper vor ihm ein, ein zweites und ein

drittes. Das zweite Geschoß hatte den Hals des Mannes gestreift. Blut spritzte aus der zerfetzten Schlagader. Durako versuchte, sich aufzurichten, um die zwanzig Meter zu Koski zurückzulegen. Er kam nicht weit, und Koski befahl ihm mit einer Geste liegenzubleiben.
Weit hinten stieg roter Staub auf. Das mußte Adipo mit dem Landrover sein.

Robertson stoppte den Landrover etwa fünfzig Meter hinter Koski. Die Männer sprangen ab und verbargen sich auf der Seite, die der Felsgruppe abgewandt war.
»Soll ich sie von hinten umgehen?« fragte Wegner.
Adipo schüttelte den Kopf. »Die Felsen sind von allen Seiten eine Festung.«
»Gebt mir auch ein Gewehr«, forderte Ginger.
»Sie bleiben hier. Nehmen Sie Kontakt auf mit Mirza.« Adipo blickte Wegner an. »Mal sehen, wozu dieser Playboy taugt.«

Mirza wäre viel lieber bei Adipos Gruppe geblieben, statt hier auf der Terrasse der *Voi Safari Lodge* auf ein Zeichen des Captain zu warten. Um diese Zeit war an der Tränke vor der *Lodge* wenig los. Das Großwild hielt Siesta, zur Tränke kam es gewöhnlich nur morgens und abends.
Mirza hatte das Beste aus seiner Situation zu machen versucht, hatte ein Zimmer gemietet, geduscht und an der Rezeption hinterlassen, wo er zu finden sei, falls er über Funktelefon verlangt werde.
Dann war er auf die Terrasse gegangen, zu dieser Jennifer, mit der er sich vorhin in der Halle zum Lunch verabredet hatte. Eine Sekretärin aus Leeds auf Pauschaltour. Gelangweilt stocherte er in seinem Lamm mit Curryreis.

»Sie sind noch immer nicht darüber hinweg, nicht wahr?« Jennifer hatte ein blasses Gesicht, in dem nur die Sommersprossen zu leben schienen.

Mirza reckte sich und zeigte mit der Hand auf sein Schulterblatt. »Hier hat der Speer mich getroffen. Genau hier. Ein Stück weiter links, und er hätte mein Herz durchbohrt.« Seufzend piekte er ein Stück Fleisch auf die Gabel. »Manchmal wünschte ich, sie hätten genauer gezielt.«

»So was dürfen Sie nicht sagen, Jawal!« Sie schob ihre Hand über den Tisch.

»Aber welchen Sinn soll denn ein Leben ohne sie noch haben!«

»Wie sah sie aus?« Jennifer bekämpfte ihre Rührung. »War sie schön?«

»Schön wie eine Mondnacht am Kilimandscharo.«

»Und wie hieß sie?«

»Nduku. Prinzessin Nduku«, sagte er kauend. »Der König hatte sie dem Häuptling eines anderen Stammes versprochen. Wo Politik im Spiel ist, da muß die Liebe schweigen.«

Jennifer wartete, bis der Kellner die Teller abgeräumt hatte. Nach einigem Zögern fragte sie: »Lieben Sie sie immer noch?«

Mirza schlug die Augen nieder. »Ich kann keine andere Frau lieben – nach Nduku.«

»Das verstehe ich«, hauchte sie. Ihre wasserhellen Augen füllten sich mit Tränen.

»Sie hat sich in den Fluß gestürzt, weil sie den alten Häuptling nicht heiraten wollte. Krokodile...« Und mit erstickender Stimme fügte er hinzu: »Ich kann darüber nicht sprechen. Verzeihen Sie.«

Sie streichelte seine Hand. »Weinen Sie ruhig, Jawal. Sie brauchen sich Ihrer Tränen nicht zu schämen.«

»Ich habe keine Tränen mehr.« Ein schöner Satz, dachte er. Sollte man sich merken, kann man bestimmt wieder verwerten. Schade, daß er kein größeres Publikum hatte. Und nach einer angemessenen Pause der Erschütterung fuhr er fort: »In ihren Augen war es ein todeswürdiges Verbrechen, daß ich die Prinzessin entführt habe. Der Medizinmann hat mich mit seinem Fluch belegt. Seitdem jagen sie mich. Überall!«
Er sah sich gehetzt um.
»Meinen Sie, daß sie sogar bis hierher kommen könnten, in die *Lodge*?«
»Oh, der König hat einen langen Arm. Sie haben tausend Augen. Vielleicht haben sie schon meine Zimmernummer herausbekommen.«
Voller Argwohn musterte Jennifer den Kellner, der gerade den Fruchtsalat brachte.
Als der Kellner fort war, beugte sie sich flüsternd über den Tisch. »Jawal, bitte versprechen Sie mir, daß Sie mich nicht falsch verstehen ...«
»Ich verspreche es.«
»Ich denke, Sie würden sich sicherer fühlen.« Sie stockte. »Sie müssen ja auch mal zum Schlafen kommen. In meinem Zimmer ist noch ein Bett frei. Aber Sie dürfen mich wirklich nicht falsch verstehen.«
»Das würden Sie tatsächlich für mich tun, Jennifer?« Wenn sie doch bloß ein wenig hübscher wäre!
»Also abgemacht! Sobald es dunkel wird, kommen Sie. Klopfen Sie zweimal kurz, zweimal lang, zweimal kurz. Aber passen Sie auf, daß Sie dabei nicht gesehen werden.«
»Zweimal kurz, zweimal lang, zweimal kurz.« Mirza probierte es mit dem Löffel an der Untertasse. »So?«
Ein Boy lief mit einer Glocke durch den Saal. Er trug eine Schiefertafel, auf die mit Kreide geschrieben war: »Anruf für Mr. Mirza.«

Mirza wischte sich den Mund, sah sich sichernd um und ließ die Touristin mit einem bedeutungsschweren Blick zurück.
In der Hotelhalle schickte ihn der Portier in das Büro, wo das Funktelefon stand.
»Captain!« Er schlug die Hacken zusammen. »Ranger First Class Jawal Mirza zur Stelle!«
Aber es war Gingers Stimme, die antwortete. »Lassen Sie den Quatsch, Mirza! Sie werden gebraucht.«
»Ich habe ja gleich gesagt, Sie halten's nicht lange aus ohne mich, Dr. Redcliffe.«
»Der Captain ist in der Klemme. Die Wilderer haben sich in einer Felsgruppe verschanzt. Wir befinden uns etwa fünfunddreißig Kilometer Nordnordost von der Stelle, wo Sie uns verlassen haben.«
»Ungern verlassen haben. Hier auf der *Lodge* ist's verdammt langweilig.«
»Reden Sie nicht soviel und kommen Sie so schnell wie möglich!«
»Gern, Dr. Redcliffe, aber Sie müssen mir versprechen, daß Sie sich den ganzen Abend für mich freihalten.«
»Mann, haben Sie denn nichts anderes im Kopf?«
»Vielen Dank für die Zusage. Ich fliege!«
Mirza lief zurück in den Speisesaal, wo Jennifer ihn aus umflorten Augen anstarrte.
»Schlechte Nachrichten?« hauchte sie.
»Danke, Jennifer, danke!« Er drückte ihre feuchte Hand, ohne sich noch einmal hinzusetzen. »Jetzt kommt es auf Minuten an.«
»Soll ich mit Ihnen fliehen, Jawal?«
»Zu gefährlich! Muß sofort weg! Meine Freunde holen mich mit dem Hubschrauber ab.«
»Ich bin ab morgen in Mombasa. Südküste. *Hotel Jadini*«, sagte sie.

Er hatte es eilig, den Ausgang zu erreichen. »Ihr Fruchtsalat!« rief sie ihm nach.
»Essen Sie ihn selbst, Jennifer. Nehmen Sie ihn als mein Abschiedsgeschenk.«

Nestflüchter

Die Zunge schlägt bösere Wunden
als die Zähne.
(Afrikanisches Sprichwort)

Eigentlich wollte Adipo seine Leute ausschwärmen und die Felsgruppe, hinter der sich die Wilderer verschanzt hatten, von mehreren Seiten unter Beschuß nehmen lassen. Aber aus dem Vorhaben wurde nichts. Sobald einer von ihnen die sichere Deckung verließ, die ihm die Flanke des Landrover bot, nahmen ihn die Wilderer sofort ins Sperrfeuer.

Eines der Geschosse hatte den Reservetank durchlöchert. Es gluckerte und stank nach Benzin.

Fünfzig Meter von ihnen entfernt lagen noch immer der verwundete Durako und Koski. Als Wegner sich anbot, sie unter Feuerschutz zurückzuholen, winkte Adipo ab. »Wo nur dieser verdammte Mirza bleibt!« rief er.

Er kletterte in die Führerkabine und funkte die *Voi Safari Lodge* an. »Geben Sie mir Mr. Mirza.«

»Sorry, Sir«, antwortete eine Stimme. »Mr. Mirza hat sich die Rechnung geben lassen und die *Lodge* bereits verlassen.«

»Hat er Ihnen gesagt, wohin?«

»Soviel ich weiß, hat er eine Verabredung mit einer Dame.«

»Mit einer – was!?« schrie Adipo.

»Ich habe ihn sagen hören, daß er sich mit einer Dame...«

Der Satz ging in einem Rattern unter. Robertson zeigte gen Himmel. Es war der Hubschrauber.
Im Funksprechgerät überlagerte jetzt Mirzas Stimme die des Hotelportiers. »Wo fehlt's denn, Captain?«
»Mensch, Mirza! Da vorn die Felsgruppe. Legen Sie einen Gurt ins MG und jagen Sie eine Salve hinein.«
»Einundzwanzig Schüsse Salut – wie beim Staatsbesuch?«
»Und fliegen Sie nicht zu tief, Mirza, hören Sie!«
Mirza zog seine Hughes 500 C hoch, flog zur Felsgruppe hinüber und verharrte dort in wenigstens hundert Meter Höhe. Minutenlang, ohne einen einzigen Schuß abzugeben.
»Wann schießt er denn!« schrie Adipo.
Dann endlich tröpfelte etwas aus dem Hubschrauber heraus.
Unten detonierte es dumpf, etwa ein dutzendmal. Dikker schwarzer Qualm stieg aus der Felsgruppe auf.
»Rauchbomben!« Adipo sah Wegner verblüfft an. »Woher hat der Kerl die Dinger?«
Wegner zeigte auf den Hubschrauber. »Da kommt noch mehr.« Durch das Fernglas beobachtete er, wie Mirza das Seitenfenster aufschob und jetzt auch eine Kiste hinauswarf.
Die Kiste trudelte hinunter und tauchte in den Qualm ein, der über der Felsgruppe lag.
Sekundenlang blieb es dort still. Auch die Wilderer hatten zu schießen aufgehört.
Plötzlich brach ein infernalischer Lärm los. Es knatterte, es blitzte. Raketen zischten in den Himmel. Feuerräder sprühten. Kanonenschüsse böllerten.
Der Hubschrauber flog zu ihnen zurück und zog ein Spruchband hinter sich her mit der Aufschrift *Happy New Year*.

»Wieso?« sagte Ginger verständnislos. »Wir haben doch erst November.«
Adipo, Wegner und Robertson stürmten los, die Maschinenpistolen in den Händen. Koski schloß sich ihnen an.
Aber sie brauchten ihre Waffen nicht mehr. Aus dem Rauch tauchten drei Wilderer auf, hustend, mit weit aufgerissenen Augen. Sie trugen gefleckte Tarnanzüge. Als sie Adipos Leute sahen, warfen sie ihre Gewehre fort und legten die Hände auf ihre Köpfe.
»Bringt sie zum Landrover!« rief Adipo. Während Koski und Wegner die Wilderer vor sich hertrieben, holte Robertson aus dem Landrover die Handfesseln, mit denen er sie aneinanderkettete.
»Es sind Somali«, sagte Adipo.
Koski schlug sich mit der flachen Hand an die Stirn. »Durako! Den habe ich fast vergessen.«
Der Turkana lag noch immer an der Stelle, wo er von der Kugel getroffen worden war. Das Blut an seinem Oberschenkel war geronnen. Leise und verängstigt sprach er auf Koski ein.
»Er hält uns für Medizinmänner, die Feuer, Blitz und Donner machen können«, übersetzte Koski.
»Sag ihm, das machen wir nur gegen unsere Feinde«, sagte Adipo. »Bei unseren Freunden sind wir gute Zauberer.«
Nachdem Koski mit dem Turkana ein paar Worte gewechselt hatte, sagte er: »Wir sollen ihm die Wunde wegzaubern.«
Adipo sah zu Robertson hinüber, der sich über den toten Wilderer beugte. »Exitus«, murmelte er.
»Er wollte mich umbringen«, sagte Koski. »Aber Durako ist ihm zuvorgekommen.«
Adipo betrachtete den von Kugeln durchlöcherten

Leichnam des Wilderers. »Hast du Durako etwa dein Gewehr gegeben?«
»Nein, er hat den Wilderer mit einem Stein gefällt. Dann habe ich dem Mann ein paar Karateschläge versetzt und seinen Körper als Deckung benutzt. Die Somali haben trotzdem auf ihren Kameraden geschossen. Ich verstehe das nicht.«
»Sie wollten nicht, daß er in unsere Hände fiel. Ein Mitwisser weniger, ein Anteil mehr.« Adipos Augen suchten Robertson. »Können Sie mal nach Durako sehen?«
Zögernd trat Robertson näher. Er warf einen beiläufigen Blick auf den verletzten Oberschenkel des Turkana. »Hoffentlich hat der Knochen nichts abbekommen.« Er stand da, die Hände in den Hosentaschen, und nagte an seinem Schnurrbart.
»Na und!« rief Ginger. »Wollen Sie nicht nachsehen?«
»Man müßte die *Flying Doctors* holen«, sagte Robertson.
»Wozu? Sie sind doch Arzt!«
Robertson schlug die Augen nieder und schüttelte den Kopf. Koski rannte zu ihm hinüber und zog ihn am Ärmel. »Er hat mir doch das Leben gerettet.«
Jetzt war es Adipo, der die Blicke auf sich zog. Alle warteten auf ein Machtwort von ihm.
»Seien Sie nicht so stur, Dr. Robertson«, brachte Adipo endlich hervor.
»Tut mir leid.« Robertsons Stimme klang gepreßt. Er wandte sich brüsk ab und ging zum Landrover.
»Aber das ist doch...« Ginger lief ihm nach, und als Adipo sie festzuhalten versuchte, riß sie sich los. »Sie wollen dem Wilden das Essen mit Messer und Gabel beibringen«, fuhr sie Robertson an. »Aber wenn er

verletzt ist, stehen Sie rum und tun nichts. Was sind Sie nur für ein Arzt?«

Sein Blick ging an ihr vorbei ins Leere. Ginger kletterte in den Landrover und holte den Verbandskasten. Sie rannte zurück zu dem Verletzten, der im Turkana-Dialekt mit Koski sprach.

»Er will, daß ich ihm die Wunde wegzaubere.« Koski machte ihr Platz.

Ginger beugte sich hinunter und reinigte die Wunde mit Alkohol. »Sieht aus, als hätte er Glück gehabt. Scheint nur eine Fleischwunde zu sein. Aber genau kann ich das nicht sagen. Ich habe nur einen Erste-Hilfe-Kurs mitgemacht. Aber der da...«

»Robertson hat seine Gründe«, sagte Adipo.

Sie drehte sich zu Robertson um, der in der Nähe des Landrover Holz sammelte. Offenbar wollte er sich anderweitig nützlich machen.

»Für so was gibt's keine Gründe«, sagte Ginger. »Hier ist die Austrittswunde. Glatter Durchschuß.«

Durako starrte abwechselnd sie und Koski an. Er ließ sich nicht anmerken, ob er Schmerzen verspürte, und seine Blicke verrieten, daß er sich die Behandlung durch die weiße Frau nur so lange gefallen lassen würde, wie Koski die Frau beaufsichtigte.

»Hören Sie, Dr. Redcliffe«, sagte Adipo. »Ich habe Robertson als Piloten engagiert. Das war seine Bedingung. Nur als Piloten. Er hat mein Wort, daß er nie mehr praktizieren muß.«

»Ihr Wort! Ihr Wort! Haben Sie noch nie vom Eid des Hippokrates gehört?«

»Robertson ist kein Arzt mehr. Er hat seine Approbation zurückgegeben.«

»Mein Vater war auch Arzt. Das ist kein Job wie Maurer oder wie Friseur. Ein Arzt muß immer helfen.«

Wegner, der die ganze Zeit still zugehört hatte, holte tief Luft. »Sie müssen Ihre Nase wohl in alles reinstecken!«
»Ja. Solange die Männer versagen – wie Ihr famoser Dr. Robertson da. Gehen Sie mir wenigstens zur Hand!«
»Lassen Sie mich das machen«, bat Koski.
»Gut, dann legen Sie den Finger auf den Verband und halten ihn fest. So ist's richtig!«
Adipo stieß Wegner an. »Die kommen schon allein zurecht. Wir schauen nach den Gefangenen.«
Inzwischen war Robertson beim Holzsammeln, wie zufällig, in ihre Nähe geraten. Sein schlechtes Gewissen schien ihm doch keine Ruhe zu lassen. »Kommen Sie klar?«
Und als Ginger ihn ignorierte, räusperte er sich. »Ich glaube, ich bin Ihnen eine Erklärung schuldig, Mrs. Redcliffe.«
»Ich bin gespannt.«
»Dazu müßte ich Ihnen aber eine längere Geschichte erzählen.«
»Machen Sie es so kurz wie möglich«, sagte sie schroff. »Sie sehen doch, ich habe zu tun.«
Wieder sah er sich entmutigt um. Adipo hatte seinen hilfesuchenden Blick bemerkt und kam mit Wegner zum Landrover herüber.
Es war Robertson anzumerken, wie sehr er in den letzten Minuten mit sich gerungen hatte. Dunkle Schweißflecken färbten sein Buschhemd unter den Achselhöhlen. Er stand belämmert da, introvertiert und voller Schuldbewußtsein.
»Ihre Geschichte«, mahnte Ginger. »Oder hab' ich Ihnen den Wind aus den Segeln genommen?«
»Die Geschichte, ja.« Er räusperte sich noch einmal. »Vor drei Jahren hat ein *Flying Doctor* seine Frau ope-

riert. Ich will Sie nicht mit medizinischen Details behelligen. Es genügt vielleicht, wenn Sie wissen, daß sie ihm unter den Händen weggestorben ist.« Er gab sich einen Ruck. »Kunstfehler. Der Arzt war betrunken.«
Ginger sah auf. »Sie?«
»Seitdem fasse ich keinen Kranken mehr an.«
Ginger legte die Verbandsschere aus der Hand. »Tut mir leid, Robertson. Das habe ich nicht gewußt.«
Ihm war die Erleichterung darüber anzusehen, daß er sich ausgesprochen hatte.
»Haben Sie eigentlich Kinder?« fragte Ginger.
»Ja.«
»Und wie sind die damit fertig geworden?«
»Steve und Judy sind erwachsen. Ich hab' ihnen meine ganzen Ersparnisse gegeben und...«
Adipo kam ihm zu Hilfe. »Robertson hat alle Brücken hinter sich abgebrochen und ein neues Leben angefangen. Ich finde, wir sollten das respektieren.«
»Man kann sein altes Leben nicht abstreifen wie eine Schlangenhaut«, sagte Ginger. »Schließlich gehört es einem nicht allein, wenn man Kinder hat. Sie wollen aus der Verantwortung austreten wie aus einem Golfclub, stimmt's?«
»Spielen Sie sich doch nicht immer als moralische Instanz auf«, schnaubte Wegner.
»Schluß jetzt!« Es war Adipo, der den aufkommenden Streit mit einem afrikanischen Sprichwort erstickte: »Die Zunge schlägt bösere Wunden als die Zähne.«
Er wandte sich zu Mirza um, der den Hubschrauber zweihundert Meter weiter gelandet hatte und langsam in der Pose eines Westernhelden auf Adipo zuging. Er genoß seinen Auftritt. Offenbar wollte er gelobt werden.
Im Vorbeigehen rief er Robertson zu: »Bauer auf e6.«
Robertson schreckte aus tiefster Depression auf, begie-

rig nahm er die unverfängliche Wendung des Gesprächs auf. »Sie haben also mein Damen-Gambit nicht angenommen...«

»Verzeihung – was ist ein Damen-Gambit?«

»Ein Gambit ist das Opfern einer Figur um eines Positionsvorteils willen. Ich hab' Ihnen meinen c-Bauern angeboten, und jeder Anfänger hätte ihn jetzt geschlagen.«

»Ich nicht.«

»Nein, Sie nicht. Kompliment, Mirza. Wahrscheinlich sind Sie dahintergekommen, daß Sie bei angenommenem Damen-Gambit zwar einen Bauern gewinnen würden, daß Sie andererseits aber Ihren c-Bauern auf die Dauer nicht ohne Nachteile behaupten können. Jetzt könnte nämlich mein Königsbauer auf e4 vorrücken und damit den weißen Steinen ein Übergewicht im Zentrum verschaffen.« Robertson stutzte. »Oder haben Sie das Gambit vielleicht gar nicht gesehen?«

»Doch, doch«, nickte Mirza. »Hab' ich gesehen.«

»Gut. Dann ziehe ich jetzt meinen Springer auf c3.«

»Springer auf c3«, wiederholte Mirza. »So schnell geht das bei Ihnen?«

»Für einen erfahrenen Spieler sind die Eröffnungszüge reine Routine.« Einmal im Fahrwasser, hätte er seinen Vortrag am liebsten fortgesetzt. Doch dann griff er entsetzt an seine Wade. »Was ist denn das!?«

»Otto!« rief Wegner.

Der Mungo war schon zur Hälfte in Robertsons Hosenbein verschwunden, nur die Hinterbeine und der buschige Schwanz hingen noch heraus. Offenbar kam er nicht mehr weiter, das Hosenbein war ihm zu eng geworden. Wütend scharrte Otto mit seinen langen Nägeln unter dem Popeline.

In einer Mischung aus Panik und Ekel schüttelte

Robertson sein Bein, und als dies nichts nutzte, nahm er beide Hände zu Hilfe, um den Mungo aus dem Hosenbein herauszupressen wie Zahnpasta aus der Tube.
Schließlich hatte er Erfolg, doch Otto, keineswegs entmutigt, schickte sich nun an, Robertson von außen zu erklimmen. Er schien es auf Robertsons Brusttasche abgesehen zu haben.
Mirza sprang herbei und erlöste Robertson von dem Mungo, indem er Otto in den Arm nahm.
»Er muß sich heute früh in den Hubschrauber hineingeschmuggelt haben.«
Wegner grinste schadenfroh. »Hatte vielleicht Sehnsucht nach seinem Herrchen.«
»Es war wirklich keine Absicht, Robertson.« Mirza versuchte, das zappelnde Tier festzuhalten. »Ich habe übrigens Ihre Brille gefunden. Otto hatte sie in dem Steinhaufen versteckt, wo er sich verkriecht, wenn er allein sein will.«
»Auf eines können Sie sich verlassen, Mirza«, sagte Robertson unversöhnlich. »Anfänger hin, Anfänger her. Von nun an spiele ich die Schachpartie ohne Pardon!«
Wütend ging er ab, sein Schnurrbart kampfeslustig gebläht wie eine Standarte.
Als Mirza sich hoffnungsvoll an Adipo wandte, erwartete ihn auch dort statt einer Anerkennung eine Standpauke. »Wie alt sind Sie eigentlich, Mirza?«
»Fünfundzwanzig – wieso?«
»Meinen Sie nicht, es wird Zeit, erwachsen zu werden?«
»Das sagt mein Vater auch immer.«
»Sie hätten auf ihn hören sollen.«
»Wir Inder können es euch wohl nie recht machen.« Mirzas Zerknirschung schien echt. Er hielt noch immer

den Mungo im Arm. »Und ich dachte, ich kriege 'nen Orden für den Feuerzauber.«
»Was soll ich denn nun in den Bericht schreiben? Tausend Shillinge für ein Feuerwerk?«
»Ach, wenn es nur das ist, Captain«, sagte Mirza erleichtert. »Das kostet Sie keinen Penny. Die Kiste habe ich für Silvester gekauft. Silvester im Basiscamp. Sollte 'ne Überraschung werden. Schade, nun muß ich mir was Neues einfallen lassen.«
»Sie werden sich nichts mehr einfallen lassen, Mirza. Wir haben hier Krieg und kein Happening.«
»Warum geben Sie nicht zu, daß mein Feuerwerk eine wirksame Waffe war«, maulte Mirza.
»Sie hätten mir das vorher sagen müssen.«
Wegner griff vermittelnd ein. »Im Grunde hast du recht, Kim. Aber immerhin hat Mirza mit seinen Scherzartikeln die Schlacht für uns gewonnen.«
Mirzas Giraffenaugen flehten um ein Wort der Anerkennung.
Wegner hatte das Gefühl, jemand müsse ihm endlich auch mal was Nettes sagen: »Wie haben Sie denn den ganzen Kram überhaupt zur Explosion gebracht?«
»Erst habe ich die Rauchbomben geschmissen. Und dann habe ich die Lunte an die Feuerwerkskiste gelegt und abgeworfen. Was dann passiert ist, haben Sie ja gehört.«
»Verrückter Hund!«
Jetzt konnte auch Adipo ein Lächeln nicht mehr unterdrücken.
Mirza schöpfte neue Hoffnung. »Als ich mit dem Hubschrauber über ihnen war, habe ich gesehen, daß die vier Mann automatische Gewehre hatten. Und da bin ich...«
»Vier Mann, sagten Sie?«

»Ja. Vier Mann. Und so eine Hughes ist ja nicht schwer zu treffen...«

»Vier Mann! Dann ist uns einer entwischt!«

»Oder er ist noch in der Felsgruppe«, sagte Wegner. Seine Augen suchten Koski, der sich mit Durako unterhielt. »Jason – wie viele Männer waren das?«

»Fünf. Einer ist tot und die anderen...« Koski sprang auf. »Verdammt noch mal – einer fehlt noch!«

Er griff nach seiner Maschinenpistole und lief hinauf zu der Felsgruppe. Adipo, Wegner und Mirza folgten ihm, nur Robertson und Ginger blieben bei den Gefangenen zurück.

Bevor sie die Festung der Wilderer betraten, ließ Adipo seine Leute ausschwärmen. Ihre Maschinenpistolen im Anschlag, rückten sie aus vier Richtungen in das höchstens vierzig Quadratmeter große Areal vor, das auf allen Seiten von Felsen wie von Festungsmauern umschlossen war.

Drinnen sah es aus wie nach einem Bombenangriff. Der Qualm hatte sich noch immer nicht ganz verzogen, und der Boden war übersät mit den Holzsplittern der zerborstenen Kiste, verkohlten Raketenhülsen, Bündeln von zusammengeschnürten Chinaböllern, den Mänteln der Rauchbomben, ausgebrannten Feuerrädern und zerfetzten Kanonenschlägen. Ein angesengter Dornbusch glimmte.

»Mirza hat sich wahrlich nicht lumpen lassen«, sagte Wegner anerkennend.

Durch eine Felsspalte zwängte sich jetzt auch Durako, der Koski gefolgt war. Er schien sich einigermaßen von seiner Verletzung erholt zu haben. Er hinkte zwar noch, steuerte aber zielstrebig auf ein verstecktes Erdloch zu, das den anderen bisher entgangen war, weil es im Schatten eines Felsbrockens lag.

Durako nahm ein Stück Kistenholz auf und warf es in die Höhle. In derselben Sekunde jagte ein Warzenschwein daraus hervor, quiekend vor Angst, die Hauer gesenkt und den dünnen Schwanz wie eine Antenne hochgereckt. Auf der Suche nach einem Ausschlupf rannte es im Zickzackkurs umher, streifte Wegner und verschwand durch eine Felslücke in die Savanne.
Durako kümmerte sich nicht um das Warzenschwein. Seine ganze Aufmerksamkeit gehörte dem Erdloch. Koski begriff als erster, warum. Er kauerte sich vor der dunklen Höhle nieder, griff blitzschnell hinein und zog einen Mann am Ohr heraus. Den fünften Wilderer.
Der Somali faßte sich an das schmerzende Ohr, warf sich auf den Boden, ein Bündel aus Todesfurcht und Unterwerfung.
»Bring ihn raus hier, Jason«, sagte Adipo. »Ich will mich mit ihm unterhalten.«
»Er ist ja völlig verstört«, gab Wegner zu bedenken.
»Eben.« Adipo wartete, bis Koski mit dem Gefangenen außer Hörweite war. »Wenn er sich erst erholt hat, sagt er nichts mehr.«

Adipo führte das Verhör außerhalb der Felsgruppe, wo auch der unversehrte Landcruiser der Wilderer stand und wo der Gefangene von seinen Kameraden nicht beobachtet werden konnte. Nach seiner Herkunft brauchte Adipo den jungen Mann nicht zu fragen. Seine schmalen Lippen und sein gerader Nasenrücken wiesen ihn als Somali aus. Sein Gesicht war grau vom Schmauch der Feuerwerkskörper, sein Tarnanzug gerötet vom Lateritstaub.
»Du bist Soldat, nicht wahr?«
Der Gefangene zog den Kopf ein, als erwarte er Prügel.

Als Adipo aus seiner Feldflasche Wasser in den Becher goß, streckte der Somali die Hand danach aus.
»Hast wohl Durst, mein Freund?«
Der Somali nickte.
Adipo zog die Hand mit dem Becher zurück. »Paß auf, mein Freund: Wir machen ein Quiz. Für jede richtige Antwort gibt's einen kleinen Schluck. Also: Bist du Soldat?«
Der Somali stieß ein undefinierbares Krächzen aus.
»Trockene Kehle, was?« Adipo füllte einen Fingerbreit Wasser in den Becher und gab ihn dem Somali. Der kippte das Wasser gierig hinunter und sah Adipo flehend an.
Adipo schwieg. Er brauchte diesmal eine Weile, bis ihm das passende Sprichwort einfiel: »Wenn ein Mann durstig schlafen geht, wird seine Seele die ganze Nacht auf Wanderschaft gehen; und wenn eine Katze die Seele entdeckt, wird sie darüber herfallen, und der Mann wird sofort sterben. – Du hast meine erste Frage noch nicht beantwortet.«
»Wir waren Shiftas bei der somalischen Armee.«
»Und was macht ihr dann in Kenia?«
»Haben gekämpft im Ogaden. Wurden nicht mehr gebraucht.«
Adipo belohnte die Antwort mit einem winzigen Schluck. So winzig, daß er den Durst des Gefangenen erst richtig weckte.
»Warum wildert ihr nicht bei euch in Somalia?«
Als der Somali verstockt schwieg, antwortete Adipo für ihn: »Weil bei euch in Somalia auf Wildern die Todesstrafe steht.«
»Wir haben nicht gewildert.«
»Euer Toyota ist voll Elfenbein.«
»Wir haben die toten Elefanten gefunden und uns die Stoßzähne genommen.«

Die Augen des Somali hingen an der Feldflasche. Adipo schraubte sie umständlich zu und befestigte sie an seinem Gürtel. »Soll ich dir die richtige Antwort sagen? Ihr habt die Früchte von Dum-Palmen mit Folidol vergiftet und sie auf den Elefantenpfad gelegt. Dann seid ihr den Elefanten einfach gefolgt und habt in aller Ruhe gewartet, bis sie verendet sind.«

Der Somali starrte ihn verblüfft an. »Sie wissen ja alles!«

»Das war ein qualvollerer Tod als Verdursten.«

»Die Flasche...«

»Wasser gibt's nur für richtige Antworten. So war's doch ausgemacht, mein Freund.«

»Es war so, wie Sie sagten. Genau so.«

Adipo schraubte die Feldflasche auf und goß einen kleinen Schluck in den Becher. »Und weiter?«

»Wir haben die Stoßzähne herausgebrochen. Dabei hat Osman den Sender entdeckt.«

»Trink erst mal.«

Dankbar stürzte der Somali den Inhalt des Bechers hinunter.

»Schön der Reihe nach.«

»Osman war Offizier. Er kennt solche Sender. Er hat gemerkt, daß wir verfolgt wurden. Dann hat er uns in die Felsgruppe geschickt, um die Verfolger zu überraschen.«

»Wo wolltet ihr eigentlich eure Beute hinbringen?«

Als der Somali zögerte, half Adipo nach. »Ich weiß sowieso alles, aber ich würde dir gern noch etwas Wasser zukommen lassen.«

»Haben die anderen erzählt?«

»Die Sache mit den vergifteten Palmfrüchten, ja. Und den Rest auch.« Er schraubte die Feldflasche wieder zu.

»Wir wollten...« Der Somali stockte. »Wenn ich alles sage...«
»Das spart uns viel Zeit. Dann kriegst du auch alles, was in der Flasche drin ist.« Adipo schüttelte die Feldflasche und hielt sie dem Somali ans Ohr. Es gluckerte verführerisch.
»Ein Mann erwartet uns am Treffpunkt.«
»Auch ein Somali?«
»Ein Weißer.«
»Wie heißt der Mann?«
»Wir kennen ihn nicht.«
»Weiß er, daß ihr Somali seid?«
»Nein.« Der Somali streckte bittend seine Hand nach der Flasche aus.
»Erst die ganze Geschichte. Der Aufkäufer erwartet euch also am Treffpunkt.«
»Morgen um zwölf Uhr mittags an der Tankstelle.«
Adipo nickte. »Ich weiß zwar schon, welche Tankstelle es ist, aber ich will dir eine Chance geben, deinen Schluck auch ehrlich zu verdienen.«
»Die Tankstelle zwischen Salama und Sultan Hamud, die nie fertig geworden ist.«
»Ja, die kenne ich. Trink erst mal.«
Adipo zog den Becher zurück, weil ihm noch eine Frage eingefallen war. »Warte mal. Der Aufkäufer kennt euch doch gar nicht. Woher weiß er, daß ihr die Richtigen seid?«
»Wir müssen sagen, daß wir von den Hügeln kommen, aus denen der Kilimandscharo wächst.«
Adipo warf ihm die Feldflasche zu. Der Somali machte sich nicht erst die Mühe, das Wasser in den Becher zu gießen. Er trank die Feldflasche in einem Zug leer.

Nachdem er den Somali an seine Kameraden gekettet

hatte, rief Adipo sein Team zur Beratung zusammen. Ginger schlug vor, die Somali als Lockvögel zu dem vereinbarten Treffpunkt zu schicken, um den Aufkäufer auf frischer Tat zu fassen.
Adipo gefiel die Idee nicht recht. »Dazu werde ich sie kaum überreden können.«
»Auch nicht, wenn du ihnen Straffreiheit zusicherst?« fragte Wegner.
»Das kann ich nicht.«
»Biete ihnen doch einen Handel an: Wenn sie mitmachen, bringst du sie nur wegen illegalen Transports von Wilderergut vor Gericht. Ich habe mir vorhin auch einen der Somali vorgeknöpft. Er hat zwar nichts verraten, aber als ich ihm erzählte, was das Elfenbein auf dem schwarzen Markt kostet, hat er ziemlich sauer dreingeschaut.«
Mirza wollte sich zu Wort melden. »Captain...«
»Die werden mit ein paar Shillingen abgespeist«, sagte Adipo. »Das große Geschäft machen ganz andere. Und an die will ich ran.«
»Mit dem Argument kannst du die Somali vielleicht auf unsere Seite ziehen.«
»Captain...« Mirza versuchte, sich wieder bemerkbar zu machen. »Captain!«
»Wir müßten sie bei der Übergabe an der Tankstelle überwachen«, sagte Adipo. »Und das funktioniert nicht, ohne daß der Aufkäufer das merkt. Er würde sich aus dem Staub machen. Und die Somali auch.«
Mirza wagte einen dritten Anlauf: »Captain, mir fällt da was ein...«
»Wollen Sie den Aufkäufer vielleicht mit einem Feuerwerk von der Tankstelle in die Flucht schlagen – oder was?!«
Mirza hob gekränkt die Schultern. »Wenn ich Sie richtig

verstanden habe, wollen Sie nicht nur an den Aufkäufer heran, sondern auch an dessen Auftraggeber.«

»Und – was?«

»Aber Sie hören ja doch nicht auf mich...«

»Versuchen Sie's doch mal.«

»Früher, auf der Universität, habe ich in der Theatergruppe gespielt. Es ist mir peinlich, das zu erwähnen, aber ich war ein sehr guter Schauspieler.«

»Sicher als jugendlicher Liebhaber«, warf Ginger ein.

»Bringen Sie ihn nicht aus dem Konzept«, mahnte Wegner. »Der Junge ist sensibel.«

»Künstler sind immer sensibel«, sagte Mirza souverän. Er schaute zu den aneinandergeketteten Gefangenen hinüber. »Der Kleine da. Meinen Sie, daß seine Klamotten mir passen würden?«

Adipo starrte ungeduldig zum Himmel. »Bitte, Mirza! Zur Sache!«

»Einen Wilderer habe ich leider noch nie gespielt.«

»Den würden Sie auch kaum hinkriegen – mit Ihrem Turban.«

Mirza schob schmollend seine Unterlippe vor. »Wie Sie meinen, Captain.«

»Jetzt ist er auch noch eingeschnappt«, stöhnte Wegner.

»Nun lassen Sie ihn doch mal ausreden«, schlug Ginger vor.

Mirza bedachte sie mit einem dankbaren Blick. »Was ich vorschlagen wollte, ist folgendes: Ich ziehe mir die Sachen von einem der Wilderer an und kreuze mit dem Landcruiser und dem Elfenbein am Treffpunkt auf. Der Aufkäufer kennt die Leute ja nicht. Er weiß nicht einmal, daß es Somali sind. Ich übergebe ihm also die Ware, und dann übernehmen Sie die Verfolgung im Landrover.«

»Ein neutraler Lastwagen wäre besser«, meinte Adipo.
Mirza strahlte. »Einverstanden?«
»Manchmal sind Ihre Ideen ganz brauchbar.«
»Sie sind mir also nicht mehr böse wegen des Feuerwerks?«
»Eine Kleinigkeit gefällt mir nicht an Ihrem Plan, Mirza. Sie werden kaum einen glaubhaften Wilderer abgeben können.«
»Sie meinen, weil ich zu ehrlich aussehe.«
»Weil Sie Inder sind. Deshalb möchte ich die Rollen umbesetzen. Koski und ich treten als Wilderer auf, und Sie verfolgen den Aufkäufer, zusammen mit Wegner und Robertson.«
Mirza überlegte nicht lange. »Vielleicht war ich ein bißchen voreilig vorhin. Der Gedanke, meinen Safarianzug gegen die dreckigen Klamotten dieses Wilderers da zu tauschen, gefällt mir immer weniger.«
»Und was Durako angeht, den nehmen wir einfach mit«, entschied Adipo. »Er ist sicher der glaubwürdigste von uns dreien.« Er deutete auf die Gefangenen. »Die liefern wir unterwegs beim APU-Stützpunkt in Voi ab.«
Wegner blickte auf die tiefstehende Sonne. »Die Nacht werden wir wohl hier verbringen müssen, Kim.«
Als habe er nur auf das Stichwort gewartet, begann Robertson, von dem Mungo hartnäckig verfolgt, Holz für das Lagerfeuer zu sammeln, während Mirza sich auf den Weg zu seinem Hubschrauber machte, um die Armaturen zu checken.
Beim Dinner – es gab heißen Tee, Lunchmeat aus der Dose und Knäckebrot – loste Adipo die Reihenfolge der Nachtwachen aus: Wegner, Mirza, Robertson, Koski, Adipo.

Als Ginger ihr Zelt aufzustellen begann, bot Mirza ihr seine Hilfe an.
»Danke, ich komme allein zurecht.«
»Ihr Amerikanerinnen seid unheimlich praktisch.«
»Reine Übungssache«, sagte sie. »Wenn man von den letzten acht Jahren mehr als die Hälfte im Busch verbracht hat, kann man das. Helfen Sie lieber Robertson.«
»Gut, wie Sie wollen. Dann komme ich wieder, sobald ich mit der Wache fertig bin. Trinken Sie lieber Champagner oder Whisky? Leider habe ich kein Eis.«
»Ich habe einen schweren Tag hinter mir, Mirza.«
»Und unsere Verabredung?«
»Also gute Nacht.«
»Sie haben mich doch heute mittag in der *Voi Safari Lodge* angerufen, um mich für heute abend einzuladen.«
»Da muß es atmosphärische Funkstörungen gegeben haben, mein Lieber. An eine Verabredung kann ich mich nicht erinnern.« Sie stemmte ungeduldig die Hände in die Hüften. »Ist das nun geklärt?«
»Wir hätten übrigens gar kein Eis gebraucht«, sagte er spitz. »Sie kühlen Ihre Drinks selbst.«
Aber sie war schon in ihrem Zelt verschwunden.
Enttäuscht schlenderte Mirza hinüber zu seinem eigenen Zelt, das er mit Robertson teilte.
»Schaffen Sie mir das Biest vom Leib«, forderte Robertson. Er hob seinen Schlafsack an beiden Fußenden und schüttelte ihn so lange, bis der Mungo herauspurzelte.
»Schon gut. Ich sperr' Otto im Hubschrauber ein. Übrigens habe ich vorhin über Ihren letzten Zug nachgedacht.«
»So?« Obwohl es um seine Schachpartie ging, schien Robertson wenig interessiert.

Mirza zog einen Zettel aus der Brusttasche. »Läufer auf e7.«
»Werde darüber nachdenken.« Robertson kroch in seinen Schlafsack und drehte sich auf die Seite. »Bitte wecken Sie mich, wenn ich mit der Wache dran bin.«

In der Serenade dieser Nacht spielten die Hyänen das Leitmotiv.
»Irgendwo muß ein Kadaver liegen«, sagte Ginger. »Vielleicht sind auch Gnus in der Nähe.«
Wegner rückte einladend ein Stück beiseite. »Hab' ich lange vermißt in Deutschland, diese Nächte in der Savanne.«
»Ich brauche das auch wie Essen und Trinken.« Ginger hockte sich nieder und stocherte in der ausgebrannten Glut. »Tausend Nächte habe ich schon draußen verbracht«, sagte sie. »Und keine war wie die andere.«
Sie ließ ihre Blicke über die Reihe der Zelte schweifen. Adipo und Wegner bewohnten eins, Mirza und Robertson das andere. Durako hatte sich wie ein Wachhund vor den Eingang von Koskis Zelt gelegt.
Die vier Gefangenen schliefen draußen neben ihrem Toyota. Bevor er auf Wache gezogen war, hatte Wegner ihre Handfesseln überprüft und die lange Kette, an der die Männer hingen, zusätzlich einmal um einen Holm der Ladefläche des Toyota geschlungen. Um sich zu befreien, hätten sie schon den Stahl mit ihren Zähnen durchbeißen müssen.
Wegner räkelte sich wohlig und betrachtete Ginger aus den Augenwinkeln. Ihr Safarirock war bis zum Oberschenkel hochgerutscht, ihre Knie schimmerten matt, unter ihrem T-Shirt zeichnete sich das Relief ihrer Brustwarzen ab.
Wegner fiel wieder die Szene im Basiscamp ein, als sie

im Fluß badete, nackt und ungeniert. Warum war sie jetzt zu ihm gekommen? War sie wirklich so unbefangen, wie sie tat?
Ginger lächelte. »Zufrieden mit dem Tag?«
»Wir müssen sehen, was morgen rauskommt, am Treffpunkt«, sagte er. »Werden Sie übrigens dabeisein?«
»Keine Angst, Wegner. Diesmal nicht. Ich habe in Nairobi zu tun. Berichte schreiben für den WWF, Briefe beantworten, Reiseabrechnungen und lauter so'n Kram.«
»Dieses Rhino-Projekt – ist das eigentlich ein lukrativer Job?«
»Weiß nicht, hab' darüber noch nicht nachgedacht. Wenn Sie tausend Dollar im Monat lukrativ finden – aber davon geht eine ganze Menge drauf für meinen Kübelwagen und für Flüge. Gespart habe ich jedenfalls nichts. Sie etwa?«
»Sehe ich aus wie ein fleißiger Sparer?«
»Sie sehen aus wie einer, der ohne Gepäck reist.«
»Ach, Verhaltensstudien treiben Sie auch.«
»Das gehört zu meinem Beruf.«
»Und? Ist noch was Interessantes dabei herausgekommen?«
»Nur das übliche. Ein Mann, der keine Bindungen will und keine Verantwortung, und wenn ihm jemand in die Quere kommt, wird er saugrob. Stimmt's – oder haben Sie eine Frau zu Hause?«
»War nie verheiratet.«
»Aber eine Freundin...«
»Die ist in Deutschland geblieben. Es ist besser so, für beide Teile. Frauen wollen immer gleich ein Nest bauen. Kinder und so.«
»Nestflüchter!« Ginger lächelte. »Sie sind wenigstens ehrlich.«

»Sind Sie es nicht?«
»Käme auf einen Versuch an.«
»Also – was sagt denn *Ihr* Mann dazu, daß Sie ständig im Busch herumstreunen?«
»Früher haben wir es sogar gemeinsam gemacht. Bob ist auch Zoologe. Ich habe mich übrigens scheiden lassen.«
»Ach, wollte er sich nicht unterbuttern lassen?«
»Er hat meinen Ansprüchen nicht genügt. Bob mußte immer der Bessere sein. Die Leute haben ihm Briefe geschrieben, adressiert an Dr. Redcliffe. Dabei hat er seine Dissertation nie beendet, weil er Angst hatte, es nicht zu schaffen. Ich war's, die promoviert hat – über die Elektronenmikroskopie am Herzmuskel des Frosches. Aber nach außen hin mußte ich immer die zweite Geige spielen, seine Assistentin. Ich bin doch kein Anhängsel.« Sie sprach leise und gehetzt, als wollte sie ihre Geschichte schnell zu Ende bringen.
»Keine Kinder, was?«
»Kinder vertragen sich nicht mit meiner Arbeit.«
»Na ja, zum Bemuttern haben Sie ja Ihre Rhinos.«
Ginger starrte schweigend in die Glut, die sich in ihren Pupillen widerspiegelte. Große Pupillen in grünen Augen. Irgendwie erinnerte sie ihn an ein Leopardenweibchen. »Sehen Sie Ihren Mann manchmal noch?«
»Selten. Bob lebt in Kisumu. Wenn ich zufällig in der Nähe bin, übernachte ich bei ihm.«
Wegner war mit der afrikanischen Gastfreundschaft zu gut vertraut, um daraus voreilige Schlüsse zu ziehen. Dennoch brannte ihm die Frage auf der Zunge, ob sie mit ihrem Mann noch schlief. Aber er unterdrückte seine Neugier. »Hab' noch keine Frau gekannt, die so lebt wie Sie. Sieht aus, als seien Sie ganz zufrieden damit.«

»Wissen Sie, was mich stört? Daß ich nichts wirklich zu Ende führen kann.«
»Immerhin haben Sie Ihr Studium durchgehalten.«
»Das meine ich nicht. Aber es ist zuviel auf einmal für einen einzelnen.« Abrupt wechselte sie das Thema. »Wie hat es Sie eigentlich hierher verschlagen? Großwildjäger wird man ja nicht aus Berufung.«
»Mir war's zu eng geworden in Deutschland. Hab' da nicht mehr atmen können. Alles ist reglementiert, vorbestimmt. Wollte nicht mein Leben lang Raten zahlen, um irgendwann mal ein Häuschen zu bauen und als Rentner im Garten zu sitzen und Rosen zu züchten. Außerdem hätte ich sowieso kein Talent zum Untergebenen.«
»Jetzt haben Sie doch einen Chef.«
»Ach, mit Adipo ist das was anderes. Hier bin ich noch ein freier Mann.«
»Sie hätten sich ja selbst zum Chef hocharbeiten können.«
»Den Ehrgeiz hatte ich nie. Wenn ich gearbeitet habe, dann immer selbständig. Sportreporter bei einer Provinzzeitung, Fahrlehrer, Makler und so was.«
»Also keine abgeschlossene Ausbildung...«
»Auf dem Gymnasium hab' ich meinem Physiklehrer den Kram vor die Füße geschmissen, ein Jahr vor dem Abitur.«
»Tut es Ihnen heute leid?«
Wegner lächelte. »Wenn ich durchgehalten hätte, vielleicht hätte ich der Menschheit dann etwas so Unsterbliches geschenkt wie eine Doktorarbeit über den Herzmuskel der Kröten.«
»Der Frösche...«
Ginger zog fröstelnd die Schultern hoch.
»Ihnen ist kalt, nicht wahr?«

»Die Glut strahlt kaum noch Wärme ab.«
Wegner legte ihr seine Decke über. Ihr Haar roch gut. Es war unfair, sich in einer Nacht wie dieser einfach neben ihn zu setzen, dazu war sie zu anziehend. Eine Frau von Mitte Dreißig im Zölibat mit Nashörnern und Elefanten. Wie wurde sie mit ihren Trieben und Bedürfnissen fertig? Wartete sie auf die große Liebe oder nahm sie jede passable Gelegenheit wahr, die sich ihr bot? Die Frage, ob sie mit ihrem Ex-Mann schlief, wenn sie bei ihm übernachtete, beschäftigte ihn noch immer.
Wegners Hand tastete sich an ihrer Schulter entlang. Als Widerstand ausblieb, glitt sie sacht über ihre rechte Brust. Sie fühlte sich warm und fest an, die Brustwarze schien sich unter seinen Fingern aufzurichten.
Sanft schob sie seine Hand weg. »Daß ihr einem immer gleich auf die Pelle rücken müßt.« Sie erhob sich. »Sie sind wohl ständig auf der Jagd, was? Ein Stück Fleisch fürs Abendbrot und eins für die Nacht.« Sie faltete die Decke und legte sie ihm vor die Füße. »Vielen Dank und gute Nacht.«
Wegner sah ihr nach. Ihre Silhouette warf im Mondlicht einen schmalen Schatten. Sie hatte eine Figur wie eine Achtzehnjährige. »Schlafen Sie gut.«
Sie verschwand in ihrem Zelt, ohne sich noch einmal umgedreht zu haben.
Wegner warf ein Stück Holz ins Feuer.
Wahrscheinlich spart sie sich auf für ihre große Liebe, dachte er. Schade.
Leise klirrten die Ketten der Gefangenen, und irgendwo in der Nähe brüllte ein Löwe.
Wegner legte die Decke unter seinen Kopf und suchte am Himmel das Kreuz des Südens. Als er die Augen schloß, kamen die Bilder zurück, die ihn hartnäckig verfolgten, Bilder von der nackten Frau am Fluß unter-

halb des Camps, die keine Eile hatte, ihre Blößen vor den heimgekehrten Männern zu bedecken. Und ihr spöttischer Blick, mit dem sie seine Vorhaltungen beantwortete – für eine Zoologin sei Nacktheit nichts Anrüchiges.

Wegner hatte nie ganz verstanden, warum die Leute so große Worte um die Liebe machten. Er hatte sich stets genommen, was er brauchte. Probleme waren für ihn erst aufgetaucht, wenn die Frauen versuchten, ihn zu vereinnahmen.

Das Rufsignal in seinem Walkie-Talkie riß ihn aus seinen Gedanken. Es rauschte und knackte. »He, Nestflüchter.« Er erkannte Gingers Stimme. »Hören Sie auch die Löwen brüllen?«

»Ja. Haben Sie etwa Angst?«

»Nein, ich mag Löwen.«

»Nur Löwen?«

»Wann ist eigentlich Ihre Wache vorbei?«

»Halbe Stunde noch. Warum?«

»Na, wenn Sie fertig sind, können Sie ja noch ein bißchen herüberkommen.«

»Okay, bis dann.« Ihm gefiel ihre Direktheit. Diese Frau mußte sich verdammt sicher fühlen, daß sie nicht einmal einen schicklichen Vorwand erfand, wenn sie Appetit auf einen Mann hatte.

Als er eine halbe Stunde später ihr Zelt betrat, sah er sie im Schlafsack liegen. Ihre Schultern waren unbedeckt. Einladend zog sie den Reißverschluß des Schlafsackes auf, und Wegner sah, daß nicht nur ihre Schultern nackt waren.

»Wir müssen leise sein.« Er spähte noch einmal hinaus, bevor er den Zelteingang zuzog. »Mirza übernimmt gleich die Wache.«

»Komm her«, flüsterte sie. Und als er sich im Halbdunkel zu ihr vorgetastet hatte, schlang sie ihre Arme um seinen Hals und zog ihn zu sich herunter. »Der Schlafsack reicht für zwei.«
Er warf die Kleidung auf den Boden, kroch zu ihr in den offenen Schlafsack und spürte ihren warmen Leib. »Vorhin habe ich gedacht, daß...«
Sie legte ihre Finger auf seine Lippen. Dann verschloß sie seinen Mund mit einem langen, hungrigen Kuß, und noch bevor er sich auf sie einstellen konnte, hatte sie sich schon auf ihn geworfen. Ihr Körper vibrierte vor Ungeduld, ihre Zungenspitze glitt spielerisch über seinen Hals, seine Ohren und seine Brustwarzen.
Sie war allgegenwärtig, eine Einheit aus Körper, Instinkt und Begierde, in diesem Augenblick schien es für sie nichts auf der Welt zu geben als diesen Mann, den sie zwischen ihren Schenkeln gefangenhielt, nicht bereit, das Kommando abzugeben.
Nur wenige Sekunden lang versuchte er, sich gegen die Passivität aufzubäumen, zu der sie ihn zwang; dann gab er auf. Sie war stärker, sie bestimmte, was geschah. Wegner ließ sich fallen, er fing an, das Gefühl der Wehrlosigkeit zu genießen, wie er es noch nie kennengelernt hatte, ein Mann von fünfundvierzig Jahren.
Ginger hatte so gar nichts von dem Frauentyp, den er zeitlebens anziehend gefunden hatte: großer Busen, pralle Hinterbacken und im Bett fröhliche Unterwerfung.
Die meisten hatten sich auf ihn einzustellen versucht. Und doch hatte ihn bisher keine in einen derartigen Rausch getrieben wie diese Amerikanerin, die ihn zu verschlingen schien und sich den Teufel um seine Wünsche scherte, um seine Sehnsüchte nach einer gefügigen, anschmiegsamen Geliebten.

In den Sekunden, in denen sie ihn nahm, grub sie ihre Zähne in seine Achselhöhle, um ihre Schreie zu ersticken. Plötzlich entließ sie ihn aus der Umklammerung und rollte sich auf die Seite, als suchte sie das Alleinsein. Sie war ganz gelöst, nur ein wenig bebte ihr Körper nach.

Jetzt, als sie satt war, verwandelte sich die Leopardin in ein Kätzchen, und Wegner verspürte das ungewohnte Bedürfnis, sie zärtlich zu streicheln. Sie kroch auf seine Brust und blieb eine Weile ganz still liegen. Sie weinte.

Wegner erschrak. Gingers lautloses Weinen war nicht minder intensiv als ihre Ekstase. Im Grunde konnte er heulende Frauen nicht ausstehen, und ratlos fragte er sich, warum gerade Gingers Tränen ihn auf seltsame Weise anrührten.

Mama Ngina

Wasser läßt sich nicht greifen,
Rauch nicht festhalten.
(Afrikanisches Sprichwort)

Es war ein stiller, kühler Morgen. Die Sonne hatte die Geister der Nacht vertrieben. Die Löwen, Schakale und Hyänen hatten sich in den spärlichen Schatten der Savanne zurückgezogen. Und Wegner schien es, als habe sich mit den Tieren auch etwas von Ginger verflüchtigt. Jedenfalls mied sie seine Blicke, als schämte sie sich jetzt, zuviel von sich preisgegeben zu haben in der letzten Nacht.

Wegner ließ sie allein und ging hinüber zu Koski, der Garderobenprobleme hatte. Obwohl er sich schon die Sachen des größten Wilderers ausgesucht hatte, paßten sie ihm nicht. Das Hemd wölbte sich über seinem athletischen Brustkorb, und die Hose zwickte zwischen den Beinen. Koski räkelte sich und schimpfte leise über die Kleinwüchsigkeit somalischer Wilderer.

Seiner Ansicht nach hatte es Durako richtig gemacht. Er hatte sich so lange geweigert, die Garderobe eines Wilderers anzuziehen, bis Adipo nicht mehr darauf bestand. Koski hatte ihn davon überzeugt, daß der Turkana in seinem zerfetzten Lederwams echter aussah als in jeder Verkleidung.

Robertson grübelte über seinen nächsten Zug in der Schachpartie mit Mirza, und Ginger fing Heuschrecken, mit denen sie die im Hubschrauber eingesperrte Manguste fütterte.

Auf der Ladefläche des Toyota, mit dem die Wilderer gekommen waren, beschäftigte sich Mirza mit deren Beute. Er hatte ein Laborköfferchen geöffnet, tauchte einen Pinsel in ein Reagenzglas, das mit einer farblosen Tinktur gefüllt war, bemalte liebevoll jeden einzelnen Elefantenzahn und schließlich auch die Innenseite der Felle von Zebras und Leoparden, die auf der Ladefläche herumlagen. Offenbar hatten die Wilderer schon Beute gemacht, bevor sie die Elefanten vergiftet und ausgeschlachtet hatten.

Jetzt schauten sie ängstlich zu Adipo herüber, der die letzten Vorbereitungen zum Aufbruch traf.

Mirza ließ die Rotorblätter seiner Hughes 500 C an. Als der Hubschrauber sich wie ein Rieseninsekt erhob, wirbelte roter Staub auf.

Zwei Stunden später trafen sie Mirza auf dem Sportplatz der APU-Station in Voi wieder. Robertson, Wegner und Ginger waren in dem geliehenen APU-Landrover gefahren, Adipo und Koski mit den gefesselten Wilderern in deren Toyota Landcruiser.

In Voi verabschiedete sich Ginger einsilbig von dem Team. Sie hatte es eilig, zu ihrer Arbeit nach Nairobi zurückzukehren.

Ein paar Sekunden lang hielt Wegner ihre Hand fest. »Wann sehen wir uns wieder?«

»Nächste Woche, nächsten Monat – wer weiß?« Sie stieg in ihren alten Kübelwagen und knatterte davon, ohne noch einmal zurückzublicken.

In Voi, wo Adipo die Wilderer einsperren ließ, lieh er sich von den Rangers einen unauffälligen Pritschenwagen, einen sandfarbenen Pick-up, mit dem Robertson, Wegner und Mirza später die Verfolgung des Aufkäufers aufnehmen sollten.

Den weitaus gefährlicheren Teil des Plans hatten die drei Afrikaner auszuführen. Adipo verlor keine Zeit mehr und scheuchte Koski und Durako auf den Toyota der Wilderer. Bisher kannte Adipo die unbenutzte Tankstelle an der Straße von Mombasa nach Nairobi nur vom Vorbeifahren. Er wollte vor der vereinbarten Zeit am Treffpunkt sein, um sich mit der Örtlichkeit vertraut zu machen.
Aber als sie eine Stunde später dort eintrafen, war der Aufkäufer schon da. Er hatte seinen Zehntonner hinter die Ruine gesteuert, wo er von der Straße aus nicht zu sehen war.
Es war ein Weißer in Khaki-Shorts, Sandalen und einem verschwitzten buntkarierten Hemd. Der afrikanische Chauffeur des Lastwagens döste am Steuer vor sich hin.
»Ihr seid spät dran.« Der Weiße hielt ein Gewehr im Anschlag.
»Tut mir leid.« Adipo zeigte auf Durakos verbundenen Oberschenkel. »Unser Freund hat sich verletzt.«
»Wo kommt ihr her?«
Adipo nannte das Codewort: »Von den Hügeln, aus denen der Kilimandscharo wächst.«
Von der Ruine äugten neugierig Paviane herüber. Adipo erinnerte sich daran, daß irgendwer einmal vor Jahren mit dem Bau der Tankstelle begonnen, ihn aber aus unerfindlichen Gründen nie beendet hatte. Die Mauern standen, das Dach fehlte. Jetzt ähnelte der Torso einem Affenfelsen im Zoo, und Adipo wunderte sich nicht, daß die Paviane ihn längst in Besitz genommen hatten.
Nachdem die drei Afrikaner sich mit dem Codewort ausgewiesen hatten, schien der Weiße sich nur noch für die Ware zu interessieren. Er lehnte sein Gewehr an den

Zehntonner und kletterte auf der Ladefläche des Toyota herum. Mit spitzen Fingern nahm er ein Fell hoch. »Nur zwei Leoparden?«
»Leoparden sind schwer zu kriegen«, sagte Adipo. »Es gibt kaum noch welche.«
Der Weiße wendete die Felle. »Keine Schußlöcher?«
»Wir haben sie mit Giftpfeilen erlegt.«
Der Weiße nickte zufrieden. »Hundertfünfzig Shillinge für jedes Fell.«
»So wenig?«
Der Weiße beschäftigte sich schon mit dem nächsten Posten. »Was ist das? Burchell-Zebras?«
»Grevys.«
»Trotzdem: Fünfundzwanzig Shillinge für jedes.«
»Was, nur fünfundzwanzig...«
»Okay. Dreißig. Aber kein Wort mehr! Und jetzt die Zähne. Bringt sie rüber zum Wiegen.«
Als Koski den größten Stoßzahn auf die Schulter nehmen wollte, fiel ein Schuß.
Keiner der fünf Männer hatte ausmachen können, woher der Schuß kam, aber wie auf ein Kommando warfen sich alle auf den Boden, selbst der dösende Lastwagenfahrer.
»Ihr habt uns reingelegt!« zischte der Weiße.
Wieder so eine Teufelei von Mirza, schoß es Adipo durch den Kopf.
Die Paviane waren zeternd in der Ruine verschwunden, alle, bis auf einen. Und der lag neben dem Zehntonner auf dem Rücken, benommen vor Schreck. Er hielt noch immer das Gewehr des weißen Aufkäufers in der Hand. Dann ließ er es fallen wie ein glühendes Eisen und flüchtete kreischend in die Ruine.
Koski rannte hinüber zu dem verlassenen Gewehr und hob es auf. »Der Lauf ist noch warm.«

»Der Affe hat damit gespielt«, sagte Adipo. »Und da ist es losgegangen.«

»Und ich habe geglaubt, ihr hättet uns in einen Hinterhalt gelockt.« Der Weiße stand auf und klopfte sich den Staub ab.

»Aber Boss!« sagte Adipo vorwurfsvoll.

Der Weiße sah sich voller Unbehagen um. »Macht schneller! Der da soll auch mit anfassen.« Er meinte Durako.

Der Lastwagen trug keinen Firmennamen. Er war voll beladen mit Kaffeesäcken aus Uganda. Wahrscheinlich fuhr er für eine Firma mit Im- und Export-Lizenz. Adipo prägte sich das Kennzeichen ein.

Der afrikanische Fahrer holte eine Waage von der Ladefläche, wog die vierzehn Stoßzähne Stück für Stück ab, dann verbarg er sie unter den Kaffeesäcken.

Der Weiße schrieb Zahlen in sein Notizbuch und addierte sie. »Macht zusammen vierhundertfünfzig Shillinge.«

Adipo, der die Preise für Elfenbein, Zebra- und Leopardenfelle kannte, hatte im Geist mitgerechnet. Im Großhandel war die Ware mehr als das Hundertfache wert.

»Vierhundertfünfzig Shillinge für alles?«

Der Weiße hatte das Geld schon abgezählt. Gönnerhaft legte er noch einen Schein hinzu. »Also fünfhundert. Aber dann will ich nichts mehr hören.«

»Dafür haben wir nun unsere Haut riskiert«, sagte Adipo.

»Das nächste Mal bringt ihr Nasenhörner mit«, sagte der Weiße. »Dafür gibt's mehr.« Er blätterte in seinem Notizkalender. »Am fünfzehnten Dezember komme ich wieder vorbei.«

»Wieder mittags?«

»Zur gleichen Zeit. Vergeßt die Nasenhörner nicht.«

»Okay, Boss.« Sosehr es Adipo gegen den Strich ging, er bemühte sich um eine unterwürfige Haltung.
Nachdem der Lastwagen davongefahren war, rannte er zum Toyota hinüber und drückte die Sprechtaste seines Walkie-Talkie: »Karl, ihr könnt sie übernehmen. Ein Weißer und ein Afrikaner. Sie sind in Richtung Mombasa eingebogen. Ein Zehntonner mit dem Kennzeichen KJP 135.«
»Seid ihr okay, Kim? Wir haben Schüsse gehört.«
»Das waren die Affen.«
»Die – was! ?«
»Die Affen.«
»Willst du uns verscheißern?«
»Frag jetzt nicht. Ich erzähl's euch später.«

Der Verkehr auf der A 109, der großen Verkehrsader zwischen dem Binnenland Uganda, Kenias Hauptstadt Nairobi und dem Hafen Mombasa, war spärlich wie immer. Wegner hatte diese Straße schon regelmäßig benutzt, als er noch von Mombasa aus seine Kunden zur Großwildjagd in die Nationalparks Amboseli oder Tsavo gebracht hatte. Als Wegner vor achtzehn Jahren nach Kenia gekommen war, war die Straße nicht einmal asphaltiert gewesen. Ganz früher hatte sie als Zufahrtsweg für die indischen Gleisarbeiter und das Material für die Eisenbahnstrecke Mombasa-Nairobi gedient, die parallel zur Straße verlief und die den Tsavo-Park in einen östlichen und einen westlichen Teil zerschnitt.
Es war derselbe Weg, den sie am Vormittag von Voi aus genommen hatten. Hinter dem Haupttor zum Tsavo-West mit seinen Tankstellen und Andenkenläden begann eine öde Strecke durch Dornbusch-Savanne und Ruinen von dickleibigen Baobabs, ausgehöhlten Affenbrotbäumen, deren weiches Holz ausgehungerte Ele-

fanten längst zerfasert hatten. Nur die Telegrafenmasten hatten dem Hunger der Elefanten standgehalten.
Bald tauchte vor ihnen der Zehntonner mit dem Kennzeichen KJP 135 auf. Sie passierten das Yatta-Plateau, den mit zweihundert Kilometern längsten Lavastrom der Welt, dessen glatt gemeißelte Oberfläche Wegner immer wieder an einen gigantischen Sarg erinnerte. Hier war es, wo um die Jahrhundertwende Löwen achtundzwanzig indische Streckenarbeiter getötet und aufgefressen hatten.
Am Tor, das bei Voi in den Tsavo-East führte, verlangsamte Mirza das Tempo und sandte einen sehnsüchtigen Blick nach links.
»Was ist, Mirza?«
»Ich habe eine Verabredung in der *Voi Safari Lodge*.«
»Von gestern?«
Mirza hob die Achseln und fuhr weiter. »Wahrscheinlich ist sie sowieso schon abgereist.«
»Ist das die, der Sie den Bären aufgebunden haben?«
»Bären gibt's hier nicht«, wies Mirza Wegner zurecht. »Ein Großwildjäger sollte so was wissen.«
Nach weiteren achtzig Kilometern wäre Mirza um ein Haar an dem Zehntonner vorbeigefahren. Der Lastwagen stand am Straßenrand vor einer *duka*, einer Wellblechbude, an der ein rotes Schild für das allgegenwärtige Coca-Cola warb.
Mirza parkte den Pick-up und schlenderte hinüber zu der Bude. Der afrikanische Fahrer trank eine Coke.
»Haben Sie Zigaretten?« fragte Mirza den Wirt, einen indischen Landsmann.
»Ja.«
Der Fahrer drehte sich um, sein weißer Boß hatte ungeduldig gehupt. Er kippte den Rest der Coke hinunter und lief zu seinem Zehntonner.

Mirza fixierte den Wirt und legte seine Stirn in mißbilligende Falten. »Zigaretten sollten Sie nicht verkaufen. Wissen Sie denn nicht, daß man davon Krebs bekommen kann!«
Bevor der verdutzte Wirt etwas entgegnen konnte, saß Mirza schon wieder in seinem Pick-up.
Von nun an blieb er in Sichtweite des Zehntonners. Der Verkehr war hier etwas dichter. Die ersten Kokospalmen tauchten auf.
Mombasa war nicht mehr fern.

Über der Moi Avenue wölbten sich die vier überdimensionalen Elefantenzähne, das Wahrzeichen der Inselstadt, als wollten sie Wegner, Mirza und Robertson an den Zweck ihrer Reise nach Mombasa erinnern.
Vom Indischen Ozean her schwappte der Monsun auf die Insel, der gleiche Nordost-Monsun, der vor dreitausend Jahren durch eine Lücke im Korallenriff arabische Eroberer auf ihren Dauen hierher geweht hatte. Sie hatten sich auf der Insel niedergelassen und sie Mombasa genannt.
Der Monsun war wie warme Suppe. Wegner und Robertson knöpften sich die Hemden bis zum Gürtel auf und krempelten die Ärmel hoch.
Nur Mirza schien die Schwüle nichts auszumachen. Mombasa war seine Heimatstadt, sein Urgroßvater war einer jener 32 000 Kulis gewesen, die man aus Indien hierher geschafft hatte, um die Eisenbahnlinie nach Nairobi und Uganda zu bauen.
»Die Löwen im Tsavo-Park haben ihn gefressen«, sagte er, und es war ihm nicht anzumerken, ob er flunkerte.
Der Zehntonner rumpelte am Basarviertel, an den Moscheen und Hindutempeln vorbei schnurstracks hinunter zum alten Hafen. Die letzten vierhundert Meter

zwängte er sich im Schrittempo durch die India Kuu Road, die so schmal war, daß der Fahrer die hervorspringenden Balustraden der Häuser streifte. An der Ecke der Salisbury Road hielt er vor einem offenen Lagerhaus an. Der Weiße sprang vom Beifahrersitz und verschwand zwischen Stapeln von Hummerkisten.
»Es ist besser, ihr verkrümelt euch«, schlug Mirza vor. »In dieser Gegend fallen Weiße nur auf. Wir treffen uns nachher im *Castle Hotel.*«

Es gab nichts Aufregendes zu beobachten an diesem Lagerhaus. Bald kam der Weiße wieder heraus. Vier Inder und der afrikanische Chauffeur trugen die Ware hinein, den Kaffee und auch die in Säcken verpackte Schmuggelware.
Inzwischen war es Abend geworden, das Lagerhaus wurde abgeschlossen, und Mirza machte sich zu Fuß auf den Weg zum *Castle.*
Wegner und Robertson saßen bei einem Steak im *Bui-Bui*-Restaurant an der Rückfront des Hotels, befächelt von einem riesigen Propeller, der von der Pergola herabhing, belauert von Prostituierten und Tagedieben, die ein Dinner abstauben wollten oder wenigstens ein Tusk-Lagerbier.
Pius, der Schweizer Hotelbesitzer, hielt wie immer Wache zwischen Treppe und Eingang, um den Ruf seines Hauses zu verteidigen. Er sorgte dafür, daß die Schnorrer seinen Gästen nicht allzu lästig fielen und daß die Prostituierten den Touristen nicht auf die Zimmer folgten.
Zwischen den Tischen streunten herrenlose Hunde, und aus dem hoch über ihren Köpfen aufgehängten Farbfernseher dröhnte die Stimme des Präsidenten Daniel arap Moi.

Mirza setzte sich zu Wegner und Robertson, und während er berichtete, schweiften seine Augen immer wieder zum Eingang.
»Warten Sie auf jemanden?« fragte Wegner.
»Da draußen steht der Hotelbus vom *Jadini.*«
»Na und?«
»*Hotel Jadini*«, wiederholte er. »Der Name sagt mir was.«
Plötzlich sprang er auf und lief hinaus. »Wartet nicht auf mich!«

Der Kleinbus schaukelte vier Touristen und eine Reiseleiterin, die eine *Neckermann*-Plakette trug, hinunter an die Diani Beach. Als sie an der Likoni-Fähre für ein paar Minuten aussteigen mußten, bereute Mirza fast schon wieder, mitgefahren zu sein. Doch dann gab er sich einen Ruck und bestieg mit den anderen die Fähre.
Nur wegen dieser faden Jennifer lohnte die einstündige Fahrt an die Südküste nicht. Eigentlich mochte Mirza keine Sommersprossen. Aber dann dachte er daran, daß er bald schon wieder in den Busch zurück mußte, und dort, im MAPSU-Basiscamp, gab es keine Frauen.
Außerdem war da noch die blonde Reiseleiterin.
Auf der Weiterfahrt brauchte Mirza keine zehn Minuten, um herauszufinden, daß er mit der Reiseleiterin seine Zeit verschwendete. Sie schien müde nach einem anstrengenden Tag und auch sonst zu keinem Flirt aufgelegt.
Das Dinner im *Jadini* war längst vorbei, der Empfangschef musterte Mirza und fragte ihn nach seinem Namen.
»Vanderbilt«, sagte Mirza.
Der Empfangschef blickte auf seine Liste. »Verzeihen Sie, Sir, aber Sie stehen nicht auf meiner Liste.«

»Mr. Vanderbilt aus New York.«
»Wir haben zwar keine Gäste aus den USA, aber trotzdem kommt mir der Name irgendwie bekannt vor. Sind Sie vielleicht...«
»Der bin ich.«
»Verwandt mit der berühmten amerikanischen Millionärsfamilie?«
»Milliardärsfamilie«, korrigierte Mirza. Er schob eine Fünfzig-Shilling-Note über den Tresen. »Ich bin der Sohn des indischen Kindermädchens. Kleiner Fehltritt von Mr. Vanderbilt senior.«
Der Empfangschef nickte verständnisvoll. »Darf ich fragen, was Sie hierher geführt hat, Mr. Vanderbilt...«
»Geschäfte. Meine Familie erwägt, sich an der Diani Beach finanziell zu engagieren.« Mirza beugte sich hinüber. »Aber ich wünsche, daß das vorerst nicht publik wird, verstehen Sie?«
»Selbstverständlich, Sir. Aber ich fürchte, unsere Zimmer werden Ihren Ansprüchen nicht genügen.«
»Ich werde kein Zimmer brauchen«, sagte Mirza und ließ den Empfangschef stehen.
Jennifer saß in einem der Plastikstühle am Swimmingpool und lauschte der Band.
Als Mirza in ihr Blickfeld geriet, machte er ihr ein verstohlenes Zeichen und ging voraus an den Strand.
»Aber das ist doch gefährlich«, flüsterte sie, nachdem sie ihn dort eingeholt hatte. Sie war barfuß durch den Sand gelaufen, ihre Schuhe trug sie in der Hand. »Mit Ihrem Turban erkennt Sie jeder sofort.«
»Mein Glaube verbietet mir, den Turban abzunehmen.«
Ein Pärchen von der Tanzfläche hatte sich ebenfalls hinunter an den Strand verdrückt, und Jennifer zerrte

Mirza schnell in den Schatten einer Palme. »Sie sind wirklich sehr leichtsinnig, Jawal«, flüsterte sie selig. »Einfach hierherzukommen.«
Mirza sah sich scheu nach dem Pärchen um. »Wir müssen jetzt so tun, als ob...« Er zog sie an sich. Bereitwillig öffnete sie ihre Lippen, und ihr Kuß schmeckte alles andere als samariterhaft.
»Sind sie immer noch hinter dir her?« fragte sie.
»Tag und Nacht.« Er seufzte. »Ach, Ginger...«
»Ich heiße Jenny.«
Mirza biß sich auf die Lippen. »Es ist besser, ich nenne dich Ginger.«
»Aber ich mag den Namen nicht.«
»Wegen meiner Verfolger. Vielleicht haben sie herausgekriegt, daß ich auf der *Voi Safari Lodge* mit einer Jennifer...«
»Ach deshalb.«
»Ich möchte dich nicht auch noch in Gefahr bringen.«
»Laß uns lieber hinaufgehen, Jawal.« Sie nahm ihn an der Hand und führte ihn außen am Swimming-pool vorbei. Um in die Zimmer zu gelangen, mußten sie noch eine Gefahrenzone überwinden: die offene Bar unter dem palmwedelgedeckten Wakuti-Dach und die Halle mit der Rezeption.
Ein Boy lief durch die Halle. Mit einer Handklingel machte er die Gäste auf die Inschrift der Tafel aufmerksam, die er trug: »Telefon für Mr. Mirza.«
»Schon wieder!« murmelte er.
»Geh lieber nicht hin!« warnte Jennifer.
Mirza riß sich von ihr los und steuerte auf den Empfangschef zu. »Mein Anruf...«
Als ihn der Empfangschef überrascht ansah, fügte er hinzu: »Mirza ist nur mein Deckname. Ich bin inkognito hier.«

»Selbstverständlich, Mr. Vanderbilt«, sagte der Portier und reichte ihm den Telefonhörer.
»Der Captain hat angerufen. Er ist außer sich.« Es war Wegner. »Sie sollen sofort ins *Castle* zurückkommen.«
»Und wegen so einer Lappalie stören Sie mich! Bestellen Sie Mr. Rockefeller, wenn er mir nicht entgegenkommt, dann kaufe ich die Aktienmehrheit von Exxon auf und schmeiß ihn aus dem Vorstand raus. Dann kann er sich einen neuen Job suchen!«
»Hören Sie, Mirza, ich weiß nicht, welches Spielchen Sie gerade spielen«, sagte Wegner am anderen Ende der Leitung. »Aber eins weiß ich sicher: Adipo meint es ernst. Und wenn Sie nicht sofort zurückkommen, wird sich nicht Rockefeller, sondern Jawal Mirza um einen neuen Job bemühen müssen.«
Mirza warf einen Seitenblick auf den respektvoll zuhörenden Empfangschef. »Wenn er mit Ihnen nicht verhandeln will, dann werde ich die Sache selbst in die Hand nehmen.«
»Heißt das, Sie kommen, Mirza?«
»Die Bank of America soll schon mal dreihundert Millionen Dollar bereitstellen. Oder vielleicht besser vierhundert Millionen.«
Mirza legte auf. »Alles muß man alleine machen.« Er wandte sich an den Empfangschef. »Wie komme ich jetzt nach Mombasa?«
»Der Busfahrer ist leider schon zu Hause, Mr. Vander...«
»Sagen Sie lieber Mirza.«
»Mr. Mirza. Er wohnt in einem Dorf hinter den Shimba Hills.«
»Das dauert mir zu lange. Wie kommen *Sie* denn nach Dienstschluß heim?«

»Mit meiner Honda.«
»Was kostet so ein Ding?«
»Aber Mr. Van... Mirza. Sie werden doch nicht auf einem Kleinmotorrad fahren wollen.«
»Was sie kostet!«
»Neu habe ich zwölftausend Shillinge bezahlt.«
»Ich gebe Ihnen fünfzehntausend.« Mirza griff in seine Brusttasche und übergab dem Empfangschef ein Notenbündel. »Da sind zweitausend Anzahlung. Während ich Ihnen für den Rest einen Scheck ausschreibe, holen Sie schon mal den Zündschlüssel.«
Jennifer, die Mirzas Auftritt von fern beobachtet hatte, trat besorgt näher. »Sind sie wieder hinter dir her?«
»Ich muß fliehen. Seine Häscher haben mich aufgestöbert.«
»Ich habe über uns nachgedacht, Jawal.« Offenbar hatte sie sich in der Wartezeit zu einem Entschluß durchgerungen. »Willst du nicht mit mir nach England kommen? Da wärst du bestimmt sicher.«
»Mirza ist nirgendwo sicher.« Er sah sie aus sanften Giraffenaugen an. »Der König hat seine Häscher überall. Es darf nicht sein, Jennifer. Du mußt mich vergessen.«
Sie begleitete ihn hinaus, wo der Empfangschef Mirza die Honda übergab. »Schreibst du mir nach England?«
Mirza nickte schwermütig. Die Palmen raschelten, die Kröten quarrten, und die Zikaden sangen.
Mirza schwang sich auf die Honda und knatterte davon. Immer, wenn er ein Mädchen soweit hatte, funkte dieser verdammte Adipo dazwischen.

Die folgenden sechs Tage wechselten sich Wegner, Mirza und Robertson bei der Überwachung des Lager-

hauses im Hafen ab, ohne daß dort Verdächtiges geschah.
Am siebenten Tag stieß Adipo zu ihnen. Er brachte Neuigkeiten aus Isiolo mit. Die dortige APU-Brigade hatte, nachdem sie wochenlang am Berg der tanzenden Steine auf der Lauer gelegen hatte, endlich die drei somalischen Wilderer beim Leeren des von Durako angelegten Depots gefaßt und nach Isiolo gebracht.
In den ersten Verhören hatten sie sich hartnäckig auf die Version versteift, das Versteck zufällig entdeckt zu haben. Erst als Adipo in Isiolo eingetroffen war und Durako die Somali als die Käufer seiner Beute identifiziert hatte, waren sie Stück für Stück mit der Wahrheit herausgekommen.
Es waren Kenia-Somali aus dem Grenzgebiet östlich Wajir, um das es mit Somalia Querelen gab, weil die Nachbarrepublik Ansprüche auf die unwegsame Provinz erhob. Die drei Somali hatten seit Jahren den kaum besiedelten Osten und Norden Kenias auf ihren Kamelen durchstreift, um Wilderern Elefantenzähne, Nasenhörner, Krokodilhäute und Felle von Zebras und Leoparden abzukaufen.
Ihre Ware hatten sie über die Grenze in die somalische Hauptstadt Mogadischu geschmuggelt, zu einem Händler namens Ismail Hassan, der die Konterbande an die Handelsfirma *Curio Limited* in der südjemenitischen Hauptstadt Aden weiterverkaufte.
Adipo hatte die drei Somali in Isiolo einsperren lassen, war aber mit dem Ergebnis des Verhörs nicht zufrieden. Angesichts der politischen Streitigkeiten zwischen Kenia und Somalia wäre es zwecklos gewesen, sich an die Behörden in Mogadischu zu wenden.
Nach seiner Ankunft in Mombasa hatte sich Adipo im *Castle Hotel* einquartiert. Er teilte ein Zimmer mit

Wegner, ein anderes Zimmer bewohnten Mirza und Robertson. Sie nutzten die Gelegenheit, ihre Schachpartie ein paar Züge voranzutreiben.
Es begann damit, daß Robertson sein Notizbuch aus der Tasche zog und sagte: »Ich habe mit d4 begonnen, und Sie haben mit d5 geantwortet. Dann habe ich c4 gezogen. Sie haben das Damen-Gambit ausgeschlagen und sind mit Ihrem Königsbauern auf e6 vorgerückt. Dann habe ich meinen Springer auf c3 ins Spiel gebracht.«
»Und jetzt ziehe ich den Läufer auf e7«, sagte Mirza.
Und so ging es weiter, eine Woche lang: 4. Sf3 Sf6 5. Lg5 0-0 6. Tc1 h6 7. Lh4 b6 8. cd5: Sd5: 9. Sd5: ed5: 10. Le7: De7: 11. g3 Te8 12. Lg2 La6 13. Se5 Sd7 14. Tc7:

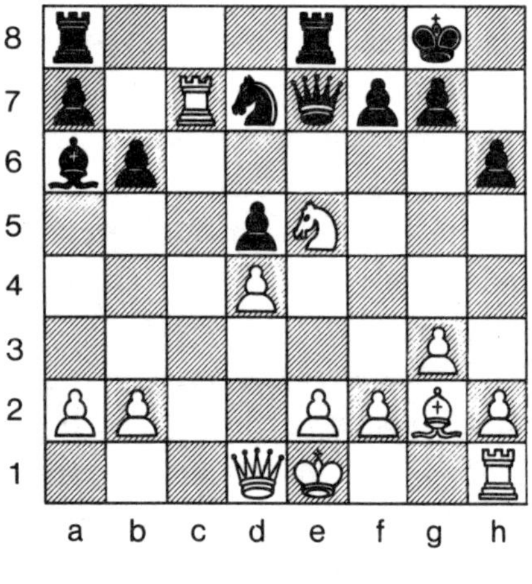

Als Mirza nun mit seinem schwarzen Turm auf c8 rückte, sagte Robertson: »Mirza, Sie haben Ihren ersten Fehler gemacht.« Seine bebenden Schnurrbartspitzen verrieten verhaltene Erregung. »Wollen Sie ausnahmsweise den Zug zurücknehmen?«
»Nein.«
»Nein?«

»Nein.«
»Und wenn ich nun mit meinem Turm Ihren Springer auf d7 nehme?«
»Dann kann ich das auch nicht mehr ändern.«
»Wissen Sie, was mir daran nicht gefällt, Mirza?« Robertson putzte umständlich seine Brille. »Bisher haben Sie noch jedesmal, wenn Sie so unschuldig dreinschauen wie jetzt, irgendeine Teufelei ausgebrütet. Und ich werde den scheußlichen Verdacht nicht los, daß auch diesmal...« Robertson stutzte. »Natürlich! Sie Schlitzohr! Sie abgefeimtes Schlitzohr!«
Er will, daß ich den Springer nehme, damit er mir mit der Dame auf d4 Schach bieten kann, dachte Robertson. Und dann bin ich in der Falle. Wenn ich nämlich meine Dame auf d2 stelle, setzt er mich mit seinem Turm auf c1 matt. Oder ich ziehe meinen König auf f1. Aber dann rückt er mit seiner Dame auf d4 vor. Ich kann nur meinen Springer dazwischensetzen, auf d3. Und dann bringt er unweigerlich seinen Turm von e8 auf e2, und das wäre für mich der Anfang vom Ende.
Ist ein Anfänger wie Mirza überhaupt zu einer derart komplizierten Überlegung fähig, oder ist das Ganze nur eine zufällige Konstellation?
Robertson räusperte sich. »Nun mal Hand aufs Herz, Mirza: Sie sind doch kein Anfänger?«
»Doch, bin ich.«
»Wirklich noch nie Schach gespielt?«
»Ehrenwort, Robertson.«
»Merkwürdig. Sehr merkwürdig.«
Robertson zog seinen Turm auf c8. Wahrlich kein vorteilhafter Tausch, aber mit einer anschließenden Rochade wäre er vorläufig aus dem Gröbsten heraus.

Während sich Robertson mit seinem erstaunlich zähen

Schachpartner plagte, hatte Adipo bei seinen diskreten Nachforschungen herausgefunden, daß das Lagerhaus unten am Hafen einem gewissen Harun Njeru gehörte, einem alteingesessenen indischen Exportkaufmann, der vor allem mit Mangrovenholz, Korallenkalk, Gewürzen, Kaffee und Fischen handelte. Als Wegner, dem die erzwungene Untätigkeit zunehmend auf die Nerven ging, Adipo drängte, sich endlich einen Durchsuchungsbefehl zu besorgen, mahnte Adipo zur Geduld: »Wer unreife Früchte erntet, wird verdorbene Früchte essen.«

Nach zehn Tagen endlich schien sich etwas zu regen. Ein Lastwagen verließ, mit sechs Kisten beladen, Njerus Lagerhaus in Richtung Flughafen, und als Ahmed Faraj, ein Angestellter des Inders, die Kisten am Luftfrachtschalter der *Kenyan Airways* aufgeben wollte, traten ihm Adipo und Mirza in den Weg. Nachdem er sich ausgewiesen hatte, fragte Adipo nach dem Inhalt der Kisten.

Faraj schien keineswegs erschrocken. »Stoßzähne von Elefanten und andere Trophäen.«

»Bitte öffnen Sie die Kisten.«

»Gern.« Gleichmütig hebelte der Inder die ersten vier Kisten auf. Stoßzähne, in handliche Stücke zersägt, säuberlich in Holzwolle verpackt. Die fünfte Kiste war randvoll mit Fellen von Grevy-Zebras, die sechste barg in Plastiktüten abgeschnittene Nasenhörner von Rhinozerossen, die in mehrere Leopardenfelle eingewickelt waren.

»Sie wissen, daß in Kenia die Jagd auf Großwild unter Strafe gestellt ist«, sagte Adipo.

»Ich weiß«, antwortete Faraj. »Aber die Tiere, von denen diese Trophäen stammen, sind allesamt verendet.«

»Stimmt!« Adipo nickte grimmig. »An Gift verendet.«
Mirza drängte sich vor. »Ich hätte nicht übel Lust, darauf zu wetten, daß sie allesamt gewildert sind.«
»Es stimmt mich sehr traurig, daß ausgerechnet ein Landsmann von mir derartige Beschuldigungen erhebt.« Faraj zog die Frachtpapiere aus seiner Umhängetasche. »Bitte sehr, hier sind die Dokumente. Ausgestellt und gestempelt von der Verwaltung des Murchison-Nationalparks in Uganda. Da steht's schwarz auf weiß: Die Tiere sind verendet. Und hier ist die Exportlizenz.«
Adipo studierte die Bescheinigung sorgfältig. »Auf Papier kann man alles mögliche schreiben.«
»Also, Captain, was mich angeht: Ich verlaß mich lieber auf das, was die Ware selbst zu erzählen hat.« Mirza holte ein Fläschchen aus seiner Brusttasche, schüttelte es, tauchte einen Pinsel hinein und strich mit dem Pinsel über einen der Stoßzähne.
Faraj schien noch immer wenig beunruhigt, viel zuwenig für einen Mann in seiner Situation.
Sein Gesichtsausdruck änderte sich erst, als sich auf dem Elfenbein eine Inschrift abzuzeichnen begann: *Gewildert im...* »Tsavo-Park East«, ergänzte Mirza.
»Machen Sie Ihre Tricks woanders«, rief Faraj entrüstet.
»Wo denn, zum Beispiel?« Mirza tauchte wieder den Pinsel in die Tinktur. »Vielleicht auf dem Leopardenfell da?«
Er pinselte die Innenseite am Hals des Felles, genau dort, wo er es nach der Beschlagnahme mit der unsichtbaren Tinte markiert hatte. Einzelne Buchstaben wurden sichtbar. Erst blaß, dann deutlicher und schließlich ganze Wörter. *»Mtumi wa kunga haambiwi mana.«*

»Was soll das heißen?« fragte Faraj, mehr verblüfft als erschrocken.
»Dem Überbringer wird der Inhalt der geheimen Botschaft nicht mitgeteilt«, übersetzte Mirza.
»Ich bin einer Intrige zum Opfer gefallen!« rief Faraj entgeistert.
»Erzählen Sie das dem Gericht«, schlug Adipo vor. Er beschlagnahmte die Kisten und ließ sie versiegeln.
Nachdem sie den Inder auf der Malupa-Polizeiwache an der Lumumba Road abgeliefert hatten, erkundigte sich Adipo: »Mirza, wie sind Sie eigentlich auf den Satz gekommen, den Sie auf das Leopardenfell gemalt haben?«
»Auch indische Kinder lernen auf der Schule afrikanische Sprichwörter.«
»*Maana* wird aber mit zwei a geschrieben.«
»Kann sein, Captain. In Suaheli bin ich nie ein As gewesen.«

Der nächste Tag begann für Adipo mit einer unangenehmen Überraschung. Noch in der Nacht hatte ein Bote eine Verfügung des Innenministeriums vorgelegt: die Festnahme Ahmed Farajs sei aufgehoben. Und draußen am Flugplatz hatte ein weiterer Abgesandter des Innenministeriums ein Dokument präsentiert, mit dem die Beschlagnahme des Beweismaterials rückgängig gemacht worden war. Als Adipo dies erfuhr, befanden sich die sechs Kisten bereits auf dem Flug nach ihrem Bestimmungsort Aden im Südjemen.
Die Arbeit von vierzehn Tagen hatte sich in Rauch aufgelöst, und wütend entsann sich Adipo der alten afrikanischen Spruchweisheit, daß Wasser sich nicht greifen und Rauch sich nicht festhalten läßt.

In Nairobi, auf der Rückfahrt ins MAPSU-Basiscamp, trennte sich Adipo von seinem Team, um den mysteriösen Zwischenfall mit Tom Garrison zu besprechen, dem Chef der APU.
Adipo wunderte sich im stillen über die Gelassenheit, mit der Tom Garrison sich seine Geschichte anhörte. Nur zweimal hob sich die linke Augenbraue des Kenia-Engländers um Millimeter. Das war, als Adipo die Namen Harun Njeru, Ahmed Faraj und den der Firma in Aden, am Bestimmungsort der Fracht, nannte.
»Wahrscheinlich wäre es besser gewesen, wenn Sie die Aktion am Flughafen vorher mit mir abgestimmt hätten«, meinte Garrison schließlich.
»Dazu war keine Zeit mehr, Sir.«
»Ich weiß.« Bedächtig kratzte Garrison seine Pfeife aus. »Tut mir leid, Adipo. Sie haben mit sauberen Händen in ein Wespennest gefaßt. Dieser Njeru und diese Firma in Aden haben beide einen Teilhaber, denselben Teilhaber übrigens. Es ist ein Netz mit festen Fäden. Fäden wie aus Nylon. Eine ziemlich delikate Sache. Sie sind nicht der erste, der sich in dem Netz verfangen hat. Auch ich...« Garrison stockte. Er stand auf und schaute aus dem Fenster hinaus auf die Kette der Ngong Hills, die sich am Horizont wie die Knöchel einer geschlossenen Riesenfaust abzeichneten. Dann schloß er das Fenster. »Was ich Ihnen jetzt erzählen werde, muß unter uns bleiben.«
»Ja, Sir.«
»Auch kein Wort zu Ihren Leuten.«
»Ja, Sir.«
Garrison stopfte sich eine neue Pfeife, zündete sie an und paffte ein Wölkchen in die Luft. »Sie haben vielleicht davon gehört, welche Rolle Mama Ngina in unserem Land gespielt hat...«

Adipo starrte auf seine Stiefelkappen. »Ich war zwei Jahre lang auf der Militärakademie in England.«

»Bitte weichen Sie mir nicht aus, Adipo.«

»Na ja, da waren mal Gerüchte...«

»Das waren mehr als Gerüchte, Adipo. Ich will jetzt nicht auf die Einzelheiten eingehen, aber praktisch hat Mama Ngina den gesamten Handel mit Elfenbein in Kenia kontrolliert. Sie hatte ihre Finger in allen illegalen Geschäften mit Nasenhörnern, Krokodilhäuten, Leopardenfellen und Stoßzähnen von Elefanten. Und dieser Harun Njeru ist ihr Teilhaber.«

»Sir, Jomo Kenyatta ist tot und...«

»Jomo Kenyatta ist unangreifbar. Der Befreier von der Kolonialherrschaft. Der Gründer von Kenia. Ein nationales Monument.«

»Jomo Kenyatta ist der größte Mann, der je gelebt hat, Sir.«

Garrison nickte. »So sehen es alle, auch die Regierung seines Nachfolgers Daniel arap Moi, ein überaus integrer Mann übrigens. Und das macht den Fall so außerordentlich schwierig. Mama Ngina weiß genau, daß man die Witwe nicht vor Gericht stellen kann, ohne das Andenken des Präsidenten zu besudeln.«

»Sir, soll das heißen, daß Jomo Kenyatta von ihren... Aktivitäten gewußt hat?«

»Genau das ist die Frage, von der niemand wünscht, daß sie öffentlich diskutiert wird. Jedenfalls hat der neue Präsident nach und nach die Vertrauten des alten Präsidenten ausgeschaltet. Ein Schritt auf diesem Wege war übrigens, unsere APU dem Umweltministerium zu unterstellen. Aber das heißt noch lange nicht, daß Mama Ngina entmachtet wäre. Ihr Name taucht in den Zeitungen nicht mehr auf, aber sie ist reich genug, sich Einfluß zu kaufen.«

Adipo kaute an seiner Unterlippe. »Sir, mit allem Respekt – darf ich Sie um Entlassung aus dem Dienst bitten.«

»Nein, Adipo, das dürfen Sie nicht. Gerade Leute wie Sie und ich – wenn wir aufgeben, dann bedeutet das die Rückkehr zu Verhältnissen, die wir gerade zu überwinden im Begriff sind. Irgendwann wird die Zeit der Abrechnung gekommen sein. Wir sind eine junge Nation mit sechsundachtzig Völkern und Stämmen. Bantu, Niloten, Massai, Hamiten, Inder und Weiße. Moslems, Christen, Hindu und Heiden. Viele sind noch Analphabeten. Aber der Glaube an den Mzee, den großen Jomo Kenyatta, hält Kenia zusammen.«

»Dann ist seine Witwe also unantastbar.«

»Adipo, sehen Sie mal nach China. Dort gab es das gleiche Problem. Die Chinesen haben Jahre gebraucht, um es zu lösen. Am Ende haben sie die Witwe von Mao vor Gericht gestellt und zum Tode verurteilt. Wir werden es auch schaffen. Verlassen Sie sich darauf. *Kawia ufike.* Wer langsam geht, kommt sicherer zum Ziel.«

»Ich bin nur ein einfacher Offizier, Sir, und ich sehe nicht, wie wir jemals zum Ziel kommen sollen, wenn überführte Verbrecher befreit werden und beschlagnahmtes Beweismaterial verschwindet.«

»*Kawia ufike*«, wiederholte Garrison. »Vergessen Sie nicht, daß auch wir mächtige Verbündete haben. Ich bin sicher, Sie werden eines Tages neue Beweise gesammelt haben – gegen Njeru oder einen anderen Schützling der Präsidentenwitwe. Hieb- und stichfeste Beweise, Adipo. Und dann werden wir weitersehen.«

Als es klopfte, wandte er sich zur Tür. Ein Ranger im grünen Overall salutierte. »Mr. Nyabade ist da, Sir.«

Tom Garrison erhob sich, um seinem Besucher entgegenzugehen. Adipo kannte Nyabade flüchtig, den

neuen Direktor aller Nationalparks in Kenia, einen wohlgenährten Kikuju mittleren Alters.
»Ich habe Akenda gleich mitgebracht«, sagte Nyabade. »Er soll selbst vortragen, was er auf dem Herzen hat.«
Adipo erkannte in Akenda sofort den Stammesgenossen. Der Alte hatte die gutgeschnittenen Gesichtszüge und die stolze Haltung der Kamba. »Ich spreche im Namen meines Dorfes«, begann er würdevoll. »Der Ältestenrat hat mich beauftragt, unsere Beschwerde vorzubringen.«
»Wo liegt Ihr Dorf?« fragte Garrison.
»Nördlich vom Tsavo-Park. Wir haben dort fruchtbaren Boden und auch Wasser aus dem Thua-Fluß. Schon unsere Großväter haben Mais und Sisal angepflanzt, aber in letzter Zeit wächst dort nichts mehr. Unsere jungen Männer gehen in die Stadt, weil sie nicht mehr satt werden von dem bißchen, das uns Abdul übrigläßt.«
»Abdul?«
»Er ist von bösen Geistern besessen«, sagte Akenda. »Trampelt alles nieder, was wir anbauen. Reißt die Bäume aus, ohne die Blätter zu fressen, und nachts schreckt er die Kinder aus dem Schlaf mit seinem Trompeten. Vorgestern hat er drei unserer Hütten zerstört.«
Garrison beugte sich interessiert vor. »Kommt er allein?«
»Abdul war immer ein Einzelgänger«, sagte Nyabade.
»Unsere Leute haben versucht, ihn zu verscheuchen, aber er kommt immer wieder zurück und verwüstet alles, was ihm vor den Rüssel gerät. Böswillig, ohne Sinn und Verstand.« Der Dorfälteste sah Garrison erwartungsvoll an.

Aber der zuckte nur die Achseln. »Was soll ich da machen – ihm gut zureden oder was?«
»Akendas Dorf bittet um eine Abschußgenehmigung«, sagte Nyabade.
Garrison wandte sich direkt an den Dorfältesten: »Für Elefanten gibt's keine Abschußgenehmigung. Und ausgerechnet Abdul! Sie wissen, wie man ihn nennt...«
»Ja, König der Elefanten.«
»Abdul steht unter dem persönlichen Schutz des Präsidenten«, sagte Garrison.
Nyabade nickte. »Schon der Mzee hatte Abdul unter sein Protektorat gestellt.«
Schon wieder ein nationales Monument, dachte Adipo.
»Präsidenten sind nicht nur für Elefanten da«, sagte Akenda. »Wer schützt uns Menschen?«
Es schien diese letzte Bemerkung gewesen zu sein, die dem Gespräch eine neue Wendung gab. »Eigentlich klingt es nicht unvernünftig, was unser Freund da sagt«, meinte Tom Garrison. »Ich frage mich, ob Sie den Fall nicht doch vielleicht dem Präsidenten vortragen sollten.«
»Ich bin sicher, daß der Präsident eine weise Entscheidung treffen wird«, sagte Nyabade sibyllinisch.
Zum erstenmal meldete sich Adipo zu Wort.
»Sir, sollte der Präsident die Entscheidung treffen, die Mr. Nyabade und unser Freund Akenda erhoffen, so habe ich eine Bitte: Überlassen Sie Abdul mir.«
»Ihnen?« Nyabade schnappte nach Luft. »Ich würde es lieber sehen, wenn die MAPSU sich auf ihre eigentliche Aufgabe beschränkt, nämlich auf die Bekämpfung des organisierten Wilddiebstahls.«
»Ja, Sir. Und dafür könnte uns Abdul einen letzten Dienst erweisen. Sein Tod bekäme dann einen Sinn.«

Elfenbein

Drei Menschen können ein Geheimnis bewahren, wenn zwei tot sind.

(Afrikanisches Sprichwort)

Im Basiscamp ertappte sich Wegner dabei, daß er immer wieder zum Fluß hinunterging, um an der Stelle zu baden, wo er Ginger zum erstenmal nackt gesehen hatte. Er war still und eigenbrötlerisch geworden seit jener Nacht mit Ginger, und mit einer gewissen Selbstironie registrierte er, daß er Robertson ähnlicher zu werden begann. Doch Robertsons Verhalten war durch ein Unglück ausgelöst worden.

Wegner würde die Liebesnacht mit einer überaus ansehnlichen Frau nicht gerade als Unglück bezeichnen wollen, und doch spürte er nicht ohne Unbehagen, daß irgend etwas mit ihm geschehen war, etwas völlig Neues, das er in seinen fünfundvierzig Jahren noch nicht erlebt hatte.

Liebe? Er schloß die Augen. Liebe ist eine Erfindung von Schlagerdichtern. Du bist ein gesunder Mann und hast lange keine Frau gehabt, das ist alles. Wenn die Hormone verrückt spielen, hat das noch lange nichts mit Liebe zu tun.

Wahrscheinlich hatte Ginger recht. Eine Zoologin beurteilt natürliche Funktionen sachlicher. Sie hatte ihn für eine Nacht in ihren Schlafsack kriechen lassen, und am nächsten Morgen war es vorbei. Ein beiläufiges »*Goodbye*« und ein »Vielleicht sehen wir uns bald mal wieder, nächste Woche, nächsten Monat«.

Seit sie aus Mombasa zurück waren, hatte sich eine seltsame Stimmung im Basiscamp verbreitet. *»Gloomy«* – Wegner wußte kein passendes deutsches Wort dafür. »Melancholisch« kam ihm vielleicht am nächsten.
Robertson hatte sich sofort in sein Zelt zu seinen Schachpartien zurückgezogen, er schimpfte nicht einmal über den Mungo, obwohl er ihn nervte wie eh und je.
Selbst Mirza schienen die Flausen vergangen zu sein. Er verhielt sich zuvorkommend wie ein höflicher Gast, der Angst hatte, unangenehm aufzufallen, und versuchte, sich nützlich zu machen, indem er freiwillig am Unimog die Funkwache übernahm.
Durako litt unter Koskis gedrückter Stimmung, und die wiederum war zurückzuführen auf seinen Chef Adipo, der nach seiner Rückkehr aus Nairobi kein Wort mehr über den Fehlschlag von Mombasa und schon gar nicht über sein Gespräch mit Tom Garrison verlor.
Im Camp war Routine eingekehrt, der monotone Ablauf ereignisarmer Tage. Nichts lähmte Wegner mehr als Gewohnheit.
Dann hätte ich auch in Deutschland bleiben können, dachte er gerade, als Mirza vom Flußufer herüberrief: »Ein Anruf für Sie.«
»Für mich?«
»Ja, über Sprechfunk.«
Wegner kletterte die Böschung zum Unimog hinauf und drückte die Sprechtaste.
»Ein Glück, daß ich dich erwische.« Es war Ginger.
Wegner fiel nicht mehr ein als: »Ja, Ginger.«
»Ich habe von der Sache in Mombasa gehört. Schöne Pleite.«
»Ja«, sagte Wegner noch einmal. »Bist du hier in der Nähe?«
»Ich bin oben im Aberdare-Nationalpark.«

»Schade«, entfuhr es Wegner.
»Komm doch einfach rauf zu mir. Ich bin mit ein paar Tierfängern hier.«
»Ich würde gern... sehr gern... aber...«
»Frag Adipo, ob die MAPSU uns helfen kann. Wir fangen hier Nashörner ein und bringen sie dann zu euch ins Massai-Mara-Reservat.«
»Und dafür braucht ihr uns?«
»Ich brauche vor allem Mirza und seinen Hubschrauber.«
»Ich dachte schon, du wolltest mich sehen.«
»Auch. Natürlich würde ich mich freuen.« Es klang so unverbindlich wie die Einladung zu einer Cocktail-Party.
»Nashörner umsiedeln. Was soll das eigentlich?«
»Ich erklär's dir, wenn du kommst. Adipo weiß übrigens Bescheid über die Aktion. Er soll mich gleich im APU-Stützpunkt Mweiga zurückrufen.«
Wegner fand Adipo in dem schilfgedeckten Unterstand im Zentrum des Camps. Ein Afrikaner war bei ihm, den Wegner noch nie zuvor gesehen hatte. Als Wegner in Hörweite kam, verstummte der Afrikaner.
»Das ist Karl Wegner«, sagte Adipo. »Er gehört zu uns.«
»Kim, Dr. Redcliffe will dich sprechen. Sie ist in Mweiga.«
Adipo nickte. »Sie will unseren Hubschrauber, nicht wahr?«
»Außerdem hat sie darum gebeten, daß ich mit hinauffliege. Sie meint, als Jäger kann ich am besten mit dem Narkosegewehr umgehen.«
»Hat sie das wirklich gesagt?« Adipo musterte Wegner mit einem langen Blick. »Okay, ich rufe sie nachher an. Aber ihr müßt ohne mich fliegen, ich habe was anderes

vor, und das hängt mit Kariuki zusammen.« Er zeigte auf seinen Besucher. »Er ist von meinem Stamm, ein Kamba.«
Wegner nickte Kariuki zu und wollte sich diskret zurückziehen.
»Bleib«, sagte Adipo. »So, Kariuki – jetzt zeig mal auf der Karte, wo das ist.«
»Hier haben sie die Waffen versteckt.« Kariuki war höchstens dreißig. Er trug eine verblichene Khakihose und ein T-Shirt. »In einem Holzkohlenmeiler. Einmal im Monat kommt der weiße Mann und kauft Elfenbein.«
»Kennst du seinen Namen?«
»Niemand kennt seinen Namen.«
»Gut, ich werde dich in dein Dorf begleiten.«
Kariuki schüttelte entsetzt den Kopf.
»Du wirst mich als deinen Vetter ausgeben.«
»Sie werden einem Fremden nicht trauen.«
»Laß das meine Sorge sein, Kariuki. Ich bin dein Vetter Daniel, und ich bin vom selben Stamm wie ihr. Außerdem habe ich den vertrauenswürdigsten Bürgen im ganzen Land: Abdul.«
»Der König der Elefanten?« rief Kariuki.
»Ich werde ihnen verraten, wo Abdul sich aufhält.«
Wegner sah den Captain verständnislos an. »Du willst ihnen Abdul ans Messer liefern?«
»Ja. Die Abschußgenehmigung ist gekommen.«
»Ich habe Angst, Captain«, sagte Kariuki.
»Vergiß den Captain. Ich bin dein Vetter Daniel. Hast du verstanden?«
»Ich habe Angst, Daniel.«
»Gegen Angst weiß ich eine gute Medizin: zweihundert Shillinge Belohnung.«

Regen peitschte die Kanzel des Helikopters. Die Aberdare-Berge hatten sich in schwarze Wolken gehüllt. Irgendwo zwischen den immergrünen Regenwäldern tauchte schemenhaft der Kinangop auf, einer der beiden Viertausender, und am Horizont die weißen Gletscher des Mount Kenya.

Wegner fröstelte.

Bevor sie losgefahren waren, hatte er vergessen, daß sie sich ständig in mehr als dreitausend Meter bewegen würden, und er tröstete sich mit der Hoffnung, daß ihn wenigstens in den Nächten Ginger wärmen würde.

Trotz der Verlockung, in den Aberdares dem Plagegeist Otto für ein paar Tage zu entgehen, hatte es Robertson vorgezogen, im Camp zurückzubleiben, um dort eine Magenverstimmung auszukurieren. Dafür waren Koski und sogar Durako mit von der Partie, denn Ginger hatte den Captain ausdrücklich um jeden verfügbaren Mann gebeten.

Der alte Durako tat Wegner leid, wie er da festgeschnallt in dem lärmenden Hubschrauber kauerte, vertrauensvoll auf Koski blickend und heilfroh, als sie endlich gegen Mittag am APU-Stützpunkt Mweiga landeten.

Ein Kipplader stand dort mit einem Dutzend schwatzender afrikanischer Tierfänger, ein Kipplader mit einer Seilwinde, einer Rampe aus Gleitrollen und einer stabilen Tiertransportkiste.

Ginger lief ihnen aus einer der Steinbaracken entgegen. »Schön, daß ihr uns helfen wollt«, sagte sie. »Mit Landrovern wären wir in den Aberdares nicht sehr weit gekommen. Man kann zwar ein Stück hineinfahren, aber nie nahe genug an die Nashörner heran.«

Wegner sah sich verwundert um. »Ganz schöner Aufwand für den Umzug eines Nashorns.«

»Komm mal mit, Karl.« Ginger ging voraus. In dem

provisorischen Büro, das sie in der Baracke aufgeschlagen hatte, wollte Wegner sie in den Arm nehmen. Sie entzog sich ihm und überreichte ihm einen Schnellhefter.
Wegner blätterte lustlos in den Papieren. »Muß ich das alles lesen? Die ganzen Tabellen und so?«
»Ich kann dir auch erzählen, was drinsteht.« Sie beugte sich aus dem Fenster. »Mirza! Koski!«
Und als das Auditorium komplett war, begann Ginger mit ihrem Vortrag. »Sie sollten wissen, warum wir das machen.« Und dann berichtete sie von den drei asiatischen Rhinozerosarten, dem indischen Panzernashorn und seinen Vettern auf Java und Sumatra, von denen nach systematischen Ausrottungskampagnen nur noch wenige hundert Exemplare übriggeblieben sind.
»Nashörner haben nur einen Feind«, sagte sie. »Den Menschen. Und der jagt sie ausschließlich wegen der beiden Hörner. Ist Ihnen eigentlich klar, daß so ein ausgewachsenes Rhinozeros auf der Nase ungefähr fünfzigtausend Dollar herumträgt?« Sie ließ die Zahl einen Augenblick wirken. »Fünfzehntausend Dollar pro Kilo für eine im Grunde völlig wertlose Substanz. Keratin, der gleiche Stoff, aus dem Haare, Hufe und Fingernägel bestehen. Aber Millionen Chinesen haben es sich in den Kopf gesetzt, daß das Zeug, zu Pulver zermahlen, allerlei Krankheiten heilt. Leider glauben sie auch fest daran, daß eine Messerspitze davon die erlöschende Potenz alter Männer wiederbelebt.«
Als Mirza grinste, kanzelte sie ihn ab wie einen Schuljungen. »Sparen Sie sich Ihre blöden Witze, Mirza! Die Sache ist viel zu ernst.«
Einmal in Fahrt, erzählte Ginger von dem Plan, bei dessen Ausführung die Männer ihr jetzt helfen sollten. Sie sprach von den Händlern, für die in Asien nichts

mehr zu holen ist und die sich nun auf die Jagd der afrikanischen Rhinozerosarten konzentriert haben: das Breitmaulnashorn, von dem es nennenswerte Restbestände nur noch im Krüger-Nationalpark in Südafrika gab und ganze zwei Exemplare in Kenia, die in einem Gehege im Meru-Nationalpark Tag und Nacht von Rangern bewacht wurden.

Ginger suchte nach einem bestimmten Papier in ihrem Schnellhefter. »Der World Wildlife Fund hat mich zum Leiter eines Rhino-Projekts bestellt. Wir wollen versuchen, wenigstens die letzten überlebenden Spitzmaulrhinozerosse der Nachwelt zu erhalten. Das ist die andere Art, auf die wir uns hier konzentrieren. Wir haben sie gezählt, aus der Luft mit Flugzeugen. 1969 gab es in Kenia noch zwanzigtausend davon. Vor einem Jahr haben wir die Zählung wiederholt: keine eintausendfünfhundert mehr, und davon leben ungefähr dreihundert hier im Aberdare-Nationalpark. Die anderen sind alle gewildert. Wenn wir nichts unternehmen, wird am Ende der achtziger Jahre das Spitzmaulnashorn zu den ausgestorbenen Tierarten zählen.«

Wegner schwieg betroffen. Es war nur ein paar Jahre her, daß er selbst sich an der Jagd auf Spitzmaulnashörner beteiligt hatte. Sie hatten sie gedankenlos abgeknallt damals, arglose, kurzsichtige Dickhäuter, die nie vor ihnen die Flucht ergriffen, weil sie in fünfundzwanzig Millionen Jahren gelernt hatten, daß sie keine Lebewesen auf der Welt zu fürchten brauchten.

Bis auf die Großwildjäger und ihre reichen Kunden aus Amerika, die vorher eine Abschußlizenz erworben hatten als Gegenwert für die Nasenhörner, die sie sich später zu Hause als Trophäen über den Kamin hängten.

Für Wegner war es immer ein ungleicher Kampf gewe-

sen. Kein Großwild war gefahrloser zu erlegen als ein Nashorn. Im Landrover auf zwanzig Meter heran, auf die Kimme nehmen, abdrücken.
Noch jetzt wurde es Wegner flau im Magen, wenn er an diese sinnlosen Massaker dachte. Und mit halbem Ohr hörte er Koski nach dem Nutzen einer Aktion fragen, die darin bestand, Nashörner einzeln von den Aberdares ins Massai-Mara-Reservat zu transportieren. »Wozu?« fragte Koski. »Wenn sie später dort sowieso gewildert werden?«
»Die Aberdares sind unübersichtlich, ein Dickicht aus Bambus und Regenwald«, entgegnete Ginger. »Ein Kinderspiel für Wilderer, einzudringen, ein Rhino zu töten, ihm die Hörner abzuschneiden und ungesehen davonzukommen. Baumlose Savanne wie im Massai-Mara-Reservat ist leichter zu überwachen. Dort haben die Rhinos bessere Chancen.«
Mirza war sehr nachdenklich geworden. »Wie viele Nashörner gibt's denn überhaupt noch in Afrika?« fragte er schließlich.
»Wir haben weniger als zwanzigtausend gezählt.«
»Und wie viele Chinesen?«
»Etwas über eine Milliarde.«
»Na ja, versuchen wir's trotzdem.« Seine Worte klangen nicht sehr enthusiastisch.

Eine halbe Stunde später saßen sie im Hubschrauber. »Heute holen wir uns Rosalie«, sagte Ginger. Sie hatte eine Generalstabskarte auf den Knien. Von Zeit zu Zeit korrigierte sie Mirza. »Ein paar Striche weiter nördlich. So ist's gut.«
»Haben Sie Rosalie zu einem Treffpunkt bestellt?«
»Nashörner haben kleine Reviere«, sagte sie. »Und die verlassen sie selten.«

Wegner betrachtete das Narkosegewehr, das Ginger ihm gegeben hatte. Es war mit einer Injektionsspritze geladen, mit getrennten Kammern für das Narkosemittel und den Treibsatz, der beim Aufprall der Nadel für die Entleerung des Mittels sorgte. »Was ist das eigentlich für ein Zeug in der Spritze?«

»M 99.«

»Sagt mir nichts.«

»Manche nennen es Etorphin.«

»Damit kann ich immer noch nichts anfangen.«

»Ein Morphin-Präparat aus England.«

»Wie kriegt man denn so was durch den Zoll?«

»Indem man eine Einfuhrlizenz beantragt.«

»Für Rauschgift?«

»Ich hab' die korrekte wissenschaftliche Bezeichnung benutzt. Und die steht nicht auf der Verbotsliste.« Sie lächelte. »Oder würdest du Verdacht schöpfen, wenn du auf dem Antrag liest: Tetra-hydro-sieben alpha Klammer auf eins-hydroxy eins-Methylbuthyl Klammer zu, sechs Komma vierzehn-endo-ethenooripavin-Hydrochlorid?«

»Also bei sieben alpha wäre ich stutzig geworden«, sagte Mirza.

»Und wie wirkt das Zeug?«

»In Verbindung mit dem Tranquilizer Acepromazin ...«

»Schon gut, schon gut.«

Ginger zeigte hinunter auf die Lehmpiste, die sich durch den Bambusdschungel schlängelte. »Da ist der Lastwagen.«

Die afrikanischen Gehilfen, die mit Koski und Durako auf der Tiertransportkiste saßen, winkten fröhlich herauf. Es hatte zu regnen aufgehört, der Schlamm auf der Piste war schnell getrocknet.

»Wartet hier, bis wir das Rhino betäubt haben«, rief Ginger ins Walkie-Talkie. »Wir holen euch.«
Dann dirigierte sie Mirza zu einer Lichtung. Eine Familie Riesenwaldschweine brach aufgeregt ins Dickicht, und ein rotes Stummeläffchen verschwand zwischen den Bambushölzern.
Am Rande der Lichtung äste das Nashorn. Als es das Geräusch des Hubschraubers hörte, stellte es die kleinen Ohren auf und hob witternd den schweren Kopf.
Ginger stieß Mirza an. Der nickte und blieb zehn Meter über Rosalie in der Luft stehen.
»Ziel genau, Karl!« rief sie. »Auf den Schultermuskel, damit es nicht in die Vene geht.«
Die Kanüle flog aus dem Gewehrlauf, schwirrte durch die Luft und blieb in der rechten Schulter hinter dem Kopf des Dickhäuters stecken.
Anerkennend richtete Ginger ihren Daumen nach oben. »Wilhelm Tell war ein Stümper gegen dich.«
Doch Rosalie schien alles andere als betäubt. Sie schnaubte entrüstet und galoppierte aufgebracht im Kreis herum, auf der Suche nach einem unsichtbaren Feind. Einen Augenblick lang zögerte sie, dann entschied sie sich für eine bestimmte Richtung, walzte Dornbüsche nieder und rannte mit gesenktem Horn auf die Lehmstraße zu, genau dorthin, wo Koski mit dem Laster wartete.
Wegner sah Ginger überrascht an. »Die stellt sich an, als hätte ich ihr ein Doping verpaßt.«
»M 99 wirkt nicht sofort«, sagte Ginger. »Außerdem habe ich sehr vorsichtig dosiert.«
Mirza blieb mit dem Hubschrauber über der Nashornkuh, die sich in unvermindertem Tempo auf den Kipplader der Tierfänger zubewegte. Nach ein paar hundert Metern wurden ihre Bewegungen langsamer, sie blieb

erschöpft stehen, brach auf einer Seite ein und rollte ein paar Meter einen kleinen Abhang hinunter, bis zwei Felsbrocken ihren Fall stoppten. Rosalies plumper Körper war jetzt zwischen den Felsen eingeklemmt.

»Runter!« rief Ginger. »Und ruf die anderen herbei. Sie muß da raus.«

Der Lastwagen mit Koski und den Tierfängern hatte sich schon in Bewegung gesetzt. Während er unweit des eingeklemmten Nashorns anhielt, setzte Mirza behutsam die Hughes 500 C auf der Lehmpiste auf.

Ginger sprang als erste aus dem Helikopter und rutschte mit ihrem Köfferchen den schlammigen Abhang hinunter zu Rosalie, wie eine besorgte Glucke, die ihrem Küken zu Hilfe eilt.

Die Nashornkuh steckte zwischen den Felsbrocken, ihr eingeklemmter Körper hatte Schlagseite und hing in der Luft, ihre stämmigen Beine zuckten hilflos. Jetzt kamen auch Wegner, Mirza, Koski und dic Tierfänger heran. Sie versuchten, einen der Felsbrocken beiseite zu schieben.

»Holt lieber den Wagenheber!« rief Ginger.

Sie beugte sich nieder, entfernte die Kanüle aus Rosalies Schulter, öffnete ihr Köfferchen und zog eine Spritze mit dem Gegenmittel auf. »Halt ihren Kopf fest«, sagte sie zu Wegner.

»Was gibst du ihr?«

»Das Antidote. Nalorphin. Sie muß schnell auf die Beine kommen.«

Ginger führte die Nadel in Rosalies Ohrvene ein und injizierte ihr die volle Ladung des Antidote.

Unterdessen schleppten Koski, Mirza und Durako zusammen mit den Tierfängern Steine herbei. Zwischen Rosalies eingeklemmtem Körper und dem Erdboden war ein Hohlraum entstanden, den sie aufzufüllen ver-

suchten, damit das Rhino wieder festen Boden unter die Beine bekam.
Koski drehte die Kurbel des Wagenhebers, den er unter Rosalies Körper angesetzt hatte. Millimeterweise hoben sich die vierzig Zentner der Nashornkuh, und als Koski Widerstand verspürte, trat er auf die Kurbel und rutschte ab.
In rasender Geschwindigkeit drehte die Kurbel zurück. Koski stieß einen Schrei aus, fiel auf den Boden und hielt sich das schmerzende Schienbein.
Noch bevor die anderen die Situation erfaßt hatten, warf sich Durako schützend über Koski. Als auch Wegner seinem Freund zu Hilfe kommen wollte, zauberte Durako aus seinem Wams ein Messer herbei, das vorher noch keiner seiner Kameraden bei ihm gesehen hatte. Es bestand aus einem Holzgriff und einem scharf geschliffenen Knochen.
Wegner prallte zurück. »Kannst du aufstehen?« fragte er.
»Nein«, stöhnte Koski.
Jetzt, als das Antidote zu wirken begann, regte sich auch Rosalie. Sie brüllte, ihre Beine strampelten in der Luft. Die Tierfänger flüchteten zurück zum Lastwagen. Nur Ginger, Mirza, Wegner und Durako blieben bei Koski zurück.
»Kannst du mich verstehen, Koski?« fragte Wegner.
Koski starrte ihn schweigend an.
»Sag Durako, er soll uns ranlassen. Wir müssen dich wegtragen.«
Als Koski mühsam ein paar Turkana-Worte hervorstieß, gab Durako den Weg frei. Aber er wich keine Sekunde von seiner Seite, und während die anderen Koski trugen, bettete Durako den Kopf seines Herrn in der Beuge seines Arms.

Inzwischen hatte sich Rosalie freigestrampelt. Noch leicht benommen, stand sie auf ihren Beinen und blinzelte argwöhnisch zu der Transportkiste hinüber, die neben dem Lastwagen auf der Lehmstraße stand.
Ginger hatte sich in Sicherheit gebracht. In ihrer Deckung hinter der Transportkiste sprach sie beruhigend auf das Tier ein. »Nicht bewegen!« rief sie den anderen zu, die sich auf der Ladefläche des Lastwagens drängten.
Rosalie schnaubte wie eine Dampflokomotive, rührte sich aber nicht. Erst als Ginger einen Recorder aus ihrem Köfferchen geholt hatte und die eingelegte Kassette abspielte, kletterte Rosalie, erstaunlich behende und sanftmütig, den Abhang hinauf, tat noch ein paar zufriedene Schnaufer und trottete direkt in die geöffnete Transportkiste hinein. Sie war nicht einmal beunruhigt, als die Tierfänger blitzschnell die hintere Verschlußwand der Kiste hinunterfallen ließen und die Kiste mit der quietschenden Seilwinde über die Gleitrollen der schrägen Rampe auf die Ladefläche zogen.
»Sie ist lammfromm!« sagte Wegner verblüfft. »Wie hast du das fertiggebracht?«
Ginger stellte die *Kleine Nachtmusik* ab. »Nashörner mögen Musik«, sagte sie und verstaute den Recorder wieder in ihrem Köfferchen. »Am liebsten mögen sie Mozart.«

Während der Lastwagen in Rosalies neue Heimat rumpelte, flog Mirza in seinem Hubschrauber Durako und den verletzten Koski ins Krankenhaus von Nyeri. Die Röntgenaufnahmen ergaben einen glatten Bruch des Wadenbeins ohne Komplikationen, und die Ärzte behielten Koski gleich da.
Durako beschloß, bei Koski zu bleiben. Und nicht einmal Koskis Autorität konnte den Turkana davon

abbringen, sich aus Decken ein Lager zu Füßen seines Herrn zu bereiten.

Für Robertson, der schweigsam die Cessna flog, unterschied sich die Erde unter ihm in nichts von einer Allerweltslandschaft in Kenia: staubig-grüne Krotonbüsche und aprikosenfarbene Erde, aus der von Zeit zu Zeit unvermittelt einer jener Inselberge wuchs, die der Erosion der Jahrmillionen bis heute widerstanden haben.
Für Adipo war diese Landschaft unverwechselbare Heimat. Er hatte den Abflug aus dem Basiscamp so spät gelegt, daß sie erst in der Abenddämmerung auf der Piste des Hauptorts vom Kamba-Land landeten. Er wollte von den Kindern, die gewöhnlich tagsüber an der Behelfspiste auf Besucher lauerten, nicht erkannt werden.
Als die Maschine ausgerollt war, schickte er Robertson zur Missionsstation. Die gastfreundlichen Padres von St. Patrick hatten immer ein Nachtlager für einen Fremden bereit, den es in diese Gegend verschlagen hatte, weitab von allen Touristenströmen. Allzu gern hätte Adipo seinen Piloten begleitet, um Pater Gordon zu besuchen, seinen alten irischen Lehrer. Aber er wollte kein Risiko eingehen.
Hier, in dem Dreitausend-Seelen-Ort Kitui, war Kimani Adipo aufgewachsen.
Robertson verabschiedete sich mit den Worten: »Captain, Sie wissen, daß ich Ihr Vorhaben nicht billige. Ich finde es geradezu selbstmörderisch. Und falls Sie es sich doch noch anders überlegen sollten – ich fliege morgen früh gegen acht Uhr zurück ins Basiscamp.«
»Danke, Robertson«, sagte Adipo knapp. »Aber warten Sie nicht.« Er klopfte Kariuki auf die Schulter. »Komm, Kariuki.«

Sie liefen eine Weile durch die Dunkelheit zu den Lehmhütten am Fuß der Boma Hills hinauf. Dann blieb Adipo stehen und starrte von weitem auf eine der Hütten, in der eine Karbidlampe brannte. Ein Schatten bewegte sich, ein alter Mann trat heraus und pinkelte. Dann ging er wieder hinein. Eine Frauenstimme wehte herüber, nach einigen Minuten verlosch das Licht.

»Kennst du die Leute?« fragte Kariuki schließlich.

»Meine Eltern.«

»Schön! Dann haben wir ja einen Platz zum Schlafen.«

»Wir schlafen zwischen den Büschen.«

»Verstehst du dich nicht mit deinen Eltern?«

»Doch. Aber vergiß nicht, warum wir hier sind.«

»Wem soll man trauen – wenn nicht seinen Eltern?«

»Drei Menschen können ein Geheimnis bewahren, wenn zwei tot sind.«

Bilder aus seiner Jugend tauchten auf: die Mutter mit ihren vielen Armreifen, die sie nicht einmal ablegte, wenn sie das winzige Maisfeld hinter der Hütte bestellte; der Vater mit der uralten Flinte, wie er von der Jagd nach Hause kam, voller spannender Geschichten über gefährliche Elefantenbullen.

Der alte Mann hatte nie begriffen, warum man ausgerechnet seinem Sohn die Aufgabe übertragen hatte, Tiere zu schützen, die der Vater noch hatte jagen dürfen.

»Komm, Kariuki«, sagte Adipo. »Wir haben morgen einen langen Weg.«

Am nächsten Morgen hatten sie Glück. Ein klappriger Pick-up, der Gemüse geladen hatte, nahm sie mit nach Endau zum Wochenmarkt. Den Rest des Weges legten sie zu Fuß zurück. Zwei Kilometer vor Kariukis Heimatdorf entdeckte Adipo die Ruine eines alleinstehenden Baobab. Generationen von Elefanten hatten den gewaltigen Stamm des Affenbrotbaums ausgehöhlt, sein weiches, saftiges Holz zerkaut, auch dann noch, als er längst keine Blätter und Früchte mehr trug. Ein Spalt gab den Weg frei in die Höhle im Inneren des Stammes, die bequem ein halbes Dutzend Männer hätte aufnehmen können. Sie traten auf verrotteten Kot von Fledermäusen, die an der Höhlendecke hingen. Adipo säuberte eine Nische und stellte dort die Blechkiste mit dem Funksprechgerät ab. Dann band er sich die Digitaluhr mit dem eingebauten Mikrofon um und führte das dünne Zuleitungskabel unter seiner linken Achsel hindurch in die Hemdtasche mit dem batteriegespeisten Kassettenrecorder.

Kariuki sah ihm interessiert zu. »Was ist das? Eine elektrische Uhr?«

»Ein Tonbandgerät.«

»Captain...«

Adipo packte Kariuki am Hemdkragen. »Zum letztenmal, Kariuki: Ich heiße Daniel und bin dein Vetter aus dem Dorf Mutomo.«

Das Dorf bestand aus nicht mehr als einem Dutzend Hütten, vor deren größter das Palaver mit den Kamba einen für Adipo befriedigenden Verlauf nahm. Jeder erkannte in dem Gast auf Anhieb einen Kamba, er sprach ihren Dialekt, und er sah aus wie sie. So zweifelte auch keiner der Männer an der Geschichte von Abdul, dem König der Elefanten, die Kariukis vermeintlicher Vetter Daniel ihnen auftischte.

Es war der Dorfälteste, der das Gespräch führte, und keiner hätte es gewagt, ihm ins Wort zu fallen. »Wann hast du Abdul zum letztenmal gesehen, Daniel?«

»Einen Tag nach Vollmond.«
»Und wo?«
»Am Kathiaka Hill unweit des Thua-Flusses.«
»Und woher weißt du, daß es Abdul war?«
»Ich habe ihn an der Kerbe am linken Ohr erkannt.«
Der Dorfälteste nickte. »Stimmt. Abdul hat eine Kerbe am linken Ohr.«
»Er trägt mehr Elfenbein, als ich je an einem Elefanten gesehen habe.«
»Abdul ist sehr alt und klug. Schon mein Vater hat versucht, ihn zu jagen. Es gibt nur ein Problem: Jomo Kenyatta hat Abdul unter seinen persönlichen Schutz gestellt.«
»Der Mzee ist tot.«
»Ja, ja, der Mzee ist tot.« Der Alte wiegte bedächtig den Kopf. »Der Mzee ist bei den Göttern, und ich bin überzeugt, er wird dort seinen Liebling Abdul bei sich haben wollen.«
»Ich teile deine Meinung«, sagte Adipo. »Aber ich bin nicht sicher, wie sein Nachfolger darüber denkt.«
»Es ist vielleicht besser, wenn er es nicht erfährt. Hast du eine Waffe, Daniel?«
»Nein.«
»Aber du führst uns zu Abdul, damit wir ihn zu seinem Mzee schicken können?«
»Ja.«
Der Alte überlegte. »Warum soll Abdul bei den Göttern so schwer an seinen Stoßzähnen tragen? Dort gibt es keine Feinde, gegen die er sich zur Wehr setzen muß. Wir sollten ihn lieber von seinen Stoßzähnen erlösen.«
»Ich bin deiner Meinung.«
»Wir werden also seine Stoßzähne verkaufen, Daniel.«

Adipo nickte zustimmend.
»Du weißt, wo wir Abdul finden – und wir haben die Waffen. Wieviel verlangst du als Anteil?«
»Nicht mehr als jeder andere von deinen Männern.«
Der Dorfälteste legte eine Hand auf Kariukis Schulter. »Dein Vetter Daniel gefällt mir. So ehrlich ist nur ein Kamba.«

Ein König stirbt

Der Liebende nennt den Einäugigen
einen Schieler.
(Afrikanisches Sprichwort)

Zitternd stand der graue Koloß am Fluß. Er schüttelte den mächtigen Schädel, um den Feind zu vertreiben. Es war kein Feind, den er hören oder sehen konnte, wie all die Gegner in seinem langen Leben, von denen er bisher keinen wirklich gefürchtet hatte.

Daß dieser Feind unsichtbar war, machte Abdul so hilflos. Er steckte in ihm, ein dumpfer, bohrender Schmerz, der sich vom abgesplitterten Ende des rechten Stoßzahnes bis tief in den Kiefer zog, wo der Nerv ihn zum oberen Mahlzahn weiterleitete. Der gehörte zum sechsten Satz Mahlzähne, und er war fast abgeschliffen wie die anderen fünf davor. Jede Garnitur aus Mahlzähnen, je zwei oben und unten, war glattgewetzt vom unaufhörlichen Kauen und Mahlen von Gras, Blättern, Wurzeln, Rinden und Zweigen, war nach vorn in den Kiefer gewandert und schließlich abgebröckelt, um einem neuen Zahn zu weichen.

Der sechste war der größte Satz – jeder Mahlzahn einen halben Meter lang – und der unwiderruflich letzte. Abdul hatte ihn mit vierzig Jahren bekommen. Jetzt war er dreiundsechzig Jahre alt, und seine letzten Mahlzähne waren abgewetzt bis auf die Stümpfe, unfähig, harte Pflanzennahrung zu zermalmen. Längst fraß Abdul kein Gras mehr, keine Blätter und keine Rinde. Deshalb hatte sich der alte Bulle ans Ufer des Flusses zurückgezogen, wo zarte, weiche Stengel und saftige Blattpflanzen wuchsen, die er unzerkaut verschlingen konnte; aber um bei Kräften zu bleiben, hätte er davon mehr als tausend Pfund am Tag gebraucht, und soviel konnte er hier nicht sammeln.

So war Abdul schwächer und schwächer geworden, seine Flanken waren eingefallen, die Haut hing faltig herab, und über den Augenwülsten hatten sich tiefe Höhlen gebildet.

Instinktiv hatte sich Abdul schon auf einen langsamen und schmerzlosen Hungertod eingerichtet, als ihm das Mißgeschick mit dem rechten Stoßzahn widerfahren war: Während er einen Baumstamm bearbeitete, war die Spitze des Stoßzahnes abgebrochen, bald hatte sich der freigelegte Nerv entzündet und das Zahnfleisch zu eitern begonnen.

Von nun an richtete sich Abduls ohnmächtiger Zorn gegen alles, was sich ihm in den Weg stellte: Bäume und Büsche, die Hütten der Menschen und ihre Felder. Noch war Abdul wehrhaft, noch waren seine Beine und sein linker Stoßzahn gesund.

Abdul war ein Einzelgänger. Nur in der Paarungszeit hatte er die Nähe seiner Artgenossen gesucht, brünstige Elefantenkühe besprungen und sie nach vollbrachtem Zeugungsakt bald wieder verlassen. Die Demutsgesten kleinerer Bullen, die ihm zum Zeichen der Unterwerfung ihre Rüssel ins Maul zu stecken versuchten, hatte er mit einem wütenden Trompeten abgewiesen. Nie außerhalb der Paarungszeit hatte Abdul die Gesellschaft anderer Elefanten geduldet.

Seither gingen sie ihm aus dem Wege.

Abdul trottete hinunter zum Fluß, um den dröhnenden Schmerz in seinem Kiefer mit einer Dusche zu lindern. Er tauchte seinen Rüssel ins Wasser, sog ihn voll und

spritzte sich den Strahl ins Maul. Aber der Schmerz wurde nur schlimmer, denn der Strahl hatte den kranken Mahlzahn getroffen, mit jedem Pulsschlag zuckte es in seinem Kiefer und in seinem Kopf.
Wieder schüttelte er sich. Aber bald spürte er, daß es gerade das Schütteln war, das den Schmerz ins Unerträgliche steigerte. Und Abdul blieb still stehen, um geduldig zu warten, bis der Feind in seinem Kopf müde wurde. Es war eine neue Erfahrung in seinem alten Leben: demütig abwartend einem Feind ausgeliefert zu sein.
So stand er lange Zeit schwer atmend unter dem Fieberbaum, der jetzt in der Mittagssonne kaum Schatten warf. Zum Schmerz kam die Hitze, die sich in seinem Körper staute. Abdul klappte die Ohren auf und zu, das Blut in dem feinen Adergeflecht der gewaltigen Ohrlappen zirkulierte mit hoher Geschwindigkeit und floß gekühlt zurück in den Kreislauf.
Die Ruhe tat Abdul wohl. Sie linderte ein wenig den Schmerz. Das Zucken ging über in ein dumpfes Pochen. Der Hunger meldete sich.
Abdul rollte seinen Rüssel und riß ein Büschel weiches grünes Elefantengras aus, führte es vorsichtig in sein Maul, in die linke Seite, wo es weniger weh tat als auf der anderen, der kranken Seite. Er schluckte das Gras, kaum zerkaut, hinunter. Nur keine Bewegung mehr als nötig, denn jede Regung konnte das pulsierende Zucken zurückrufen.
Er fraß und fraß, der Geschmack von Eiter mischte sich mit dem des Grases. Von Zeit zu Zeit hob Abdul seinen Rüssel, um mit ihm beschwichtigend über die abgebrochene Spitze des kranken Stoßzahnes zu streichen und über die Schwellung der entzündeten Backe. Zum erstenmal in seinem Leben machte er Gebrauch von der Demutsgeste, die er bei den jüngeren Bullen gesehen

hatte. Der unsichtbare Feind war stärker als sein Stolz, vielleicht ließ er sich auf diese Weise besänftigen.
Dann rollte Abdul seinen Rüssel auf und schwenkte ihn hin und her. Die Witterung verriet ihm, daß der fremde Geruch von hinten kam. Der Koloß drehte sich um, und durch einen fiebrigen Schleier erkannte er Lebewesen von jener Art, die ihn meist gemieden hatten, obwohl sie die Fähigkeit besaßen, Elefanten aus der Ferne umzubringen. Nie hatte Abdul den Vorfall aus seiner Jugend vergessen, als diese Lebewesen mehrmals einen Knall verursacht hatten und Mitglieder seiner Herde tot liegengeblieben waren, auch seine Mutter.
Er haßte diese Lebewesen, und wenn sie ihm nach diesem Vorfall überhaupt je nahe gekommen waren, hatte es genügt, die Ohren aufzuklappen und mit einem warnenden Trompeten ein paar Schritte auf sie zuzulaufen, um sie zu verscheuchen.
Und so machte er es diesmal auch. Die Feinde hatten sich ihm auf dreißig Meter genähert, zwei von ihnen ergriffen sofort die Flucht, schreiend vor Angst. Drei andere aber blieben stehen und hoben die knallenden Stöcke, die sie in den Händen hielten.
Sie kamen Abdul gerade recht in seinem ohnmächtigen Zorn über den Schmerz. Diesmal würde er sich nicht mit einem Scheinangriff begnügen. Er verfiel vom Trott in Trab und rollte seinen Rüssel ein.
Jetzt rannte ein weiterer Feind davon, nur zwei von ihnen blieben noch stehen. Sie richteten ihre Stöcke auf Abduls Kopf.
Es war der fürchterliche Knall, der Abduls Wut in Raserei steigerte. Irgend etwas in seinem Kopf war geborsten. Plötzlich fühlte er sich matt und benommen.
Trotzdem rannte er weiter. Noch spürte er Kraft in seinen Beinen.

Adipo legte noch einmal an. Der erste Schuß mußte das Gehirn verfehlt haben, das sich hinter einem der vielen Hohlräume des Elefantenschädels verbarg.
Abdul war jetzt auf zwölf Meter heran, außer sich vor Wut, den Rüssel eingerollt und die mächtigen Stoßzähne erhoben, als wollte er den Feind damit aufspießen.
Adipo ließ sich Zeit beim Zielen, dann drückte er ab.
Diesmal traf er den Elefanten zwischen dem rechten Auge und dem Stoßzahn. Ein Ruck ging durch den grauen Koloß, ein Zittern und Wanken. Doch er brach nicht ein.
Adipo drehte sich um. Kariuki hatte sich hinter ihn gekauert und das Gewehr weggeworfen. Er wimmerte vor Angst. Adipo griff ihm ins Haar und riß ihn hoch. »Lauf!«
Es war allerhöchste Zeit, denn Abdul hatte wieder Tritt gefaßt, mit letzter Kraft stampfte er gellend heran.
Adipo fühlte, wie sein Herz bis zum Hals pochte. Er rannte los, Haken schlagend; denn er wußte, daß er, wenn er geradeaus lief, den Elefanten nie würde abhängen können.
Erleichtert stellte er, über die Schulter blickend, fest, daß der Elefant ihn offenbar aus den Augen verloren hatte. Schwerfällig folgte Abdul der einmal eingeschlagenen Richtung. Und er war jetzt Kariuki auf den Fersen, der blindlings geradeaus rannte. Es war nur eine Frage von Sekunden, wann Abdul ihn eingeholt haben würde – falls der Bulle nicht vorher zusammenbrach.
»Zur Seite!« schrie Adipo. »Zur Seite!« Aber seine Stimme ging in dem Donnern und den Fanfarenstößen des Elefanten unter.
Wieder riß Adipo sein Gewehr hoch. In der Bewegung bot der Elefant kein sicheres Ziel; dennoch drückte

Adipo ab, und diesmal traf er den Hals unterhalb des linken Ohrlappens.
Kariuki spürte den ersten Rüsselhieb auf seinen Rippen. Er flog ein paar Meter über den Sand in einen Dornbusch. Er krümmte sich, spürte, daß ihm die Luft wegblieb. Zentimeternah sah er die Runzeln des Rüssels, der sich jetzt um seinen Körper schlang, ihn emporhob und schüttelte.
Hilflos, mit dem Kopf nach unten hing Kariuki in der tödlichen Umklammerung. Er konnte nicht schreien, der Rüssel um seinen Brustkorb drückte ihm die Luft ab, splitternd brachen die Rippen.
Den nächsten Schuß nahm Kariuki nicht mehr wahr, nur den unendlich langen, faulig stinkenden Stoßzahn. Instinktiv begriff er, daß der Elefant versuchte, ihn auf diesem Stoßzahn aufzuspießen, und auch, daß die Reichweite des Rüssels weit vor der Spitze des gewaltigen Zahns endete.
Ein paar Sekunden lang war er zwischen den beiden Stoßzähnen gefangen. Abdul stand über ihm und starrte ihn aus einem seiner kleinen Augen an, das tief in einer Hautfalte lag. Kariuki riß den Mund auf, doch bevor er den Entsetzensschrei ausstoßen konnte, verlor er das Bewußtsein.
Jetzt knickte der Koloß ein. Sein rechtes Vorderbein konnte das Tonnengewicht des Körpers nicht mehr halten. Er kippte zur Seite, und noch im Fallen streifte sein Rüssel den unter ihm liegenden Körper Kariukis. Sein linker Stoßzahn ragte sinnlos in die Luft, ein Auge blickte in den Sand, das andere zum Himmel hinauf, bevor es brach.
Nun stürzte auch seine Hinterpartie ein.
Adipo zerrte den bewußtlosen Kariuki ein paar Meter zur Seite. Aber Abdul bäumte sich nicht mehr auf.

Zögernd kamen die Kamba zurück. »Der König ist tot«, sagte der Dorfälteste andachtsvoll.
Adipo kümmerte sich nicht um die Männer. Behutsam betastete er den zerschmetterten Körper des Mannes, der ihn hierher geführt hatte. Kariukis Augen waren geschlossen, er atmete noch – schwach, aber er atmete.
Kariuki hatte sich zweihundert Shillinge verdienen wollen für seinen Tip, aber dann hatte er Angst bekommen, ihn angefleht, von seinem Plan abzulassen. Doch Adipo hatte sich von der Spur, die ihm Kariuki gewiesen hatte, nicht mehr abbringen lassen, ungeachtet der Gefahr dieses Unternehmens.
Kariuki hatte, um zweihundert Shillinge zu verdienen, sein Leben eingesetzt.
Adipo biß sich auf die Unterlippe, bis sie blutete. Um ein paar Wilderer zu fangen, hatte er diesen jungen Mann geopfert, einen Kamba von seinem Stamm. War es das wert gewesen?
Der Dorfälteste beugte sich zu ihm nieder. »Wird dein Vetter durchkommen?«
Adipo spürte ein Würgen in seiner Kehle. Er stand schweigend auf. Aus der Distanz blickten die anderen Kamba scheu auf den Verletzten.
»Er spricht!« rief der Dorfälteste.
Kariuki hatte die Augen aufgeschlagen. »Muß ich sterben?«
»Wir holen die *Flying Doctors*«, sagte Adipo.
»Besser den Medizinmann«, sagte der Dorfälteste.
»Ich habe euch verraten. Ich …« Kariuki stockte.
»Bleib ganz ruhig, Kariuki«, sagte der Dorfälteste. »Bald wirst du wieder gesund.«
»Ich hab' … für Geld …«
Adipo kniete dicht bei Kariuki nieder, nahm seinen

Kopf in die Hände. »Du hast dir nichts vorzuwerfen, Kariuki. Du hast keine Schuld.« Adipo sprach hastig, er durfte Kariuki nicht zu Wort kommen lassen. »Wenn du nicht geradeaus gelaufen wärst, hätte Abdul dich nicht erwischt. Es war meine Schuld. Ich habe ihn nicht genau getroffen.«

»Wir hätten euch nicht mit Abdul allein lassen sollen«, sagte der Dorfälteste. »Abdul ist kein gewöhnlicher Elefant.«

»Für Geld verraten...« Eine Blutblase zerplatzte zwischen Kariukis Lippen.

»Nicht sprechen, Kariuki«, sagte Adipo. »Wir alle haben es für Geld getan. Geld für das Elfenbein. Das Elfenbein gehört uns, und du bekommst deinen Anteil und meinen dazu.« Er redete um seinen Kopf, und er hörte erst auf, als er feststellte, daß Kariuki nicht mehr lebte.

Blut lief dem Kamba aus den Mundwinkeln.

»Kariuki ist tot. Er war ein tapferer Mann«, sagte der Dorfälteste. Und nach einer Weile: »Aber warum nannte er es Verrat?«

»Seine Sinne haben sich verwirrt«, sagte Adipo. »Der Mensch stirbt zuerst im Kopf.«

Am Ausschlachten des Elefanten beteiligte sich Adipo nicht. Voller Ekel sah er den Männern zu, die mit einer Axt auf Abduls Schädel einhieben, um die Stoßzähne zu lockern. Adipo erkannte, daß sein Ekel nicht nur vom Gestank herrührte, den die eiternde Wunde im Maul des Elefanten verströmte. Mehr noch stieß ihn die unverhüllte Gier seiner Stammesgenossen ab.

Adipo widerstand der Versuchung, sich einfach aus dem Staub zu machen und die Leute aus dem Kamba-Dorf mit ihrer widerwärtigen Beschäftigung allein zu lassen.

Adipo war Soldat, er mußte die Aktion zu Ende führen.
Die Kamba zogen den ersten der gelockerten Stoßzähne aus der Höhlung. An der Wurzel war er rot vom Blut, gelbgrüne Pfropfen hingen daran. Eine Eiterfontäne schoß empor.
Adipo erhielt einen Begriff von den Qualen, die der alte Elefantenbulle durchlitten haben mußte. Der Zahn war fast sechs Meter lang, seine Spitze abgesplittert und am freigelegten Nerv dunkelbraun wie der Nikotinfinger eines starken Rauchers.
Zwei der Kamba packten den Zahn an den Enden und richteten ihn auf. »Er ist so schwer wie ein Mensch«, rief einer. Obwohl Kariukis Leiche keine fünf Meter entfernt lag, hatte er in seiner Begeisterung den Stammesbruder völlig vergessen.
Unter Abduls Auge, an der Zahnwurzel, klaffte jetzt ein Loch in dem mächtigen Schädel. Der Rüssel, mit dem er Kariuki zerdrückt hatte, lag schlaff da, rissig wie ein Lastwagenreifen.
Nachdem die Kamba auch den anderen Stoßzahn gelokkert und herausgezogen hatten, schlitzten sie mit ihren Messern die Haut des Kolosses auf und schnitten aus der Lende zwei große Stücke warmen, dampfenden Fleisches heraus.
So endete Abdul, der König der Elefanten.

Immer wenn die Nashornkuh in der Transportkiste zu rumoren begann, warf Ginger ihr durch das offene Verdeck frisches Laub vor das Maul. Und wenn dies nicht wirkte, spielte sie noch einmal die Kassette mit der *Kleinen Nachtmusik* ab. Früher hatte Ginger mehrere Versuchsreihen durchgeführt, um die sedierende Wirkung von Musik auf Nashörner zu testen. Mit Mozart,

Bach und Vivaldi hatte sie die besten Erfolge erzielt, mitunter auch mit Haydn und Corelli.
Schlechter war sie mit Beethoven-Symphonien gefahren, die offenbar die leicht erregbaren Dickhäuter mehr aufwühlten als besänftigten. Absolut negativ verliefen Versuche mit Wagner, Beat und Rock.
Ginger hatte die Ergebnisse ihrer musikalischen Versuchsreihen in Notizbüchern aufgezeichnet, um sie eines Tages in einer zoologischen Fachzeitschrift zu veröffentlichen. Die Arbeit war fertig, aber Ginger hatte sie noch nicht abgeschickt. Sie fürchtete den Spott ihrer Kollegen.
Immerhin hatte sie Rosalie mit viel Blattgrün und Musik ohne Zwischenfälle durch halb Kenia bugsiert, von den Aberdare-Bergen bis ins Massai-Mara-Reservat in der Südwestecke des Landes. Der Lastwagen war einen Tag und eine Nacht unterwegs, achtundzwanzig Stunden lang, und Ginger war ohne eine einzige Beruhigungsspritze für die Nashornkuh ausgekommen.
Rosalie stand lammfromm in der nach oben offenen Kiste, äste friedlich und ließ von Zeit zu Zeit einen dampfenden Kotballen fallen, so groß wie ein Fußball.
Als der Lastwagen sich gegen Abend des zweiten Tages dem Massai-Mara-Reservat näherte, überzeugte sich Ginger mit einem Blick durch das vergitterte Guckfenster, daß Rosalie sich behaglich schnarchend schlafen gelegt hatte.
Die *boma*, das Gehege im Reservat, war für die Umsiedlerin schon hergerichtet. Es wäre falsch, Rosalie sofort aus der Kiste in ihre neue Heimat zu entlassen. Natürlich wußte Ginger, daß Nashörner sehr konservativ sind. Gewöhnlich brauchen sie längere Zeit, um sich an Klima und Landschaft anzupassen. Erst nachdem sie

sich allmählich mit der neuen Umgebung vertraut gemacht haben, mit anderen Blattpflanzen, Gerüchen und Nachbarn, sind sie reif für die Freiheit. Und für diese Übergangszeit hatte Ginger die *boma* eingerichtet, vier mit quergelegten Baumstämmen eingefriedete Rechtecke, jedes ungefähr hundert Quadratmeter groß. Alle vier waren noch unbewohnt. Rosalie war die erste Mieterin.

Die afrikanischen Tierfänger räumten die Baumstämme an der Schmalseite der *boma* fort, bevor sie rückwärts mit dem Lastwagen heranfuhren, die Rampe hinunterklappten und die Schiebetür der containerähnlichen Transportkiste hochkurbelten.

Dann setzten sie sich auf die Umfriedung und warteten.

Rosalie schnarchte noch immer, sie lag mit dem Hinterteil zur *boma*.

Die Afrikaner auf den Baumstämmen sangen, riefen und schepperten mit alten Blecheimern.

Rosalie schlief.

Einige der Männer kletterten auf den oberen Rand der offenen Transportkiste, versetzten Rosalie ein paar Klapse und schlugen mit Stöcken auf sie ein.

Rosalie spürte kaum etwas durch ihre dicke Haut. Erst als einer der Männer einen Eimer Wasser über sie ausschüttete, erwachte sie aus ihrer Lethargie. Sie stellte ihre kleinen Ohren auf, von denen Ginger eins mit einer Plastikmarke gekennzeichnet hatte, schüttelte sich unwillig, ihr Horn schwang hin und her. Dann entdeckten ihre kurzsichtigen Augen das Laubbündel vor ihrem Maul, und statt rückwärts die Kiste zu verlassen, begann sie genußvoll zu äsen. Instinktiv markierte sie mit einem weiteren Kotballen, den sie auf den Boden des Containers fallen ließ, noch einmal die Grenzen ihres Reviers.

Dann endlich machte sie, kaum beeindruckt von dem Lärm und Gefuchtel der Tierfänger, ein paar vorsichtige Schritte rückwärts. Als sie merkte, daß an ihrem Hinterteil der gewohnte Widerstand der Rückwand ausblieb, verharrte sie ein paar Sekunden in Verblüffung.

Sie schien nicht bereit, ihr derzeitiges Revier, mochte es auch noch so winzig sein, ohne weiteres aufzugeben. Schließlich riskierte sie ein paar Schritte rückwärts auf die Rampe, zögernd und mißtrauisch witternd.

Bald stand sie in der *boma*, doch auf den ersten Blick schien ihr die neue Wohnung nicht zu gefallen. Sie drehte sich um hundertachtzig Grad, um wieder rückwärts in die vertraute Kiste zu stapfen.

Aber die war zu. Rosalie drehte sich noch einmal um und nahm überrascht die Witterung der geschlossenen Wand auf. Die Tierfänger hatten inzwischen die Schiebetür heruntergekurbelt.

Voller Argwohn beäugte sie die Tierfänger, die sie hereingelegt hatten und die jetzt lachend auf der Umfriedung der *boma* hockten.

Rosalie drehte ein paar Inspektionsrunden an der Innenseite der *boma*, stapfte zurück zu der geschlossenen Schiebetür und schnüffelte noch einmal verärgert daran herum. Dann gab sie einen zornigen Schnaufer von sich, wendete erstaunlich behende auf ihren stämmigen Beinen, und schon während sie Anlauf nahm, sprangen die Afrikaner ahnungsvoll von der *boma* hinunter und rannten davon.

Mit tief gesenktem Kopf nahm Rosalie Maß – genau dort, wo die quergestellten Stämme am dünnsten, wo das Gatter am durchlässigsten war. Den Schwanz wie eine Standarte hochgereckt, galoppierte sie ein paar Schritte und brach durch, mühelos, mit dem Horn voran.

Die Akazienstämme, jeder wenigstens so dick wie ein Oberschenkel, splitterten wie Streichhölzer. Und als Rosalie längst hinter den Büschen verschwunden war, hörte Ginger noch ihr empörtes Trampeln und Schnauben, bis es allmählich in der weiten Massai-Steppe verklang.

Ginger schlug ihr Notizbuch auf mit dem Steckbrief von Rosalie, ihren Maßen, der Form ihrer beiden Hörner und ihrer Ohren, zückte den Kugelschreiber und fügte Rosalies besonderen Kennzeichen zwei neue hinzu: »Liebt Mozart« und: »Cholerisch«.

Jetzt, da sie einmal in Schwung war, war Rosalie nicht mehr zu halten. Sie trabte nun schon die halbe Nacht über die mondbeschienene Savanne, mitten durch die endlosen Weißbartgnu-Herden, die mit tausendfachem gutturalen »Gnu, gnu, gnu« dem Rhinozeros Platz machten.

Für Rosalie waren dies eigenartige Geräusche, die sie in den Aberdares bisher nie gehört hatte. Manchmal blieb sie stehen und beobachtete verwundert die schnaufenden Gnu-Bullen, die den unbekannten Dickhäuter, der sich einfach eine Gasse durch ihre Herden bahnte, mit drolligen Galoppsprüngen einzuschüchtern versuchten.

Aber Rosalie hatte keine Angst, nicht einmal vor den Löwen und Hyänen, den Wegelagerern am Rande der Herden, die dort auf die Chance lauerten, ein Neugeborenes zu erwischen. Rosalie wußte, daß kein Tier es wagen würde, sie anzugreifen.

Was sie viel eher beunruhigte, waren die unendlich vielen Gerüche in dieser fremden Welt ohne Berge und fast ohne Büsche. Hier gab es nichts zu äsen außer Gräsern, und für niedergetretene Gräser waren ihre spitzen Lippen nicht geschaffen.

Rosalie verstand das nicht. Bevor man sie in die Kiste gelockt hatte, hatte die Welt doch ganz anders ausgesehen.
Rosalie hatte Appetit. Sie sehnte sich nach den saftigen Bambusblättern der Aberdares oder wenigstens nach dem Laub, das man ihr in der Transportkiste vor das Maul gelegt hatte.
Gegen Morgen erreichte sie das Ufer des Mara-Flusses. Sie nutzte die Gelegenheit zu einem ausgiebigen Bad in der Hoffnung, daß die Buntbarsche ihr die lästigen Zecken von der Haut ablesen würden.
Nachher fühlte sie sich wohler. Aus Erfahrung wußte sie, daß der Lehm, in dem sie sich jetzt wälzte, ihre Haut eine Weile vor Insekten schützen würde.
Ein paar Flußpferde tauchten bis zu den Augen ins Wasser und bliesen Luft durch die Nüstern.
Als Rosalie den Fluß an einer Furt durchquert hatte und ans jenseitige Ufer kletterte, spürte sie auf ihrer Rückenhaut das vertraute Picken ihrer Freunde mit den roten Schnäbeln, der Madenhacker.
Und Stunden später stieg ihr der angenehme Duft von Papyrusblättern in die Nase.
Rosalies Vorderhufe sackten ein paar Zentimeter ein. Vorsichtig hob sie ihre Beine und ging ein paar Schritte rückwärts, bis sie wieder auf dem Trockenen stand.
Sie war im Olpunyata-Sumpf gelandet, und Sumpf bedeutete für ein Spitzmaulnashorn Lebensraum: Wasser, Schatten, frische Blätter von köstlichen Papyrusstauden – und vor allem die Gesellschaft anderer Nashörner.
Begierig öffnete Rosalie die Nüstern und folgte einem verführerischen Duft, der sich verstärkte. Sie schnupperte an den Blättern eines Busches: Urinspritzer und ein Stück weiter dampfende Losung. Hier hatte ein

Nashornbulle die Grenzen seines Territoriums markiert.
Rosalie war am Ziel. Sie hatte ihr neues Zuhause gefunden.

Als Mirza mit seinem Helikopter im MAPSU-Basiscamp gelandet war, kam sogar Robertson aus seinem Zelt hervor.
»Hat Oleg eine Nachricht für mich hinterlassen?«
Mirza übergab ihm den Zettel, den der *Aeroflot*-Pilot bei der Zwischenlandung an den Thorntree vor dem *New Stanley Hotel* geheftet hatte. Es war eine kurze handgeschriebene Nachricht: »Muß Partie leider abbrechen. Fliege ab nächste Woche die Route Moskau-Havanna. Schade, Sie waren ein sympathischer Gegner. Oleg.«
»Die Partie stand nicht gut für ihn«, sagte Robertson enttäuscht. »Wahrscheinlich hätte ich sie sogar gewonnen.«
»Macht nichts, Robertson«, tröstete Mirza. »Um so besser können Sie sich jetzt auf die Partie mit mir konzentrieren. Hier ist übrigens mein letzter Zug.«
Stirnrunzelnd studierte Robertson den zweiten Zettel, den Mirza ihm gab. »Klar, Sie beenden den Turmtausch. Warum haben Sie so lange dafür gebraucht?«
»Ich habe auf die Inspiration gewartet.«
»Für diesen Zug braucht man keine Inspiration. Ich rochiere jetzt natürlich.« Robertson schüttelte den Kopf: »Ich wollte Sie schon immer mal fragen...«
»Fragen Sie nur.«
»Ihr Spiel ist – sagen wir mal: unorthodox.«
»Sie dürfen mir das nicht übelnehmen, Robertson, ich habe keine Erfahrung.«
»Das ist es ja eben, was ich Ihnen nicht abnehme. Sie

spielen unorthodox, aber viel zu gerissen für einen Anfänger. Haben Sie wirklich noch nie...«

»Ich habe Ihnen schon neulich mein Ehrenwort gegeben.«

Robertson sah ihm prüfend in die Augen. Dann schien er zu einem abschließenden Urteil gekommen zu sein. »Entschuldigen Sie, Mirza. Selbstverständlich halte ich Sie für einen Ehrenmann.«

»Danke gleichfalls. Und ebenso selbstverständlich setze ich voraus, daß Sie den Einsatz nicht vergessen werden.«

»Sie meinen Otto?«

»Ich meine den Mungo.«

Robertson setzte ein gönnerhaftes Lächeln auf. »Sie mögen ja ein bemerkenswertes Naturtalent sein, Mirza. Aber gleich die erste Partie gegen ein altes Schlachtroß wie mich zu gewinnen – das wäre nun wirklich zuviel verlangt.«

Der Gedanke, daß er vielleicht einmal den Mungo adoptieren müßte, jagte ihm einen Schauder über den Rükken. »Ist der Hubschrauber in Ordnung?«

»Bei der Inspektion in Nairobi haben sie jedenfalls nichts gefunden.«

Inzwischen waren sie am schilfgedeckten Unterstand angelangt, wo Mirza zu seiner Überraschung außer Wegner auch Durako und Koski vorfand.

»War dir wohl zu langweilig im Krankenhaus«, sagte Mirza.

Koski klopfte gegen den Gipsverband an seinem Bein. »Für Marathonläufe fühle ich mich noch nicht wieder fit.«

»Sie haben ihn vorläufig entlassen«, sagte Wegner. »Aber das Hospital hat ihm eine Krankenschwester mitgegeben.«

»Eine Krankenschwester?« fragte Mirza. »Und das erfahre ich erst jetzt! Wie ist sie denn?«
Robertson versuchte, sich des Mungos zu erwehren, der ihm ins Hosenbein kriechen wollte. »Wenn ich doch erst die Schachpartie gewonnen hätte...«
»Erzähl doch mal, Karl«, drängte Mirza.
»Da gibt es nicht viel zu erzählen, Mirza. Mirinda ist... einfach vollkommen.«
»Wunderschön«, bestätigte Robertson. »Wie eine Gazelle.«
»Schade, daß sie so scheu ist.« Wegner blickte hinüber zu den Zelten. »Sitzt den ganzen Tag da drin.«
»Mirinda.« Genießerisch ließ Mirza den Namen auf der Zunge zergehen.
»Sie hat so einen verträumten Blick«, sagte Wegner. »Ich glaube, sie ist ziemlich romantisch.«
Robertson nickte zustimmend, und auch Koski schob anerkennend seine Unterlippe vor.
»Romantisch...« Mirza strich sein Hemd glatt und richtete den Turban. Es war wie ein Reflex. »Meinst du, ich könnte...«
Robertson gab ihm Lebenshilfe. »Vielleicht versuchen Sie es mit Blumen.«
»Ein Blumenstrauß, ja, warum eigentlich nicht.« Mirzas Giraffenaugen schimmerten unternehmungslustig. »Entschuldigt mich bitte.«
Dann lief er hinunter zum Fluß und pflückte, vergnügt pfeifend, Blumen, arrangierte sie liebevoll zu einem bunten Strauß und steuerte auf Mirindas Zelt zu. Er gab sich einen Ruck und zog den Reißverschluß am Eingang des Zeltes hoch. »Herzlich...«
Der Gruß blieb vorerst unvollendet.
Mirinda saß auf einem Schemel, der kaum ihre zwei Zentner hielt, ein schwarzer Drache mit einem Bulldog-

gengesicht, dessen grimmiger Ausdruck durch das Schwesternhäubchen auf ihrem Kraushaar eher noch verstärkt wurde.

Nach einer Schrecksekunde drückte ihr Mirza den Blumenstrauß in die Hand und beendete den Gruß: »Willkommen.«

Mirza machte auf dem Absatz kehrt, und so entging ihm Mirindas entzücktes Lächeln, das jetzt ihr rundes Gesicht verklärte.

»Warum so eilig?« fragte Wegner, als Mirza auf der Flucht den Unterstand passierte.

»Eure Gazelle hat verdammt viel Ähnlichkeit mit einem Flußpferd«, keuchte Mirza.

Entsetzt sah er sich um. Mirinda watschelte entschlossen auf den Unterstand zu. Alles an ihr wippte, der gigantische Busen und das Strickzeug, mit dem sie grüßend winkte. »Warten Sie doch! Warum laufen Sie denn davon? Ich habe mich ja noch gar nicht bedanken können.«

»Ihr treibt euren Scherz mit meinen edelsten Gefühlen«, schnaubte Mirza, bevor er seine Flucht fortsetzte.

Den Rest des Tages blieb Mirza unauffindbar, selbst abends am Feuer ließ er sich nicht blicken.

Mirinda warf von Zeit zu Zeit sehnsüchtige Blicke hinüber zu Mirzas Zelt. »Was hat er denn?« fragte sie ihren Schutzbefohlenen Jason Koski.

»Mirza ist ein netter Kerl«, antwortete Koski. »Nur leider schrecklich schüchtern.«

»Er hat ein gutes Gesicht«, bemerkte Mirinda.

»Mirza braucht eine feste Hand«, sagte Wegner. Und mit einem Seitenblick auf Robertson, der sich wieder des Mungos zu erwehren versuchte: »Mancher hat bei einem anderen Chancen und weiß sie nicht zu nutzen.«

Robertson fühlte sich nicht angesprochen.
»Liebe ohne körperlichen Kontakt gibt es eben nicht«, sagte Wegner. »Oder doch, Robertson?«
»Mensch ist Mensch, und Tier ist Tier.«
»Haben Sie denn einen Menschen, den Sie lieben?«
»Es wäre mir lieber, Sie kümmerten sich um Ihren eigenen Kram.« Und bei dieser Zurechtweisung ließ Robertson es bewenden.
Im Halbdunkel, wie immer etwas abseits, hockte Durako. Erst jetzt fiel Wegner auf, daß in dem alten Turkana offenbar eine seltsame Veränderung vorgegangen war. Während seine Blicke unentwegt zwischen Mirinda und Robertson hin und her schweiften, stopfte er Unmengen von Büchsenfleisch und Knäckebrot in sich hinein.
»Es ist Zeit zum Schlafengehen«, mahnte Mirinda. »Jason ist noch längst nicht gesund.«
»Geh schon vor«, sagte Koski. »Ich komme gleich.«
Als Mirinda und Robertson in ihren Zelten verschwunden waren, aß Durako immer noch. Wegner wandte sich an Koski. »Verstehst du das? Sonst kaut er immer nur an Wurzeln und an rohem Fleisch.«
Nachdem er mit Durako ein längeres Gespräch in der Turkana-Sprache geführt hatte, konnte Koski das Phänomen aufklären: »Durako hat mir mal erzählt, daß er noch nie eine Frau gehabt hat. Und jetzt ist er zum erstenmal verliebt.«
»Verliebt? In wen?«
»Mirinda.«
Wegner lachte. »Und weshalb ißt er soviel?«
»Er will so aussehen wie Robertson.«
»Findest du, daß Robertson besonders attraktiv aussieht?«
»Nein, aber Durako findet das. Robertson ist ziemlich

dick, und für die Turkana ist nur ein dicker Mensch ein schöner Mensch.«
»Ach, deshalb ist er auch so scharf auf Mirinda.«
»Wer dick ist, hat genug zu essen. Nur reiche Leute haben genug zu essen. Und wer reich ist, der ist auch schön.«
»Dann werden wir mal Mirza richtig herausfüttern.«
»Auf Mirza ist Durako nicht eifersüchtig. Nur auf Robertson.«

Der nächste Morgen begann unruhig. Robertson rannte aufgebracht, ungekämmt und nur mit einer Hose bekleidet durchs Camp. »Mirza!«
Verschlafen steckte der Inder den Kopf aus seinem Zelt. »Ist was passiert?«
»Haben Sie die schwarze Dame gesehen?«
Mirza deutete wortlos auf Mirindas Zelt.
»Die schwarze Dame von meinem Schachspiel meine ich natürlich.«
Mirza grinste unschuldig. »Ist Ihnen wohl durchgebrannt, was?«
»Gestern abend war sie noch da. Und vorhin wache ich auf...«
»Da Sie gerade davon sprechen, Robertson. Ich ziehe meinen Springer auf e5.«
»Jetzt nicht!« Robertson winkte ärgerlich ab, und während er sich weiter auf die Suche nach der fehlenden Schachfigur begab, kam endlich ein Lebenszeichen von Adipo.
Das Funkgespräch mit dem Captain führte Wegner. »Von wo rufst du an, Kim?«
»Ich habe mein Funksprechgerät in einem hohlen Baobab versteckt, ganz in der Nähe des Dorfes.«
»Ist bis jetzt alles gutgegangen?«

»Teils, teils. Sie haben Abdul gewildert. Ich selbst habe ihn geschossen. Es war eine Erlösung für den alten Elefanten. Ein Stoßzahn war vereitert. Deshalb hat er so lange verrückt gespielt. Es war ein scheußliches Gemetzel. Aber ich mache mir Gewissensbisse...«
»Du hast doch selbst gesagt, daß Abdul sich gequält hat.«
»Es ist nicht wegen Abdul. Aber der Elefantenbulle hat Kariuki mitgenommen in den Tod.«
»Scheiße! Und was nun?«
»Ich bleibe hier, bis der Aufkäufer kommt.«
»Paß auf dich auf, Kim.«
»Ist Koski wieder gesund?«
»Koski ist zurück, mit Gips am Bein und einer Krankenschwester namens Mirinda.«
»Dann ist also alles okay im Camp?«
»Alles okay. Mirinda liebt Mirza. Und Durako liebt Mirinda. Otto liebt Robertson, und Robertson liebt niemanden.«
»Wartet mit der Hochzeit, bis ich zurück bin.«
»Ich tippe auf Mirinda und Jason.«
»Warum Jason?«
»Er ist der einzige, der mit seinem Gips vor Mirinda nicht davonlaufen kann.«
»Ist die so schlimm?«
»Geschmackssache. Durako ist anderer Meinung.«
»Du kannst ihm von mir was ausrichten.«
»Einen Befehl oder was?«
»Nur ein afrikanisches Sprichwort: Der Liebende nennt den Einäugigen einen Schieler.«

Die Erinnerung an die Aberdares war verblaßt, Rosalie seßhaft geworden. Ein paar Tage lang war sie im Olpunyata-Sumpf umhergestreift, auf der Suche nach einem unbesetzten Territorium. Sie hatte ihre Nachbarin besucht, eine verträgliche junge Nashornkuh in einem großen Areal, das sie nie verließ. Rosalie hatte auch den Bullen Antrittsbesuche abgestattet in ihren viel engeren Revieren, die sie eifersüchtig verteidigten, sobald ein Rivale dort einzudringen versuchte.

Mit einem kleineren Bullen hatte sie ein paarmal geäst, aber der war nur Beimännchen im Revier eines Stärkeren, vom Revierbesitzer unter der Bedingung geduldet, daß er sich jeder sexuellen Betätigung enthielt.

Schließlich hatte sich Rosalie in einem Territorium eingerichtet, das an das Revier dieser beiden Bullen grenzte. Um es kenntlich zu machen, besprühte sie es täglich an allen vier Ecken mit Urin.

Bald hatten alle acht Nashörner, die mehr oder weniger für sich allein lebten, von der Tatsache Kenntnis genommen, daß im Olpunyata-Sumpf eine neue Nachbarin eingezogen war.

Rosalie war zufrieden. Sie hatte ihr eigenes Personal, etwa zwanzig beflissene Madenhacker, die ihre Haut von Zecken und Tse-Tse-Fliegen reinhielten. Es wuchs mehr als genug Futter in ihrem Territorium, und nur selten verliefen sich andere Tiere hierher, Löwen und Riedböcke, die anstandslos das Feld räumten, sobald Rosalie ihnen mit drohend gesenktem Horn bedeutete, daß sie sich auf fremdem Gebiet tummelten.

Eine Woche nach ihrer Ankunft spürte Rosalie, wie eine seltsame Hitze ihren Leib erfüllte. Sie wurde unruhig, unduldsam gegen andere Nashornkühe, dafür um so interessierter an den Bullen der Nachbarschaft. Eine bisher ungekannte Sehnsucht stieg in ihr auf.

Bald hielt es sie nicht mehr in ihrem Revier.

Sie streunte im Territorium der beiden Bullen umher und hinterließ überall ihre Duftmarken. Als schließlich das Beimännchen auf sie aufmerksam wurde, jagte sie es fort. Rosalie hatte es auf den Chef abgesehen, den starken Bullen. Sie fand ihn äsend am Rand seines Reviers, und als sie den Eindruck gewann, daß er ihr nicht die gebührende Beachtung schenkte, versetzte sie ihm einen derben Stüber in die Flanke.

Der Stüber traf den Nashornbullen unvorbereitet. Erschrocken stieß er einen Rülpser aus, dann wandte er sich der Nachbarin zu, die unverzüglich ihren Schwanz hob, um ihre Liebesbereitschaft zu bekunden.

Höflich beschnupperte der Bulle ihr Hinterteil. Rosalie ließ es eine Weile geschehen, doch dann dauerte ihr der Flirt zu lange. Mit einem zweiten Stüber forderte sie den Bullen auf, endlich zur Sache zu kommen.

Nun ließ er sich nicht mehr lange bitten. Rosalie hatte eine gute Wahl getroffen, denn der Bulle erwies sich als ausdauernder Liebhaber.

Sie hatten noch mehrere ausgiebige Schäferstündchen, aber am dritten Tag war Rosalies Hitze verflogen. Und als der Bulle ihr nun einen Gegenbesuch abstatten wollte, wies sie ihn in seine Schranken.

Der Bulle trollte sich und mied fortan ihr Territorium. An seiner Stelle kamen buntgekleidete Lebewesen, die so aussahen wie jene, die sie neulich in die Kiste getrieben hatten. Aber diese hier rochen scharf nach Urin, Rinderblut und Milch und trugen bunte Schilde und Speere in den Händen.

Rosalie wollte nicht zurück in die Kiste, hier im Sumpf gefiel es ihr besser, man mußte es ihnen klarmachen. Sie senkte ihren Kopf und trabte auf die Lebewesen zu. Zu ihrer Überraschung liefen sie nicht davon.

Rosalie blieb verblüfft stehen und schnaufte entrüstet. Sie konnte nicht viel erkennen von den Lebewesen, nur die Umrisse. Ihr Duft stieg ihr scharf in die Nüstern, ein unangenehmer, irgendwie feindlicher Geruch. Warum hatten sie keine Angst?

Verärgert nahm Rosalie einen neuen Anlauf, aber bevor sie den ersten der Feinde erreichte, hob der seinen Speer und schleuderte ihn auf sie.

Nun warfen auch die anderen ihre Speere. Rosalie spürte einen heftigen Schmerz in ihrer Flanke, der sie erst richtig in Wut versetzte. Sie rannte weiter, um die Feinde niederzuwalzen oder sie wenigstens aus ihrem Revier zu vertreiben.

Doch dann spürte sie ihre Kräfte schwinden. Überall an ihrem Leib schmerzte es, es roch nach frischem Blut und halbverdautem Kot. Die Madenhacker flatterten treulos davon, als hätten sie nie zu Rosalie gehört.

Noch immer galoppierte sie blindlings auf die Stelle zu, an der sie zuletzt einen der Feinde gesichtet hatte. Ihre Füße wurden schwer, ein roter Schleier fiel vor ihre kurzsichtigen Augen.

Rosalie brach in die Knie. Mit einer letzten gewaltigen Anstrengung versuchte sie sich aufzubäumen, bevor die Nacht sie umfing, aus der sie nie mehr erwachen sollte.

Die Massai

Liebe ist wie Husten,
du kannst sie nicht verbergen.
(Afrikanisches Sprichwort)

Der Aufkäufer kam in einem sandfarbenen Anderthalbtonner, einem Datsun mit einem überdachten Gitterkäfig auf der Ladefläche, wie er in Afrika gebräuchlich ist, um die Fracht gleichermaßen vor Sonne und Dieben zu schützen.

Der Mann trug einen leichten Tropenanzug mit kurzen Hosen und Ärmeln. Rotblonder Flaum kräuselte sich auf Armen und Beinen. Als er seinen Safarihut mit der kühn geschwungenen Krempe abnahm, um sich den Schweiß abzuwischen, gab er die Ansicht auf eine Glatze frei, so makellos wie ein Frühstücksei, deren Blöße durch einen Leberfleck, so groß wie eine Ein-Shilling-Münze, eher betont als bedeckt wurde. In seinem Nacken blühten Furunkel.

Er verlor kein Wort der Entschuldigung, obwohl er sich um einen Tag verspätet hatte. Er begrüßte den Dorfältesten mit einem herablassenden Kopfnicken, öffnete das Vorhängeschloß an der Ladefläche seines Anderthalbtonners, klappte die Rückwand herunter und holte eine Waage heraus. Trotz der Hitze behielt er seine Handschuhe an. Er gab sich keine Mühe zu verbergen, daß die physische Seite der Transaktion ihn eigentlich anwiderte, einschließlich der afrikanischen Geschäftspartner, mit denen er zu tun hatte.

Für Adipo verkörperte er den Typ des Weißen, den er in

Kenia schon ausgestorben wähnte. Er empfand Abneigung auf den ersten Blick und eine grimmige Vorfreude auf den Tag, an dem er diesen hochnäsigen Kerl hinter Schloß und Riegel bringen würde.
Adipo wandte sich ab, um den Kamba zu helfen, die Stoßzähne unter der Holzkohle herauszuziehen, Ausbeute eines ganzen Monats. Um sich vor Überraschungen zu sichern, hatte der Dorfälteste bestimmt, die Beute bis zum Augenblick der Übergabe im Quandel des Meilers liegenzulassen. Obwohl der Feuerschacht seit Wochen nicht mehr angezündet worden war, hing noch immer ein Hauch von verbrannter Holzkohle in der Luft.
Für die Wilderer war der Meiler ein perfektes Versteck.
Während die Kamba ihre Ware zum Wiegen trugen, trieb sich Adipo an dem Anderthalbtonner herum. Die Tür der Fahrerkabine trug eine Aufschrift, einen Firmennamen oder etwas Ähnliches. Irgend jemand hatte die Aufschrift mit sandfarbener Ölfarbe überpinselt, aber bei genauem Hinsehen war ein Wort auszumachen, vielmehr eine Wortendung: ...mar. Adipo prägte sich auch das Kennzeichen des Lastwagens ein. Er war ziemlich sicher, daß es gefälscht war.
Dann gesellte er sich zu den anderen Kamba. Sie standen um die Ware herum und wickelten ihr Geschäft ab.
»Sechzehn Kilo«, sagte der Aufkäufer. »Welche Nummer?«
»Fünfundachtzig«, antwortete der Kamba.
Der Aufkäufer notierte sich Kennummer und Gewicht und winkte den nächsten herbei. »Welche Nummer hast du?«
Adipo kannte das Sicherheitsprinzip, nach dem Wilderer und Aufkäufer miteinander zu verkehren pflegten:

keine Namen, nur Kennziffern. Diese Vorsicht wird dir auch nicht viel nutzen, mein Freund, dachte er.

Zwei Kamba halfen ihm, den rechten Stoßzahn des Elefanten hochzustemmen, den Adipo geschossen hatte. Jeder packte ihn an einem Ende, Adipo stützte ihn in der Mitte. An der abgesplitterten Spitze roch der Zahn noch immer faulig.

Der Weiße blickte auf. »Prachtvolles Stück! Wo habt ihr denn den her?«

»Geschossen«, sagte Adipo. Er setzte den Zahn ab und drückte auf den Knopf seiner Digitaluhr, der das Mikrofon in Gang setzte.

Dann wuchteten sie zu dritt den Zahn auf die Waage. Sie hatten Schwierigkeiten, die sechs Meter Elfenbein auf der Waagschale zu halten.

Der Zeiger schlug weit aus, fast bis zum Anschlag. »Achtundvierzig Kilo«, sagte der Aufkäufer. »So was gibt's doch gar nicht.«

Er spuckte in sein Taschentuch und putzte den schwarzen Holzkohlenstaub von dem Stoßzahn, bis die gelbliche Oberfläche durchschimmerte. Um ganz sicher zu gehen, pochte er mit seinem Siegelring gegen den Zahn. »Tatsächlich, der ist echt.«

»Wir haben noch einen zweiten«, sagte Adipo.

»Welche Nummer hast du?«

»Dreiunddreißig.«

»Er hat die Nummer von seinem Vetter übernommen«, erläuterte der Dorfälteste.

»Und wo ist Dreiunddreißig?«

»Tot. Beim Jagen verunglückt...«

Der Aufkäufer winkte ab. »Schon gut.« Er betrachtete Abduls Zahn. »Schade, daß er an der Spitze abgebrochen ist. Ich werde euch zehn Kilo abziehen müssen.«

»Zehn Kilo sind zuviel«, protestierte der Dorfälteste.

»Und verfault ist er auch. Die ganze Spitze ist wertlos.«
Adipo nutzte den Augenblick des Feilschens, um sich etwas abzusondern. Er zog seine Minox aus der Hosentasche und schoß unbemerkt ein paar Fotos vom Dorfältesten, vom Aufkäufer und von dessen Anderthalbtonner.
Als auch der gesunde Stoßzahn Abduls gewogen und aufgeladen war – er wog sogar zweiundfünfzig Kilo – und der Aufkäufer sich grußlos entfernt hatte, zählte der Dorfälteste das ausgezahlte Geld: »Siebzehntausendeinhundert Kenia-Shillinge für zweihundertachtundzwanzig Kilo Elfenbein.«
Adipo rechnete im Kopf die Beträge um. Acht Dollar hatte der Glatzkopf für ein Kilo bezahlt, und etwa zweihundertfünfundzwanzig Dollar würde er für jedes Kilo in Nairobi, Malindi oder Mombasa erlösen.

Wieder einmal war es der Flug der Geier, der verriet, daß sich im Massai-Mara-Reservat eine Tiertragödie ereignet hatte. Als erster entdeckte sie der APU-Außenposten von Ngiro Are an der tansanischen Grenze. Die Geier wiesen ihm den Weg zum Rande des Olpunyata-Sumpfes, wo sie hoch am Himmel kreisten.
Eine Stunde später landete Mirzas Helikopter mit Wegner, Robertson und Durako neben der Stelle, an der die Nashornkuh verendet war, und das Erscheinen der Männer störte die Hierarchie der Aasräuber: in Wartestellung die geduldigen Geier; am Boden schreitend, aber noch in respektvoller Distanz die grotesken Marabus; im engeren Ring Hyänen, die, auf ihren kurzen Hinterläufen sitzend, die Ohren aufgestellt, die Szenerie belauerten; am Kadaver selbst eine Löwenfamilie, und für die wiederum galt die interne Hierarchie: die Löwin

und ihre beiden Jungen hatten zu warten, bis der Pascha sich den Wanst vollgeschlagen hatte. Erst dann waren sie an der Reihe.
Als die Männer aus dem Hubschrauber näher kamen, riß sich der Löwe noch einen letzten Fetzen Fleisch aus dem aufgerissenen Bauch des Kadavers, bevor er mit seiner Familie grollend das Feld räumte.
»Dic Löwen haben ein Nashorn gerissen«, sagte Mirza.
»Quatsch!« Wegner schüttelte den Kopf. »Löwen würden sich nie an ausgewachsene Nashörner herantrauen.«
Er beugte sich zu dem Kadaver hinab, dann lief er sofort zum Hubschrauber zurück. Am Morgen hatte ihn Ginger über Funk angerufen, und daher wußte er, daß er sie ganz in der Nähe finden würde. Sie war gerade dabei, ein weiteres Rhino aus den Aberdares in die *boma* im Reservat umzusiedeln.
»Bist du sicher, daß es Rosalie ist?« fragte sie. Ihre Stimme klang alarmiert.
»Sie hat deine rote Plastikmarke im Ohr.«
»Wo seid ihr genau?«
»Mirza holt dich mit dem Hubschrauber ab.«
Es bedurfte keines besonderen Scharfsinns, um festzustellen, daß Massai-Krieger die Nashornkuh gewildert hatten. Rosalie war an einer Serie von Stichen verblutet. Eine Speerspitze steckte noch in ihrer Flanke. Nur die Massai jagten mit diesen breitschaftigen Speeren.
Ganz in der Nähe hatte sich Durako selbständig gemacht. Er untersuchte mit einem Stock einen Kotballen. Außen war der Ballen strohig, innen olivgrün und weich. Aber damit gab sich der alte Turkana noch nicht zufrieden. Nun strich er über die Blätter eines Busches und roch an seinen Fingern.
»Was will er?« fragte Robertson.

»Herauskriegen, wie lange das Nashorn tot ist«, erklärte Wegner.
»Das mit dem Kot leuchtet mir ein«, sagte Robertson. »Aber was liest er aus dem Buschlaub?«
»Nashörner markieren ihre Wechsel mit Urin. Durako wird wissen wollen, ob die Blätter noch naß sind.«
Der Turkana redete auf Robertson ein, aber der hob nur die Achseln. »Ohne Dolmetscher werden wir wohl nie erfahren, wann das Tier gestorben ist.«
Koski hatte sie auf dem Flug begleiten wollen, aber die dicke Krankenschwester hatte nicht mit sich reden lassen. »Mirinda«, sagte Wegner und blies die Backen zu einer grimmigen Grimasse auf. »Wird Zeit, daß der Captain zurückkommt und ihr das Kommando wieder abnimmt.«
Durako kroch jetzt auf dem Boden herum und betastete ein paar geknickte Grashalme. Nach einer Weile richtete er sich auf, reckte vier Finger in die Luft und zeigte mit dem Arm nach Süden.
»Vier Massai sind nach Süden gelaufen, meint er das?«
Wegner nickte. »Na, dann los.«
»Lassen Sie uns lieber auf Dr. Redcliffe warten.«
Als bald darauf Mirza mit dem Hubschrauber landete, entstand neue Unruhe unter den Aasräubern: Die Geier in den Bäumen flatterten auf, die Hyänen rissen aus und bezogen hundert Meter weiter neue Lauerpositionen, nur die Marabus promenierten noch immer unbeeindruckt in der Nähe des Kadavers.
Ginger sprang aus dem Hubschrauber, duckte unter den schwingenden Rotorblättern ab und rannte mit ihrem Köfferchen zu dem Kadaver.
»Es ist Rosalie.« Ginger hatte Tränen in den Augen. »Ihr müßt den Captain holen.«

»Adipo ist noch im Kamba-Dorf«, sagte Wegner. »Wir können ihn nicht erreichen.«
»Dann müßt ihr die Kerle, die das angestellt haben, allein jagen.«
»Es sind Massai.«
»Massai?« Nachdenklich starrte sie auf das tote Nashorn. »Massai jagen aus Sport. Einen Löwen mit dem Speer erlegen – so was ist eine Mutprobe für junge Krieger. Aber einem toten Rhino die Hörner abschneiden – das kann ich mir nicht vorstellen.«
»Vielleicht hat sich die Sache aus China bis hierher herumgesprochen...«
»Massai brauchen kein Nashornpulver als Aphrodisiakum.« Sie sah Wegner an, als zweifelte sie an seinem Verstand.
»Jedenfalls haben wir keine Zeit mehr zu verlieren. Sehen wir uns nachher im Camp?«
Ginger stemmte entschlossen ihre Hände in die Hüften.
»In welcher Sprache willst du sie eigentlich verhören, Karl?«
»Irgendwie werden wir es schon herausbekommen.«
»Laß mich mit ihnen sprechen.«
»Du? Glaubst du im Ernst, die geben einer Frau Auskunft?«
»Mir schon. Ich hab' mal ein Jahr bei den Massai gelebt. Vielleicht bin ich der einzige Weiße, zu dem sie Vertrauen haben.«
»Du hast bei ihnen gelebt?«
»Ja, mit Bob. Wir haben versucht, ihnen beizubringen, wie man sich an die neue Zeit anpaßt, ohne sich selbst dabei aufzugeben. Die Massai basteln wunderschöne Halsketten, und wir haben ihnen bunte Glasperlen besorgt und einen Absatzmarkt geschaffen bei den Touristen; auch für ihre Lederröcke, die Touristen waren

ganz verrückt danach. Dafür haben sie uns erlaubt, eine Hütte auf ihrem Grund und Boden zu bauen.«

»Hier im Massai-Mara-Reservat?«

»Nein, es war ein kleiner *nkang* hinter dem Rift Valley.«

»Du meinst eine *manyatta*?«

»*Manyatta* sagt man zu den Hütten der Krieger, die Dörfer selbst heißen *nkang*.«

»Entschuldigen Sie, wenn ich Ihre Fachkonversation unterbreche«, sagte Robertson. »Aber Durako wird schon ungeduldig.«

Tatsächlich, der alte Turkana war kaum noch zu halten. Er lief im Kreis herum, die Nase am Boden, folgte ein paar Schritte der Fährte der Massai und kehrte zurück, wie ein Hund, der den Beginn der Jagd nicht mehr abwarten kann.

Nachdem Mirza allein mit dem Hubschrauber abgeflogen war, zurück ins Camp, folgten die anderen eine Weile dem Turkana, der auf der Savanne Spuren sah und roch, wo kein Mensch etwas anderes wahrgenommen hätte als das von Gnuherden niedergetrampelte Gras der Eluai Plains und das leise Pfeifen in den schmächtigen Flötenakazien. Sie trugen hohle Galläpfel. Millionen Ameisen hausten dort, hatten sich Gänge gefressen, durch die nun der Steppenwind blies.

Schließlich tauchte vor ihnen eine Herde magerer Rinder auf, von zwei Massai-Jungen gehütet, und gleich dahinter eine Hecke aus trockenem Dornengestrüpp, die Einfriedung des *nkang*.

Die Massai hatten das Gestrüpp auf einer Distanz von fünf Metern beiseite geräumt, um tagsüber einen Durchschlupf für ihre Rinder zu schaffen, die sie nachts in den *nkang* hineintrieben.

Unentschlossen blieb Robertson draußen stehen.
»Was ist, Robertson?« fragte Wegner. »Haben Sie Angst?«
Robertson rieb sich verlegen das Kinn. »Ich mag da nicht so einfach eindringen, in ihre Intimsphäre.«
»Stellen Sie sich nicht so an. Nicht jeder ist so menschenscheu wie Sie.« So forsch Wegners Worte klangen, auch er zauderte.
Ein Massai-Krieger, ein Moran, musterte die Eindringlinge und hob abwehrend seinen Schild. Er hatte ein schmales Gesicht mit hohen Backenknochen, seine Frisur bestand aus mit Hilfe von Rinderdung und Perlschnüren zusammengedrehten Zöpfchen. Von seiner durchlöcherten Ohrmuschel hing ein aus Tierknochen geschnitzter Reif hinunter. Er war feingliedrig und hochgewachsen und trug einen kurzen Wickelrock. Seine Brust war unbedeckt.
Als Ginger mit ihm ein paar Worte gewechselt hatte, hellte sich seine undurchdringliche Miene etwas auf. Er bedeutete ihr zu warten und lief zu einer der Lehmhütten hinüber.
»Er ruft den Laiban«, sagte Ginger.
»Was hast du ihm gesagt?«
»Ich habe ihm erzählt, daß ich *kesenyonye* bin.«
»Kese... was?«
»*Kesenyonye.* Das ist der Name, den meine Massai mir gegeben hatten. Es heißt ›lebe in Frieden‹.«
»Hoffentlich halten sie sich daran«, brummte Robertson skeptisch.
Nach einer Weile holte eine Eskorte von jungen Moran die weißen Besucher ab und geleitete sie in die größte der Lehmhütten.
Der Laiban hockte dort, umgeben vom Ältestenrat. Er war das religiöse Oberhaupt des Dorfes, dem man die

Fähigkeit nachsagte, Regen zu machen. Äußerlich unterschied er sich von den anderen Männern nur durch ein paar Perlschnüre mehr um den Hals.
Der Laiban bot den Gästen eine Kalebasse an. Ginger trank daraus und reichte die Kalebasse weiter.
»Was ist da drin?« fragte Wegner.
»Trink und zieh kein Gesicht.«
Wegner nippte, unterdrückte seinen Widerwillen und gab die Kalebasse an Robertson weiter. »Eine Bloody Mary wär' mir lieber.«
Robertson bemühte sich um ein höfliches Lächeln. »Ich kenne das Gesöff. Rinderblut mit Milch.« Er setzte die Kalebasse ab und wischte sich ein paar Tropfen des Tranks aus dem Schnurrbart. »Nahrhaft und scheußlich.«
Dann versank er in tiefes Grübeln über den Fortgang der Schachpartie mit Mirza. Aus Erfahrung wußte er, daß ihnen jetzt ein endloses Palaver bevorstehen würde in einer Sprache, die außer Ginger keiner verstand.
Die vielen Fliegen in der Hütte, angelockt von dem Rinderurin, mit dem sich die Massai einzuschmieren pflegten, machten das Gespräch nicht gerade kurzweiliger.
Von Zeit zu Zeit gab Ginger den beiden Weißen kurze Zusammenfassungen. »Wir haben Glück. Die haben von mir gehört. Wir tauschen Erinnerungen aus, die aber für euch belanglos sind.«
Robertson zeigte auf Durako, der sich auf dem Boden schlafen gelegt hatte. »Meinen Sie nicht, daß es Zeit wird, zur Sache zu kommen?«
»Das wäre unhöflich. Die Massai haben andere Zeitbegriffe als wir«, erklärte Ginger.
Wegner zerdrückte eine Stechfliege auf seinem Knie. »Okay, hier bist du der Boss.«

Nach einer Weile sagte Ginger: »Gib mir mal die Speerspitze, die ihr aus Rosalies Körper gezogen habt.«
Wegner kramte sie aus seiner leinenen Umhängetasche.
Der Laiban betrachtete die Speerspitze interessiert und wog sie in den Händen.
»Er schwört, daß sie keinem seiner Krieger gehört«, übersetzte Ginger.
»Was ist der Schwur eines Massai wert?«
»Ein Massai hält immer seinen Schwur«, sagte Ginger.
»Da wäre allerdings eine Kleinigkeit zu bedenken: Massai-Schwüre gelten nur unter Massai.«
Eine halbe Stunde später gab Ginger einen neuen Zwischenstand bekannt: »Die Massai leben in dem festen Glauben, daß ihnen alle Tiere gehören. Die Tiere, die jetzt einen anderen Besitzer haben, sind ihren Vorfahren einmal weggenommen worden.«
»Eine bequeme Philosophie«, grantelte Robertson.
»Jedenfalls eine, die so etwas wie Unrechtsbewußtsein gar nicht erst hochkommen läßt.«
»Wozu lassen wir uns dann von ihren Fliegen auffressen?« fragte Wegner.
»Lächeln«, mahnte Ginger.
»Lächelnd von ihren Fliegen auffressen.« Wegner nickte dem Laiban freundlich zu. »Am besten, wir schicken ihnen einen Trupp APU-Ranger und lassen den ganzen Laden hochgehen.«
»Damit kämen wir nicht weit«, gab Ginger zu bedenken. »Massai erkennen unsere Gesetze nicht an. Sie haben sich nie angepaßt, weder den Engländern noch der afrikanischen Regierung. Sie ziehen herum mit ihren mageren Rindern und tun keinem Menschen was zuleide. Sie wollen nichts von uns und verlangen, daß wir sie in Ruhe lassen auf dem bißchen Land, das ihnen

noch verblieben ist. Sie lehnen unsere Kleidung ab, unsere Schulen, sogar unsere Ärzte.«
»Und sie stechen unsere letzten Nashörner ab.«
Ginger hob hilflos die Schultern.
»Ginger, du mußt dich entscheiden, wen du schützen willst.«
»Es ist unhöflich, wenn ich in ihrer Hütte mit euch englisch spreche.« Damit wandte sie sich wieder an den Laiban, um das Palaver fortzusetzen.
Sie sprach von dem wahren Reichtum Kenias, den wilden Tieren, und von den Weißen, die aus aller Welt herkämen, um die wilden Tiere zu sehen und zu fotografieren, die Geld ins Land brächten, auch Geld für die Massai, die sich wiederum Rinder davon kaufen könnten. Sie erzählte von ihrer Aufgabe, die wenigen überlebenden Nashörner zu retten vor den Menschen, die sie ausrotteten, nur um ihre Hörner abzuschneiden und als Trophäen zu verkaufen. »Und wenn ihr ihnen dabei helft, dann werden wir alle arm werden, auch ihr, die Massai.«
Diesmal schienen ihre Argumente Wirkung zu zeigen. Der Laiban erkundigte sich, was mit den Kriegern geschehen werde, die das Nashorn getötet hatten.
Erschöpft wandte sich Ginger an Wegner. »Er will Straffreiheit. Darf ich das zusagen?«
»Erklär ihm, daß wir nur die Männer fassen wollen, die seine Massai dazu angestiftet haben. Und wenn er uns dabei hilft, dann darf er sogar das Geld behalten.«
»Er soll das Horn also verkaufen?«
»Natürlich. Wie sollen wir sonst die Aufkäufer fassen?«
Nachdem sich der Laiban mit den Dorfältesten beraten hatte, überraschte er Ginger mit dem Geständnis, daß sie in den letzten Wochen noch zwei weitere Rhinoze-

rosse gewildert hatten. Ein Kikuju würde die Trophäen in drei Tagen am Olololo-Tor des Massai-Mara-Reservats abholen.
Und bis dahin, so beschloß Wegner, wollte er die abgeschnittenen Hörner in Verwahrung nehmen.
Inzwischen war es Abend geworden, und Mirza kreiste suchend mit seiner Hughes 500 C über der Eluai-Ebene, um die anderen vor Einbruch der Dunkelheit nach Hause ins Basiscamp zu bringen.
Wegner legte wie beiläufig einen Arm auf Gingers Schultern. »Hast du heute abend schon was vor?«
»Hm.« Ginger nickte. »Mirza hat mich zum *candlelight dinner* eingeladen.«

Draußen vor dem Palisadentor stand der Unimog mit laufendem Motor. Die eingeschalteten Scheinwerfer erhellten die Flugpiste. Ein paar Quadratmeter ausgeleuchteter Savanne reichten als provisorischer Landeplatz für den Hubschrauber aus.
Es war Adipos Idee. Der Captain war am Nachmittag aus dem Kamba-Dorf zurückgekehrt und hatte das Basiscamp menschenleer vorgefunden, bis auf den Koch, den lädierten Koski und die Krankenschwester Mirinda.
»Wir haben uns Sorgen um dich gemacht«, sagte Wegner erleichtert, nachdem der Helikopter aufgesetzt hatte.
»Msasi haogopi miiba.« Adipo lächelte gelassen. »Ein Jäger fürchtet keine Dornen.«
»Kannst du dich vielleicht etwas konkreter ausdrücken?«
»Meine Mission ist beendet.«
»Hauptsache, du bist da heil rausgekommen.«
Adipo nickte. »Die Leute im Dorf wollten mich erst

nicht gehen lassen. Da habe ich mich nachts aus dem Staub gemacht, hab' mein Funksprechgerät aus dem Affenbrotbaum geholt und mich per Anhalter bis zum APU-Posten Narok durchgeschlagen. Und von dort aus haben mich die Ranger ins Camp gebracht.«

»Hast du was erreicht?«

»Laß uns erstmal was essen.« Er nickte Ginger zu. »Wie ich sehe, habt ihr einen Gast mitgebracht.«

»Und sechs Nasenhörner. Ohne Ginger hätten wir nichts ausgerichtet bei den Massai.«

»Hab' ich noch Zeit für ein Bad?« fragte Ginger.

Als Mirza ihr folgen wollte, hielt Wegner ihn unter dem Vorwand zurück, daß sie erst Captain Adipo gemeinsam Bericht erstatten müßten. Die Vorstellung, Mirza könnte Ginger unten am Fluß nackt sehen, war ihm unerträglich.

An diesem Abend schmeckte Wegner das Dinner nicht. Er sah immer wieder zu dem alten Feigenbaum hinüber, unter den sich Mirza mit Ginger zu dem verabredeten *candlelight dinner* abgesondert hatte. Irgendwie hatte der Inder eine weiße Tischdecke und sogar zwei Kerzen aufgetrieben. Sie steckten in Leuchtern, die Mirza aus leeren Konservendosen zurechtgebogen hatte.

»He, Karl. Was hältst du davon?« Es war Adipos Stimme.

Wegner schreckte auf.

»Ob man ein abgeschnittenes Nasenhorn naturgetreu nachschnitzen kann?«

Wegner sah auf, wenig interessiert. »Warum nicht?«

»Durako würde das bestimmt hinkriegen«, meinte Koski. »Er ist sehr geschickt.«

Der alte Turkana hockte etwas abseits vom Feuer und verschlang nun schon die vierte Portion von dem Molo-

Lamm, das Adipo aus Narok mitgebracht hatte. Er starrte unverhohlen die strickende Mirinda an, aber die ganze Aufmerksamkeit der dicken Krankenschwester gehörte dem Geschehen unter dem Feigenbaum: Mirzas *candlelight dinner*.
Von all dem bekam Robertson nicht viel mit. Geistesabwesend formte er aus Brotteig und Schuhcreme eine schwarze Dame, als Ersatz für jene, die – und da war er ganz sicher – der Mungo Otto aus seinem Zelt gestohlen und verschleppt hatte.
»Hört mir denn keiner zu!« rief Adipo.
»Ich bin ganz Ohr«, antwortete Wegner zerstreut. Ginger ist eine leidenschaftliche Frau, sie sollte sich vor diesem Playboy besser in acht nehmen.
»Es muß ganz echt aussehen«, sagte Adipo.
Mirza kam vom Feigenbaum herüber, um sich ein Stück von dem Lamm abzuschneiden. Ginger lachte, ihre Stimme klang etwas heiser, kein Wunder nach dem endlosen Palaver mit den Massai. »War ein anstrengender Tag«, meinte Wegner. »Wir sollten alle bald schlafen gehen.«
»Ich bin noch ganz munter«, betonte Mirza, legte das Fleisch auf den Teller und ging zurück zu Ginger.
»Wenn es gut gemacht ist«, sagte Adipo, »kann es wie eine Zeitbombe wirken.«
»Sprichst du noch immer von dem verdammten Nasenhorn?«
»Ich dachte mir das so: Wir schmuggeln es einfach unter die echten. Irgendwer am Ende der Kette von Dealern und Aufkäufern wird sich betrogen fühlen.« Zufrieden lehnte sich Adipo zurück. »Mal sehen, was dann passiert.«
Koski malte mit einem Stein ein abgeschnittenes Nasenhorn in den Sand. »Man müßte Hartholz nehmen.«

»Ich weiß nicht, Kim.« Wegner schüttelte zweifelnd den Kopf. »Das hört sich an wie eine Idee von Mirza.«
»Diesmal nicht. Aber bisher sind wir mit seinen Ideen nicht schlecht gefahren.«
Drüben am Feigenbaum war es still geworden, das Feuer niedergebrannt, und Wegner sorgte sich um Ginger. Diesem Inder mit seinen schwermütigen Augen fiel alles in den Schoß. Sicher kannte er viele Tricks, wie man eine Frau herumkriegte. »Trotzdem finde ich seine Ideen manchmal ein bißchen abgeschmackt«, raunzte er.
Unterdessen war Robertson mit seiner Bastelei fertig. Kritisch betrachtete er die schwarze Dame aus Brotteig und Schuhcreme.
»Augenblick noch, Robertson. Ich möchte Ihnen mal was vorspielen.« Adipo nestelte seinen Minirecorder aus der Brusttasche. »Was Sie jetzt hören, habe ich heimlich an dem Meiler aufgenommen. Es ist die Stimme des Aufkäufers. Auf der Militärakademie in England habe ich diesen Dialekt schon gehört. Aber Sie kennen sich da sicher besser aus.«
Adipo setzte den Recorder mit der winzigen Kassette in Gang. Robertson hörte sich den Dialog mit dem Aufkäufer in aller Ruhe zu Ende an, bevor er sich äußerte. »Die Stimme klingt ein bißchen dünn und verzerrt, aber soviel kann ich mit Sicherheit sagen: Der Mann ist in Nordirland aufgewachsen. – Sonst noch Fragen, Captain?«
»Nein.«
»Dann würde ich mich gerne zurückziehen.« Robertson erhob sich und murmelte etwas wie: »Mirzas letzten Schachzug analysieren.«
Der Inder hatte ihn mit dem erzwungenen Turm- und Springertausch nach dem vierzehnten Zug in einige Ver-

wirrung gestürzt. Robertson rekapitulierte den Fortgang der Partie, den er in seinem Notizbuch festgehalten hatte: 15. Tc8: Tc8: 16. 0-0 Se5: 17. de5: De5: 18. Te1 d4 19. Dd2 Te8 20. f4 Dc5 21. b4 Dd6 22. Lf3 Lc4 23. a3 b5 24. Td1 Td8 25. Kg2 a5 26. Db2 a4 27. Td2 g5 28. fg5: hg5: 29. Dc2 De5.

Jetzt, beim dreißigsten Zug, schien das Schlimmste überstanden. Probeweise zog Robertson seine weiße Dame auf e4.

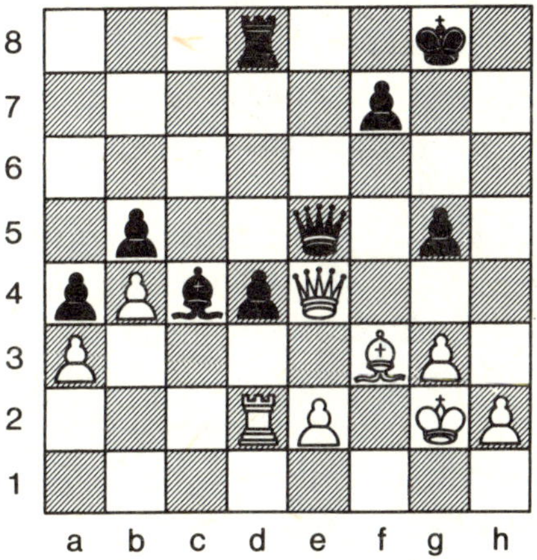

Soll er doch meine Dame nehmen, dachte Robertson, das kostet ihn im nächsten Zug seine schwarze Dame, die aus Brot und Schuhcreme.

Wenn bloß die Partie bald zu Ende wäre, dann wäre er diese verdammte Bestie los, die den ganzen Tag auf ihm herumkletterte und alles stahl, was nicht niet- und nagelfest war, Socken, Brille und sogar Schachfiguren.

Zu einem Sieg würde es beim jetzigen Stand der Partie wohl nicht mehr reichen, nach dem nun fälligen Damentausch lief alles auf ein Remis hinaus. Kein schmeichelhaftes Ergebnis übrigens gegen einen Anfänger wie

Mirza, aber immer noch besser als der Verlust der Partie, der ihm diesen Mungo endgültig aufgehalst hätte.
Bis weit nach Mitternacht brannte in Robertsons Zelt die Karbidlampe. Erst dann hatte er sich endgültig entschlossen, den Abtausch der Damen einzuleiten: Dame auf e4.
Kurz nach Robertson verließ auch Koski das Feuer, in bester Stimmung übrigens. Morgen früh, so hatte Mirinda versprochen, würde sie ihn endlich von dem Gipsverband erlösen.
Wie auf ein Kommando folgte der alte Turkana seinem Herrn. Man sah Durako an, wie schwer ihm die Trennung von Mirinda fiel, dabei war er der einzige, der noch nicht wußte, daß es Mirindas letzte Nacht im Camp war. Morgen früh war ihre Mission beendet. Sie sollte zurück nach Nyeri fliegen, wo sie dringend im Krankenhaus gebraucht wurde.
Die Krankenschwester schien ihren Abschied bis zum letzten auskosten zu wollen. Als sie sich schließlich mit ihrem Strickzeug erhob, watschelte sie keineswegs direkt zu ihrem Zelt, sondern zu Mirzas Feigenbaum. Dort pflanzte sie sich unübersehbar zwischen Ginger und Mirza, selbstzufrieden strickend, stumm und hartnäckig lächelnd.
»Es schert sie einen Dreck, ob die beiden sich gestört fühlen«, sagte Wegner schadenfroh, der nun allein mit Adipo am Feuer zurückgeblieben war.
»Mir paßt das Ganze nicht«, sagte Adipo. »Ich habe nicht gerne Frauen im Camp. So was bringt nur Unruhe. – Komm mit, Karl.«
Dann ging auch er die fünfzig Schritte hinüber zum Feigenbaum. »Mirza, ich habe dir noch was Wichtiges zu sagen.«

Mirza seufzte ergeben. »Muß das jetzt sein?« Schon wieder kam ihm der Captain in die Quere!
»Ich möchte, daß du morgen früh nach Mombasa fliegst. Wir suchen einen Mann, eins achtzig groß, etwa vierzig Jahre alt, der nordirischen Dialekt spricht, einen Leberfleck auf der Glatze hat und vielleicht in einem Hotel am Meer beschäftigt ist, dessen Name mit ... mar endet. Ich geb' dir meinen Minoxfilm mit, du kannst ihn in Mombasa entwickeln lassen. Auf dem Film ist der Mann drauf, mitsamt seinem Datsun-Anderthalbtonner und der Autonummer. Aber die ist wahrscheinlich falsch.«
»Wird gemacht, Captain. Und wenn ich ihn habe, dann stelle ich mich ihm vor als Juniorchef der größten indischen Elfenbein-Manufaktur und ...«
»Mirza!«
»Na gut, dann vielleicht als Maharadscha von ...«
»Sobald du seinen Namen hast, kommst du unverzüglich hierher zurück. So, und wenn du ausgetrunken hast, dann wartest du in meinem Zelt auf mich. Ich geb' dir dort den Film und noch ein paar Instruktionen mit auf den Weg ...«
Als Mirza sich schließlich schweren Herzens getrollt hatte, nahm der Captain Wegner beiseite. »Du hast freie Bahn, Karl.«
»Wieso?«
»Mapenzi ni kikohozi, hajawezi kufichika.« Adipo lachte leise. »Liebe ist wie Husten, du kannst sie nicht verbergen.«
Nur noch Ginger saß jetzt unter dem Feigenbaum, und Wegner gesellte sich zu ihr. »Wo schläfst du eigentlich heute nacht?«
»Ich habe eine Einladung.«
»Wieder mit Kerzenschimmer?«

»Er ist sehr amüsant. So was Hübsches wie die Kerzenleuchter aus Dosenblech hast du noch nie für mich gemacht.«
Wegner stand verlegen herum, seine Unbeholfenheit ärgerte ihn.
»Wenn du Lust hast, kannst du dir morgen den Nashornbullen ansehen, den ich aus den Aberdares umgesiedelt habe. Prächtiger Bursche übrigens. Ich habe ihn Karl genannt.«
»Nett, daß du ausnahmsweise mal an mich gedacht hast.«
»Ich denke öfter an dich.«
»Wohl nur im Zusammenhang mit Nashornbullen...«
»Hm.«
Sie lauschten eine Weile dem Quarren der Frösche. Am jenseitigen Flußufer murrten vielstimmig die Gnus.
Als Wegner etwas sagen wollte, legte Ginger ihm zwei Finger auf die Lippen, wie damals im Schlafsack.
Diesmal liebten sie sich im Freien, unter dem wilden Feigenbaum, und nachher meinte Wegner, es sei ihm so gewesen, als habe er zum erstenmal mit einer Frau geschlafen, und Ginger gestand, sie habe das umgesiedelte Nashorn nach ihm benannt, weil Nashornbullen länger als eine Stunde ununterbrochen Liebe machen könnten.

Am nächsten Morgen entdeckte Koski quer über seinem Gipsverband eine Aufschrift: *I love Mirinda.* Jemand mußte sich in der Nacht in sein Zelt geschlichen und dabei das Tatwerkzeug verloren haben, einen Filzstift, der nun auf dem Schemel neben seinem Feldbett lag. Nachdem Koski erfolglos versucht hatte, die Inschrift vom Gips zu tilgen, gab er dem Bekenntnis eine allge-

meinere Fassung, indem er dem »I« einen Schrägstrich ansetzte, ein paar Buchstaben voranstellte und dem zweiten Wort ein »s« anfügte.
So las die dicke Krankenschwester, als sie Koski von dem Gipsverband befreite, den Satz: *Everybody loves Mirinda.*
Sie war zu Tränen gerührt. Innig drückte sie den aufgeschnittenen Gipsverband an sich. Beim Abflug nahm sie ihn sogar mit in die Cessna.
Doch vorher umarmte und küßte sie nacheinander alle Bewohner des Camps. Sie ließ keinen dabei aus, nicht einmal Ginger und den Koch.
Nur Mirza, der Autor der Urfassung, hatte sich vorsorglich ihrer erdrückenden Herzlichkeit entzogen. Er war bei Tagesanbruch mit seinem Helikopter zu den Recherchen nach Mombasa aufgebrochen.

Der Mungo und die Schlange

Die Ohren gehen selten hungrig zu Bett.
(Afrikanisches Sprichwort)

Der Kunde der Massai ließ sich Zeit.

Zwei Tage lang hatten Adipo, Wegner und Ginger am Ololo-Tor auf ihn gewartet, und am dritten Tag gesellte sich Mirza zu ihnen. Er brachte aus Mombasa die Identität des Glatzkopfs mit: Der Mann hieß George C. Benson und arbeitete als Manager im *Hotel Rosamar* an der Diani Beach südlich von Mombasa.

Vorerst begnügte sich Adipo mit dieser Information. Die laufende Aktion hatte Vorrang. Sie war gründlich vorbereitet. Ginger hatte den Massai den Köder überbracht, die sechs abgeschnittenen Nasenhörner, und sie hatte die Massai instruiert, wie sie sich zu verhalten hatten.

Es war nicht einmal nötig gewesen, die Massai in den Plan einzuweihen, ein falsches Nasenhorn unter die echten zu schmuggeln; Durakos Schnitzarbeit war so perfekt, daß sie die Fälschung gar nicht bemerkten.

Am dritten Tag endlich gab einer der Massai, die am Schlagbaum auf Touristen lauerten, Ginger das verabredete Zeichen.

Am Steuer eines ankommenden Lastwagens saß ein Afrikaner.

»Der Kikuju«, stellte Adipo fest.

In Sekunden war der Lastwagen von Massai-Frauen umringt, die dem Fahrer Ketten und Armbänder ver-

kaufen wollten, selbstgefertigt aus Glasperlen und den Schalen von Straußeneiern.
Der Laiban scheuchte sie fort, und drei Massai-Männer stiegen unter die Plane auf die Ladefläche, die in Decken eingewickelten Nasenhörner unter den Armen, um das Geschäft mit dem Kikuju abzuwickeln.
Adipo hatte für die Verfolgung einen unverfänglichen Pritschenwagen besorgt, aber nun hielt es Mirza nicht länger in dem Wagen. Er stieg aus und klappte die Motorhaube auf, als wollte er einen Motorschaden reparieren.
Adipo lehnte sich aus dem Fenster. »Ist das wieder einer von deinen Witzen?«
»Dachte nur, der Dealer könnte sich vielleicht fragen, warum wir nicht weiterfahren.«
Aber auch an der Motorhaube hielt Mirza es nicht lange aus. Nach ein paar Sekunden schlenderte er langsam zu dem Lastwagen des Dealers hinüber.
»Mirza, was soll das?« zischte Adipo. »Bleib hier!«
Aber Mirza stellte sich taub. Als er den Lastwagen erreicht hatte, schlug er mit der flachen Hand gegen die Fahrertür.
Unwirsch steckte der Kikuju seinen Kopf durch einen Spalt in der Plane. »Was ist?«
»*Jambo*, Sir.« Mirza wischte sich die ölverschmierten Finger an seinem Overall ab. »Haben Sie vielleicht einen Kerzenschlüssel X 82 bei sich?«
»Tut mir leid.«
»Ein Y 29 täte es zur Not auch.«
»Habe ich auch nicht. Hören Sie, ich habe wenig Zeit. Kann ich sonst noch was für Sie tun?«
Mirza holte einen Zettel aus der Tasche. »Ja, wenn Sie zufällig nach Mombasa fahren, könnten Sie da vielleicht diese Nummer anrufen und sagen...«

»Ich fahre nur bis Nairobi.«
»Um so besser. Da wollen wir auch hin. Ich habe da nämlich zwei Touristen auf meinem Pick-up, die es sehr eilig haben...«
»Bin leider voll. Kann keinen mitnehmen.«
»Macht nichts. Irgendwie schaffen wir es schon allein. Na dann, gute Fahrt.«
Als Mirza wieder am Pritschenwagen angelangt war, fuhr in Adipo an: »Was zum Teufel ist ein Kerzenschlüssel X 82?«
»Woher soll ich denn das wissen, Captain?«
»Aber du hast doch nach diesem Dingsda gefragt!«
»Irgendwas muß man ja fragen, wenn man ins Gespräch kommen will. Na, wenigstens wissen wir jetzt, daß er nach Nairobi will.« Mirza gab sich selbstzufrieden, aber seine Augen bettelten um ein Wort der Anerkennung.
Doch statt eines Lobs speiste ihn Adipo mit einem afrikanischen Sprichwort ab: »Nur der leise Löwe wird Fleisch fressen.«

Immerhin konnten sie sich jetzt die mühselige Verfolgung mit dem Pritschenwagen sparen. Mirza brachte sie mit seinem Hubschrauber nach Nairobi, wo sie am Wilson Airport ein Auto mieteten und am *Jacaranda Hotel* in aller Ruhe den Lastwagen des Kikuju erwarteten.
Das *Jacaranda* lag an der A 104, dem asphaltierten Uhuru Highway zum Naivasha-See. Hier mußte der Kikuju auf jeden Fall vorbeikommen. Es führt kein anderer Weg vom Massai-Mara-Reservat in die Hauptstadt.
Immer, wenn Wegner in Nairobi zu tun hatte, stieg er im *Jacaranda* ab, auf der Schokoladenseite der Stadt mit seinen Parks hinter dem Nationalmuseum und der Allee

mit den blaßlila blühenden Jacaranda-Bäumen, weitab von den Slums am Rande der Metropole.
Als am Nachmittag der Lastwagen des Kikuju das Hotel passierte, hängten sich Adipo, Wegner und Ginger mit ihrem Mietwagen an.
Der Lastwagen stoppte erst auf dem geräumigen Platz vor dem Bahnhof, wo der Kikuju ausstieg und am Schalter ein Billett mit Bettkarte erster Klasse für den Nachtzug nach Mombasa löste.
»Also doch Mombasa«, sagte Wegner. »Soll ich ihm jetzt folgen?«
»Wozu? Wir werden ihn heute abend im Zug sehen.«
Nachdem auch sie drei Billetts mit Bettkarten gelöst hatten, fragte sich Ginger, warum der Kikuju nicht einfach mit dem Lastwagen auf dem Highway nach Mombasa durchgefahren war.
»Wahrscheinlich fürchtet er die Straßenkontrollen«, vermutete Adipo.
Der Zug, den sie nach Sonnenuntergang bestiegen, vermittelte noch immer einen blassen Schimmer viktorianischer Pracht. Die Türgriffe waren aus massivem Messing, die Abteile gediegen und behäbig, nur die Mahagoni-Verkleidung war inzwischen durch Kunststoffplatten ersetzt. Die Initialen EAR, die einst für *East African Railways* standen, waren mit den Worten *Kenyan Railways* überpinselt, doch die auf ein Messingschild gestanzte Aufforderung über dem Bett, zum Schutz vor nächtlichen Eisenbahnräubern das Abteil vor dem Schlafengehen von innen abzuriegeln, galt noch wie eh und je.
Wegner zog das Abteilfenster hinunter und schaute hinaus auf den Bahnsteig. Kikuju-Frauen mit bunten Kopftüchern trugen Körbe voller Melonen und Mangofrüchte in die Vierter-Klasse-Waggons. Ein Giriama

bewachte eine Kiste mit Hühnern. Afrikanische Regierungsbeamte mit Jackett, Krawatte und kunstledernen Aktenköfferchen hasteten an den Bettlern vorbei, die ihre von Lepra, Polio und Elefantiasis entstellten Gliedmaßen ausstellten, zu den Abteilen der ersten und zweiten Klasse. Ginger und Wegner schienen fast die einzigen weißen Passagiere im Nachtexpreß zu sein.
Aus den Lautsprechern schepperte Folklore.
Ginger stieß Wegner an. »Da ist er!«
Der Kikuju schleppte einen mit Blech beschlagenen Koffer und stieg in ihren Waggon.
Kurz darauf kam Adipo zu ihnen. Er zog die Tür zu. »Der Kikuju hat das Abteil neben mir. Ich habe seinen Namen auf dem Reservierungszettel gelesen: Mr. Mbugua. Sein Koffer...«
»Die abgeschnittenen Nasenhörner wiegen etwas über zwanzig Kilo.«
Adipo nickte. »Die stecken bestimmt in dem Koffer.«
Der Zeiger der Bahnhofsuhr sprang auf sieben. Die Diesellok tutete das Abfahrtssignal, der Zug ruckte an, und Ginger begann, sich in dem Abteil häuslich einzurichten. Sie klappte die Tischplatte hoch, die das Waschbecken zudeckte, und steckte zwei Zahnbürsten in die Pappbecher. Nach ihrer Ankunft in Nairobi war ihr gerade genug Zeit geblieben, schnell nach Hause zu fahren und die nötigsten Utensilien für die unverhoffte Schlafwagenfahrt zusammenzuraffen.
Der Schaffner kam und fragte, wann sie ihr Abendbrot einnehmen wollten.
Wegner entschied sich für den mittleren Service um acht Uhr.
Als es soweit war, sahen sie, daß kurz vor ihnen der Kikuju sein Abteil verließ. Adipo nutzte die Abwesenheit des Dealers, um dessen Gepäck zu untersuchen,

während Ginger und Wegner auf dem Gang Wache hielten.
Aber Adipo blieb nur eine Minute im Abteil des Dealers. »Der Koffer ist nicht mehr da«, sagte er verblüfft.
»Hast du überall nachgesehen?«
Adipo ignorierte Wegners Frage. »Mitgenommen in den Speisewagen hat er ihn auch nicht.«
»Ich an seiner Stelle hätte dreihunderttausend Dollar auch nicht einfach im Abteil rumliegen lassen«, meinte Ginger. »Gibt's einen Safe im Zug?«
»Nein.«
»Dreihunderttausend Dollar?« fragte Wegner. »Du meinst Kenia-Shillinge.«
»Ich meine Dollar. Der impotente Chinese am Ende der Handelskette zahlt fünfzehn Dollar fürs Gramm.«
»Das ist ja fast so teuer wie Gold.«
Ginger nickte traurig. »Und die Preise steigen weiter.«
»Laßt uns essen gehen«, schlug Adipo vor.
Der Kikuju hatte im Speisewagen gleich am ersten Tisch hinter der Tür Platz genommen. Der Kellner wies Adipo, Ginger und Wegner den Nachbartisch zu. Die beiden Männer setzten sich mit dem Rücken zu dem Kikuju, Ginger nahm ihnen gegenüber den Platz ein, von dem aus sie den Kikuju im Blickfeld behielt. Sie fingen ein belangloses Gespräch an, wie es Touristen geführt hätten, über die Sehenswürdigkeiten Nairobis, die Spielbank, das Nationalmuseum, den Wolkenkratzerturm des Konferenzzentrums und den Nationalpark vor den Toren der Stadt.
Der Kikuju aß schweigend sein Brathähnchen mit Pommes frites, und auch als Gingers Augen den beiden Männern signalisierten, daß sich jemand zu dem Kikuju gesetzt hatte, fiel am Nachbartisch kein Wort, bis der

neu hinzugekommene Gast beim Kellner seine Bestellung aufgab, Kingfish mit Salat und eine halbe Flasche Beaujolais.
Adipo stieß Ginger unter dem Tisch an. Sie bemerkte einen Ausdruck angespannter Aufmerksamkeit in seinem Gesicht, als versuchte er, das Gespräch am Nachbartisch zu belauschen. Doch es gab kein Gespräch, nur das Klirren der Bestecke und das Schmatzen des Kikuju.
Als der Kellner ihnen das Menü brachte und nach weiteren Wünschen fragte, schüttelte Adipo nur den Kopf. Ginger spürte, wie schwer es Adipo fiel, der Versuchung standzuhalten, sich nach dem Mann umzudrehen, der Rücken an Rücken mit ihm saß, nur durch eine Banklehne getrennt.
Und während Ginger das Geplauder mit Wegner über die Vorzüge des afrikanischen Hochlandklimas wiederaufnahm, prägte sie sich jedes Merkmal des Mannes am Nachbartisch ein, soweit dies überhaupt möglich war bei jemandem, der ihr den Rücken zukehrte. Und auch das Verhalten des Kikuju vermittelte keine Aufschlüsse darüber, ob die beiden am Nachbartisch sich kannten oder ob sie der Kellner zufällig an denselben Tisch gesetzt hatte.
Jedenfalls zahlten sie getrennt, als erster erhob sich der Kikuju, und als der Gong den Beginn des Neun-Uhr-Dinners ankündigte, stand auch der andere auf, straffte seinen Hosenbund und streifte die drei am Nebentisch mit einem leeren Blick. Eine Sekunde lang fühlte sich Ginger fixiert. Sie wandte ihren Kopf ab und schaute aus dem Fenster in die Nacht.
»Er ist weg«, sagte sie schließlich.
Die Starre in Adipos Gesicht löste sich. »Hat er mich erkannt?«

»Schwer zu sagen, Captain.«
»Ein Bekannter?« fragte Wegner. Offenbar hatte er von der Spannung an seinem Tisch wenig mitbekommen.
Ginger unterdrückte eine spöttische Anspielung auf Wegners mangelnde Sensibilität. »Ungefähr eins achtzig groß, achtzig Kilo schwer, leichter Bauchansatz, Hohlkreuz, aufwärts gerichtete Nase, schmale Lippen. Ein Hemd aus naturfarbenem Leinen mit vier Taschen, das mindestens zweihundertfünfzig Shillinge gekostet hat. Kurz geschnittene Fingernägel, Hände eines Büromenschen...«
»Hatte er eine Glatze?«
»Ja. Und einen Leberfleck rechts über der Stirn.«
Adipo lehnte sich zurück. »Dann war es Benson. Als ich ihn reden hörte...«
Wegner entfuhr ein überraschtes: »Mann!«
»Ja, der Mann mit dem nordirischen Dialekt, der mir Abduls Stoßzähne abgekauft hat...«
»Wenn ich es mir recht überlege: Ich glaube nicht, daß er Sie erkannt hat. Eigentlich bin ich sogar sicher. Er ist genau der Typ, für den alle Afrikaner krausköpfige Affen sind.« Ginger griff über den Tisch nach Adipos Hand. »Tut mir leid, Captain.«
»Er wäre nicht der einzige.«
»Ich will damit sagen, daß solche Leute kaum Mühe darauf verwenden würden, einem Afrikaner genauer ins Gesicht zu schauen.«
Wegner schien auf etwas zu warten. »Nun sag's schon!«
»Zu solchen Leuten fallen mir keine Sprichwörter ein«, sagte Adipo.

Als sie in ihr Abteil zurückkehrten, hatte es der Schlafwagenschaffner zur Nacht hergerichtet. Das obere Bett

war heruntergeklappt, das Moskitogitter vor das offene Fenster gehängt und der Ventilator eingeschaltet.
»Schläfst du oben?« fragte Ginger.
Wegner sah ihr zu, wie sie sich ohne Umschweife auszog und flüchtig die Zähne putzte.
Gemächlich rumpelte der Zug durch die Nacht. Wie immer würde er zwölf Stunden für die knapp fünfhundert Kilometer brauchen, er durfte nicht schneller als fünfundfünfzig Stundenkilometer fahren, und zwischendurch gab es Aufenthalte, sobald Rinder, Zebras oder Antilopen die Schienen kreuzten.
Ginger kroch unter das Decklaken. »Kein Wunder, daß der Koffer weg war. Auf den Kikuju brauchen wir jetzt nicht mehr aufzupassen.«
»Er muß den Koffer schon vor dem Essen zu Benson gebracht haben.«
Ginger richtete sich auf. »Den dürft ihr nicht mehr aus den Augen lassen.«
»Hm.« Wegner beeilte sich mit dem Zähneputzen. Er warf seine Shorts nach oben und setzte sich auf die Bettkante zu Ginger.
»Jetzt wissen wir, woher sie die Hörner kriegen.« Zwei senkrechte Falten erschienen über Gingers Nasenwurzel. »Es wird die Leute in Morges interessieren, wie sie das Zeug aus dem Land bringen.«
»Welche Leute?«
»Unsere Zentrale in der Schweiz.«
»Ihr habt wohl eine eigene Detektivabteilung?«
»So was mache ich selbst.«
»Rück doch mal.«
»Hast du nicht gesagt, du willst oben schlafen?«
»Aber nicht gleich.« Er begann die Knospen ihrer bloßen Brüste zu streicheln, aber Ginger drehte sich ab, um ihm Platz zu machen in dem schmalen Bett.

»Ich war selbst schon in Sana und habe mich im Basar umgesehen. Nordjemen ist heute der Umschlagplatz für Nasenhörner.«

»Nicht mehr Hongkong?«

»Die Jemeniten haben die Preise hochgetrieben.«

»Gibt's da auch so viele impotente Männer?«

»Die haben doch diese Krummdolche, *jambias*. Jeder trägt so ein Ding. Ohne *jambia* bist du kein Mann im Jemen. Und die Griffe sind aus Nasenhörnern geschnitzt. Früher haben sich nur der Iman und ein paar reiche Würdenträger eine *jambia* aus Nasenhorn leisten können, aber heutzutage arbeiten viele Jemeniten in Saudi-Arabien, und das bringt Geld ins Land. Die Nachfrage ist gestiegen. Was beim Schnitzen übrigbleibt, sammeln sie auf und verkaufen es nach Hongkong.« Im gleichen Tonfall fügte sie hinzu: »Würdest du bitte die Hand da wegnehmen.«

»Du bist es doch, die immer von Potenz spricht.«

»Ich habe von *jambias* gesprochen. In den letzten fünf Jahren sind die Preise ums Zwanzigfache gestiegen!«

»Soll ich dir mal erzählen, was in den letzten fünf Minuten ums Zwanzigfache gestiegen ist?«

»Hast du denn nichts anderes im Kopf!« Ginger drehte sich seufzend zur Seite. »Mir ist jetzt nach Reden.«

»Reden können wir noch die ganze Nacht.« Wegner küßte die Kuhle zwischen ihren Schulterblättern. Auf seiner Zunge spürte er den leicht salzigen Geschmack ihrer Haut.

»Im Tsavo-Park haben wir 1974 noch fünftausendachthundert Rhinos gezählt. Und weißt du, wie viele davon übriggeblieben sind? Ganze zweihundertundzwanzig! – Hör auf, Karl, das kitzelt.«

Irritiert ließ Wegner von ihr ab. Laß sie reden, dachte

er. Später kommt sie ganz von selbst zu dir, so wie in der ersten Nacht draußen im Busch.
»Wir haben das hochgerechnet«, sagte Ginger traurig. »Ende der achtziger Jahre wird es Rhinos nur noch im Zoo geben.«
»Wozu dann überhaupt diese kostspieligen Umsiedlungsaktionen? Und die MAPSU könnten wir uns eigentlich auch sparen.«
»Macht dir deine Arbeit keinen Spaß?«
»Doch. Aber du sagst ja selbst, es ist alles umsonst.«
»Du hast mich nicht ausreden lassen, Karl. Wir vom WWF und die Regierung von Kenia – schließlich sind wir ja keine Narren, die Geld einfach zum Fenster hinauswerfen. Natürlich gibt es noch eine Chance für die Rhinos. Die Umsiedlungen sind ja nur eine Maßnahme von vielen.«
Der Ventilator surrte, und der Fahrtwind hinter dem offenen Abteilfenster blähte das Sonnenrollo.
»Hörst du mir überhaupt zu?«
»Das schon, aber ich hab' verdammt wenig Talent zum Tantalus.«
»Wir haben eine Strategie ausgearbeitet, wie wir den kümmerlichen Bestand erhalten und später vielleicht sogar vergrößern könnten. Soll ich's dir erzählen?«
»Wenn dir soviel daran liegt.«
»Ich bin dabei, Vorschläge auszuarbeiten. Aber die wichtigste Rolle in unserer Strategie spielt ihr, die MAPSU. Die Wilderer fassen und einsperren, die Vertriebsnetze zerreißen. Die Dealer müssen spüren, daß das Risiko nicht lohnt.«
»Solange impotente Chinesen fünfzehn Dollar fürs Gramm zahlen, lohnt sich's.«
»Man müßte den Anreiz zum Wildern ausschalten.«
»Diese Wahnsinnspreise sind doch Anreiz genug.«

»Davon spreche ich ja, Karl. Aber stell dir mal vor, wir fangen nach und nach alle Nashörner ein, schneiden ihnen die Hörner ab und lassen sie wieder laufen.«

Wegner schüttelte sich. »Bei lebendigem Leibe?«

»Das tut nicht weh. Oder spürst du was, wenn du zum Friseur gehst? Na siehst du! Nasenhörner sind auch nichts weiter als zusammengewachsene Haare. Keratin, thiolaktische Säure, Tyrosin, Cystin, Calcium-Karbonat und Calcium-Phosphat. Wir haben die Ingredienzien bei Hoffmann-La Roche analysieren lassen.«

»Bei wem?«

»Dem Schweizer Pharmakonzern.«

»Ach so.« Wegner nahm eine von Gingers Locken zwischen die Lippen. »Ich mag deine Haare, und es ist mir scheißegal, wie die Chemikalien heißen, aus denen sie bestehen.«

»Aber wir haben den Gedanken wieder verworfen. Man kann eine Tierart nicht retten, indem man sie verstümmelt. Und außerdem würden die Hörner sowieso wieder nachwachsen.«

»Leuchtet mir ein. Ein Rhino ohne Horn ist ein Anblick wie eine Frau ohne Busen.« Er küßte sie aufs Ohr, aber sie reagierte nicht. Ebensogut hätte er das Ohr eines Rhinos küssen können.

»Was ist mit meinem Busen?«

»Mit dem bin ich zufrieden.«

»Eben hast du gesagt...«

»Ich hab' nur gemeint, man kann den Touristen aus Europa wohl schlecht Rhinos ohne Hörner vorführen.«

»Und was hat das mit meinem Busen zu tun?«

»Nichts, Ginger, wirklich nichts.«

»Ich weiß selbst, daß ich da nicht viel habe. Du mußt es mir nicht auch noch unter die Nase reiben.«

»Ginger, da hast du was in den falschen Hals gekriegt«,

seufzte er. »Erzähl mir lieber noch mehr von deinen Rhinos. Was habt ihr vom WWF sonst noch unternommen?«

»Da gibt's viele einflußreiche Leute. Ein Altherrenclub von reichen Honoratioren, die sich in Europa langweilen und ganz versessen darauf sind, was Gutes zu tun.«

»Sei nicht so nachtragend.«

»Das waren doch deine Worte, als wir uns zum erstenmal begegnet sind.«

»Das ist mir nur so rausgerutscht, Ginger. In Wirklichkeit denke ich ganz anders darüber.«

»Wenn wir vom WWF die Regierungen nicht so lange getriezt hätten, gäbe es heute noch kein Artenschutzabkommen, und alle Welt würde weiter mit Trophäen von gefährdeten Tierarten handeln.«

»Ich weiß«, sagte er, um sie zu beschwichtigen.

»Jetzt hat sogar Hongkong unterschrieben.«

Endlich war es Wegner gelungen, in sie einzudringen, und Ginger ließ es geschehen. Sie wehrte sich nicht, blieb einfach passiv liegen, gab ihm keine Hilfen. »Neulich war unser Mann aus Thailand hier in Nairobi«, sagte sie. »Und weißt du, was der in einer Apotheke in Bangkok gefunden hat? Den abgeschnittenen Penis eines Rhinos, der war in einer großen Flasche voller Brandy. Die Thai glauben nämlich, daß ein Schluck davon die Potenz steigert.«

Wegner wälzte sich aus dem Bett und klappte die Trittleiter hinunter. »Ich gehe jetzt rauf.«

»Sauer?«

»Wenn dein Ex-Mann mit dir geschlafen hat – hast du da auch solche Gespräche geführt? Rhino-Pimmel in Spiritus!«

»In Brandy...«

»Meinetwegen auch in Champagner.«
»Ich sehe das rein zoologisch, weißt du.«
»Bin ich denn ein Tier oder was?«
Pikiert kletterte er in sein Bett und drehte den Ventilator auf volle Stärke.

Morgens um sechs Uhr weckte ihn ein Klopfen an der Tür. Zuerst glaubte er, daß es Adipo sei, aber es war nur der Kellner mit dem *early morning tea*.
Sie spülten sich mit dem dunkelbraunen Tee den Schlaf aus dem Mund und zogen sich an. Das Frühstück im Speisewagen ließen sie ausfallen, Adipo zuliebe, der einer weiteren Begegnung mit Benson ausweichen wollte.
Wegner zog das Schnapprollo hoch und schaute aus dem Fenster. Der Zug passierte gerade Mariakani, eine kleine Station mit einem grüngetünchten Bahnhofshäuschen und einem Dutzend Lehmhütten. Giriama-Kinder winkten ihnen zu.
Der Fahrtwind des Zugs hatte den Kapokflaum von den Wegrändern aufgewirbelt, die Flocken stöberten wie Schnee zwischen Palmen. Der nahe Ozean fächelte den Monsun heran, feucht, lau und drückend.
Als sie eine halbe Stunde später in Mombasa angekommen waren, sahen sie weiter vorn aus dem Erste-Klasse-Waggon Benson aussteigen. Ein Boy trug den metallbeschlagenen Koffer über den Bahnsteig zum Ausgang, wo Benson in einen Landrover stieg und sofort abfuhr.
Adipo sah sich nach einem Taxi um, aber der weite Platz vor dem Bahnhof war leer. Nachdem sich die Zugpassagiere verlaufen hatten, wirkte der Platz noch verlassener als vorher.
»Als ob die Pest ausgebrochen wäre«, sagte Wegner.

»Es ist Sonntag«, sagte Adipo, und Ginger fragte: »Was nun?«
Daß Benson ihnen vorerst entwischt war, nahm Adipo nicht weiter tragisch. »Wir wissen ja, wo wir ihn finden. Ich schlage erst einmal ein Frühstück im *Castle Hotel* vor.«
Noch nie war sich Wegner in dieser Stadt so verloren vorgekommen wie an diesem Sonntagmorgen. Die Haile Selassie Road, sonst eine der brodelnden Hauptschlagadern, war wie ausgestorben, der Asphalt sauber gefegt, die Geschäfte waren vergittert, die Stände der Straßenhändler zugeklappt und abgeschlossen. Es schien, als habe sich alles vor der mörderischen Hitze dieses Sonntags in die fensterlosen Häuser verkrochen, von wenigen Tagedieben abgesehen, die sich irgendwo auf der Straße in den Schatten gelegt hatten, zu träge sogar zum Stehlen oder Betteln.
Nur die Glanzkrähen brachten etwas Leben in die Geisterstadt. Allgegenwärtig pickten sie Abfälle aus den rostigen Ölfässern, die als Mülltonnen dienten.
Von Zeit zu Zeit blieb Wegner stehen, um nach Luft zu schnappen. Klebriger Schweiß rann ihm vom Scheitel den ganzen Körper hinunter bis hinein in die *desert boots.* Gingers braune Locken hatten sich in glänzende Strähnen verwandelt, ihr T-Shirt war voller feuchter Flecken, unter den Achselhöhlen und am Ansatz ihrer kleinen Brüste. Sogar Adipo schwitzte.
Am *Excellent Hotel*, das so aussah, als trüge es diesen Namen zu Unrecht, bogen sie rechts ein, vorbei am Uhuru-Park, bis sie die Moi Avenue erreichten, über die sich die riesigen Elefantenzähne wölbten, ein Tor aus weiß angestrichenen Aluminium-Röhren.
Hier, im Dunstkreis des *Castle Hotel* und der Touristen, gab es mehr Spuren von Leben. Junge Afrikaner

lungerten, billige Holzschnitzereien feilbietend, herum, und einer riß einladend den Schlag eines Taxis auf.
Obwohl sie nur noch ein paar hundert Meter zu laufen hatten, nahmen sie die Offerte gern an. Weiß und prächtig behauptete sich das *Castle Hotel* zwischen den grünschimmeligen Fassaden. Im Terrassen-Café lauerten die schwarzen Prostituierten auf Freier.
»Im Hafen liegt wieder ein amerikanisches Kriegsschiff«, stellte Adipo fest mit einem Seitenblick auf ein Somali-Mädchen, das einen betrunkenen Seemann aufzurichten versuchte. Der war auf seinem Stuhl eingeschlafen.
Zwei Touristen verhandelten abgespannt nach dem anstrengenden Nachtflug aus Frankfurt mit Pius, dem Schweizer Hoteldirektor. Sie hatten das billigste Arrangement gebucht, Flug und Übernachtung mit Frühstück im Stadthotel, und fanden sich nun statt an einem Strand mit Palmen in dieser fremden, heißen Stadt wieder, in fensterlosen, nicht klimatisierten Zimmern, zwanzig Kilometer vom nächsten Strand entfernt. Und jetzt wollten sie umbuchen. Nur weg hier, ans Meer, koste es, was es wolle!
Adipo, Wegner und Ginger suchten sich einen freien Tisch und bestellten dreimal englisches Frühstück, Tee, Toast, *ham and eggs*. Der Kellner schüttelte bedauernd den Kopf und bot ihnen statt dessen Erfrischungsgetränke an, ungekühlt. »Stromsperre«, erklärte er achselzuckend.
So bestellten sie statt Eier und Schinken ein paar Scheiben grauweißes Brot und spülten es mit einer lauwarmen, klebrigsüßen Coke hinunter.
Mißmutig starrte Wegner auf das Treiben im Café. Er sehnte sich nach den kühlen Morgenstunden im Basiscamp.

»Karl, du siehst aus wie einer, der mal dringend Urlaub braucht«, sagte Adipo.
Wegner fuhr sich über die Bartstoppeln. »Eine Dusche und ein anständiges Frühstück brauche ich.«
»Ein Urlaub würde dir sicher guttun«, beharrte Adipo.
»Das klingt ja wie Abschieben oder so was. Bist du unzufrieden mit mir?«
»Ich dachte an ein paar Tage am Meer.«
»Verstehe.« Wegner schnippte eine Brotkrume aus dem Mundwinkel. »*Hotel Rosamar*?«
Adipo nickte. »Ja, du nistest dich als ganz gewöhnlicher Tourist aus Deutschland ein. Hör dich ein bißchen um. Die Ohren gehen selten hungrig zu Bett. Ich will wissen, wohin dieser Benson das Elfenbein und die Nasenhörner verhökert.«
»Vor allem das nachgemachte...«
»Ohne Gepäck kannst du da natürlich nicht aufkreuzen. Du kriegst einen Koffer und ein bißchen Wäsche. Und ein Funksprechgerät, damit wir in Verbindung bleiben.«
»Und du fährst zurück ins Basiscamp?«
»Wir nehmen den Zug heute abend.«
»Wir?« fragte Ginger.
»Wollen Sie denn nicht nach Nairobi zurück?«
»Ihr verfügt hier einfach über mich. Und keiner fragt, ob ich nicht auch einen Urlaub nötig hätte...«
Wegner erwachte aus seiner Lethargie. »Ist das dein Ernst, Ginger?«
»Dringend nötig sogar. Ich habe drei Jahre keinen Urlaub gemacht. Und außerdem scheint ihr ganz vergessen zu haben, wie schwer Einzelzimmer zu bekommen sind.«

Das Fiepen der Manguste weckte Robertson auf. Irgend etwas wälzte sich auf seinem Bauch, zappelte und zischte. Sekundenlang. Dann war wieder Ruhe.

Er hatte sich lange genug von dem zudringlichen Biest malträtieren lassen. Gestern abend erst hatte es sich wieder über sein Rührei hergemacht, und jetzt stahl es ihm auch noch den Schlaf. Morgen, gleich morgen früh, würde er den Mungo einfangen und im Busch aussetzen, weit weg vom Camp.

Robertson öffnete die Augen und blinzelte. Ottos Umrisse fielen gegen die Zeltleinwand, ein grotesk vergrößerter Schattenriß im kalten Licht der Karbidlampe, die Robertson am Vorabend zu löschen vergessen hatte.

Dann entdeckte er, daß da noch etwas war im Zelt, außer ihm und dem Mungo: Es sah aus wie der gekrümmte Knauf eines Regenschirms und stieß ein drohendes Zischen aus.

Otto beantwortete das Zischen wieder mit einem Fiepen. Sekundenlang fixierten Mungo und Schlange einander, jeder schien auf den Angriff des Feindes zu warten. Der Mungo hatte sein Fell gesträubt, die Schlange ihre Kehle aufgeblasen. Sie sah aus, als habe sie einen Golfball verschluckt.

Robertson fühlte das Blut in seinen Schläfen pochen. Er lag starr unter der dünnen Wolldecke, die nun zur Arena eines Kampfes auf Leben und Tod zu werden drohte. Ein Kampf, der Robertson nichts anging und dem er sich nur zu gern entzogen hätte, wenn dies gefahrlos möglich gewesen wäre.

Aber er fürchtete, die Schlange auf seiner Decke zu reizen, und er kannte sich nicht genug mit Schlangen aus, um zu erkennen, ob sie giftig war oder nicht. Eine Mamba war es jedenfalls nicht, dazu war sie zu kurz.

Auch keine Puffotter, dazu war sie zu dünn, nicht dicker als ein Daumen und vielleicht einen Meter lang, aber auch dies war schwer zu schätzen, denn sie hatte ihren Körper zu einer Spule zusammengerollt.
Bevor Robertson seinen Gedanken zu Ende denken konnte, bog die Schlange ihren Kopf zurück. Sie setzte zu einem Angriff an. Als der Kopf mit den geöffneten Kiefern vorwärts schnellte, wich der Mungo geschickt aus. Der Kopf der Schlange stieß ins Leere, und der Mungo packte den Körper mit seinen langen Scharrnägeln, um ihn festzuhalten. Im selben Augenblick schlug er seine Zähne in den Unterkiefer der Schlange und zuckte sofort wieder zurück. Dann fiel er auf den Rücken, rollte sich zusammen wie ein Embryo, um seinen Nacken zu schützen. Robertson schien es, als habe Otto die zweite Runde gewonnen. Sie hatte keine fünf Sekunden gedauert.
Die Schlange zog sich jetzt vollends in den schützenden Knäuel ihres Leibs zurück. Ihr Kopf wiegte leicht hin und her, ihre Augen waren starr auf den Feind gerichtet und das Maul immer noch zum Biß geöffnet.
Aber der Mungo war flinker. Diesmal attackierte er nicht den Kopf, sondern den Körper der Schlange mit einer Serie von schnellen Bissen, die winzige Löcher in der Schlangenhaut hinterließen. Er sprang hoch und packte noch einmal den Unterkiefer der Schlange, aber diesmal ließ er ihn nicht los. Sekundenlang wirbelten die beiden Körper durcheinander, es zischte, fiepte und schmatzte, die Schlange holte mit ihrem Hinterteil zum Schlag aus. Sie verfehlte den Mungo. Ottos spitze Schnauze hing immer noch am Unterkiefer der Schlange.
Ebenso plötzlich, wie er angegriffen hatte, ließ der Mungo wieder ab. Er rollte sich noch einmal zusammen

und schien sich auf den Gegenangriff vorzubereiten. Er hielt seine Vorderpfoten vor die Schnauze wie ein Boxer in Doppeldeckung, und Robertson spürte den warmen, schwer atmenden Körper des Mungos auf der Decke über seinem Bauch.

Die Pause vor dem letzten Gefecht dauerte nur Sekunden, doch Robertson schien sie endlos. Solange sie auf seinem Bett kämpften, war er zur Untätigkeit verurteilt. Steif wie ein Stock lag er da, schon die leiseste Bewegung hätte die Aufmerksamkeit der Schlange auf ein neues Ziel lenken können, den wehrlosen Menschen unter der Decke. Seit einiger Zeit bedeutete Robertson das Leben nicht mehr viel, und nun ertappte er sich dabei, daß er Furcht empfand, Todesfurcht.

Er fragte sich, ob Adipo in seiner Feldapotheke überhaupt Schlangenserum aufbewahrte – früher, als *Flying Doctor*, hatte Robertson immer verschiedene Ampullen bei sich geführt.

Jetzt war es die Schlange, die eine Entscheidung herbeizuführen versuchte. Ihr Kopf mit dem weit aufgerissenen Maul stieß auf den Mungo hinab, eine Serie von wütenden Peitschenhieben, aber die Hiebe waren ungenau, und jetzt entdeckte Robertson, woran es lag. Der Unterkiefer der Schlange hing kraftlos herab.

Der Mungo mußte ihn vorhin mit einem Biß zerbrochen haben.

Nun schien sich auch der Mungo seines Vorteils bewußt zu werden. Plötzlich ließ er alle Vorsicht außer acht. Er sprang aus seiner Rückenlage den Kopf der Schlange direkt an, bekam ihn mit seinen Zähnen oberhalb der Augen zu fassen und schüttelte ihn so lange, bis die Bewegungen des Feindes erschlafften.

Schlapp hing der Schlangenkopf in seiner spitzen Schnauze.

Als der Mungo vom Bett hinunterhuschte, um aus Robertsons Waschschüssel zu trinken, blieb Robertson in seinem Bett reglos liegen. Er brauchte eine Weile, um zu begreifen, daß die Schlange den Kampf endgültig verloren hatte.

Am nächsten Morgen stellte Robertson fest, daß es eine grüne Baumschlange war, etwas länger als sein Arm. Er erinnerte sich an einen Vorfall vor vielen Jahren, als er zu einem Rendille-Nomaden gerufen wurde, der von einer Baumschlange gebissen worden war, hoch oben im unwegsamen Marsabit.

Damals hatte er das Leben des Rendille nur durch einen riskanten Blutaustausch retten können, weil er das äußerst seltene Baumschlangenserum nicht mehr rechtzeitig hatte auftreiben können.

Robertson holte Mirza und Koski aus den Betten. Schaudernd betrachteten sie die tote Schlange, und auch der sonst so furchtlose Durako war nicht dazu zu bewegen, sich der Schlange auf mehr als fünf Meter zu nähern.

Nur Otto, der Held der Nacht, wieselte fröhlich im Camp umher, als sei nichts geschehen, und beim Frühstück holte er sich wie immer seinen Anteil von Robertsons Teller.

Der ließ es sich, wenn auch widerwillig, länger gefallen als gewöhnlich. Schließlich aber scheuchte er doch den Mungo fort.

»Das ist nun der Lohn«, sagte Mirza.

»Muß ich das Biest jetzt lieben?« knurrte Robertson.

»Immerhin hat Otto Ihnen wahrscheinlich das Leben gerettet.«

»Leben gerettet!« schnaubte Robertson. »Er hat die Schlange doch nicht angegriffen, um mir einen Gefallen zu tun, sondern weil Schlangen die natürlichen Feinde von Mangusten sind.«

»Indische Mungos greifen Schlangen an«, sagte Mirza. »Aber Otto ist eine afrikanische Manguste, und die gehen höchstens auf Eidechsen los. Wissen Sie, was ich glaube? Otto hat Sie verteidigen wollen. Er hat Sie eben gern, ob Sie's nun zugeben wollen oder nicht.« Mirza musterte den Arzt mit einem forschenden Blick. »Manchmal habe ich den Eindruck, daß es Ihnen lästig ist, überhaupt geliebt zu werden. Sie wollen das gar nicht. Von niemandem.«

»Der Mungo ist seinem Instinkt gefolgt.« Eine störrische Falte erschien auf Robertsons Stirn. »Alles andere ist sentimentales Gewäsch.«

Er nahm seinen Teller und zog sich in sein Zelt zurück.

Koski blickte ihm lange nach. »Ich glaube, der mag uns wirklich nicht.«

»Der mag niemanden«, sagte Mirza. »Nicht einmal sich selbst.«

Mördermuschel

Ein Finger tötet keine Laus.
(Afrikanisches Sprichwort)

Früher in Frankfurt hatte Wegner Hunderte derartiger Reisen an Touristen verkauft, aber es wäre ihm nie eingefallen, seinen eigenen Urlaub am Indischen Ozean zu verbringen, in einem der Hotels an den Stränden in der Umgebung von Mombasa oder von Malindi.
Für ihn bedeutete Afrika Busch und Savanne, Camps und Zelte, Sonnenaufgänge und den Geruch wilder Tiere. Hier im *Hotel Rosamar* roch es nur nach Sonnenöl und dem Schweiß von Touristen. Den ganzen Tag umlagerten sie den Swimming-pool neben dem Restaurant, hüteten ihr Revier, bestehend aus einer hölzernen Liege. Das exklusive Nutzungsrecht an der Liege hatten sie sich schon vor Tagesanbruch mit einem daraufgelegten Handtuch gesichert. Sie erinnerten Wegner an Goldgräber, die ihre Claims absteckten und sich dann wieder schlafen legten in dem beruhigenden Bewußtsein, ihr Tagewerk an Wettbewerb vollbracht zu haben.
Ginger registrierte das Ritual mit einem amüsierten Blick. »Und das waren alles mal deine Kunden. Meinst du, wir halten es hier lange aus?«
»Bist du meinetwegen mitgekommen – oder wegen des Auftrags?«
Ginger überhörte die Frage. »Laß uns an den Strand gehen.«
Als sie sich am Vorabend in der Rezeption des neu

erbauten *Hotel Rosamar* als »Mr. und Mrs. Karl Neumaier aus Frankfurt, Germany«, eingetragen hatten, war ihre Wahl auf einen der leicht gebauten Rundalows im Garten gefallen, einen Bungalow, aus dessen Fenster sie das Haupthaus und die Auffahrt ständig beobachten konnten.

Am ersten Abend hatten sie den Hotel-Manager nicht zu Gesicht bekommen, dafür heute beim Frühstück, als er an der Rezeption die Liste neu angekommener Gäste durchgegangen war. Benson hatte ihnen zugenickt und ihnen auf deutsch einen »Guten Morgen« gewünscht. Es war ihm nicht anzusehen gewesen, ob er Ginger nach der flüchtigen Begegnung im Speisewagen des Nachtzugs wiedererkannt hatte.

Sie holten ihre Badetücher aus dem Rundalow, und dabei vergewisserte Wegner sich, daß der Koffer mit dem Funksprechgerät auch wirklich abgeschlossen war. Er hatte sich vorgenommen, sich den Tag mit Ginger nicht durch diesen Benson verderben zu lassen, wenigstens den ersten Tag nicht.

Hundert Meter südlich des Hotels war der Strand menschenleer. Dort ließen sie sich nieder, wateten durch das seichte Wasser zu einer Korallenbank, beobachteten die Seesterne, Krabben und die bunten Fische, die jetzt bei Ebbe in den Vertiefungen eingeschlossen waren, vergaßen für eine Weile den World Wildlife Fund, die MAPSU, die Rhinos, die Elefanten und Leoparden und benahmen sich wie jedes andere verliebte Paar auch.

Als er sie beim Abtrocknen hinters Ohr küßte, sagte sie: »He, Nestflüchter, hinterm Ohr bin ich aber schon trocken.«

»Bist ja auch alt genug.«

»Und außerdem sind wir im Dienst.«

»Aber ich werde ständig provoziert.«

Ginger lachte. »Dich provozieren? So was würde mir nicht im Traum einfallen!«
»Na, und wer hat mir heute nacht gestanden, er sei verliebt?«
»So was soll ich gesagt haben?«
»Hast du, Dr. Ginger Redcliffe.«
»Da mußt du dich verhört haben.«
»Mal sehen.« Wegner kramte aus seinen Badeutensilien einen winzigen Kassettenrecorder und setzte ihn mit einem Knopfdruck in Betrieb: »Ist schon eine Ewigkeit her, daß ich so verliebt war.«
Auf Gingers Stirn hatte sich eine kleine senkrechte Falte gebildet. Wegner strich sie glatt. »Na, ist das nun deine Stimme oder nicht?«
»Hast du noch mehr aufgenommen?«
»Das reicht. Danach habe ich abgeschaltet.«
»Dein Glück!« Ginger betrachtete Wegners Digitaluhr mit dem versteckten Mikrofon und das dünne Kabel, das unter Wegners Frotteejacke vom Handgelenk bis zur Batterie in seiner Badehose verlief. »Wie viele Spionagerequisiten hast du noch mitgebracht?«
»Nur noch das Funksprechgerät im Koffer und die Minox.«
Ginger schwankte zwischen Unmut und Belustigung. »Heimliche Tonbandaufnahmen werden vor Gericht nicht anerkannt«, sagte sie.
»Aber ein Ja-Wort gilt vor dem Richter, oder etwa nicht?«
Diesmal schien Ginger wirklich perplex. Unwillkürlich wich sie einen Schritt zurück. »Soll das so etwas wie ein Heiratsantrag sein?«
»Und wenn's so wäre?«
»Willst du gleich eine Antwort? Womöglich auf Band?«
Es klang spielerisch, aber ihr verstörter Gesichtsausdruck strafte sie Lügen.

Wegner spielte an der Digitaluhr. »Laß dir Zeit, Ginger.« Dann setzte er sich in den Sand und vertiefte sich in die *Daily Nation*.
Ginger sah ihm eine Weile zu. »Der Mann liest Zeitung, und die Frau spült das Geschirr.«
»Ich helfe dir beim Abtrocknen.« Das Gespräch nahm eine Wendung, die ihm nicht behagte. Er sprang auf und griff nach dem Handtuch, um Gingers Haare zu trocknen.
»Nicht so hektisch, Karl.« Sie wehrte ihn sanft ab. »Außerdem bin ich schon trocken. Und nicht nur hinter den Ohren.«
Wegner stand einen Augenblick linkisch herum mit seinem Handtuch. Schließlich warf er es auf den Boden, setzte sich darauf und flüchtete sich wieder hinter die Zeitung.
Ginger blieb vor ihm stehen und zupfte ihn am Ohr. »He, Nestflüchter! Wohinter versteckst du dich eigentlich, wenn du nicht gerade eine Zeitung zur Hand hast?«
»Ich möchte jetzt mit dir schlafen.«
»Auch eine Methode, ein Gespräch abzuwürgen.«
Wegner fühlte sich ertappt. Er knüllte die Zeitung zusammen und warf sie weg. Es wurmte ihn, daß er sich benahm wie ein Schuljunge, der beim Abgucken erwischt worden war. Es hatte keinen Zweck, sich Ginger zu entziehen. Irgendwann verstand sie es immer, direkt auf den Punkt zu kommen.
Er war jetzt bereit, sich zu stellen. »Also – worüber wollen wir reden ...«
Ginger setzte sich neben ihn und starrte auf die Korallenbank hinaus. »Zum Beispiel darüber, wo du eigentlich zu Hause bist ...«
»Na hier, in Kenia.«

»Und wie lange?«
»Wie lange. Wie lange... Solange es mir hier gefällt.« Worauf wollte sie hinaus? Aufs Nestbauen wie die anderen Frauen auch?
»Und dann?«
»Such' ich mir was anderes.« Ihm fiel ein, daß sie seinen letzten Satz mißverstehen könnte. »Keine neue Frau. Ich meine die Landschaft, die Lebensumstände und so.«
»Ich habe dich schon richtig verstanden, Karl. Aber wenn du dich an etwas bindest – eine Landschaft, Freunde oder eine Frau –, hast du mal darüber nachgedacht, daß du da mehr einbringen mußt?«
»Ich tue doch eine ganze Menge, um die Tiere hier vor der Ausrottung zu schützen. Ist das nichts? Manchmal setze ich sogar mein Leben ein. Mehr als sein Leben hat keiner zu bieten.«
»Doch. Ein Stück von sich selbst aufgeben, zum Beispiel. Hast du das schon mal probiert?«
»Wozu? Ich verlange so was ja auch nicht von anderen.«
»Und bevor du Gefahr läufst, dich anpassen zu müssen, da schlägst du dich lieber in die Büsche.«
»Anpassung deformiert einen Mann. Mein Vater hat mir das vorgemacht in seiner Ehe. Hat kampflos eine Bastion nach der anderen geräumt. Und eines Tages war nichts mehr da von seiner Selbstachtung.«
»Wie hat sich denn das abgespielt?«
»Das war im Krieg und in den Jahren danach, als es in Deutschland ganz wenig zu essen gab. Mein Vater hatte Verwandte auf dem Land, die ihm manchmal ein Suppenhuhn zusteckten für seine Familie. Ich habe heute noch den Duft von dem gekochten Huhn in der Nase. Du ahnst gar nicht, wie köstlich dieser Duft damals war,

wenn einem der Magen bis zu den Kniekehlen hinunterhing.«
»Partnerschaft ist mehr als gemeinsam essen und trinken...«
»Von Psychologie verstehe ich nicht viel, ich kann dir nur erzählen, was ich selbst erlebt habe. Und nun rate mal, Ginger, wer jedesmal das Huhn bekommen – und es ganz allein aufgegessen hat?«
»Ich tippe auf deine Mutter.« Ginger lächelte. »Und wie hat sie das begründet?«
Wegner hielt sich eine Hand vor den Bauch, sein Mund zog sich schmerzvoll zusammen, leidend schlug er die Augen nieder. »Kranker Magen.«
Unwillkürlich mußte Ginger lachen. »Hab' nicht geahnt, daß du auch schauspielerische Talente hast.«
»Sie hat sich nicht einmal die Mühe gemacht, das Huhn heimlich zu essen. Vor unseren Augen hat sie es getan, das herrlich dampfende Huhn. Hat erst ein Bein abgeknabbert, dann das andere und schließlich mit Genuß die weiße Brust.«
»Und dein Vater?«
»Hat die Klappe gehalten. Verachtet habe ich ihn dafür.«
»Hat er wirklich nichts abbekommen?«
»Den Stietz vom Huhn und ein bißchen Pelle. Das war ihr zu fett.«
»Und du – wo bist du geblieben bei dieser salomonischen Teilung?«
»Ich habe mit meinem Vater um den Stietz gepokert.«

Die folgenden zwei Tage bekamen sie Benson nicht mehr zu Gesicht, und Wegner begann sich zu fragen, was er eigentlich hier sollte. Um der lähmenden Routine des Hotels zu entgehen, hatte Ginger sich aus Nairobi

eine Kiste unerledigter Post und ihre Reiseschreibmaschine schicken lassen. Vormittags tippte sie Briefe an die WWF-Zentrale in der Schweiz, und nach dem Lunch, wenn die Klimaanlage wegen der halbtägigen Stromsperre nicht lief, zog sie sich nackt aus und addierte den Restbestand an Spitzmaulnashörnern in allen afrikanischen Ländern zu Statistiken.
Abends, wenn das Außenthermometer auf dreißig Grad abfiel, verstaute sie ihre Papiere in die Kiste, zog sich an und stellte sich mit Wegner am Buffet an.
Sie nahmen ihr Dinner unter dem offenen Wakuti-Dach ein und tratschten über die Hotelgäste – »kleine Leute, die große Welt spielen«, wie Wegner sie bezeichnete.
An diesem Abend endlich ließ sich auch Benson im Restaurant sehen, er hatte sich etwas abseits plaziert und aß gegrillten Fisch.
Als ein Boy an seinen Tisch trat und ihm diskret etwas zuflüsterte, schien Benson aufstehen zu wollen, aber dann entschloß er sich offenbar, erst sein Dinner zu beenden.
»Mein Teller ist leer«, sagte Ginger. »Soll ich dir was mitbringen? Ein Hühnerbein vielleicht?«
»Aber ohne Stietz, bitte.«
»Keine Angst, beim Poker gewinne ich nie.«
Ginger ließ ihn allein, und Wegner nutzte die Gelegenheit, einen verstohlenen Blick in die *Daily Nation* zu werfen.
»Gehst du mit Ginger aus, vergiß die Zeitung nicht.« Sie war vom Buffet zurückgekehrt. Wegner tippte mit dem Finger auf einen Artikel. »Hast du das gelesen?«
»Deine Zeitung interessiert mich nicht.«
»Lies mal, da steht was von einer Judy Robertson.«
Ginger überflog den Bericht. Es ging um eine Gerichtsverhandlung in Mombasa. Eine gewisse Judy Robertson

hatte ein Kind zum Krüppel gefahren und war zu eintausend Kenia-Pfund Geldstrafe verurteilt worden.
Sie gab ihm die Zeitung zurück. »Schlimme Geschichte.«
»Robertson hat zwei Kinder. Einen Sohn und eine Tochter.«
»Robertson ist ein Allerweltsname.« Sie blickte überrascht auf. »Du meinst doch nicht etwa...«
»Ich glaube, seine Tochter heißt auch Judy.«
»Judy, doch. Er hat mal von seinen Kindern gesprochen, ganz kurz. Hat Robertson bei euch im Camp nichts von der Geschichte erwähnt?«
»Du kennst ihn ja.«
»Ich weiß, er redet nie über persönliche Dinge. Aber es muß ihn doch beschäftigt haben in letzter Zeit.«
»Seit die Sache mit seiner Frau passiert ist, hat er keinen Kontakt mehr zu seinen Kindern.«
Ginger nickte. »Ja, jetzt erinnere ich mich. Ob die sich von ihm losgesagt haben?«
»Immerhin hat er ihre Mutter umgebracht.«
»Umgebracht! Umgebracht! So was sagt sich so leicht. Er hat sie operiert, und dabei ist ihm ein Kunstfehler unterlaufen.«
»Er war betrunken, als er sie unterm Messer hatte.«
Hinter Gingers Stirn schien sich etwas abzuspielen. »Sag mal, ob die an der Rezeption ein Telefonbuch haben?«
»Du willst dich doch nicht etwa da einmischen?«
»Egal, wie sie zueinander stehen, Karl. Aber wenn diese Judy jemals ihren Vater gebraucht hat, dann jetzt. Mit tausend Pfund Geldstrafe ist so was nicht aus der Welt geschafft.«
»Ginger, ich bitte dich, halte dich da raus. Es wäre Robertson bestimmt nicht recht.«

»Dann hätte er keine Kinder in die Welt setzen dürfen.«
»Da geht er.«
»Wer?«
»Benson. Scheint Besuch bekommen zu haben.« Wegner zupfte sie an ihrem T-Shirt. »Kannst du nicht mal nachsehen...«
»Ach, laß mich mit deinem blöden Glatzkopf in Frieden!«
Aber dann stand sie doch auf, um dem Hotelmanager durch die Rezeption hinaus zu folgen.
Draußen, auf dem Wirtschaftshof neben der Auffahrt, unterhielt sich Benson mit einem Afrikaner, dessen Gesicht im Schatten eines Tamarinden-Baums lag; aber an der Art, wie er die rechte Schulter hochzog, erkannte Ginger in dem Mann den Kikuju aus dem Zug.
Nachdem die beiden Männer ein paar Worte gewechselt hatten, verschwanden sie im Wirtschaftseingang des Hotels.
Ginger nahm die Gelegenheit wahr, sich von der anderen Seite her an den Lastwagen heranzumachen. Es war derselbe, den sie schon bei den Massai am Olololo-Tor und später vor dem Bahnhof in Nairobi gesehen hatte.
Jetzt war sie allein mit dem Lastwagen, und sie konnte der Verlockung nicht widerstehen, die staubige Plane zu lupfen und einen Blick auf die Ladefläche zu riskieren.
Dann hörte sie Schritte auf der anderen Seite des Wagens. Schnell trat sie zurück und wandte sich um.
»Ein herrlicher Abend«, sagte sie.
»Nicht wahr?« Benson blieb stehen und nickte. »Die Abende sind das Schönste am Indischen Ozean.«
Er öffnete die Garagentür. »Entschuldigen Sie meine

dumme Frage, bitte, aber wir sind uns doch schon mal begegnet.«
»Beim Dinner vorhin«, sagte Ginger.
»Nein, nein. Nicht im Hotel. Irgendwo draußen.« Er sah sie unverwandt an, und Ginger entschloß sich zur Flucht nach vorn. »Wo könnte das gewesen sein? Warten Sie mal... Sind Sie nicht am Sonntag auch mit dem Nachtzug aus Nairobi gekommen?«
Benson schlug sich mit der Hand auf die Glatze. »Im Speisewagen, natürlich! Unverzeihlich, daß ich nicht gleich darauf gekommen bin.«
»Mein Mann sagt immer: Es ist unmöglich, sich in Kenia nicht über den Weg zu laufen.«
Benson lachte höflich, dann setzte er sich in den Lastwagen, um ihn in die Garage zu bugsieren. »Ich hoffe, Sie haben noch ein paar schöne Tage bei uns. Und Ihr Mann auch. Und wenn ich was für Sie tun kann, zögern Sie bitte nicht, sich an mich zu wenden.«

»Als Ginger dem Manager gestern abend nachgegangen ist, hat sie beobachtet, wie der Kikuju frische Ware gebracht hat.«
»Mit eigenen Augen gesehen?« Selbst durch das Funksprechgerät, das Adipos Stimme verzerrte, bekam Wegner mit, wie sehr diese Mitteilung den Captain elektrisierte.
Ginger, die am Fenster des Rundalows stand und die Auffahrt vor dem Hotel beobachtete, korrigierte: »Gesehen habe ich nur Benson, den Kikuju und den Lastwagen. Die Ladung habe ich gerochen. Elefantenzähne und Felle von Zebras und Leoparden.«
Nachdem Wegner ihre Richtigstellung übermittelt hatte, fragte Adipo zurück: »Gerochen?«

»Sag ihm, eine Zoologin riecht so was eben.«
Adipo ging nicht näher darauf ein. »Ist die Ware noch im Hotel?«
»Ja, in der Garage.«
»Mach Schluß, Karl!« rief Ginger vom Fenster her. »Sie bringen es gerade fort.«
»Kim, ich muß ihm nach!« rief Wegner.
»Nimm Dr. Redcliffe mit.«
»Ginger? Wozu?«
»Ein Finger tötet keine Laus.«
Als Ginger und Wegner in ihren Mietwagen sprangen, sahen sie den Lastwagen gerade den Hotelpark verlassen. Er bog nach rechts in die Straße ein, die parallel zur A 14 nach Mombasa verlief und die alle Hotels an der Diani Beach miteinander verband.
Kurz vor der *Leisure Lodge* hatte sich Wegner mit seinem grünen Zephyr dem Lastwagen auf Sichtweite genähert. Von dort zweigte die Stichstraße zur A 14 ab.
Auf der A 14 hatte Wegner die Gewißheit: Der Lastwagen fuhr nach Mombasa, jedenfalls in Richtung Norden.
»Hast du den Koffer auch abgeschlossen?« fragte Ginger.
Wegner trat unwillkürlich auf die Bremse. »Ich dachte, das hättest du gemacht.«
»Wenn wir jetzt umkehren, geht uns der da vorn durch die Lappen.«
»Ich glaube, ich habe ihn wenigstens zugeklappt«, tröstete er sich. »Viel mehr Sorgen macht mir jetzt die Fähre.«
Kurz vor Likoni wurde der Palmenwald schütterer. Sie näherten sich der Reihe von Marktständen, an denen es Nüsse, Früchte, Zeitungen und Coca-Cola zu kaufen

gab. Die Likoni-Fähre konnte nicht mehr weit sein. Sie bildete den einzigen Zugang nach Norden.
Der Lastwagen stand schon auf dem Ponton, zwischen einem komfortablen Touristenbus von *Pollmann's Tours* und dem kleineren Bus des Hotels *Jadini*, der ein Dutzend lärmender Italiener zum Flughafen karrte.
In der Fahrerkabine des Lastwagens saßen Benson und der Kikuju. Sie schienen Wegner und Ginger nicht bemerkt zu haben.
»Auf der Fähre habe ich im Vorbeigehen an der Plane gerochen«, sagte Ginger, als sie bald darauf stadteinwärts fuhren. »Das Zeug ist immer noch drauf.«
Wegner nickte. »Möchte wissen, ob sie es zum Flugplatz oder zum Hafen bringen.«
»Weder noch.« Ginger deutete nach vorn. Zu ihrer Überraschung fuhr der Lastwagen auf der Nasser Road geradeaus, direkt zur Nyali-Brücke, der nördlichen Arterie zwischen Festland und der Inselstadt Mombasa.
An der Brückenauffahrt löste Wegner ein Maut-Ticket. Gleich hinter der Brücke bog der Lastwagen links ein auf die B 8 nach Malindi.
»Hast du genug Benzin im Tank?« erkundigte sich Ginger.
Wegner nickte. »Aber ich tippe eher auf einen Creek.« Er kannte die Buchten nördlich von Mombasa mit ihren ausgefransten Ufern und undurchdringlichen Mangrovensümpfen, den Mtwapa und den Kilifi Creek, wo der Ozean sich zwanzig oder dreißig Kilometer weit landeinwärts gefressen hat. Verschwiegene Schlupfwinkel, in denen man eine Dau unbeobachtet beladen und nachts mit einigem Geschick an den Wachtposten der APU durch die Mündungen der Creeks vorbeisteuern konnte, hinaus auf den offenen Ozean.
Aber der Lastwagen fuhr unbeirrt geradeaus, über die

graue Hängebrücke des Mtwapa Creek, vorbei an den Sisalplantagen zu beiden Seiten der Straße, starre Lanzettenblätter, die an salutierend aufgerichtete Schwerter erinnerten.
An der Fähre über den Kilifi Creek war eine Begegnung mit Benson und dem Kikuju nicht mehr zu umgehen. Während Wegner an der Anlegestelle von einer alten Giriama-Frau eine Tüte voller Cashew-Nüsse erstand, schlenderte Ginger hinüber zu dem Lastwagen. Sie ließ sich von Benson entdecken, tat überrascht und machte ein paar zögernde Schritte auf ihn zu.
»Auf Entdeckungstour, Ma'am?« Benson tippte lässig an die Krempe seines Safarihuts.
»Ein bißchen in der Gegend umsehen.«
»Ihr Mann hat ganz recht. Es ist fast unmöglich, sich in Kenia nicht zu begegnen. Was wollen Sie sich denn ansehen?« Seine Stimme klang kurzatmig.
»Wir wissen noch nicht so recht.«
»Wenn ich Ihnen einen Tip geben darf, Ma'am...«
»Oh, für gute Ratschläge sind wir immer dankbar.«
»Wie wär's mit einem Lunch in Malindi im *Lawfords*? Nachher vielleicht mit einem Boot hinaus in die Korallengärten. Und als Abschluß könnte ich Ihnen einen Besuch der Schlangenfarm empfehlen.«
»Huch«, machte sie, um einen einfältigen Gesichtsausdruck bemüht. »Vor Schlangen ekle ich mich. Aber der Lunch...« Sie überlegte. »Könnten wir den nicht zusammen nehmen?«
»Da kommt die Fähre.« Benson deutete auf das asthmatisch tuckernde Gefährt und stieg wieder in den Lastwagen ein. »Aus dem Lunch wird wohl leider nichts. Aber ich würde mich freuen, Sie heute abend im Hotel beim Dinner zu sehen.« Schnell fügte er hinzu: »Sie und Ihren Mann.«

»Gern.«
Wegner empfing sie am Mietwagen mit einem vorwurfsvollen Stirnrunzeln. »Mußte das sein?«
»Besser, als wenn *er* uns entdeckt hätte.«
»Was sagt er denn?«
»Er hat uns heute abend zum Dinner eingeladen.«
Wegner seufzte gottergeben, legte den ersten Gang ein und fuhr auf die Plattform der Fähre hinauf.
Von nun an konzentrierte er sich darauf, genügend Abstand zu dem Lastwagen zu halten, so daß Benson nicht auf die Idee verfallen konnte, man spioniere ihm nach. Wegner kannte die Straße gut genug. Er konnte riskieren, außer Sichtweite zu bleiben. Auf den letzten sechzig Kilometern vor der Fischerstadt Malindi gab es nur noch eine Abzweigung, auf die er achten mußte: die Lehmstraße zur Watamu Beach.
Kurz davor drehte er etwas auf, bis er weit vorn wieder Bensons Lastwagen ins Blickfeld bekam. Nach einer Kuppe verlor Wegner ihn vorübergehend aus den Augen, dann war der Wagen plötzlich ganz verschwunden. Wegner beschleunigte den Zephyr, und als er nach zehn Kilometern noch immer keine Spur des Lastwagens entdeckte, dämmerte ihm, daß ihm Benson und der Kikuju unterwegs durch die Lappen gegangen sein mußten.
Er wendete, raste zurück und bog auf gut Glück in die Straße zur Watamu Beach ein. Nach wenigen Minuten rief Ginger: »Da ist er!«
Der Lastwagen stand vor dem Eingang zu den Ruinen von Gedi. Auf dem Fahrersitz lümmelte sich schläfrig der Kikuju. Benson war verschwunden.
Ginger wunderte sich. »Er wird sich doch nicht die versunkene Stadt ansehen wollen?«
Sie stellten den Zephyr hinter einem mächtigen Baobab

ab und machten sich zu Fuß auf die Suche. Wegner war nicht mehr hier gewesen, seit er vor zehn Jahren einem seiner Klienten, einem archäologisch interessierten amerikanischen Großwildjäger, Gedi gezeigt hatte. Beim Anblick der Korallenblöcke, aus denen die Stadt gebaut war, kehrte bruchstückweise die Erinnerung an die rätselhafte Geschichte von Gedi zurück:

Irgendwann im späten dreizehnten Jahrhundert hatten Araber mitten im Dschungel eine Siedlung aus dem Baumaterial errichtet, das in jenem Landstrich die Natur in verschwenderischer Fülle bot: Korallen, roter Lehm, Mangrovenholz und Korallenkalk. Sie hatten Moscheen und Paläste gebaut und um die Stadt eine übermannsgroße hohe Mauer gezogen. Dreihundert Jahre später hatten sie die Stadt wieder verlassen.

Als Wegner sich jetzt einen Weg durch das Dickicht von gewaltigen Gelbrindenakazien, Stelzakazien, Affenbrotbäumen und Knickwurzeln bahnte, begann er zu begreifen, warum die Stadt weitere dreihundert Jahre unentdeckt verfallen konnte. Der Dschungel hatte sie einfach verschluckt. Erst um 1884 war die Kunde von einer vergessenen Stadt, zwischen der besiedelten Küste von Watamu und der Überlandstraße Mombasa-Malindi gelegen, zu dem Repräsentanten der britischen Krone gedrungen.

Der Urwald hatte sein Geheimnis preisgegeben, ohne daß die Archäologen jemals den Grund für den Exodus der Bewohner aus den Ruinen herausgegraben hatten. Waren sie der Pest, den Galla-Nomaden oder den berüchtigten Zimba-Kannibalen zum Opfer gefallen, die sich gegen Ende des sechzehnten Jahrhunderts die ganze Küste von Kilwa bis Mombasa entlanggefressen hatten?

Wegner nahm sich jetzt nicht die Zeit, das prächtige,

fast vollständig erhaltene Tor zum Hauptpalast zu besichtigen. Er drehte sich nach Ginger um, die sich gerade ein paar Akazienblätter aus den Haaren klaubte. Ihr T-Shirt lag eng wie ein Trikot an ihrem schlanken Körper, es war total durchnäßt und modellierte ihre Brustwarzen.

Drückende Schwüle lastete über der Geisterstadt, der Wald schirmte sie gegen den Monsun ab. Im trockenen Laub raschelte eine Eidechse zum Gesang der Zikaden.

Wegner stieg die bröckeligen Stufen zum Hauptpalast hinauf und sah sich suchend um. Jemand hatte einen Pfad durch den Dschungel zum Westwall geschlagen, und für einen Augenblick blitzte etwas Weißes im grünen Laub auf.

»Bensons Safarihut«, flüsterte er und zog Ginger mit sich fort, zurück zum Baobab, hinter dem ihr Zephyr stand.

Es dauerte nicht lange, bis auch Benson wieder auftauchte, begleitet von einem Giriama, der sich statt Hosen ein buntes Tuch um die Hüften geschlungen hatte, einen *kikoy*.

Benson und der Giriama sprachen miteinander, der Wald dämpfte ihre Stimmen fast bis zur Unhörbarkeit. Sie stiegen in den Lastwagen und fuhren weiter in Richtung Ozean.

Wegner wartete, bis das Motorengeräusch verklungen war. Dann folgte er dem Lastwagen. Die schnurgerade Straße führte an Korallensteinbrüchen vorbei zu einer Palmenlichtung, auf der das Dorf Watamu stand: eine weißgekalkte Moschee, der *Mushroom Nightclub*, eine Reihe palmwedelgedeckter Hütten, Mangobäume, Ziegen und Kamele.

Trotz seiner Sonnenbrille mußte Wegner die Augen

zusammenkneifen, so sehr blendete ihn der kalkweiße Strand. Ein Schild verriet, daß sie den Meeres-Nationalpark erreicht hatten, ein exklusives Touristenzentrum am Anfang einer schmalen Halbinsel. Das Wasser leuchtete jadegrün, und draußen brach sich schäumend der Ozean an dem Korallenriff, das die Lagune vor den Haien schützte.

Ginger schaute durch ihr Fernglas. Bensons Lastwagen stand verlassen da, etwa einen Kilometer hinter der *Turtle Bay Lodge,* dem entlegensten von drei auf den Kliffs erbauten Luxushotels.

»Halt mal an, Karl.« Sie gab ihm das Glas. »Was hältst du davon?«

»Sie haben abgeladen.« Die Plane des Lastwagens flatterte lose im Seewind. Wegner suchte die Lagune ab, aber alles, was er entdeckte, waren drei Motorboote mit Hochseeanglern, von denen zwei zum Korallenriff hinausfuhren.

»Schau doch mal da rüber.« Ginger zeigte jetzt auf die andere Seite der Landzunge, die den Ozean vom Festland trennte. Dahinter begann ein Creek mit einer Unzahl kleiner Atolle und Inseln.

Einen Augenblick erschien zwischen zwei Klippen ein Einbaum mit zwei Auslegern und einem dreieckigen, offenbar vielfach geflickten Segel; die glänzend braunen Körper von zwei Afrikanern und ein Weißer. Er trug einen Safarihut und hielt sich an prall gefüllten Plastiksäcken fest.

»Benson.« Wegner setzte das Fernglas ab.

»Ob er das Zeug zu einer Dau bringt?«

»Glaube nicht, daß sie das riskieren. Die Durchfahrt zum Ozean ist zu eng. Eine beladene Dau hätte keine Chance, da ungesehen hinauszukommen.«

Er half Ginger auf eine Klippe hinauf, von wo aus sie

das Segelboot mit dem Fernglas weiter beobachteten. Schließlich steuerte das Boot auf eine der vielen unbewohnten Inseln zu und machte dort fest. Eine ganze Weile noch ragte das Segel über den pilzförmigen Felsen der Insel.
Von Wegners Standpunkt war zunächst nicht auszumachen, was die Männer dahinter trieben.
Als der Einbaum eine Stunde später zurücksegelte, war er unbeladen.
Wegner und Ginger blieben hinter ihrem Kliff hocken und warteten die Abfahrt von Bensons Lastwagen ab. Nur der Giriama mit seinem Einbaum blieb zurück.
Ginger schaute Wegner fragend an, aber der schüttelte den Kopf. »Laß sie ruhig fahren. Benson treffen wir abends sowieso im Hotel. Mich interessiert viel mehr, was da draußen ist.«
Am *Seafarers Hotel* mietete Wegner einen Taucheranzug mit Schwimmflossen und eines der schnellen Motorboote. Es hatte einen Glasboden, durch den man auf den Grund des Mida Creek schauen konnte, eine wechselnde Landschaft aus weißem Korallensand und dunkelgrünen Tangwiesen. Zwischen Korallenstöcken, die aus der Vogelperspektive gewaltigen Blumenkohlköpfen ähnelten, hatte ein rot-weiß gestreifter Rotfeuerfisch seine giftigen Stacheln ausgefahren. Blaue Riffbarsche lauerten auf Beute, ein anderes Jagdrevier teilten sich smaragdgrüne Drückerfische und gestreifte Doktorfische, die kleinen Lippfische putzten ihnen dienstfertig die Parasiten von Haut und Kiemen.
Der Grund sah aus, als habe jemand eine Schmuckschatulle ausgeleert: Zwischen den purpurroten Seesternen krochen absonderliche Krebse umher, die sich beim Nahen des Bootes in Porzellanmuscheln verzogen, sperrige Seeigel drohten, und Kolonien hellbrauner Seegur-

ken wogten in der Strömung wie Kornfelder im Wind.
Für eine halbe Stunde schien sich Ginger aus einer Zoologin in ein Mädchen verwandelt zu haben, auf Besuch in einer bunten Märchenwelt. Selbstvergessen starrte sie durch den Glasboden, ließ einen Arm durch das Wasser gleiten und stieß entzückte Schreie aus, wenn einer der rot-weiß geringelten Amphiprion-Fische spielerisch an ihrer Hand pickte.
Wegner bekam nicht viel von der Unterwasserwelt mit. Er konzentrierte sich ganz auf die Passage durch Hunderte von schroffen Riffs, von denen die meisten jetzt, bei Ebbe, aus dem Wasser ragten. Ein paar Augenblicke verlor er die Orientierung, dann steuerte er wieder zielstrebig auf die Insel zu, die Benson zuvor aufgesucht hatte. Er erkannte sie an dem pilzförmigen Felsen.
Als er ihr bis auf wenige Meter nahe gekommen war, stellte er den Motor ab, stieg ins Wasser und schob das Boot auf den weißen Korallensand, aus dem der Felsen gewachsen war, ein bizarres tangbedecktes Gebilde aus abgestorbenen Korallen, mit einer ausgewachsenen Brandungshohlkehle, die dem Felsen die charakteristische Form gegeben hatte. Die Insel war kaum größer als ein Tennisplatz.
An der dem Ozean abgewandten Seite hatte die Brandung einen drei Meter breiten Torweg in den Felsen gespült. Sie folgten ihm, bis er sich verengte. Hier hatte der Korallenfels in Kopfhöhe einen Absatz gebildet mit einer tiefen Mulde. Und dahinter hatte Benson die Plastiksäcke deponiert. Es war ein ideales Versteck, sicher vor zufälliger Entdeckung und durch seine erhöhte Lage auch sicher vor der Flut.

Die Säcke erinnerten Wegner in Form und Größe an Müllbeutel. Jeder war geräumig genug, um zwei oder drei Menschen aufzunehmen.
Als sie den ersten Sack aufgeschnürt hatten, fanden sie darin, noch einmal in kleine wasserdichte Säcke verpackt, drei zusammengerollte Leopardenfelle und, in handliche meterlange Stücke zersägt, Stoßzähne von Elefanten.
Nachdem Wegner die ganze Insel von allen Seiten fotografiert hatte, sagte er: »Ich habe genug gesehen.« Die Brandung der aufkommenden Flut schwappte schon in den Hohlweg hinein. Sie deponierten den Sack wieder in der Mulde.
»Warum machen die sich die Mühe, das Zeug hierher zu bringen?« fragte Ginger.
»Wenn du Benson wärst – würdest du so heiße Ware im Hotel aufbewahren?«
»Ich frage mich nur, wie Bensons Käufer das Zeug hier ungesehen herausholen will.«
»Ich habe den Verdacht, daß sie die Ware hier nur zwischenlagern. Sicher wird es noch eine Weile dauern, bis sie die Säcke endgültig aus dem Land schaffen.«
Als sie aus dem Hohlweg kamen, hatte die Flut den Korallensand schon überspült.
»Das Boot!« schrie Ginger. Es dümpelte zehn Meter von der Insel entfernt und bewegte sich langsam, aber stetig weiter hinaus in den Creek.
Ohne lange zu überlegen, stülpte Wegner die Schwimmflossen über seine Füße, streifte sich die Tauchermaske über und watete dem Boot nach. Er stand bis zur Brust im Wasser, und Ginger lief zu einem schmalen Ausläufer der Insel, um dem Boot von der Seite her entgegenzuschwimmen.
Sie sah, wie Wegner tauchte, weil er wohl keinen Grund

mehr unter den Füßen hatte, und wunderte sich, daß er nicht mehr hochkam.
Dort, wo er untergetaucht war, entstanden jetzt Wirbel. Luftblasen stiegen auf.
Mehr konnte Ginger auf die Entfernung von fünfzehn Metern nicht erkennen. Sie schwamm mit ein paar kräftigen Stößen näher heran, und für eine Sekunde schoß ihr eine Schreckensvision durch den Kopf: ein Hai!
Ruhig Blut, sagte sie sich. Haie dringen äußerst selten durch den Riffsaum, und wenn, dann meiden sie flaches Wasser.
Ginger orientierte sich an den blubbernden Luftblasen. Dort tauchte sie hinab. Das Wasser war hier etwa drei Meter tief. Sie riß die Augen auf, und jetzt entdeckte sie Wegner. Auf rätselhafte Weise schien er am Grund festzuhängen, seine linke Hand tastete nach der Schwimmflosse an einem Fuß, und mit seinem freien Arm ruderte er wild durchs Wasser, wie jemand, der sein Gleichgewicht verloren hat.
Ginger schöpfte Luft und tauchte noch einmal hinab. Jetzt hatte auch Wegner sie entdeckt. Zappelnd klammerte er sich an sie, offenbar hatte er panische Angst zu ertrinken. Einen Augenblick lang vergaß sie, daß sie im Wasser war und öffnete den Mund, um ihm etwas zuzuschreien.
Sie riß sich los, schoß wieder hinauf, spuckte Kaskaden salzigen Wassers aus und tauchte noch einmal. Diesmal sah sie klarer, was geschehen war: Eine von Wegners Schwimmflossen steckte in den Schalen einer sehr großen Muschel, die zugeschnappt waren wie ein Tellereisen. Ginger begriff, daß es nun auf Sekunden ankam.
Zehn Sekunden benötigte sie, um die Schwimmflosse von Wegners Fuß abzustreifen. Eine Ewigkeit.
Als sie endlich wieder auftauchte, drohten ihre Lungen

zu bersten. Erschöpft schwamm sie zum Strand. Fast gleichzeitig mit ihr war auch Wegner aufgetaucht. Er hustete, Wasser sprudelte aus seinem Mund, pfeifend sog er die Luft ein.
»Um ein Haar wären wir ersoffen«, prustete Ginger. Sie hielt Wegners Kopf fest. Er war rot wie eine Tomate.
»Was war das?« brachte er schließlich hervor.
»Tridacna gigas.«
»Trida... was?«
»Die Perlenfischer nennen sie auch Mördermuschel. Du bist ihr zwischen die Schalen geraten, und sie hat zugeschnappt. Die Schalen waren so groß wie Wagenräder.«
Bei ihrer Rettungsaktion hatte sie ganz das Boot vergessen. Es dümpelte draußen im Creek, nun schon wenigstens zweihundert Meter vom Atoll entfernt.
»Laß es sausen«, sagte Wegner.
Ginger sah sich vorsorglich nach einem Platz auf der Insel um, der sich als Nachtlager eignen könnte. »Der Strand steht unter Wasser«, befand sie nüchtern. »Und auf den spitzen Korallenfelsen schlafen, das ist nur was für ausgebildete Fakire.«
Erschöpft winkte Wegner ab. »Na, wenigstens bleibt uns das Dinner mit Benson erspart.«

Der offene Koffer hatte Euphemia schon gestern gereizt. Aber als sie den Blechkasten da drin im Koffer anfassen wollte, entsann sie sich des strikten Verbots, Gegenstände der Gäste zu berühren, ausgenommen schmutzige Wäsche und Handtücher. Und Euphemia hatte sich zu lange um den Job als Zimmermächen im *Hotel Rosamar* bemühen müssen, um ihn nun durch Ungehorsam leichtfertig aufs Spiel zu setzen.
Heute früh stand der Koffer immer noch offen, und die

Gäste des Rundalows 42 waren verschwunden. Die Betten jedenfalls waren unbenutzt. Und während Euphemia den Estrich wischte, dachte sie ein wenig darüber nach. Vielleicht waren die weißen Gäste schon abgereist und hatten ihren Koffer vergessen. Zwar sprach nicht sehr viel für diese Vermutung, denn sie hatten auch die Wäsche und die Kiste mit den vielen beschriebenen Papieren zurückgelassen, aber Weiße waren unberechenbar. Manchmal stellten sie die verrücktesten Sachen an, legten sich beispielsweise freiwillig in die Sonne und holten sich rotgebrannte Bäuche, statt ihr Nickerchen im Schatten einer Palme zu machen wie jeder vernünftige Mensch.

Der Blechkasten blinkte und lockte. Bei ihr im Dorf machten die Digo ihre Musik selbst, aber die Weißen hatten dafür Apparate, und dieser Blechkasten da sah so aus wie einer dieser Apparate.

Arbeit ohne Musik war langweilig, besonders langweilig war Aufwischen.

Die Weißen drückten immer auf irgendwelche Tasten. Euphemia sah sich den Kasten etwas genauer an. Da gab es einen Knopf und darunter die Aufschrift *Call.*

Also drückte sie den Knopf, einfach so, auf gut Glück, aber die Blechkiste spielte keine Musik. Dafür spielte sie Worte, englische Worte. »Gazelle, bitte kommen.«

Erschrocken trat Euphemia ein paar Schritte zurück. »Entschuldigen Sie, Sir«, sagte sie.

»Gazelle«, antwortete die Stimme aus der Blechkiste. »Bitte sprechen, bitte sprechen.«

Euphemia biß sich unschlüssig in den Daumen. Sie kicherte.

»Drück doch die Sprechtaste«, forderte die Stimme, nun schon energischer.

Euphemia wagte nicht, einfach den Befehl zu ignorie-

ren. Sie drückte die Taste mit der Aufschrift *Talk* und fragte: »Was soll ich denn sagen?«
»Wer spricht denn da?« fragte die Stimme.
»Euphemia«, antwortete sie kleinlaut.
»Bitte drücken Sie die Sprechtaste!«
Euphemia gehorchte. »Euphemia«, wiederholte sie. »Entschuldigen Sie, Sir... ich wollte nur... Ich bin mit dem Ellenbogen beim Aufwischen...« Dann faßte sie sich ein Herz. »Wer ist denn da?«
In der Kiste knackte und rauschte es. Dann antwortete die Stimme, und diesmal klang sie ganz wie das Zischen einer Schlange: »Vitzliputzli.«
»Flitziplutz«, wiederholte sie voller Ehrfurcht. Sie drückte noch einmal die Sprechtaste. »Sind Sie ein Hotelgast, Sir?«
»Vitzliputzli ist der Geist, der neugierige und schwatzhafte Mädchen bestraft.«
Euphemia zog furchtsam die Schultern ein und sah nach oben, wo die Götter wohnen. Sie machte ein paar Schritte zur Tür.
»Halt!« donnerte die Stimme, und nun wußte Euphemia, daß der Geist mit dem unaussprechlichen Namen sie nicht nur hören, sondern auch sehen konnte. »Willst du wohl dableiben!«
Sie drückte die Sprechtaste und piepste: »Ich wollte nicht neugierig sein. Ich habe wirklich nur...«
»Wenn das so ist«, sagte die Stimme streng, »dann wird Vitzliputzli dir vielleicht noch einmal verzeihen. Unter einer Bedingung, Euphemia, hörst du?«
»Ja«, hauchte sie.
»Du drückst jetzt noch einmal die Sprechtaste und schwörst mir, daß du mit niemandem über deine Begegnung mit Vitzliputzli sprichst. Mit niemandem, Euphemia, sonst...«

Zum letztenmal drückte Euphemia auf die Sprechtaste: »Ich schwöre, Flitziplutz.«

Mirza spürte eine schwere Hand auf seiner Schulter, es war die Hand des Captain.
Adipo schien sehr ungehalten. »Wie oft soll ich dir noch sagen, daß unser Funksprechgerät nicht für Liebesgeflüster da ist.«
»Das war das Zimmermädchen...«
»Will gar nicht wissen, mit wem du es treibst.«
»Das Zimmermädchen aus Wegners Hotel. Karl muß unvorsichtig gewesen sein. Wie es scheint, hat er das Funksprechgerät offen rumstehen lassen. Jedenfalls hat jemand das Rufsignal betätigt, und als ich geantwortet habe, war nicht Karl dran, sondern ein Zimmermädchen namens Euphemia.«
»So ein Leichtsinn!« Adipo war offensichtlich empört. »Und wenn sie es nun Benson weitererzählt?«
»Ich wette meinen Hubschrauber gegen... gegen...« Mirza sah sich nach einem geeigneten Objekt im Camp um. »Gegen Ottos Freßnapf, daß sie die Klappe halten wird.«
»Ich fürchte, der Freßnapf wird sowieso in deinen Besitz übergehen, sobald du den Mungo adoptiert hast.«
»He, Robertson!« rief Mirza dem gedankenverloren über das Gelände schlurfenden Robertson zu. »Der Captain möchte wissen, wie unsere Schachpartie steht.«
Robertson sah mürrisch auf. »Dann sagen Sie es ihm doch.«
Mirza grinste. »Das verbietet mir meine sprichwörtliche Bescheidenheit.«
»Noch ist alles offen«, sagte Robertson. »Und wenn's mit rechten Dingen zugeht, dann wird Mirza einen

Fehler machen. Irgendwann macht jeder einen Fehler.«
Aber es war ihm anzusehen, daß er seiner Sache durchaus nicht mehr sicher war.

Den Rest des Tages verbrachte Adipo wie auf Kohlen. Obwohl immer jemand am Funksprechgerät Wache hielt – Mirza, Robertson, Koski und er selbst –, ließ Wegner nichts mehr von sich hören. Auch in der folgenden Nacht nicht.
Erst am nächsten Tag, gegen Mittag, meldete sich Wegner endlich. Er entschuldigte die Verzögerung damit, daß er sich erst ausschlafen mußte nach einer Nacht, die er auf den scharfen Klippen einer Koralleninsel verbracht hatte. Und dann berichtete er von dem Ausflug in den Mida Creek, von Bensons Depot und seinem Mißgeschick mit der Mördermuschel, das ein weiteres Mißgeschick nach sich gezogen hatte, nämlich das fortgeschwemmte Boot.
»Das sind nicht deine einzigen Ungeschicklichkeiten«, sagte Adipo, wenig beeindruckt. Dann erzählte er von dem Dialog, den Mirza notgedrungen mit dem neugierigen Zimmermädchen hatte führen müssen.
»Verdammt!« entfuhr es Wegner.
»Ist das alles, was dir dazu einfällt?«
»Tut mir leid, Kim. Aber in der Eile... Sicher erinnerst du dich an das Funkgespräch, das wir gerade geführt hatten. Ginger hatte am Fenster gestanden und beobachtet, wie Benson ausgerechnet in diesem Augenblick davonfuhr. Es ging um Sekunden, und da habe ich vergessen, den Koffer abzuschließen.«
»Mwenda mbio hujikwaa dole.«
»Wie bitte?«
»Wer es zu eilig hat, der stößt sich den Zeh. Ein

Anfänger hätte sich nicht dümmer anstellen können. Nicht mal die Frequenz hast du verstellt! Am liebsten würde ich dich sofort aus Mombasa abziehen. Wer weiß, ob das Zimmermädchen nicht doch gequatscht hat.«

»Das Risiko muß ich auf meine Kappe nehmen, Kim.« Es klang ziemlich kleinlaut.

»Alles, was mit der MAPSU passiert, geht allein auf meine Kappe. Damit das klar ist, Karl! Das Funksprechgerät bringst du zur APU nach Mombasa. Das bleibt keine Stunde länger im Hotel.«

»Wie soll ich dann Kontakt mit euch halten?«

»Mir wird schon was einfallen. Bis dahin kann Dr. Redcliffe ja hier anrufen. Von der APU aus Mombasa.«

»Ginger ist nicht mehr hier. Sie müßte heute noch bei euch im Camp eintreffen.«

»Was will sie denn hier?«

»Darüber darf ich nicht sprechen.«

Höhnisch wandte sich Adipo an den neben ihm stehenden Koski. »Hast du gehört? Er darf nicht darüber sprechen, der Pantoffelheld.«

Das trojanische Nashorn

Der Affe sieht nicht seinen eigenen Hintern,
er sieht den seines Nachbarn.
(Afrikanisches Sprichwort)

Noch bevor er ihn zu sehen bekam, erkannte Adipo Gingers Kübelwagen an seinem Knattern. Es klang wie ein schießendes MG, aber es war nur der durchlöcherte Auspuff. Der Mungo flüchtete unter einen Steinhaufen.

Sekunden später schepperte der grüne Kübelwagen durch das Palisadentor und blieb neben dem Unimog der MAPSU stehen. Ginger trat von innen gegen die Tür. Niemand sonst beherrschte den Trick, die Seitentür zu öffnen.

Sie knöpfte das Seitenfenster aus vergilbtem Zelluloid ab und schleuderte es auf das nasse Cabriodach. Unterwegs hatte es geregnet.

»Die Beifahrertür geht nicht auf.« Ginger sprach in den Wagen hinein. Offenbar hatte sie jemanden mitgebracht, und dieser Jemand gab seine Bemühungen auf, die von außen mit Draht befestigte Tür zu öffnen, rutschte auf Gingers Seite und stieg dort aus.

»Haben Sie eine neue Assistentin?« fragte Mirza, angelockt von dem Geknatter. Er musterte Gingers Beifahrerin, ein knapp zwanzigjähriges Mädchen in Jeans. Es hatte seine blonden Haare zu einem Pferdeschwanz zusammengebunden.

»Es ist schon ziemlich spät«, sagte Adipo. »Ich nehme an, Sie bleiben über Nacht im Camp.«

»Draußen bei den Hyänen können wir ja schlecht übernachten«, antwortete Ginger.
Dem Mädchen war die Situation offensichtlich peinlich. Es schaute sich scheu um, bemüht, Mirzas aggressives Lächeln zu übersehen.
»In meinem Zelt wäre genug Platz«, schlug Mirza vor.
»Danke, Mirza«, sagte Ginger knapp. »Wegners Zelt steht ja leer.«
»An Sie dachte ich eigentlich weniger.«
»Und Judy schläft bei Robertson.« Resolut packte sie das Mädchen am Arm und führte es ohne Umschweife zu Robertsons Zelt.
»Sieh mal an, der alte Robertson«, sagte Mirza anerkennend. »Der kennt auch andere Spiele als Schach.«
»Sie haben Besuch«, rief Ginger von außen, bevor sie den Reißverschluß in Robertsons Zelt aufzog und ihren Kopf hineinsteckte. »Ich gehe runter zum Fluß baden. Haben Sie ein Handtuch für mich?«
Robertson setzte indigniert die Brille auf und warf Ginger ein frisches Handtuch zu. »Besuch für mich?« Sein Verhalten ließ keinen Zweifel daran, daß er es nicht sonderlich schätzte, in seiner Privatsphäre behelligt zu werden.
Dann entdeckte er das Mädchen, das sich hinter Gingers Rücken versteckt hatte. Er brauchte ein paar Sekunden, um sich von seiner Überraschung zu erholen. »Judy?«
»Hallo, Daddy.« Sie hob unsicher eine Hand und versteckte sie sofort wieder hinter ihrem Rücken.
»Wie hast du mich denn hier aufgestöbert?«
»Es war Gingers Idee. Ich hatte keine Ahnung, daß du jetzt Wilderer bekämpfst.«
»Irgendwie muß man sich ja nützlich machen«, brummte er. Dann deutete er auf das zweite Bett. »Setz

dich. Ich wollte gerade Tee kochen. Trinkst du einen mit, wenn du schon mal hier bist?«
»Ja, danke.« Vorsichtig setzte sie sich auf die Bettkante, auf dem Sprung, bei der ersten Gelegenheit wieder davonzulaufen. Ich hätte mich nicht von Ginger dazu überreden lassen sollen, dachte sie, während ihr Vater umständlich den Butangaskocher in Betrieb setzte und Wasser in den Kessel goß.
»Du bist noch hübscher geworden in den drei Jahren.« Er setzte sich auf das andere Bett, der Durchgang zwischen beiden Betten schuf räumliche Distanz zu Judy.
Das Mädchen rückte ganz nach vorn auf die Bettkante.
»Wenn es dich stört, daß ich gekommen bin...«
»Ich habe nicht damit gerechnet«, sagte Robertson ausweichend.
»Ich meine, wegen des Briefs, den du uns damals geschrieben hast, nach Mamas Tod.«
Robertson sprang auf, als fiele ihm gerade etwas Unaufschiebbares ein, aber es war nur der Teekocher, an dem er sich wieder zu schaffen machte mit einer Hektik, die Judy früher nie an ihm bemerkt hatte.
Auf dem langen Weg hierher hatte Judy mit Ginger über den Brief diskutiert, auf den sie jetzt anspielte. Er müsse allein mit seiner Schuld fertig werden, hatte er geschrieben, er könne Steve und ihr nicht mehr in die Augen sehen, und im übrigen seien sie ohnehin flügge.
Ginger hatte mit ihrer Voraussage recht gehabt: Zunächst würde er ihr auszuweichen versuchen. Und sie hatte Judy beschworen, sich auf keine unverbindlichen Ausflüchte einzulassen. »Nagel ihn fest«, hatte sie ihr eingeschärft.
»Gilt der Brief noch, Daddy?«
»Ihr wart erwachsen«, sagte Robertson nach einer Pause. »Ihr habt mich nicht mehr gebraucht.«

»Das stimmt nicht, Daddy. Wir...«
Robertson fiel ihr ins Wort. »Steve hat mir seinen Standpunkt damals sehr deutlich gemacht.«
»Trotzdem hätte er seinen Vater gebraucht.« Leise fügte sie hinzu: »Und ich auch.«
»Soll ich dir Zwieback holen zum Tee?«
»Nein, Daddy.«
»Es würde mir nichts ausmachen. Der Koch hat immer welchen da.«
»Ich habe wirklich keinen Hunger.«
»Aber du mußt doch was essen nach der langen Fahrt...« Er machte eine unbeholfene Handbewegung und fiel wieder in introvertierte Passivität zurück.
»Dein Geld liegt übrigens noch immer auf dem Konto«, sagte sie. »Steve hat es nicht angerührt. Dabei hätte er es gut brauchen können.«
Scheinbar gleichmütig zuckte Robertson die Achseln. »Wie geht's Steve denn so?«
»Er hat geheiratet. Nächstes Jahr ist er mit seinem Medizinstudium fertig.«
»Dann wird er ja wohl seinen Weg machen.«
»Er will *Flying Doctor* werden wie sein Vater.«
»Haben sie Kinder?«
»Noch nicht.«
»Und du bist noch solo...«
Judy nickte. »Ist Ginger deine Freundin?«
Robertson sah seine Tochter verblüfft an. »Das ist doch absurd.«
»Wieso? Ich finde sie großartig.«
»Mag sein, aber die Vorstellung, mich wieder an eine Frau zu binden...«
»Warum nicht? Wegen Mama?«
»Überhaupt.«
»Dachte nur, weil sie sich so engagiert.«

»Für mich?«
»Sie hat was in der Zeitung gelesen über meinen Fall und hat mich spontan aufgesucht.«
»Wovon sprichst du? Welcher Fall?«
»Das Kind, das ich überfahren habe.«
»Du hast ein Kind überfahren?«
»Es wird nie wieder laufen können. Querschnittlähmung. Es war meine Schuld, Daddy. Letzte Woche war die Gerichtsverhandlung. Sie haben mich verurteilt. Zu tausend Pfund Geldstrafe. Ich hab's von dem Konto bezahlt, das du mir hinterlassen hast. Und den Rest des Geldes habe ich der Mutter von dem Kind gegeben.«
Sie wartete auf eine Bestätigung, wenigstens auf ein verstecktes Zeichen, daß sie es richtig gemacht hatte, aber Robertson antwortete nicht. Er brütete vor sich hin, voll innerer Abwehr, seine Augen waren auf den brodelnden Teekocher fixiert.
»Aber mit Geld kann man sich nicht freikaufen.« Es klang wie eine Feststellung, doch es war eine Frage, und Judys Augen bettelten um eine Antwort.
Als Robertson stumm den Kopf schüttelte, fragte sie: »Aber wie sonst? Wie hast du's denn gemacht, Daddy? Wie lebt man mit so einer Schuld?«
Robertson stand auf und nahm den Teekessel vom Gaskocher. »Jeder muß mit seinem Gewissen allein fertig werden«, sagte er schließlich. Bis zu diesem Augenblick hatte Judy geschwankt, aber jetzt war sie sicher, daß es falsch gewesen war hierherzukommen. Er hatte sie mit einem Gemeinplatz abgespeist, unverbindlich wie der Briefkastenonkel in einem Frauenjournal.
»Ich will keinen Tee mehr«, sagte sie.
»Hat Steve dich nicht doch geschickt?«
»Hätte denn das was geändert?«

Robertson schüttelte noch einmal den Kopf. »Tut mir leid, Judy.«
Bei all ihrer Enttäuschung empfand sie Mitleid mit ihm. Sie erhob sich. »Entschuldige, Daddy. Ich werde dich nie mehr stören.«
»Willst du wirklich keinen Tee?«
»Good-bye, Daddy.«

Ginger kam ihr vom Fluß entgegen, gut gelaunt, erfrischt, das Handtuch um den nassen Kopf geschlungen. »War das herrlich! Wenn du willst, gehe ich mit dir noch mal ins Wasser.«
»Ich bleib' nicht länger hier.«
»Komm, Judy. Kühl dich erst mal ab.«
»Können wir nicht woanders übernachten?«
»Was hat dein Vater gesagt?«
Judy berichtete in wenigen Sätzen über ihr Gespräch. »Genausogut hätte ich mit dem Feigenbaum da drüben reden können.«
»Ich spreche mit ihm«, sagte Ginger.
»Ich will das nicht, Ginger.«
»Du gehst jetzt ins Wasser, und wenn du fertig bist, warte auf mich im Kübelwagen.«
»Bitte nicht, Ginger. Er ist so stur.«
»Das bin ich auch.«
Eine Minute später stand sie in Robertsons Zelt. »Vielen Dank für das Handtuch.« Und als er keine Anstalten machte, sie zum Bleiben aufzufordern, setzte sich Ginger aufs Bett. »Ein Tee würde mir guttun nach der langen Fahrt.«
Er ließ sich keine Gemütsbewegung anmerken, nur seine Hände zitterten verhalten, als er ihr einen Becher voll einschenkte. »Das hätten Sie nicht tun sollen.«
»Ohne Milch und Zucker.«

»Ich will ja nicht bestreiten, daß Sie es gut gemeint haben…«
»Judy steckt in einer ähnlichen Situation wie Sie vor drei Jahren. Deshalb habe ich sie hergebracht.«
»Sie spielen gern den lieben Gott, nicht wahr?«
»Ich habe gehofft, Ihnen beiden damit zu helfen. Judy leidet unter ihrem Gewissen – haben Sie das nicht mitbekommen?«
»Nehmen Sie es mir bitte nicht übel, aber ich habe meine eigenen Probleme.«
»Ihre eigenen Probleme, ja. Merken Sie eigentlich nicht, eine wie traurige Figur Sie abgeben mit Ihrem läppischen Selbstmitleid? Einfach aus der Welt austreten und aus seiner Verantwortung. Sich im Busch verkriechen. Das ist keine Lösung, mein Lieber. Ein Arzt hat genug andere Möglichkeiten, wenn er tätige Buße üben will. Leprakranke pflegen oder was weiß ich. Irgendwas Aktives! Aber so…«
»Jeder büßt auf seine Weise.«
»Was büßen Sie denn groß? Fasten Sie etwa? Oder entbehren Sie was? Nun erzählen Sie doch mal, welches Opfer Sie auf dem Altar Ihres Gewissens bringen!«
»Es ist schwer genug, auf die eigenen Kinder verzichten zu müssen.«
»Verzichten? Sie lassen Ihre Kinder zahlen und geben es auch noch als eigenes Opfer aus. Wer braucht denn wen nötiger – der Vater seine Kinder oder die Kinder den Vater?«
Einen Augenblick lang tat er ihr leid. In seiner Hilflosigkeit kam er ihr vor wie ein in die Enge getriebenes Tier. Trotzdem, sie mußte ihn jetzt stellen.
»Sie haben ja keine Ahnung«, sagte er. »Wenn Sie meinen Sohn damals gehört hätten nach dem… Unfall. Der braucht mich nicht mehr.«

»Das kam Ihnen wohl ganz gelegen.«
»Jetzt werden Sie unfair. Außerdem frage ich mich, was Sie das überhaupt angeht.«
»Statt sich mit seiner Schuld auseinanderzusetzen – was macht Dr. Robertson: Er bedauert sich. Läßt einfach keinen mehr an sich herankommen. Spielt Fernschach. Das läßt sich so bequem auf Distanz erledigen, nicht wahr! Nicht mal eine Manguste darf ihm auf den Leib rücken, dem frommen Büßer!«
Ginger wußte, daß sie im Grunde recht hatte, auch wenn sie ihn unter der Gürtellinie getroffen hatte. Es war Robertsons aufreizende Passivität, die sie so rasend machte. Sie wollte ihn aufrütteln, endlich eine Antwort erzwingen, wenigstens irgendeine Reaktion. Und wenn er innerlich noch nicht ganz abgestorben war, dann mußte er sich nach dieser Attacke provoziert fühlen.
Na endlich!
Robertson schien aus seiner Lethargie zu erwachen. Er richtete sich auf wie ein Murmeltier, das sich anschickt, seinen Bau zu verteidigen, mit aufgeplusterten Backen und bebenden Schnurrbartspitzen.
»O ja«, sagte er leise. »Ich habe ja ganz vergessen, mit wem ich es zu tun habe: ein Tierfreund. Hätschelt ihren Hund, findet einen Mungo niedlich und vergießt bittere Tränen über ein verwaistes Elefantenbaby. Was seid ihr doch für gute Menschen, ihr Tierfreunde! Zerreißen sich geradezu, um ein Rhino von einem Reservat ins andere zu transportieren. Es gibt ja soviel zu tun, da bleibt keine Zeit mehr übrig für menschliche Not.«
»Genau darum kümmere ich mich in diesem Augenblick.«
Robertson winkte ab. »Ich spreche nicht von Judy, ich spreche von wirklicher Not. Physisch, verstehen Sie! Indien, Kambodscha – ach, wir brauchen gar nicht so

weit zu schweifen, nur hundert Kilometer weiter nach Westen. Wie viele Kinder verhungern täglich in Uganda, was schätzen Sie? Fünfzig, hundert? Fünfhundert?«
»In Uganda kann ich nicht helfen«, sagte sie. »Aber hier kann ich's.«
»Indem Sie Rhinos durch die Savanne spazierenfahren.« Höhnisch funkelten seine Augen hinter den Brillengläsern.
»Halten Sie sich doch nicht immer daran fest, Robertson. Die Umsiedlung von Rhinos ist doch nur ein kleiner Teil unserer Arbeit. Versuchen Sie mal, das Ganze zu sehen! Die Natur erhalten, Lebensräume für Tiere und Menschen. Ja, auch für die Menschen!« bekräftigte sie. »Das hängt doch alles zusammen. Oder sehen Sie uns etwa nicht als Teil der Natur? Wie würden Sie denn Natur definieren? Ein Ökosystem, das nur funktioniert, wenn alle Teile intakt bleiben und ineinandergreifen. Wenn wir zulassen, daß Elefanten und Nashörner ausgerottet werden, ist Afrika bald eine einzige von Rindern zertrampelte Steppe, die auch uns Menschen nicht mehr ernährt. Sehen Sie sich doch unsere Nachbarn an. Somalia, Äthiopien, Uganda. Die sind schon soweit.«
Robertson schwieg, und plötzlich wurde Ginger bewußt, daß sie ihm auf den Leim gegangen war. Er hatte sie vom Thema abgebracht. Nicht sie hatte ihn provoziert, sondern er sie.
»Sie haben mich gefragt, was ich gegen den Hunger in Uganda unternehme«, sagte Ginger. »Das war meine Antwort, die Antwort einer Zoologin. Aber Sie sind Arzt, Robertson. Gehen Sie meinetwegen nach Uganda und helfen Sie den Kindern dort, das ist besser, als sich selbst zu bedauern, weil Sie persönliche Schuld auf sich

geladen haben. Ihre Art, sich aus dieser Schuld davonzustehlen, ist verdammt billig!«
Sie schüttete den Tee auf den Boden und rannte hinaus.
Auf dem Weg zu ihrem Kübelwagen begegnete ihr Adipo. »Ich habe Wegners Zelt für Sie und das Mädchen herrichten lassen«, sagte er.
»Danke, Captain, wir steigen lieber in der *Keekorok Lodge* ab.«
»Krach mit Robertson?«
»Ich kann den Kerl nicht länger ertragen mit seinem ganzen Selbstmitleid und seiner Selbstgerechtigkeit. *Njani haoni kundule, huliona la mwenziwe.*«
Als er ihren letzten Satz hörte, nickte Adipo erfreut, als habe er nach langer Zeit einen alten Freund wiedergetroffen. Inzwischen waren sie an Gingers Kübelwagen angelangt.
»Die Suaheli-Worte eben hab' ich nicht verstanden«, sagte Judy.
Ginger ließ den Motor an. »Übersetzt heißt das: Der Affe sieht nicht seinen eigenen Hintern, er sieht den seines Nachbarn.«

Die grämliche Miene, mit der Wegner sie am Flughafen in Mombasa empfing, hellte Gingers Stimmung nicht gerade auf. Wegner machte sich noch immer Vorwürfe wegen seiner Unachtsamkeit. »War Adipo sehr sauer wegen des Funksprechgeräts?« wollte er wissen.
»Ich habe kaum mit ihm gesprochen.« Sie rüttelte ihn an der Schulter. »Zieh nicht so ein Gesicht, wenn ich komme! *Ein* Seelchen reicht mir.«
»Du hast also nichts erreicht bei Robertson«, konstatierte er. »Ich hab's dir gleich gesagt.«
Sie ging nicht darauf ein. »Im Hotel was Neues?«

»Hm. Petra.«
»Gratuliere.«
»Eine Sekretärin aus Düsseldorf. Hat mir gutgetan, mal wieder mit jemandem Deutsch zu sprechen.«
»Damit kann ich dir leider nicht dienen.«
»Eifersüchtig?«
Ginger lächelte nachsichtig. Aber als sie ins Hotel zurückkamen, forderte sie Wegner auf, ihr diese Petra zu zeigen.
»Die Blonde da im Liegestuhl.«
»Ganz gut im Futter, die Dame«, meinte sie. Dann nahm sie Wegner an der Hand und ging resolut auf Petra zu. »Nett von Ihnen, daß Sie meinen Mann ein bißchen aufgemuntert haben.«
Petra sah von ihrem Taschenbuch auf. »Freue mich, Sie kennenzulernen. Sie sind ja noch viel attraktiver, als er Sie geschildert hat.« Sie sprach ein leidliches Englisch.
Wegner trat von einem Bein aufs andere. »Ich schau mal auf der Karte nach, was es heute zum Dinner gibt.«
Als er nach einer Weile zum Swimming-pool zurückkehrte, fand er die beiden Frauen in gelöster Stimmung vor. »Du hast mir ja gar nicht erzählt, daß Petra morgen früh mit demselben Jumbo zurückfliegt wie wir.«
»Wieso ...«
Ginger starrte ihn suggestiv an. »Der Hotelmanager hat sie gebeten, einen schweren Koffer für ihn nach Frankfurt mitzunehmen.«
»Ein reizender Mann, dieser Mr. Benson«, sagte Petra. »Ich habe ihm den Wunsch einfach nicht abschlagen können. Natürlich zahlt er mir das Übergewicht. Und außerdem hat er mich eingeladen, das nächste Mal umsonst im *Rosamar* zu wohnen. Großzügig, nicht wahr?«
»Wirklich sehr großzügig«, murmelte Wegner. Ihm fie-

len die abgeschnittenen Nasenhörner ein, die Benson im Zug von dem Kikuju übernommen hatte. Wahrscheinlich gab es keine billigere und gefahrlosere Methode, Schmuggelware aus dem Land zu schaffen. Gepäck ausreisender Touristen wird nie kontrolliert.

Daß er nicht selbst darauf gekommen war!

Er ließ die beiden Frauen allein, um Adipo sofort mit der neuen Wendung vertraut zu machen. Auf dem Weg zu seinem Rundalow stockte Wegner. Das Funksprechgerät war ja nicht mehr da. Er selbst hatte es nach der Panne mit dem Zimmermädchen bei der APU in Mombasa abliefern müssen.

Er lief hinüber zur Rezeption und ließ sich ein Gespräch nach Mombasa vermitteln. Doch der APU-Chef der Küstenregion war nicht zu erreichen, und Wegner bat seinen Stellvertreter, per Funk folgende Nachricht an Adipo zu übermitteln: Ginger und Karl flögen morgen früh nach Frankfurt, Germany.

Es wäre ein Fehler, Einzelheiten preiszugeben. Wie leicht könnten ihm übereifrige APU-Ranger die Tour vermasseln, indem sie den Koffer noch auf dem Flughafen beschlagnahmten.

Anschließend rief Wegner das *Neckermann*-Büro in Mombasa an. Für ihn als Insider des Reisebürogeschäfts war es kein Problem, kurzfristig zwei Tickets billig zu ergattern. Jetzt im November blieben in den Charterjets immer ein paar Plätze frei.

Als er alles in die Wege geleitet hatte, beschlichen ihn doch leise Zweifel. Womöglich überlegte es sich Benson im letzten Augenblick anders. Oder es gab eine ganz harmlose Erklärung für den Transport: Vielleicht hatte ein vergeßlicher Hotelgast seinen Koffer stehenlassen, und Benson wollte ihm nur auf unbürokratische Weise sein Eigentum zukommen lassen.

Am nächsten Morgen war er seiner Sache wieder etwas sicherer. Der Koffer, den Petra aufgab, war derselbe, in dem der Kikuju die abgeschnittenen Nasenhörner von den Massai nach Mombasa gebracht hatte. Wegner erkannte den Koffer an den Metallbeschlägen wieder.
Im Jumbo richtete es Ginger so ein, daß sie neben Petra saß. »Der Koffer ist doch schwerer, als ich dachte«, sagte Petra.
»Was ist denn drin?« wollte Ginger wissen.
»Ach, irgend so ein Austauschmotor für seine Tiefkühlanlage.«
»Ach so. Und wer soll den kriegen?«
Petra kramte einen Zettel aus ihrer Umhängetasche. »Ein chinesisches Restaurant in der Taunusstraße. Ist das weit vom Flughafen?«
»Ziemlich weit«, antwortete Ginger aufs Geratewohl. Dann tippte sie dem vor ihr sitzenden Wegner auf die Schulter. »Sag mal, Taunusstraße – das ist doch ziemlich weit vom Frankfurter Flughafen.«
»Ganz schön weit.«
Petra verzog ihr Gesicht. »Dann ist es vielleicht besser, wenn ich den Anschlußflug nach Düsseldorf umbuche. Ich habe ja nur zwei Stunden Aufenthalt.«
»Das ist verdammt knapp«, sagte Wegner.
»Vielleicht können wir Ihnen das abnehmen.« Ginger tippte Wegner an. »Was meinst du, Karl? Können wir nicht den Koffer bei dem Chinesen vorbeibringen?«
»Kein Problem. Die Taunusstraße liegt direkt an unserem Weg.«
»Das wäre ja phantastisch! – Allerdings...« Petra überlegte. »Mr. Benson hat mir das Versprechen abgenommen, den Koffer selbst hinzubringen. Dem Chinesen ist eine Frau avisiert, und wenn Sie da zu zweit aufkreuzen...«

»Keine Angst, ich gehe allein rein«, sagte Ginger. »Soll ich dem Chinesen irgendwas bestellen?«
»Nein. Ich soll Mr. Wang-Chi verlangen, er wüßte schon Bescheid.«

Wegner fiel die Hast auf, mit der sich Petra auf dem Rhein-Main-Flughafen verabschiedete, nachdem sie ihnen den Gepäckabschnitt für den Koffer in die Hand gedrückt hatte.
Ginger lächelte. »Wahrscheinlich hat sie Angst, daß wir den Auftrag zurückgeben, sobald wir merken, wie schwer der Koffer wirklich ist.«
Er hob ihn vom Förderband auf den Gepäckkarren, den Ginger unterdessen besorgt hat. »Was schätzt du?«
»Vierundzwanzig Kilo. Soviel ungefähr wiegen sechs Nasenhörner, drei große und drei kleine.«
Doch an der Zollkontrolle gab es unvermutete Komplikationen. Als Ginger auf die Frage, ob sie etwas zu verzollen habe, den Kopf schüttelte, verlangte der Beamte: »Würden Sie bitte mal den Koffer aufmachen?«
»*Beg your pardon?*« fragte Ginger zurück.
Der Zollbeamte wiederholte die Frage auf englisch.
Wegner half ihr dabei, das Gepäck auf den Zolltisch zu wuchten. Und er bemühte sich, den Koffer weniger schwer erscheinen zu lassen, als er tatsächlich war. Zeit gewinnen, dachte er, du mußt ihm irgend etwas erzählen von einem verlorenen Schlüssel oder so. Aber dann entdeckte er, daß sich der Koffer gar nicht abschließen ließ. Er hatte zwei dreistellige Nummernschlösser.
Ginger begann, mit nervösen Fingern an einem der Schlösser herumzunesteln.
Wegner drängte sie beiseite. »Laß mich mal. – 427192.«

»Die Nummer stimmt nicht«, sagte Ginger, nachdem sie die Zahlen eingestellt hatte.
Der Zollbeamte kam ihr zu Hilfe. »Darf ich mal?« Aber auch er hatte keinen Erfolg.
»Ich hab's!« Wegner schlug sich an die Stirn. »429127.«
»Bist du sicher?« fragte Ginger, während sie die neue Kombination ausprobierte.
»Ganz sicher bin ich nicht«, gab er zu. »Du kennst ja mein schlechtes Zahlengedächtnis.«
»Auch nicht.« Ginger sah den Zollbeamten anklagend an, als wollte sie ihn zum Zeugen für die Unfähigkeit ihres Mannes aufrufen.
Der Zollbeamte lächelte mokant, die Touristen in der Schlange murrten. »Wann geht's denn nun weiter?« rief einer.
»Nicht mal meinen Geburtstag behält er«, sagte Ginger vorwurfsvoll.
»Warte mal«, sagte Wegner. Er dachte scharf nach. »472192. Hast du's?«
»Wieder nichts.« Entmutigt ließ Ginger die Arme sinken. »Ich hab' dir doch gesagt, du sollst einfach unsere Telefonnummer nehmen.«
»Wie lautet die denn?« wollte der Zollbeamte wissen.
»552191«, sagte Ginger.
»Nein!« rief Wegner. »555125 natürlich.«
»Nicht mal unsere Telefonnummer kann er behalten«, sagte Ginger, noch immer an den Zahlenschlössern drehend. »Jetzt müssen wir den schönen Koffer aufschweißen. Alles wegen deiner Schusseligkeit.«
»Wer ist hier schusselig?« begehrte Wegner auf. »Wenn du nicht immer so viele Klamotten einpacken würdest, dann hätte der kleine Koffer genügt. Und der hat kein Nummernschloß.«

Der ungeduldige Tourist in der Schlange ließ sich wieder vernehmen: »Können Sie Ihren Ehekrach nicht zu Hause austragen? Wir haben nämlich einen anstrengenden Flug hinter uns.«
»Immer dasselbe mit dir!« Gingers Stimme klang auf einmal sehr schrill. »Ich möchte nur wissen, wo du eigentlich deinen Kopf hast.« Sie wandte sich an die wartenden Passagiere. »Die einfachsten Sachen vergißt er!«
Einige Passagiere grinsten, andere sahen betreten zur Seite. Stumm winkte der Zollbeamte die beiden durch.

Als sie vor dem chinesischen Restaurant in der Taunusstraße standen, bat Wegner den Taxichauffeur, auf sie zu warten.
Er wollte mit aussteigen, aber sie drückte ihn zurück in den Taxifond. »Benson hat ausdrücklich eine einzelne Frau angekündigt.«
Wegner rieb sich unschlüssig die Nase. »Ich laß dich da nicht gern allein rein.«
»Keine Sorge, mit Chinesen komme ich ganz gut zurecht.«
Wegner bezahlte den Taxifahrer und schickte ihn fort. Bevor sie ins Restaurant hineinging, drückte er Ginger die Minox in die Hand. »*Good luck*, Mata Hari.«
Zehn Minuten später kam sie aus dem Restaurant heraus, ohne Koffer. »Zum Fotografieren war's da drin zu schummrig.«
»Hast du diesen Wang-Chi gesprochen?«
»Ja, er war sehr höflich.« Sie holte ein verschlossenes Kuvert aus ihrer Tasche. »Das hat er mir übrigens gegeben.«
Wegner riß das Kuvert auf. »Zweihundert Mark. Sparsame Leute, die Chinesen.«

»Wer höflich ist, kommt mit wenig Geld aus«, sagte sie.
»Was nun?«
»Jetzt verprassen wir erstmal das Trinkgeld.«
Unternehmungslustig hakte sie sich bei ihm ein. »Hier ist's verdammt kalt. Hast du eigentlich noch deine alte Wohnung?«
»Längst gekündigt. Aber ein Hotelzimmer tut's ja wohl auch.«
»Und – was stellen wir dort an?«
»Uns wird schon was einfallen.«
»Eigentlich meinte ich unseren Auftrag.«
»Die Zeitbombe tickt. Bald wird sie hochgehen.«
»Ich bin da nicht so sicher, Karl. Der Chinese wird sehr schnell dahinterkommen, daß Benson ihm ein trojanisches Nashorn untergejubelt hat. Wahrscheinlich wird er ihm den Preis für das Holzding abziehen und dann die Sache auf sich beruhen lassen.«
»Das kann er schon aus moralischen Gründen nicht.«
»Komisch, daß du solche Leute mit dem Begriff ›Moral‹ in Zusammenhang bringst.«
»Dealer-Moral, Schätzchen.«
»Du meinst, es wird Streit geben zwischen Benson und dem Chinesen?«
»Hm. Und ich möchte nicht in Bensons Haut stecken.«
»Damit wäre unser Auftrag wohl beendet.«
»Die erste Hälfte jedenfalls. Morgen besorge ich uns die Rückflug-Tickets.«
»Mir spukt die Frage im Kopf herum, warum wir überhaupt in Frankfurt sind. Wenn diese Petra den Koffer zu dem Chinesen gebracht hätte – die Wirkung wäre doch dieselbe.«
»Nicht ganz, Schätzchen. Auf jeden Fall kennen wir jetzt das nächste Glied der Kette.«

»Das leuchtet mir ein, Karl. Aber nenn mich bitte nicht Schätzchen.«

Nach ihrer Rückkehr ins *Rosamar* lief ihnen in der Hotel-Rezeption Benson über den Weg. »Ich habe Sie vermißt«, bemerkte er.
»Wir waren auf Safari im Amboseli-Park.«
»Mit *Pollmann's Tours?*«
»Privat.« Ginger hustete.
»Die Nächte können da ganz schön kühl sein«, sagte Benson.
»Ich lege mich gleich ins Bett. Können Sie uns zweimal Frühstück aufs Zimmer bringen lassen? Rundalow 42.«
Benson nickte. »Gute Besserung, Ma'am. Und wenn Sie wieder gesund sind, holen wir das gemeinsame Dinner nach.«
In ihrem Zimmer legten sie sich sofort ins Bett. Tatsächlich hatte sich Ginger bei dem Zwei-Tage-Trip in den deutschen Winter eine Erkältung geholt, und auch Wegner fühlte sich matt nach dem langen Flug im Jumbo.
Als der Zimmerkellner klopfte, zog sich Wegner Shorts über und öffnete die Tür.
»Ihr Frühstück, Sir.« Koski stand da, mit dem Tablett in der Hand. Er genoß Wegners Verblüffung.
Wegner drehte sich zu Ginger um. »Es ist Jason.«
»Darf ich nun rein?«
Wegner zog ihn ins Zimmer. »Hast du umgesattelt?«
Ginger, die unwillkürlich ihre Bettdecke hochgezogen hatte, musterte Koski amüsiert. Er trug die rot-braune Einheitslivree des Hotelpersonals. »Die MAPSU-Uniform steht dir aber besser.«
»Trinkst du eine Tasse Kaffee mit?« fragte Wegner. Er hatte sich immer noch nicht von seiner Überraschung erholt.

Koski grinste. »Es ist dem Personal verboten...«
»Schon gut. Was soll also die Maskerade?«
»Der Captain hat mich hier als Kellner eingeschleust.«
»Dreh dich mal um, Jason«, sagte Ginger. Sie stand auf und warf sich schnell einen Bademantel über. Im Camp am Fluß war sie nicht so schamhaft, dachte Wegner.
»Der Captain hat mit deiner Rückkehr nicht mehr gerechnet«, sagte Koski.
»Und deshalb bist du jetzt hier?«
»Einer muß Benson ja im Auge behalten.«
»Ist Benson während unserer Abwesenheit mal längere Zeit weggewesen?«
»Nur zweimal einen Nachmittag in Mombasa.«
»Mit dem Lastwagen?«
»Nein, mit dem Hotelbus.«
»Sieht so aus, als hätten wir nichts verpaßt«, sagte Wegner zufrieden. »Ich hatte schon Angst, daß er die Ware aus dem Depot abgeholt hat.«
Ginger löffelte genießerisch ihre Papaya aus. »Wie ist der Captain eigentlich darauf gekommen, daß wir in Deutschland bleiben?«
»Er hat gesagt, wenn wir von denen noch mal was hören, dann ist es eine Heiratsanzeige.«
»Bestimmt hat er auch dafür ein passendes Sprichwort gehabt.«
»Ja.« Koski schaute verlegen auf das leere Bett. »Aber es wäre mir lieber, ihr fragt mich nicht danach.«
»Wir fragen aber«, beharrte Ginger.
»Aibu ja maiti aijua mwosha.«
»Nur der Leichenwäscher kennt die Fehler des Verstorbenen«, übersetzte Ginger.
»Reizendes Sprichwort«, sagte Wegner pikiert.
»Man soll diese Suaheli-Sprichwörter nie ganz wörtlich

nehmen«, sagte Ginger. »Sie haben meist einen Hintersinn. Und dieses hier will wohl aussagen, daß kein Mann in den Augen seiner Frau ein Held ist.«

»Offenbar ist er es auch nicht in den Augen seines Freundes«, schnaubte Wegner. »Wie kann dieser Adipo annehmen, daß ich so mir nichts, dir nichts desertiere!«

»Er hat geglaubt, daß du dir die Panne mit dem Funksprechgerät zu Herzen genommen hast«, sagte Koski. »Karl verträgt keine Vorgesetzten, hat er gesagt, und er verträgt es noch weniger, wenn der Vorgesetzte ein Afrikaner ist, und schon gar nicht verträgt er es, wenn ihn ein Afrikaner zusammenstaucht.«

»Bestell dem Captain, daß er kein schlechter Menschenkenner ist«, sagte Ginger. »Aber diesmal liegt er falsch.«

Wegner winkte ab. »Macht nichts, Jason. Jedenfalls kannst du jetzt dein komisches Kostüm da ausziehen und zurück ins Camp.«

»Mein Auftrag lautet anders. Ich soll Benson überwachen. Ich habe schon in seinem Büro ein Mikrofon installiert. Es steckt übrigens in einer afrikanischen Maske.«

»Und wie hörst du's ab?«

»Der Captain hat mir einen kleinen Kassettenrecorder mitgegeben. Sobald in dem Büro gesprochen wird, schaltet der automatisch auf Aufnahme.«

»Das Abhören können wir ja besorgen«, schlug Ginger vor. »So ein Recorder fällt nicht weiter auf, jeder zweite Tourist hat so ein Ding.«

Koski zögerte. »Okay. Aber ihr müßt mich auf dem laufenden halten. Der Captain will immer über alles Bescheid wissen.«

»Triffst du dich mit ihm in Mombasa?«

»Der Captain ist im Basiscamp. Aber euer Funksprechgerät steht jetzt in der Hütte, wo ich wohne.«
»Dann hol mich nach Dienstschluß ab«, sagte Wegner. »Ich habe Adipo eine Menge aus Frankfurt zu erzählen.«

Fabelwesen

Schade dem, der dir schadet;
fürchte den, der dir harmlos scheint.
(Afrikanisches Sprichwort)

Nach drei lähmenden Tagen zwischen Strand, Swimming-pool, Restaurant und Rundalow wurde Wegner endlich fündig. Als er abends das Tonband abhörte, wurde er stutzig. Denn zum erstenmal fielen ihm zwischen all den Routinegesprächen Bensons ein paar Sätze auf, die nichts mit Buchungsbestätigungen oder Stornierungen, Lebensmittelbestellungen oder Beschwerden über Stromsperren zu tun hatten. Einem zufälligen Lauscher hätten auch diese Sätze noch unverfänglich geklungen; dem Eingeweihten nicht.
Wegner ging hinüber in Koskis Hütte und spielte ihm die Kassette vor. »Was schließt du daraus, Jason?«
»Spiel's noch mal ab.«
Wegner spulte das Band zurück und drückte wieder die Abspieltaste. Es war Bensons kurzatmige Stimme mit dem unverkennbaren nordirischen Dialekt, mal deutlicher, mal leiser: »Na endlich!« — »Das Flugwetter ist immer gut an der Küste.« — »Ein Sammeltransport ist mir recht, Hauptsache, ich kann endlich das Depot räumen.« — »Ja, die Unterbringung ist kein Problem, ich merke das vor.« — »Wie wird das geschrieben?« — »Muß das sein! Ausgerechnet Italiener, die sind doch so unzuverlässig!« – »Okay, wenn Sie meinen. Aber das geht auf Ihre Verantwortung.«
Nachdem Koski sich die Satzfragmente angehört hatte,

sagte er bedauernd: »Schade, daß der Mann nicht zu hören ist, mit dem Benson telefoniert hat.«
»Was der gesagt hat, läßt sich leicht rekonstruieren«, meinte Wegner. »Zunächst hat er nach dem Flugwetter gefragt. Das kann nur bedeuten, daß jemand mit dem Flugzeug die Ware aus dem Land bringen soll, wahrscheinlich mit einer unangemeldeten Privatmaschine. Dann erwähnte er ein Depot: Die sechs Plastiksäcke auf der kleinen Insel im Mida Creek. Schließlich bittet er Benson, Quartier für die Piloten zu besorgen, und Benson will sie vormerken, höchstwahrscheinlich hier im Hotel. Schade, daß wir deren Namen nicht kennen, aber wir wissen, daß es Italiener sind. Jedenfalls ist Benson darüber nicht gerade entzückt.« Wegner überlegte einen Augenblick. »Sag mal, Jason – wo bewahrt Benson eigentlich die Buchungslisten auf?«
»In seinem Büro, nehme ich an.«
»Und wer hat immer Zugang zu dem Büro?« Er gab sich selbst die Antwort: »Die Putzfrau und der Zimmerkellner.«

Am nächsten Tag paßte Koski einen Augenblick ab, in dem der Hotelmanager aus seinem Büro gerufen wurde. Dann trug er den Tee hinein.
Ginger und Wegner hielten vor der Tür Wache. Wäre Benson vorzeitig zurückgekehrt, hätten sie ihn in ein Gespräch verwickelt. Aber die Vorsichtsmaßnahme erwies sich als unnötig, denn Koski hatte sehr schnell herausgefunden, was er suchte.
»Alles nur Deutsche, Schweizer und Österreicher auf der Liste«, berichtete Koski. »Bis auf zwei. Ettore Nannarini und Amadeo Pucci. Ankunft morgen früh.«
»Die könnten aber auch aus der italienischen Schweiz kommen.«

»In der Spalte Herkunftsland steht Italien.«
»Dann sind's die Richtigen. Hier steigen sonst nie Italiener ab. Das Vertragshotel für Italiener ist das *Jadini.*«
Ginger stieß hörbar die Luft aus. »Hätte ich mir auf der Uni auch nicht träumen lassen, daß ich mal in einem Kriminalfall Schmiere stehen muß.«
»Jeder hat mal klein angefangen, Ginger«, tröstete Wegner.

Aus dem Hotelbus quoll ein Strom übernächtiger Urlauber, und die Italiener waren dabei, unübersehbar wie zwei Kolibris in einem Spatzenschwarm. Der eine trug einen lindgrünen, der andere einen aprikosenfarbenen Tropenanzug, und beide Anzüge verrieten den unübertroffenen Chic italienischer Maßschneider.
»Sag jetzt bloß, ich soll mich an die ranmachen«, sagte Ginger.
»Nicht nötig, das besorgen die schon selbst. Sieh mal!«
»Bella!« rief der eine. Er lächelte Ginger aus der Ferne an, schwenkte seinen Panamahut und steigerte sich in den Superlativ: *»Bellissima!«*
»Mann, haben die ein Tempo drauf«, bemerkte Wegner.
»Ich warne dich, Karl«, sagte Ginger. »Als College Girl habe ich mal für Raf Vallone geschwärmt.«
Während das Gepäck ausgeladen wurde, bedeutete ihr der Italiener gestenreich, auf keinen Fall davonzulaufen. Sein Kumpan nahm das Gepäck entgegen, einen Leinensack, der anscheinend eine komplette Taucherausrüstung enthielt. Am Henkel baumelten Schnorchel und Maske.
»Was fällt dir dabei ein?« fragte Wegner versonnen.
»Bensons Plastiksäcke im Mida Creek.«

»Richtig. Der eine holt das Zeug von der Insel, und der andere fliegt es anschließend über die Grenze.«
»Aber wozu hat er die vielen Fototaschen dabei?«
»Wahrscheinlich sind da seine Navigationsinstrumente drin.« Wegner nahm ihre Hand. »Komm, wir gehen rein.«
»Was denn? Erst soll ich anbändeln und dann wieder nicht.«
»Man muß ja nicht gleich übertreiben. Und außerdem ist es unmöglich, sich hier im Hotel zu verpassen.«

Wegner behielt recht. Er hatte sich mit Ginger im Schatten einer der Palmen niedergelassen; die Hotelgäste schauten gebannt einem afrikanischen Jungen zu, wie er den Stamm hinaufkletterte, um eine Kokosnuß abzuschneiden und aufzuschlagen.
Die Italiener lehnten an der Terrassenmauer, zeigten ihre Zähne und faßten ihren Gesamteindruck, Ginger fixierend, wieder in einem enthusiastischen »Bellissima!« zusammen.
»Einen großen Sprachschatz haben die nicht«, monierte Wegner.
Eine bärbeißige Zweizentner-Matrone drehte sich um und strafte die beiden mit einem mißbilligenden Blick.
»Nicht Sie, nicht Sie!« rief der Italiener. Er wedelte die Matrone mit einer ungeduldigen Handbewegung beiseite.
»Signorina!« tremolierte er. Seine Hände modellierten schwungvoll weibliche Rundungen. *»Bella figura!«*
Nun legte der andere Italiener eine Hand an seine Lippen, küßte die Innenseite und blies, nicht ohne Grandezza, Ginger den Kuß hinüber.
»So was Schönes machst du nie mit mir«, sagte Ginger.

Wegners Oberlippe blieb steif. »Mich nehmen die nicht einmal zur Kenntnis. Es scheint sie nicht im geringsten zu stören, daß du in Begleitung bist.«

Beim Dinner in dem offenen Restaurant unter dem Wakuti-Dach war das Zusammentreffen nicht mehr zu umgehen. Ein Kellner setzte die beiden Italiener an Wegners Tisch. Vermutlich hatten sie den Kellner mit einem Trinkgeld bestochen.

Sie seien zum erstenmal in Afrika, gestanden sie euphorisch. Abgesehen von den rollenden ›R‹s und dem für italienische Zungen unaussprechlichen ›th‹ sprachen sie ein einwandfreies Englisch. Sie waren um die Dreißig, und Ginger fand, daß sie blendend aussahen, besonders Ettore Nannarini mit seinen schwarzen Locken. Und sie arbeiteten zusammen wie ein gut eingespieltes Team, in dem der Partner, Amadeo Pucci, die Aufgabe übernommen hatte, seinen Freund vor Ginger ins beste Licht zu rücken. Wegner nahmen sie kaum zur Kenntnis.

Als Nannarini sich beiläufig vorstellte, meinte Pucci: »Sicher ist Ihnen der Name ein Begriff...« Und als Ginger verneinte, schlug er sich entrüstet mit der flachen Hand vor die Brust. »Wollen Sie etwa behaupten, Sie hätten wirklich noch nie den Namen Ettore Nannarini gehört?«.

»Ist er ein Filmstar oder so was Ähnliches?«

»Ein Filmstar!« Pucci fegte den Begriff vom Tisch. »Taucher ist er! Einer der größten Taucher der Welt!«

»So was wie Jacques Cousteau?«

»Cousteau hat bei ihm gelernt.«

»Einer meiner Lieblingsschüler«, ergänzte Nannarini.

»Sie sind so bescheiden, Mr. Puccini«, bemerkte Wegner süffisant. »Sie erzählen gar nichts von sich selbst.«

»Bedeutende Männer sind immer bescheiden«, antwor-

tete Nannarini an seiner Stelle. »Dabei ist Amadeo einer der berühmtesten Unterwasserfotografen der Welt.«
Etwas Warmes strich Ginger über den Fuß. Zuerst hielt sie es für eine Hundeschnauze, gedankenverloren griff sie unter den Tisch. Aber da war kein Hundekopf zum Kraulen, es war Nannarinis Fuß. Wenigstens schien er vorher die Sandale abgestreift zu haben.
»Ach, dann wollen Sie sicher die Korallenriffe da draußen fotografieren«, sagte Wegner.
»Korallenriffe haben wir schon auf Ceylon aufgenommen«, sagte Pucci. »Aber hier wollen wir Bilder machen, wie sie noch kein Fotograf zustande gebracht hat.« Er ließ seine Hände begeistert in der Luft flattern. »Sensationelle Bilder!«
»Spannen Sie uns nicht auf die Folter«, sagte Ginger, während Nannarinis Zehen zärtlich ihre Wade umschmeichelten.
»Flußpferde!« triumphierte Nannarini.
»So, so, Flußpferde. Und wie haben Sie sich das vorgestellt?«
»Nun, Ettore taucht, und ich fotografiere ihn dabei«, erläuterte Pucci.
»Ich bewundere Ihren Mut, Mr. Nannarini...«, sagte Ginger.
»Meine Freunde nennen mich Ettore.« Sein liebkosender Fuß war an ihrer Kniekehle angelangt.
»Ich heiße Ginger«, murmelte sie.
Nannarini ließ den Namen auf der Zunge zergehen. »Ginger, Ginger. *Bella, bella.*«
»Haben Sie sich schon einmal das Gebiß eines Hippopotamus angesehen?« fragte Wegner beiläufig.
»Warum?«
»Nur so.« Wegner winkte ab. »Heutzutage gibt es ja perfekte Beinprothesen.«

Unter dem Tisch zuckte Nannarinis Fuß zurück. »Zu gefährlich?«
»Und außerdem wühlen Flußpferde das Wasser auf.« Wegners Hohn war kaum zu überhören. »Da werden Sie wohl bestenfalls ein paar dunkle Schatten auf den Film kriegen, Mr. Puccini.«
Ginger nickte bestätigend. »Ich fürchte auch, das mit den Flußpferden werden Sie sich aus dem Kopf schlagen müssen.«
Die beiden Italiener starrten einander entgeistert an. Eine Wolke verdunkelte Nannarinis Römerkopf. Doch gleich darauf verzog sie sich wieder, und ein neuer Hoffnungsstrahl brach durch: »Macht nichts, Amadeo! Dann nehmen wir eben Krokodile.«
»Unter Wasser?« erkundigte sich Wegner.
»Natürlich unter Wasser!« rief Nannarini. Unter dem Tisch nahmen seine Zehen den unterbrochenen Flirt mit Gingers Bein wieder auf.
»Darling«, sagte Wegner sanft. »Würdest du so nett sein und unsere Freunde über gewisse Eigenheiten von Krokodilen aufklären.«
Ginger verbarg ihre Belustigung hinter einem Pokerface. »Ich möchte Sie nicht entmutigen, Ettore, aber Krokodile pflegen ähnlich wie Flußpferde in lehmig trüben Gewässern zu leben. Und auf Störungen reagieren sie ziemlich unwirsch.«
»Unwirsch?« fragte Pucci verständnislos.
Ginger wandte sich an Wegner. »Wie lautet das italienische Wort für unwirsch?«
»Wie soll ich das erklären?« Wegner entschied sich für eine Demonstration, indem er die beiden Enden seiner aufgeschnittenen Baguette zusammenklappte. »*Capito?*«
Und als Ginger, weil ihr der heimlich werbende Fuß

nun doch lästig geworden war, Nannarini einen kräftigen Tritt ans Schienbein versetzte, schrie der schmerzhaft: »Au!« Seine Hand langte unter den Tisch und rieb sich das Schienbein.

»Eben!« Wegner hatte den Schmerzenslaut auf seine plastische Demonstration zuschnappender Krokodilfänge bezogen. »Vielleicht sollten Sie doch lieber über ein anderes Fotomotiv nachdenken.«

Nachts berieten Wegner und Ginger in Koskis Hütte die Lage über Funk mit Adipo. »Jetzt haben sie uns auch noch zu einer Landrover-Safari ins Massai-Mara-Reservat eingeladen.«

»Hierher zu uns?«

»Ja, zur *Keekorok Lodge*. Nashörner wollen sie fotografieren.«

»Flußpferde, Krokodile, Nashörner... eure italienischen Freunde scheinen eine seltsame Vorliebe für gefährliches Großwild zu entwickeln.«

»Kim, wenn du mich nach meiner Meinung fragst: Zunächst war ich überzeugt, daß die beiden Italiener die Leute sind, die Bensons Schmuggelware aus dem Land schaffen sollen. Aber jetzt...« Wegner seufzte. »Irgendwie kommen sie mir zu naiv vor für so einen Job, viel zu verspielt. Ginger meint allerdings, Dummheit sei die Tarnung der Listigen. Wie siehst du die Sache, Kim?«

»Mich macht nur eins stutzig, Karl: Warum wollen sie euch unbedingt auf ihre Nashorn-Safari mitnehmen?«

»Der eine ist scharf auf Ginger.«

»Das müßtest du doch nachempfinden können! Paß auf, daß sie dir in der Savanne nicht abhanden kommt.«

Wegner schluckte eine bissige Entgegnung hinunter. »Wir sollen also die Einladung annehmen.«

»Unbedingt!«
»Obwohl sie sich anstellen wie Clowns?«
»Clowns haben es manchmal faustdick hinter den Ohren.«
»Du denkst wohl an Mirza.«
»Mein Vater hat mich gelehrt: *Akutendaje mtende, mche asijekutenda.* Schade dem, der dir schadet; fürchte den, der dir harmlos scheint.«
»Kim, du hast aber auch gesagt: Nur der leise Löwe wird Fleisch fressen. Und diese Italiener sind alles mögliche, nur nicht leise. Welches Sprichwort stimmt nun eigentlich?«
»Alle afrikanischen Sprichwörter stimmen«, antwortete Adipo. »Man muß sie nur auf die richtige Situation anwenden.«

Als sie am Abend des zweiten Tages mit den lärmenden Italienern in die Auffahrt zur *Keekorok Lodge* einbogen, ungewaschen, staubbedeckt und durchgerüttelt nach der 700-Kilometer-Safari im Landrover, da hatte Wegner Mühe, der Versuchung zu widerstehen, sofort weiterzufahren. Er hätte nur noch fünfundvierzig Minuten gebraucht zum Basiscamp mit dem klaren Fluß, dem Zelt, in dem es sich so angenehm kühl schlief, und zu seinen Freunden.
In einer Stunde würden sie am Feuer sitzen. Der verläßliche Adipo mit seinen Sprichwörtern für alle Lebenslagen. Otto würde in Robertsons Hosenbein kriechen. Robertson würde still und entnervt den zähen Mungo abzuschütteln versuchen. Bestimmt würde Durako, der alte Turkana, ergeben auf das Palisadentor starren und auf die Rückkehr seines Herrn warten, der jetzt im *Rosamar Hotel* Teller schleppen mußte.
Und Mirza? Wahrscheinlich hatte der längst wieder

etwas ausgeheckt. Für Überraschungen war Mirza immer gut.
Nur fünfundvierzig Minuten mit dem Landrover. Schade.
Gleich nach dem Dinner zogen sich Ginger und Wegner in ihr Doppelzimmer zurück. Trotz seiner Müdigkeit nahm er sie in den Arm. Er war mit seinen Gedanken im Camp. Vielleicht war es deshalb nicht ganz so aufregend mit Ginger wie sonst, aber es bestärkte ihn in der Gewißheit, daß Ginger noch immer zu ihm gehörte und nicht zu diesem Nannarini, diesem lächerlichen schwarzlockigen Papagallo.

Am nächsten Morgen schien Gingers innere Uhr stehengeblieben zu sein. Sie schliefen länger als gewohnt, und als sie auf der Terrasse ihr Frühstück bestellten, erfuhren sie von dem Kellner, daß ihre beiden italienischen Reisegefährten schon vor einer Stunde mit dem Landrover fortgefahren waren. Vorher hatten sie sich erkundigt, wo es denn hier Nashörner gäbe.
»Sie haben uns abgehängt!« rief Wegner alarmiert. »Abgehängt mit dem simpelsten Trick der Welt.«
Sie rannten hinaus. Der Landrover war weg.
Wegner entsann sich des APU-Postens, nur zweihundert Meter von der *Lodge* entfernt. Dort liehen sie sich einen geländegängigen Suzuki und eines der vorsintflutlichen Gewehre, mit denen die Ranger Jagd auf Wilderer machten. Obwohl ihre Hoffnung, in der Weite der Massai-Mara-Steppe die ausgerissenen Italiener zu finden, gering war, schlug Ginger vor, es bei den Ngama Hills östlich der *Lodge* zu versuchen. Dort gäbe es zur Zeit die meisten Rhinos, darunter auch jene, die sie selbst vom Aberdare-Nationalpark hierher umgesiedelt und ausgesetzt hatte.

Wegner jagte den Suzuki über die Savanne, der aufgegangenen Sonne entgegen. Nach einer Weile sagte Ginger: »Halt doch mal an, Karl.« Sie setzte ihr Fernglas ab, reichte es ihm und deutete auf den Fuß eines entfernten Hügels.
»Es ist ihr Landrover«, stellte Wegner fest. »Aber wo sind unsere Italiener?«
Sie bahnten sich einen Weg durch eine Herde unwillig weichender Weißbartgnus bis zum Fuß des Hügels, wo der Landrover stand. Weit und breit nur Gnus, ein paar schwarze Büffel und eine Familie von Thompson-Gazellen.
Wegner sprang aus dem Suzuki. »Verdammt leichtsinnig von den Papagalli, hier einfach auszusteigen.«
»Die müssen verrückt geworden sein«, meinte Ginger. »Wo fangen wir an?«
Vage zeigte Wegner auf die flache Hügelkuppe. Er entsicherte sein Gewehr und ging voran. Ginger hielt sich dicht in seiner Nähe. Unbehaglich schaute sie hinüber zu den Streifenhyänen, die, zweihundert Meter entfernt, auf ihren kurzen Hinterläufen hockten und sie unverwandt anstarrten, die Tütenohren aufmerksam aufgestellt.
Dicht vor der Hügelkette kniete Wegner nieder, um den Sand zu untersuchen. »Ich habe mich immer für einen erfahrenen Spurenleser gehalten. Aber das...« Er runzelte die Stirn und winkte Ginger herbei. »Tut mir leid, Ginger. Vielleicht kennst du dich da besser aus.«
»Hm«, machte sie ungläubig. Noch einmal »hm« und ein drittes Mal.
»Na?«
Sie kroch auf dem Boden herum und begann, den Abdruck im Sand auszumessen. »Zweiundfünfzig Zentimeter lang, sechsunddreißig Zentimeter breit.« Sie ließ

das Bandmaß in das Futteral zurückschnellen und schüttelte den Kopf. Noch nie hatte Wegner sie so ratlos erlebt.
»Wer ist denn nun der Zoologe von uns beiden?« sagte er.
»Sieht aus wie ein...« Sie stockte.
»Na?« drängte Wegner.
»Nein!« Sie schüttelte noch einmal energisch den Kopf.
»Nun sag's doch endlich!«
»Ich schlage vor, wir vergessen das Ganze.«
»Bitte, Ginger! Stell dich nicht so an!«
»Versprichst du mir, daß du es niemandem weitererzählst?«
Und als Wegner feierlich nickte, platzte sie damit heraus: »Sieht aus wie der Abdruck eines Pelikans oder eines anderen Wasservogels.«
»Sehr komisch!« sagte er verdrossen. »Ein Pelikan in der Savanne!«
»Er ist den Hügel rauf.« Sie zeigte auf einen zweiten, etwas unschärferen Abdruck im Sand.
»Na, dann hinterher!« sagte er grimmig.
Ginger zögerte. »Du hast es mir versprochen, Karl. Wenn es sich herumspricht, daß ich Pelikane entdeckt haben will, die in der Savanne spazierengehen, ist die Zoologin Dr. Ginger Redcliffe für die Fachkollegen gestorben.«
Inzwischen hatte Wegner die Kuppe des Hügels erreicht. Er setzte wieder das Glas an. »Komm mal schnell!« rief er.
Sprachlos reichte er ihr das Glas.
»Da muß mir einer LSD in den Frühstückstee getan haben«, murmelte sie.
»Du siehst es also auch?«

»Doch, doch, eine Luftspiegelung ist es bestimmt nicht.«
Jenseits des Hügels, keine einhundertfünfzig Meter von ihnen entfernt, kniete Pucci hinter einem Dornbusch, eine seiner Kameras im Anschlag. Das lange Teleobjektiv war auf ein Geschöpf gerichtet, das einem Fabelwesen ähnelte. Es steckte in einer schwarzen Haut und ging, ein wenig unbeholfen, aufrecht. Aus seinem Kopf wuchs ein rüsselförmiges Gebilde, und es watschelte auf seinen breiten Schwimmflossen einem Nashornbullen entgegen, der friedlich mit seinen spitzen Lippen Laub von einem Busch zupfte.
»Ettore«, flüsterte Ginger. »Ettore Nannarini mit Schnorchel und Taucherausrüstung.«
Als sich Ettore dem Rhino auf etwa fünfzig Meter genähert hatte, hob es, kurzsichtig blinzelnd, den Kopf und witterte. Seine beiden Hörner zeigten nun direkt auf Ettore. Offenbar hatte es die beiden Menschen jetzt auch ins Blickfeld bekommen, denn es schnaubte mißmutig, scharrte mit den Hinterhufen und trabte, erst langsam, dann mit immer schnelleren Schritten direkt auf das seltsame schwarze Tier zu, das es wagte, einen Nashornbullen in seinem Revier zu belästigen.
Als erster schien Pucci erkannt zu haben, daß die Situation brenzlig wurde. Wie ein glühendes Kohlenstück ließ er seine kostbare Kamera fallen, wandte sich um und rannte davon. *»Aiuto!«* schrie er.
Auch Ettore in seiner Verkleidung bekam es plötzlich mit der Angst, doch seine Flucht geriet wegen der hinderlichen Schwimmflossen weniger leichtfüßig als die seines Freundes, so daß der zielstrebig herangaloppierende Nashornbulle schnell an Boden gewann.
Als er sich Ettore auf zwanzig Meter genähert hatte, hob Wegner sein Gewehr.

Ginger schlug es ihm fast aus der Hand. »Nicht schießen!« schrie sie. »Es ist doch Karl!«
Wegner richtete den Lauf in die Luft und drückte ab. »Welcher Karl?« fragte er, bevor er den zweiten Schuß abgab.
»Der Bulle aus den Aberdares, den ich nach dir benannt habe.«
»Hilfe«, schrie Pucci, diesmal auf englisch. Er hatte keine Hilfe mehr nötig, denn der Nashornbulle hatte, aufgeschreckt von den beiden Schüssen, abgebremst. Noch einmal hob er mißtrauisch witternd den Kopf, dann drehte er ab und trabte friedlich zurück in sein Revier, aus dem er das zudringliche schwarze Wesen soeben erfolgreich vertrieben hatte.
Sein Abgang hatte Würde, mehr jedenfalls als die Flucht der beiden Italiener, von denen Pucci als erster seinen Retter erreichte. »Dieses verdammte Biest!« keuchte er. »Brennen Sie ihm noch eins auf den Pelz!«
Wegner schob Pucci grob beiseite.
Jetzt watschelte Ettore auf sie zu. Erschöpft warf er sich auf den Boden und riß sich die Tauchermaske mit dem Schnorchel vom Kopf. »Man kriegt keine Luft in dem Ding«, sagte er, nachdem er etwas zu Atem gekommen war. »Amadeo, hast du wenigstens die Aufnahmen im Kasten?«
»Der Auslöser«, sagte Pucci bekümmert. »Da muß ein Sandkorn hineingekommen sein.«
»Sandkorn!« schnaubte Wegner. »Schiß hat er gehabt! Und das mit vollem Recht!«
»Schade«, sagte Ettore, während er sich seiner Schwimmflossen entledigte. »Ein so gutes Motiv bekommen wir so schnell nicht wieder.«
»Von welchem Motiv sprechen Sie eigentlich?« wollte Ginger wissen.

»Das Einhorn und das Fabelwesen«, antwortete Ettore. Langsam kehrte sein Enthusiasmus wieder zurück. »Eine einzigartige Begegnung. *Paris Match, Epoca, Stern* – aus den Händen hätten sie uns die Bilder gerissen!«
»Gut, daß Sie uns so schnell gefunden haben«, sagte Pucci dankbar.
Wegner zuckte die Achseln. »Mister Puccini, das ist der erste vernünftige Satz, den ich von Ihnen gehört habe.«
Ettore unternahm einen schwachen Rechtfertigungsversuch. »Wie kann ich denn ahnen, daß mich das Nashorn erkennen wird, in *der* Verkleidung.« In seinem Kopf arbeitete es. Ein neuer Plan schien zu reifen. »Apropos Verkleidung, Signore: Wenn ich nun beim nächstenmal ein Löwenfell überziehe – einen Löwen würde ein Rhino doch bestimmt nicht angreifen, oder?«
»Da wir gerade von Löwen reden.« Ginger ignorierte die beiden Italiener. Sie sprach zu Wegner. »Nur der leise Löwe wird Fleisch fressen.«
Wegner nickte. »Adipo hatte recht. Bei uns sagt man: Hunde, die bellen, beißen nicht.«

Die Tauben im Tempel

Kämpfen zwei Heuschrecken,
freut sich die Krähe.
(Afrikanisches Sprichwort)

Am Palisadentor standen die beiden Massai-Krieger mit ihren Schilden und Speeren. Sie schienen auf etwas zu warten, das nie eintraf, und ihren undurchdringlichen Mienen war nicht anzusehen, ob sie den heimkehrenden Wegner überhaupt erkannten.

Adipo hatte ihn und Ginger persönlich im Unimog der MAPSU von der *Keekorok Lodge* abgeholt, und als der Unimog in das Basiscamp einbog, lief ihnen Durako erwartungsvoll entgegen. Er hatte auf Koskis Rückkehr gehofft und zog sich enttäuscht zurück, als er sah, daß es nur Wegner und die weiße Frau waren.

Im Unterstand lauschte Mirza einer Stimme aus dem Funksprechgerät: »Turm auf b3. Wollen Sie nicht aufgeben? Aber machen Sie sich nichts draus, Mirza. Sie haben sich glänzend geschlagen.«

»Danke für das Kompliment«, antwortete Mirza. »Es war mir eine große Ehre, gegen den ostafrikanischen Meister zu verlieren.«

Als er Adipo herankommen sah, schaltete er schnell das Funksprechgerät ab, aber es war schon zu spät. Der Captain war ihm auf die Schliche gekommen.

»Kaum ist man mal eine Stunde weg, schon führt er wieder Privatgespräche«, sagte Adipo.

Mirza strahlte Wegner und Ginger an. »Willkommen zu Hause.«

Wegner tätschelte freundschaftlich seinen Oberarm. »Fernschach, was?«
»Ist ja sonst nicht viel los im Camp.«
»Aber gleich mit dem ostafrikanischen Meister. Ist der nicht ein paar Nummern zu groß für dich?«
Mirza grinste. »Von Anfängern lernt man ja nichts.« Er wandte sich ab. »Komme gleich wieder, hab' nur noch schnell was zu erledigen.«
Mirza verschwand in Robertsons Zelt, und Wegner folgte ihm, um ebenfalls den Eigenbrötler zu begrüßen.
Als Wegner das Zelt betrat, hob Robertson müde eine Hand. Er sah kaum von seinem Steckschach auf. »Wie war das noch mal, Mirza?«
»Turm auf b3«, sagte Mirza.

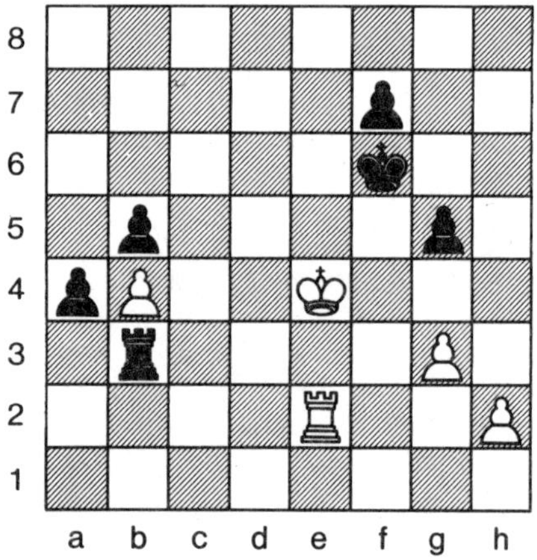

Robertson starrte entgeistert auf das Brett. Dann schob er den schwarzen Turm auf b3, legte seinen König um zum Zeichen der Aufgabe und reichte Mirza die Hand. »Gratuliere, Mirza.« Er verlor mit Würde, nur die vibrierenden Schnurrbartenden verrieten seine Enttäuschung.

Nun endlich raffte er sich zur Begrüßung Wegners auf. »Hoffe, Sie hatten mehr Erfolg als ich. Bleiben Sie jetzt wenigstens ein Weilchen?«

»Leider nur bis morgen. Wir müssen zurück ins *Rosamar.*«

»Dieser Mirza.« Robertson putzte umständlich seine Brillengläser. »So was wie den habe ich noch nie erlebt. Spielt seine erste Partie und schlägt nach einundvierzig Zügen einen erfahrenen Schachspieler wie mich. Dabei war ich nicht einmal schlecht.«

»War es wirklich seine erste Partie?« fragte Wegner.

»Mirza ist ein Gentleman. Und ein Gentleman würde nie sein Ehrenwort brechen.«

Mirza hörte nicht mehr hin. Er spielte mit dem Mungo, der im Zelt herumwieselte. »Schluß mit dem Waisendasein, Otto. Mirza hat dir soeben einen neuen Vater gewonnen.«

»Wissen Sie, wann Sie die Partie eigentlich schon gewonnen hatten?« fragte Robertson. »Mit dem zweiunddreißigsten Zug: Turm auf e8. Ein teuflisch guter Zug.«

»So? Ist mir gar nicht besonders aufgefallen.«

Robertson schüttelte ungläubig den Kopf. »Macht wahre Meisterzüge und merkt's nicht einmal. Kommen Sie, Mirza, wir gehen die Partie noch mal durch.«

Mirza winkte ab. »Ach, lassen Sie doch.«

»Nein, nein, ich zeig's Ihnen«, beharrte Robertson. »Also, nach dem Damen-Abtausch im einunddreißigsten Zug – vielleicht erinnern Sie sich, ich zog meinen Läufer auf e4 und schlug Ihre Dame – gingen Sie mit Ihrem König auf g7. Daraufhin hab' ich meinen Bauern auf e3 gezogen, und dann kam Ihr Geniestreich, den ich eben erwähnt hatte: Turm auf e8. Und so ging's dann weiter...« Er zog sein Notizbuch aus der Tasche und hielt es Mirza vor die Nase:

33. Kf3 de3: 34. Td1 e2 35. Te1 Kf6 36. Lc6 Te6 37. Ld7 Td6 38. Lg4 Td3† 39. Ke4 Ta3: 40. Le2: Le2: 41. Te2: Tb3.
»Und damit haben Sie mich erledigt«, sagte Robertson.
»Ich habe wohl Glück gehabt«, meinte Mirza.
»Sie sind viel zu bescheiden, Mirza. Das ist mehr als nur Begabung. In Ihnen steckt das Zeug zu einem internationalen Großmeister.«
»Ach, wissen Sie, Robertson – zum Schach braucht man viel Geduld, und Geduld ist nicht gerade meine starke Seite. Ich glaube, wir lassen Sie jetzt allein, damit Sie sich um Ihr neues Adoptivkind kümmern können.«
Und damit winkte er Wegner diskret hinaus.
Vor dem Zelt nahm Wegner den Sieger beiseite: »Hör mal, Mirza. Vom Schach verstehe ich kaum was, aber irgend etwas stinkt hier zum Himmel. Entweder bist du ein ganz ausgekochter Profi oder ...«
Mirza sah ihn aus schwermütigen Giraffenaugen an. »Ich habe Robertson mein Ehrenwort verpfändet, daß es die erste Schachpartie meines Lebens war.«
»Und trotzdem hast du gewonnen.«
»Ich habe nicht gewonnen.« Mirza hob abwehrend seine Hände. »Gewonnen hat Pradar Singh.«
»Ist das dein Schach-Pseudonym?«
»Pradar Singh, der Schachmeister von Kenia.«
»Ach, der, mit dem du vorhin über Funk gesprochen hast?«
»Ich habe ihn mit den schwarzen Steinen spielen lassen.«
»Moment mal! Wenn ich das richtig beobachtet habe, dann hast *du* doch eben die schwarzen Steine geführt.«
»Gegen Robertson hatte ich die schwarzen Steine, stimmt. Und gegen Singh die weißen.«

»Dann hat Robertson also ...«
»Es war ein- und dieselbe Partie, verstehst du, Karl? Robertson hat gegen Singh gespielt, und ich war von Anfang an nur der Bote.«
»Fernschach über Funk?«
»Du hast doch Singhs letzten Zug mitgehört: Turm auf b3. Damit hat er mir das Genick gebrochen.«
»Und du Robertson.« Wegner lachte. »Weißt du eigentlich, daß du das größte Schlitzohr von Kenia bist? Nun mal im Ernst, Mirza: Wann wirst du's ihm beichten?«
»Beichten? Nie!«
»Du hast Robertson nach Strich und Faden beschissen.«
»Ich habe mir das nicht länger mit ansehen können. Keine Familie mehr, keine Freunde. Brütet immer nur in seinem Zelt, der Robertson. Das ist kein Leben. Dachte mir, irgendwie muß man ihm doch auf die Sprünge helfen. Er braucht jemanden, an den er sich bindet. Wenn schon keinen Menschen, dann wenigstens ein Tier.«
Wegner spuckte in den Sand. »So herum habe ich die Sache noch gar nicht betrachtet«, sagte er nachdenklich.

In der Hotelhalle wimmelte es. Ein Jumbo voller Touristen war aus Deutschland angekommen, und Wegner sah sich ein wenig in der Menschenherde um. Nach dem Fehlschlag mit Pucci und Nannarini hatte er die Hoffnung noch nicht ganz aufgegeben. Irgendwann mußten ja die richtigen Italiener auftauchen.
Die Rückkehr ins *Rosamar* empfand er wie eine Strafversetzung, viel lieber wäre er im Basiscamp geblieben. Aber Adipo hatte darauf bestanden, daß er Benson weiter im Auge behielt. Immerhin, so tröstete sich

Wegner, hatte er es als vermeintlicher Tourist doch besser erwischt als der arme Koski, der sich hier mit der ungewohnten Rolle eines Kellners abplagen mußte.
Außerdem versöhnte ihn die Tatsache, daß es ihm gelungen war, Ginger noch einmal zur Rückkehr ins Hotel zu überreden. Versessen war sie nicht gerade darauf. Es ödete sie an, hier an der Diani Beach herumzuliegen und auf irgend etwas zu harren, was vielleicht nie eintrat, während sich im Büro der Rhino Action in Nairobi unerledigte Post stapelte und während im Aberdare-Nationalpark weitere dreißig Nashörner auf ihre Umsiedlung warteten.
Plötzlich spürte Wegner, wie sich ihre Hand an seinen Arm klammerte. »Der da!« Sie nahm hinter seinem breiten Rücken Deckung. »Das ist er!«
Langsam wandte sich Wegner um, aber in der Menge war niemand, der wie ein Italiener aussah. Und dann entdeckte er den Mann, den Ginger gemeint haben mußte.
Er stand etwas verloren in der Menge, deplaziert in seinem korrekten Blazer mit einer rot-schwarz gestreiften Krawatte. Sein Gesicht glänzte vor Schweiß, trotzdem lächelte er, so unergründlich, wie nur Asiaten lächeln.
Er lächelte auch noch, als ihn der Angestellte an der Rezeption wegen seiner fehlenden Reservierung abwies.
Und keine Falte in seinem runden Gesicht veränderte sich, als Benson aus seinem Büro trat, stutzte und mit dem Angestellten an der Rezeption zu tuscheln begann.
Dann lief Benson um den Tresen und zog den Gast in sein Büro.
»Wang-Chi?« fragte Wegner.

Ginger nickte. »Zum Glück hat er mich nicht gesehen.«
Wegner zupfte Ginger am Arm. »Laß uns schnell zu Koskis Hütte laufen. Bin neugierig, was er Benson zu erzählen hat.«
»Das kannst du später immer noch auf Band abhören. Hilf mir lieber beim Packen!«
Wegner zögerte, aber dann sagte er: »Du hast recht. Hierbleiben wäre zu riskant. Er könnte dich wiedererkennen.«
Nachdem er Ginger zum Flughafen gebracht und in die Maschine nach Nairobi gesetzt hatte, spielte Wegner in Koskis Hütte die Tonbandkassette ab.
Das Mikrofon hinter der afrikanischen Maske in Bensons Büro hatte das Gespräch in einwandfreier Qualität aufgenommen:
»Ich bin zwar ausgebucht, aber selbstverständlich sind Sie mein Gast, Mr. Wang-Chi. Warum haben Sie denn Ihr Kommen nicht angekündigt?«
»Ich bin hier, um ein zoologisches Wunder aufzuklären, Sir. Sie haben mir doch letzte Woche die sechs Nasenhörner geschickt.«
»Mit der deutschen Touristin, ja. Hat die Übergabe nicht geklappt?«
»Verzeihen Sie, Sir: Könnte sonst noch jemand von dem Transport gewußt haben?«
»Niemand, Mr. Wang-Chi, da bin ich ganz sicher.«
»Nun, die Dame war also vertrauenswürdig?«
»Wie immer. Jedenfalls hatte sie keine Ahnung, was sie transportierte. Warum fragen Sie?«
»Sie wissen, wie ich Sie schätze, Mr. Benson. Trotzdem frage ich mich, ob die Dame vielleicht die Kombination des Zahlenschlosses gekannt haben könnte.«
»Wieso? War der Koffer nicht abgeschlossen?«

»Es war alles wie sonst, Mr. Benson. Bis auf eine winzige Kleinigkeit. Gestatten Sie, daß ich noch einmal auf meine Frage zurückkomme: Hat wirklich niemand auf dem Flug nach Frankfurt den Koffer öffnen und einen Teil der Ware auswechseln können?«
»Nach menschlichem Ermessen nicht.«
»Dann stehen meine Geschäftspartner und ich tatsächlich vor einem zoologischen Wunder.«
Auf dem Tondband raschelte und knisterte es, als wikkelte der Chinese einen verpackten Gegenstand aus. Wegner hörte ein Klopfen wie an einer Holztür und dann wieder die höfliche Stimme des Chinesen: »Ich habe eine Scheibe des Objekts mitgebracht, als Kostprobe. Beachten Sie bitte die Maserung, Sir. Und nun würde ich gerne das Rhinozeros kennenlernen, dem ein Horn aus Holz gewachsen ist.«
Wegner hörte es noch einmal gegen die Holzscheibe klopfen. »Tatsächlich – aus Holz!«
Wegner und Koski feixten sich an. Noch nie hatte in ihren Ohren eine Stimme so entgeistert geklungen wie die von Benson. Wegner hätte einiges dafür gegeben, das dumme Gesicht des Hotelmanagers in diesem Augenblick sehen zu können.
»Mein Geschäftspartner würde sich außerordentlich freuen, Ihre Bekanntschaft zu machen, Mr. Benson. Und auch die Bekanntschaft jenes Herrn, der Ihnen dieses Kunstwerk verkauft hat. Mein Partner wohnt übrigens im *Oceanic*. Er ist ein wenig cholerisch, wissen Sie.«
»Selbstverständlich, Mr. Wang-Chi, obwohl ich mir eigentlich nicht vorstellen kann, daß der Kikuju eine Fälschung fabriziert hat.«
»Fehlt Ihnen was?«
»Nur der Kreislauf. Ich hab's mit dem Herzen. Was übrigens den Kaufpreis anbelangt...«

»Da wird sich eine gewisse Korrektur wohl nicht vermeiden lassen. Abgesehen vom Kaufpreis wären mein Partner und ich für die Erstattung unserer Auslagen sehr verbunden.«
Der Rest des Gesprächs bestand aus Höflichkeitsfloskeln und der wiederholten Beteuerung Bensons, der Vorfall sei ebenso peinlich wie rätselhaft, absolut rätselhaft.
Wegner stellte den Recorder ab. Ihm fiel ein afrikanisches Sprichwort aus Adipos reichhaltigem Zitatenschatz ein: »Kämpfen zwei Heuschrecken, freut sich die Krähe.«

Doch vorerst kam es nicht zu dem Kampf der Heuschrecken. Und wenn es überhaupt an diesem Tag zu einer Auseinandersetzung mit dem Kikuju gekommen sein sollte, dann jedenfalls nicht in Bensons Büro.
Am nächsten Morgen jedoch tauchte der Kikuju plötzlich auf. Nach dem Frühstück sah Wegner ihn mit Bensons Lastwagen abfahren. Wang-Chi, lächelnd und trotz der Hitze immer noch im Blazer, hatte auf dem Beifahrersitz Platz genommen zusammen mit einem anderen Chinesen, dessen barsche Miene auf ein weniger friedfertiges Naturell als das seines höflichen Landsmannes schließen ließ.
Wegner stürzte sofort zum Funksprechgerät in Koskis Hütte, um Adipo zu benachrichtigen.
»Der zweite Chinese sieht aus wie eine Art Leibwächter, und sie haben den Kikuju mitgenommen. Der hat ein Gesicht gemacht, als rechnete er sich keine besonders hohe Lebenserwartung aus. Wenn ich mich beeile, kann ich sie noch vor der Likoni-Fähre einholen.«
»Laß sie fahren, Karl«, sagte Adipo. »Deine Chinesen sind gründliche Leute. Sie wollen bestimmt herausbekommen, wer sie da zu leimen versucht hat.«

»Du meinst, sie wollen zu den Massai?«
»Keine Angst, Karl. So weit werden sie nicht kommen.«
Schon eine Stunde später, auf der Straße Mombasa-Nairobi, geriet der Lastwagen in eine jener Polizeikontrollen, die von Zeit zu Zeit auf Kenias Hauptverkehrswegen veranstaltet werden. Die Beute der Razzia war sehr mager. Eine fingerdicke Scheibe, die man aus einem Nasenhorn gesägt hatte, und eine zweite aus Hartholz.
Immerhin reichte der Fund, um den Kikuju Mbugua und zwei Chinesen mit deutschem Wohnsitz vorläufig festzunehmen. Noch am selben Tag erhielt die Polizeistation in Voi telefonisch Anweisung vom Innenministerium aus Nairobi, die Beschlagnahme des Lastwagens unverzüglich aufzuheben und den verhafteten Kikuju freizulassen. Ein Landcruiser der Polizei fuhr die beiden Chinesen zum Flughafen Nairobi und setzte sie mit einer Ausweisungsverfügung ins nächste Flugzeug nach Europa, eine Boeing 707 der *British Airways* nach London.
Adipo war überzeugt, daß Mama Ngina wieder die Notbremse gezogen hatte, und so, wie die Dinge standen, war er darüber nicht einmal unglücklich. Denn in Wirklichkeit hatte die Präsidentenwitwe ihm diesmal sogar in die Hände gespielt.
Es wäre Adipo viel unangenehmer gewesen, wenn Benson durch die Chinesen über den Kikuju und die Massai hinter die wahren Urheber der Fälschung gekommen wäre: die MAPSU.
Nur solange Benson sich absolut sicher fühlte, bestand eine Chance, ihn und seine Abnehmer hochgehen zu lassen.

Von Tag zu Tag ging Wegner der lähmende Leerlauf

seiner Umgebung mehr auf die Nerven, die erstickende Schwüle, manchmal unterbrochen durch einen kurzen Regenguß, der kaum Erfrischung brachte, die zähen Kämpfe der Hotelgäste um die Holzliegen und das Buffet.
Ohne Ginger war das *Rosamar* noch schwerer zu ertragen. Seit die Chinesen fort waren, wußte Wegner nicht recht, was er hier noch sollte, aber Adipo bestand darauf, daß er und Koski die Stellung hielten.
Benson verhielt sich wie ein Hotelmanager, der sich um nichts als den reibungslosen Ablauf der täglichen Routine sorgte. Die vorübergehende Verhaftung der Chinesen schien ihn nicht weiter beunruhigt zu haben; wenigstens nach außen hin ließ er sich nichts anmerken, und auch die Tonbänder, die Wegner zusammen mit Koski in dessen Hütte regelmäßig abhörte, gaben keinerlei interessante Hinweise.
Bis auf eines, das am vierten Abend aufgenommen war. Benson hatte ein kurzes Telefongespräch geführt mit jemandem, den er tags darauf treffen wollte – »zum verabredeten Termin am verabredeten Ort«.
Die angekündigten Italiener?
Als Benson das Hotel mit seiner privaten Rover-Limousine verließ, hängte sich Wegner mit seinem Mietwagen an. Auf der Likoni-Fähre kurz vor der Stadt ließ sich eine Begegnung nicht umgehen. Benson erkundigte sich höflich nach Wegners Frau und bedauerte zu hören, daß sie zum Besuch von Verwandten nach Nairobi gereist sei. »Aber wenn sie wieder da ist, dann holen wir das Dinner nach«, sagte er.
Dann verabschiedete er sich und rollte mit seinem Rover von der Fähre. Lächelnd konstatierte Wegner, daß Benson gleich dahinter scharf rechts in den Mama Ngina Drive einbog.

Ausgerechnet der Mama Ngina Drive, die Straße, die nach seiner Schutzpatronin benannt war.
Als Benson seinen Rover am Treasury Square abstellte und ausstieg, nahm Wegner an, daß er entweder seinen Arzt oder jemanden in der Stadtverwaltung aufsuchen wollte. Aber dann wandte sich Benson nach links in die Makadara Road, die in die Altstadt führte.
Wegner war inzwischen mit Bensons Gewohnheiten so gut vertraut, daß er vermutete, Benson würde auf das Hauptpostamt an der Ecke Digo Road zusteuern, um sein Postfach zu leeren. Benson ließ es sich nie nehmen, dies persönlich zu tun.
Hier, in der Altstadt, traten um diese Tageszeit die Religionen der toleranten Vielvölkerstadt Mombasa in akustischen Wettstreit: Vom Minarett der Balutschi-Moschee rief der Muezzin sein »Allah Akbar«, aus der silbernen Kuppel der katholischen Memorial-Kathedrale dröhnten die Glocken, und hinter einer drei Meter hohen Mauer aus Korallenblöcken bimmelten die Glöckchen der Hindus.
Zu Wegners Überraschung trat Benson dort ein. Das prächtige Portal, von zwei vergoldeten Löwen bewacht, stand offen. Wegner folgte Benson. Er hatte jahrelang nicht mehr den Lord Shiva-Tempel aufgesucht, das Heiligtum der indischen Gujerati-Brahmanen mit dem konischen weißen Turm und der massiv goldenen Spitze obendrauf.
Wegner ließ sich auf einer der Steinbänke nieder, die den Tempelhof am inneren Rand der Umfriedungsmauer säumten, und sah den Hindus zu, die barfüßig auf einer wellblechüberdachten Empore standen und mit blitzblank geputzten Klingeln ihren persönlichen Gott zur Zwiesprache herbeibimmelten, einen der unendlich vielen Untergötter des Lord Shiva.

Von den Zinnen flatterten Taubenschwärme auf, die tiefstehende Abendsonne färbte ihr Gefieder violett. Ein barfüßiger Hindu setzte sich neben Wegner. Er fütterte die Tauben und die schwarzen Glanzkrähen.
In dieser Umgebung wirkte Benson mit seinem unvermeidlichen Safarihut wie ein Wesen von einem anderen Stern. Er sah sich, an eine Tempelsäule gelehnt, suchend auf dem Hof um, dann nickte er Wegner von weitem zu. Er schien nicht gerade beunruhigt, aber doch ein wenig überrascht, seinen Hotelgast schon so bald wiederzutreffen. Gewöhnlich verirrten sich Touristen nicht gerade häufig in den Hindu-Tempel.
Wegner hielt es für angebracht, sich jetzt auch wie ein Tourist zu benehmen. Er wandte sich an den alten Inder neben ihm auf der Bank. »Wo steht denn nun die heilige Kuh der Hindus?«
Der Alte bedachte ihn mit einem nachsichtigen Blick. »Drinnen im Allerheiligsten natürlich. Wenn Sie wollen, zeige ich sie Ihnen.«
Wegner folgte dem Alten über den Hof zum eigentlichen Tempel. Bevor er die Estrade betrat, ließ er seine Sandalen vor der kleinen Treppe zurück, wie dies Gläubigen und Besuchern vorgeschrieben war.
Der Inder deutete auf die Skulptur eines schneeweißen, mit buntem Zaumzeug geschmückten Rindes. »Das ist er«, sagte der Alte. »Der heilige Bulle, Shivas Wächter. Sehen Sie – er läßt seinen Gott nie aus den Augen. Wer von Lord Shiva gesehen werden will, muß sich hier in Position bringen.« Der Alte stellte sich zwischen die Hörner des Bullen und griff dem Bullen blitzschnell an die Hoden. »So! Nur wenn der Bulle eine Sekunde abgelenkt ist, können Sie einen Blick von Lord Shiva erhaschen. – Zehn Shillinge, bitte. Und jetzt möchte ich Ihnen unsere Heiligtümer zeigen.«

Wegner gab dem Alten eine Münze und folgte ihm auf seiner Führung durch die Ansammlung silberner Fresken, die heilige Schildkröten, Affen, den Sonnengott und den Mondgott darstellten.

Draußen vor dem Tempel sprach Benson mit einem Inder, der Wegner bekannt vorkam. Wo war er ihm schon mal begegnet? Ein dritter Mann war dabei, ein hochgewachsener Weißer mit einem kantigen und sonnengegerbten Gesicht. Den Weißen hatte Wegner noch nie gesehen, da war er absolut sicher.

Wegner drückte auf den Auslöser seiner Minox. Für alle Fälle.

»Und hier«, sagte der Alte, auf eine silberne Skulptur in einer Mulde des Tempels zeigend, »sehen Sie die heilige Kobra, in die sich Lord Shiva verwandelt hatte, als der Ozean die Menschheit hervorbrachte. Der Ozean wühlte dabei so viele böse Geister auf, und es entstand so viel Gift, daß Lord Shiva es auf sich nahm, all dieses Gift in Form einer Kobra zu schlucken.«

Wegner hörte kaum hin. Er versuchte, Benson und seine beiden Gesprächspartner keine Sekunde aus den Augen zu verlieren. Und als der Alte ihn fragte, ob er noch Ganapati, Shivas elefantenköpfigen Sohn, zu sehen wünschte, winkte Wegner ab.

Bensons Unterredung schien sich ihrem Ende zu nähern. Er und der Weiße gaben dem Inder die Hand und bewegten sich langsam auf das Portal zu, das auf die Makadara Road hinausführte.

Eine Sekunde lang war Wegner unschlüssig, wem er nun folgen sollte – dem Inder, der gerade die Estrade betrat, offenbar um zu beten, oder lieber doch den beiden Weißen?

Dann drückte er dem Alten eine weitere Geldmünze in die Hand und wandte sich ab.

»Aber Sie haben doch noch nicht alles gesehen!« rief ihm der Alte nach.
An der Treppe entdeckte Wegner, daß seine Sandalen verschwunden waren, wahrscheinlich von einem der Afrikaner gestohlen, die mit Reisigbesen nachlässig den Hof fegten. Er hatte keine Zeit, der Sache nachzugehen.
So machte er sich barfuß an die Verfolgung der beiden Weißen. Draußen vor dem Portal hatten sich ihre Wege getrennt. Benson ging zurück zum Treasury Square, wo sein Rover stand; der andere Mann hatte sich nach links gewandt, er verschwand gerade hinter einer Ecke in der Altstadt.
Wegner entschied sich für die Verfolgung des Fremden. Gleich hinter der Ecke fand er ihn wieder. Der Mann schien keinen Verdacht geschöpft zu haben. Geruhsam wie ein neugieriger Tourist schlenderte er durch die Gassen. Ein Rudel afrikanischer Kinder umschwirrte ihn.
Wegner blieb ihm auf den Fersen, aber er bemühte sich, genügend Distanz zu halten, um nicht aufzufallen. Die Gasse verengte sich, die *mbaus*, grün angestrichene hölzerne Brüstungen in den Obergeschossen auf beiden Seiten, stießen in der Straßenmitte fast zusammen, und aus den offenen Türen der fensterlosen Häuser quollen die Düfte von gebratenem Hammelfleisch und orientalischen Gewürzen. Fetzen arabischer Musik wehten von irgendwo herüber.
Ein grünspanüberzogenes Messingschild an einer Hauswand verriet, daß hier um die Jahrhundertwende *Timmermann und Wollet, Heidelberger Kofferfabrik* ihr Geschäft betrieben hatten. Niemand hatte sich der Mühe unterzogen, das Schild abzumontieren.
Der arabische Gesang schwoll an, viele Kinderstimmen,

die dem Mulla antworteten, dazwischen das rhythmische Stakkato von Bongo-Trommeln. Der Weiße vor ihm war stehengeblieben, und Wegner drückte sich in eine Hausnische, um von ihm nicht entdeckt zu werden.

Er spürte, daß irgend etwas in der Luft lag. Muslimische Afrikanerinnen trugen ihre knöchellangen schwarzen *buibui*-Gewänder, ihre glänzenden Gesichter waren bis zu den Nasenspitzen verhüllt, sie hatten Henna aufgetragen und starrten aus großen, mit Kohlestiften umrandeten Augen erwartungsvoll dorthin, woher der Gesang kam.

Wie eine Flutwelle brach jetzt die Prozession herein, angeführt von einem Mulla, einem Lehrer der Koranschule mit der grünroten Fahne der Muslim, umringt von fröhlichen afrikanischen und melancholischen indischen Kindern in Burnussen mit den geflochtenen weißen Kofir-Kappen.

Ein zweiter Mulla sang, ein dritter hämmerte auf seine Bongo-Trommel, und die Kinder sangen, rhythmisch hin und her schwingend, mit. Am Ende der Gruppe verloren sich die spielenden Kleinsten, wurden von einem ihrer Lehrer eingefangen und wieder in die Prozession eingereiht.

Für Sekunden verlor Wegner den Weißen aus den Augen, die Menge hatte ihn verschluckt, und als die Woge nun auch Wegner erreichte, ließ er sich auf ihr tragen. Es wäre sinnlos, sich dagegenstemmen zu wollen. Jetzt sah Wegner, daß auch der andere Weiße zurückgeschwemmt wurde.

Immer neue Gruppen von Kindern, angeführt von singenden, trommelnden und tanzenden Mullamin, drängten in die Kibokoni Road, die Jungen in frisch gewaschenen Burnussen, die Mädchen in prächtig bunten Kangas.

»Woher kommen die vielen Kinder?« fragte Wegner einen Afrikaner.
»Aus den Koranschulen. Heute ist *maudidi.*«
Als es dem Weißen endlich gelungen war, sich seitwärts in eine Nebengasse davonzumachen, ruderte sich auch Wegner aus der Menge frei. Lächelnd winkte er einem Mulla zu, der ihn mit ein paar Spritzern parfümierten Wassers benetzt hatte.
Schade, daß Ginger nicht hier war. Sicher wäre sie auf den Mulla zugegangen. Sie hätte ihm spontan gesagt, wie angetan sie sei von der unbeschwerten Fröhlichkeit, mit der Afrikaner Mohammeds Geburtstag feierten, das Fest der arabischen Eindringlinge, die einst mit ihren Dauen an dieser Küste gelandet waren, um deren Bewohner einzufangen und auf den Sklavenmärkten von Oman und Sansibar feilzubieten.
Inzwischen hatte der Weiße von der Rückseite her die Markthalle erreicht. Wegen des islamischen Feiertags war die Halle geschlossen, nur die indischen Gewürzhändler im Basar hielten ihre Läden offen. Auf dem Trottoir traten Flickschneider emsig ihre vorsintflutlichen Singer-Nähmaschinen, boten Halbwüchsige frisch geröstete Maniokwurzeln an.
Wegner trat auf eine verfaulte Mangofrucht, rutschte aus, und das erinnerte ihn an seine gestohlenen Sandalen. Ein Bettler streckte ihm seine Hand entgegen und zog sie wieder zurück, fast mitleidig; ein Mann, der keine Schuhe besaß, mußte noch ärmer sein als er selbst.
Der Weiße hatte die Digo Road überquert, hier im Einzugsbereich des *Castle Hotel* wirkte er weniger exotisch als zuvor in der Altstadt. Dann bog er rechts ein in die Moi Avenue mit ihren grünschimmeligen Fassaden.

Blendend weiß dazwischen das frischgekalkte *Castle Hotel*.
Wegner beobachtete den Weißen, wie er durch das Terrassen-Café zur Rezeption schritt, sich seinen Zimmerschlüssel aushändigen ließ und im Fahrstuhl verschwand. Barfuß hätte Wegner ihm nicht folgen können, Pius achtete auf einen Rest von Etikette in seinem Hotel. So erstand Wegner schnell von einem Straßenhändler ein paar handgemachte Sandalen. Sie zwickten zwischen den Zehen, aber wenigstens hatte er jetzt etwas an den Füßen.
Wie immer war Pius auf dem Posten. Er bewachte den strategisch neuralgischen Punkt, den Durchgang vom Café zur Treppe. »Mein Hotel ist kein Puff«, pflegte er zu sagen. Niemand wußte besser Bescheid, was in Mombasa vorging, als der Direktor des *Castle*, ein untersetzter, stets glattgekämmter misanthropischer Schweizer, der Deutsch, Englisch, Französisch, Italienisch, Spanisch, Portugiesisch und Kisuaheli sprach und daneben noch ein Dutzend afrikanische Dialekte.
Und von Pius erfuhr Wegner endlich, daß der Mann, den er vom Lord Shiva-Tempel bis hierher verfolgt hatte, Cesare Pino hieß.
»Cesare, Cesare«, raunzte Pius. »Unter einem römischen Kaisernamen machen's die italienischen Mütter nicht.«
»Weißt du ein bißchen mehr über ihn?«
»Er ist Sarde. Einer von diesen Söldnertypen. Hat überall abgekocht, wo was zu verdienen war. Biafra, Rhodesien, Uganda. Für Geld würde der sogar 'ne leere Sardinenbüchse mit 'nem Fahrradhilfsmotor fliegen.«
»Pilot ist er also? Was macht er denn hier?«
»Das mußt du ihn schon selbst fragen«, grinste Pius. »Fürs Rote Kreuz fliegt der jedenfalls nicht.«

Nach Wegners Funkgespräch entstand Bewegung im Basiscamp. Am nächsten Morgen startete Robertson seine Cessna mit Adipo und Mirza an Bord.
Für Mirza hatte der Captain eine Sonderaufgabe: Er sollte sich um den Inder kümmern, der an der Dreierkonferenz im Shiva-Tempel teilgenommen hatte und der Wegner so bekannt vorgekommen war. Adipo selbst quartierte sich im *Castle* ein, entschlossen, den Sarden Pino nicht mehr aus den Augen zu lassen. Er zweifelte nicht daran, daß Pino der angekündigte Pilot war.
Nur für Robertson gab es im Augenblick nichts zu tun. So flog er noch am selben Abend zurück ins Basiscamp, wo er sich auf Abruf bereithalten sollte.
Den Mann auf dem Minoxfilm konnte Mirza auf Anhieb identifizieren. Es war jener Ahmed Faraj, den er und Adipo seinerzeit auf dem Flughafen Mombasa hatten festnehmen lassen. Und während Mirza das Foto betrachtete, strich er sich nachdenklich durch den Bart.
»Ich habe nie begriffen, warum sie ihn damals sofort wieder freigelassen haben.«
»Eine Henne zerbricht ihre eigenen Eier nicht«, knurrte Adipo.
»Wer ist die Henne?«
Adipo zuckte die Achseln. Tom Garrisons Verbot, über Mama Nginas Rolle zu sprechen, galt noch immer. »Nur so ein Sprichwort. Kümmere dich um diesen Faraj. Aber sei vorsichtig, Mirza. Keine leichtsinnigen Aktionen mehr.«
Im *Castle* bezog Adipo, der sich als Handelsvertreter eintrug, eines der fensterlosen Zimmer an der Rückfront, in denen es nie richtig trocken wurde, weil dort Klimaanlagen fehlten. Ein Tischventilator wirbelte Mief von Männerschweiß und orientalischen Küchendünsten aus dem *Bui-Bui*-Restaurant umher.

Genaugenommen war das Zimmer nicht mehr als eine düstere Höhle, ein schwacher Lichtschimmer fiel nur durch das Fliegengitter in der unverglasten Tür ein, die hinaus auf den Arkadengang führte.
Kakerlaken flitzten über den Estrich und über das Decklaken, das die fehlende Bettdecke ersetzte. Aber selbst das Laken wäre noch zuviel in der dumpfen Hitze des Zimmers. Wer hier zu wohnen verurteilt war, der versuchte, nackt und unbedeckt ein wenig Schlaf zu finden.

Komfortabler schlief Mirza im Haus seines Vaters, drüben an der Nyali Beach, wo die wohlhabenden indischen Kaufleute residierten. Sein Vater hatte ihn den ganzen Abend mit Vorhaltungen genervt. Warum er sein Studium der Rechtswissenschaft abgebrochen habe, warum er nichts Vernünftiges tue, statt Rallyes zu fahren, Polo zu spielen und sinnlos mit dem Hubschrauber durch die Gegend zu fliegen.
Vergebens hatte er seinem Vater klarzumachen versucht, daß er es nun einmal todlangweilig finde, Kaffee und Tee nach Übersee zu verkaufen, und sein Vater hatte ihm Unbeständigkeit vorgeworfen, mangelndes Pflichtbewußtsein und all das, was Mirza schon hundertmal gehört hatte.
Zu allem Überdruß hatte ihn seine Mutter gedrängt, endlich ein indisches Mädchen zur Frau zu nehmen und eine Familie zu gründen.
Zum Frühstück servierte sein Vater Mirza eine neue Tirade: Sein verstorbener Großvater hätte ihm besser das Erbe sperren sollen, wenigstens so lange, bis er etwas Nutzbringendes leiste, und überhaupt nehme Mirza das Leben viel zuwenig ernst.
Mirza verabschiedete sich von seinen Eltern mit dem

festen Vorsatz, sie in diesem Jahr bestimmt nicht mehr aufzusuchen.

Nicht, daß Mirza etwas gegen seine Landsleute hatte. Im Gegenteil.

Daß ausgerechnet ein Inder in das illegale Geschäft mit Elfenbein verwickelt war, hatte Mirza schon damals gewurmt, als er in der Frachthalle des Flughafens jenen Ahmed Faraj überführt hatte, Stoßzähne und Felle mit Hilfe gefälschter Zertifikate aus dem Lande zu bringen.

Noch mehr hatte es Mirza geärgert, daß dieser Faraj kurz darauf aus der Haft entlassen und die Konterbande zum Abflug nach Aden freigegeben worden war. Faraj und sein Chef Harun Njeru mußten einen hochgestellten Schutzengel haben.

Und nun schienen sie einen neuen Coup vorzubereiten, wozu sonst hätte sich dieser Faraj mit Benson und dem italienischen Piloten im Tempel treffen sollen?

Offenbar fühlten sie sich dabei absolut sicher. Sein Vater hatte Mirza nicht viel über die beiden erzählen können, kaum mehr, als Mirza schon selbst wußte: Njeru handelte mit Kaffee, Gewürzen, Fischen und Mangrovenholz. Im übrigen gehörte er einer anderen Hindu-Sekte an, den Gujerati-Brahmanen. Mirzas Familienmitglieder waren Visa-Oshwal-Hindu, sie beteten im Jain-Tempel, und zwischen den Anhängern dieser beiden Religionsgruppen gab es wenig gesellschaftliche Berührungspunkte.

Seit der Begegnung am Flughafen hatte sich Mirza einen Bart wachsen lassen, der sein Äußeres stark veränderte. Damals hatte er Faraj tagelang aus der Ferne beschattet, sein Landsmann hatte ihn dagegen nur ein paar Minuten gesehen. Mirza hoffte, daß Faraj ihn in seiner jetzigen

Aufmachung nicht ohne weiteres wiedererkennen würde, aber um sicherzugehen, setzte er eine Brille aus Fensterglas auf, bevor er Njerus Lagerhaus in der Salisbury Road betrat.
In der Halle roch es nach Fisch. Ein indischer Arbeiter zeigte Mirza das Büro des Chefs Harun Njeru im ersten Stockwerk.
Mirza eröffnete das Gespräch mit seinem gewinnendsten Lächeln. »Wir sind ein junges Unternehmen und suchen Handelspartner in Kenia.«
Njeru warf einen flüchtigen Blick auf Mirzas Visitenkarte. »Aus Kalkutta kommen Sie also, Mr. Hirji.« Njeru reichte Mirza eine dürre Hand über den ausladenden Schreibtisch, hinter dem er fast verschwand. Mirza schätzte ihn auf fünfundvierzig Kilo und Anfang Sechzig. Seine linke Hand spielte unentwegt mit einem kleinen, aus Elfenbein geschnitzten Elefanten. »An welchen Waren sind Sie denn besonders interessiert?«
»Muscheln, Korallen...«
»Davon haben Sie doch in Indien selbst genug.«
»Aber meine Abnehmer fragen immer wieder nach Kauri-Schnecken. Und nach originellen Souvenirs natürlich. Felle zum Beispiel.«
»Was für Felle?«
»Zebras für Schlafzimmer, Leoparden für Mäntel...«
Der Alte winkte ab. »Rinderhäute könnten wir liefern.«
»Wissen Sie, Mr. Njeru, an Rindern herrscht bei uns in Indien kein Mangel.«
Der Alte nickte. »Ich weiß.«
»Aber wofür ich noch zahlungskräftige Abnehmer hätte – so was wie das da.« Er deutete auf den kleinen Elefanten in Njerus Hand. »Elfenbein. Nasenhörner sind auch sehr gefragt.«

Der Alte vereiste. »Elefanten und Rhinos dürfen bei uns nicht gejagt werden.«
»Sicher gibt es da Ausnahmen. Oder verendete Tiere.«
»Haben Sie noch nie vom Artenschutzabkommen von Washington gehört, Mr. Hirji?«
»Artenschutzabkommen – was ist das?« Mirza sah Njeru mit geheucheltem Interesse an.
»Nach diesem Abkommen ist jeder Handel mit Trophäen von bedrohten Tierarten strikt verboten. Die meisten Staaten sind dem Abkommen beigetreten, auch Kenia und Indien.«
»Oh, das wußte ich nicht. Wir sind nämlich ein junges Unternehmen und...«
»Sie sind wohl neu hier, Mr. Hirji?«
»Ja, gestern angekommen.«
»Tut mir leid, Mr. Hirji. Für Geschäfte dieser Art bin ich nicht der richtige Partner.«
»Und Sie können mir nicht jemanden empfehlen, der das vielleicht nicht ganz so eng sieht...«
Njeru schüttelte seinen hageren Geierkopf. »Wie gesagt, Rinderhäute könnte ich liefern. Und Kaffee, Tee, Sisal, Mangroven, Gewürze.«
»Ich werde mit meinem Chef telefonieren«, sagte Mirza. »Und vielen Dank für Ihre Auskunft.«
Als er wieder auf die Salisbury Road hinaustrat, biß sich Mirza auf die Unterlippe. Er hatte nichts erreicht. Kein Wunder. Er hätte sich auf das Gespräch besser vorbereiten müssen.
Mit Improvisation mag man eine naive Touristin überrumpeln, dachte er. Wer einen Schakal wie Njeru auf den Leim führen will, der muß sich schon etwas Besseres einfallen lassen.

Ein Tourist, der gerade angekommen war, hatte die *Frankfurter Rundschau* von gestern im Hotelrestaurant liegenlassen. Wegner überflog die Berichte vom Attentat auf Präsident Reagan, von den Unruhen im Libanon, vom Wahlkampf in Berlin und von den politischen Schwierigkeiten in Polen. Aber all das interessierte ihn nicht mehr. Es war so weit weg.

Unter den vermischten Nachrichten stach Wegner eine einspaltige Überschrift ins Auge:

Rätselhafter Mord an Sekretärin

Gestern mittag wurde die neunundzwanzigjährige Fremdsprachensekretärin Petra Foerenbacher von ihrem Verlobten in ihrer Wohnung in Düsseldorf-Oberkassel ermordet aufgefunden. Nach den Ermittlungen der Kriminalpolizei wurde die junge Frau in der Nacht zuvor mit einer Schlinge erdrosselt. Ihr Körper wies Folterspuren auf.

Die Nachbarn in dem achtstöckigen Apartmenthaus hatten zur angenommenen Tatzeit keine verdächtigen Geräusche gehört. Die Tatsache, daß die Täter keine Spuren hinterlassen haben, sowie die Umstände der Tat lassen nicht auf ein Sexualverbrechen, sondern vielmehr auf das Werk von Berufsmördern schließen. Ein Tatmotiv ist bisher nicht erkennbar.

Wie die Eltern der Ermordeten mitteilten, war Petra F., die keinerlei Verbindung zur Unterwelt hatte, erst vor zehn Tagen von einer Urlaubsreise aus Kenia zurückgekehrt. Für die Ergreifung der Täter haben die Eltern eine Belohnung von 3000 DM ausgesetzt. Sachdienliche Mitteilungen, auf Wunsch auch vertraulich, nimmt die Kriminalpolizei Düsseldorf entgegen.

Wegner nahm die Zeitung an sich und meldete beim Portier ein Gespräch nach Nairobi an.

»Bist du sicher, daß es unsere Petra war?« Gingers Stimme am anderen Ende der Leitung klang irritiert.

»Alles stimmt, Ginger. Der Name, die Stadt Düsseldorf und der Abreisetermin auch.«

»Und du meinst...«

»Sie haben sie gefoltert, vielleicht, um herauszukriegen, wer das hölzerne Nasenhorn in den Koffer geschmuggelt hat.«

»Dann wird sie uns verraten haben!«

»Sie kannte ja nur unsere Vornamen.«

»Aber sie wird uns genau beschrieben haben.«

»An diesem Tag haben dreihundert Passagiere im Jumbo gesessen. Und wir waren nicht mal auf der Abreiseliste. Offiziell haben wir ja im *Hotel Rosamar* gewohnt.«

»Gleich umbringen! Das ergibt doch keinen Sinn!«

»Schrei nicht so, Ginger! Sie haben sie erdrosselt, damit sie der Polizei nichts erzählt. Sonst wäre man auf Bensons Spur gekommen. Und auf seine Verbindung mit Wang-Chi. Sie mußten also auf Nummer Sicher gehen.«

»Aber deshalb ermordet man doch nicht einfach ein unbeteiligtes Mädchen!«

»Benson schon.«

»Mit einer Schlinge erdrosselt – vielleicht eine Seidenschlinge. Auf diese Weise bringen Chinesen Leute um.«

»Nur Benson hat die Überbringerin der Nasenhörner gekannt.«

»Wenn's die Chinesen waren, dann müssen sie bemerkt haben, daß Petra mit der Überbringerin des Koffers nicht identisch war. Aus Rache hätten sie Petra bestimmt nicht umgebracht. Sondern mich...«

»Dazu hätten sie dich erst einmal aufstöbern müssen.« Und als Ginger nicht antwortete, fragte er: »Bist du noch dran?«
»Es schnürt mir die Kehle zu«, sagte sie leise. »Wir hatten nicht das Recht, das Mädchen da hineinzuziehen.«
»Benson hat sie hineingezogen. Schließlich war er es, der sie als Kurier ausgewählt hat.«
»Aber ihr von der MAPSU habt ihm das hölzerne Horn untergeschmuggelt.«
»Das Ganze ist eine Verkettung unglücklicher Zufälle.«
»Du siehst das ziemlich kaltschnäuzig, mein Lieber.«
»Denkst du, ich mache mir keine Vorwürfe?«
»Wir hätten Petra davor warnen müssen, Bensons Auftrag auszuführen. Noch in Mombasa hätten wir es ihr sagen müssen.«
»Ich habe geglaubt, in Deutschland sei sie absolut sicher.«
»Wirst du der deutschen Polizei einen Tip geben?«
»Das würde Petra auch nicht wieder lebendig machen.«
»Trotzdem wärst du es ihr schuldig.«
»Ich bin auch Adipo was schuldig. Wenn die Hintergründe des Mordfalls aufgerollt werden, ist Benson gewarnt und unsere ganze Aktion geplatzt. Gerade jetzt, wo wir so dicht vor dem Ziel stehen.«

Pino, der Sarde

Wer zwei Pferde gleichzeitig reiten will,
den werden sie in zwei Stücke reißen.
(Afrikanisches Sprichwort)

Adipo verbrachte eine schlaflose Nacht in seinem stickigen Hotelzimmer und einen Tag, der kein Ende nehmen wollte. Schon am frühen Morgen hatte er im Straßencafé des *Castle* Posten bezogen.

Strategisch war das Café ein günstiger Platz. Jeder, der das Hotel verlassen wollte, mußte dort hindurch, also auch der Pilot Cesare Pino.

Aber seit dem Frühstück hatte Pino, der Sarde, sich nicht mehr unten sehen lassen, und so blieb Adipo reichlich Muße, als Zuschauer der afrikanischen Dreigroschenoper beizuwohnen, die hier täglich mit ständig wechselnden Darstellern aufgeführt wurde.

Das Digo-Mädchen mit kunstvoll geflochtenen Zöpfen, an deren Enden Löwenzähne baumelten, hatte sich am Vormittag einen amerikanischen Seemann geangelt. Jetzt war es zurück und sandte Adipo verführerische Blicke.

Es konkurrierte heftig mit einem Kamba-Girl, das unter seinem durchsichtigen schwarzen Kleid nichts weiter trug als duftende braunschimmernde Haut. Offenbar hatte es in Adipo den Stammesgenossen gewittert. Als Adipo die lockenden Signale ignorierte, wandte es sich achselzuckend einem Deutschen zu, einem lauten, fetten Mann in Unterhemd, blauseidenen Basketball-Shorts und Tennisschuhen.

Eine Gruppe ältlicher Lehrerinnen aus Heidenheim in Germany, sauber, glatt gekämmt und auf Studienreise, mißbilligte hörbar das Verhalten einer weißen Altersgenossin in einem bunten afrikanischen Kanga, die sich bekennerisch an ihren schwarzen Liebhaber schmiegte.
Der blinde Bettler, geführt von einem zerlumpten Jungen, machte gerade zum fünftenmal seine Runde. Fordernd stampfte er seinen Stock auf das Pflaster vor dem Tisch der drei japanischen Kaufleute, die sich schutzsuchend aneinanderdrängten.
Die *tea-time* war bereits angebrochen, als an der anderen Straßenseite der Moi Avenue ein Lastwagen vorfuhr.
Adipo sah Benson aussteigen und auf das Café zukommen. Schnell beugte sich Adipo hinunter, als habe er etwas unter dem Tisch verloren. Wahrscheinlich hätte Benson ihn sowieso nicht erkannt. Er gehörte zu dem Typ Weißen, dessen Einstellung zu Afrikanern Ginger einmal in dem Satz zusammengefaßt hatte, für diese Leute seien alle Schwarzen krausköpfige Affen.
Als Adipo sich aufrichtete, entdeckte er auf der anderen Straßenseite jetzt auch Wegners Mietwagen, den grünen Zephyr. Verstohlen winkte Wegner zu ihm herüber.
Benson war im *Castle Hotel* verschwunden, Adipo nutzte den günstigen Augenblick und überquerte den Fahrdamm. Er zog es vor, Bensons Rückkehr nicht im Café, sondern lieber in Wegners Zephyr abzuwarten.
»Ich bin ihm nachgefahren«, berichtete Wegner. »Es scheint loszugehen.«
»Ist der Lastwagen leer?«
»Ja.«
Fünf Minuten später tauchte im Getümmel der Safarihut

wieder auf. Benson kam aus dem Hotel, und Pino war bei ihm. Sie stiegen in den Lastwagen ein und fuhren los.
»Pino hat seinen Koffer bei sich«, sagte Adipo. »Sieht so aus, als ob er abreisen will.« Er stieß Wegner an. »Fahr los, Karl.«
Sie folgten dem Lastwagen, und als der kurz hinter der Nyali-Brücke in die Straße nach Malindi einbog, blieben sie vorsichtshalber ein Stück zurück.
Eine Stunde später, kurz vor Kilifi, schlug Wegner vor, die Fähre fahren zu lassen und die nächste abzuwarten. Auf der Fähre wäre eine Begegnung mit Benson unvermeidlich gewesen.
Adipo war einverstanden. »Hauptsache, du kennst das Ziel.«
»Ich bin fast sicher, daß sie zu Bensons Depot im Mida Creek fahren.«
Inzwischen war es dunkel geworden, und während sie auf die nächste Fähre warteten, erzählte Wegner von dem Mord an Petra, den er aus der *Frankfurter Rundschau* erfahren hatte. »Ginger macht sich große Gewissensbisse«, sagte er. »Sie meint, wir sollten die deutsche Polizei verständigen.«
»Nein«, sagte Adipo kategorisch. »*Ich* will Benson haben.«
»Für dich liegt der Fall einfacher, Kim. Du hast das Mädchen nicht gekannt.«
»Uns interessiert der *Wilderer* Benson, nicht der Mörder.« Und wie so oft beendete Adipo die Diskussion mit einem afrikanischen Sprichwort: »Wer zwei Pferde gleichzeitig reiten will, den werden sie in zwei Stücke reißen.«
Bis zum Mida Creek brauchten sie eine weitere Stunde. Obwohl er nur einmal, vor vierzehn Tagen mit Ginger,

diesen Weg zurückgelegt hatte, fand Wegner die Route auch im Dunkeln sofort wieder. So passierten sie Gedi, die alte arabische Ruinenstadt, wo sich Benson vor vierzehn Tagen mit dem Giriama-Fischer getroffen hatte.

Unten an der Watamu Beach blinkten die Lichter der drei Hotels. Wegner stellte den Zephyr an der schmalen Landzunge ab wie damals, jenseits der *Turtle Bay Lodge*. Es war fast windstill, und der Creek lag im Mondlicht da wie eine riesige Wanne voller Quecksilber, aus der unzählige schwarze Atolle ragten.

Wegner ließ sich von Adipo das Fernglas geben, ein Nachtglas mit Restlichtverstärker. Er wußte, wo er zu suchen hatte.

Ziemlich am Ende der Landzunge stand mit gelöschten Scheinwerfern der Lastwagen, und draußen im Creek machte der Einbaum mit den beiden Auslegern und dem dreieckigen Segel an einer Insel fest.

»Es ist die Insel, auf der sie ihr Depot haben.« Wegner setzte das Nachtglas ab. »Sie werden vielleicht eine Stunde brauchen, um das Zeug zum Lastwagen zu bringen. Inzwischen könnten wir das APU-Schnellboot herbeitelefonieren.«

»Nein.«

Wegner runzelte die Stirn. »In einer verfänglicheren Situation werden wir sie nie erwischen.«

»Erinnerst du dich an das Treffen im Lord Shiva-Tempel? Auf dem Foto, das du gemacht hast, waren drei Männer.«

»Ja. Benson, Pino und dieser Inder.«

Adipo nickte. »Eben.«

»Ahmed Faraj ist dir schon mal durch die Lappen gegangen.«

»Diesmal nicht«, sagte Adipo grimmig. Er ging zu dem

geparkten Lastwagen hinüber und befestigte unter der Karosserie ein Funksignalgerät, kaum größer als eine Ein-Shilling-Münze.
Als der Einbaum nach einer Weile von der Insel ablegte, war er voll beladen. Durch sein Nachtglas zählte Adipo die Silhouetten von drei Männern und mehreren Säcken. Eine knappe Stunde später waren die sechs Säcke auf den Lastwagen umgeladen. Der Giriama mit seinem Boot blieb am Ufer zurück.
Der Vollmond verbreitete genügend Licht, so daß Wegner und Adipo eine Weile dem Lastwagen auch mit gelöschten Scheinwerfern bis zur B 8, der Teerstraße Mombasa-Malindi, folgen konnten. Dort bog er links ein, nach Süden, aber noch vor der Kilifi-Fähre verließ er die Straße wieder und steuerte landeinwärts in eine unbefestigte Buschpiste.
Die Bezeichnung Piste war geschmeichelt, genaugenommen bestand sie nur aus zwei Rillen. Ohne Licht wäre Wegner mit seinem Zephyr bald in einem Schlammloch oder im Busch steckengeblieben. So ließen sie dem Lastwagen zehn Minuten Vorsprung, schalteten dann die Scheinwerfer ein und verließen sich im übrigen auf ihr Peilgerät, dessen regelmäßiges Piepen den ungefähren Standort des Lastwagens verriet.
Bald wurden die Signale schwächer. Hier, im dicht bestandenen Palmenwald, war der Lastwagen mit seinem Geländegang dem Zephyr weit überlegen.
Dann wurde das Piepen wieder lauter. Offenbar bewegte sich der Lastwagen nicht mehr vorwärts, er mußte irgendwo abseits der Fahrspur angehalten haben.
Wegner und Adipo stiegen aus und pirschten sich zu Fuß heran. Nach wenigen hundert Metern hörten sie Stimmen. Der Palmenwald war in dichten Akazien-

busch übergegangen, in den jemand eine Lichtung geschlagen hatte. Der Lastwagen war dort abgestellt und neben ihm ein Landrover.
Vorn auf der Lichtung liefen Gestalten hin und her, die auf ihren Schultern Lasten trugen. Adipo schaute durch sein Nachtglas und gab es wortlos an Wegner weiter. Es waren Inder. Sie krochen aus einem Stollen und zogen Stoßzähne von Elefanten hinter sich her. Einer lud gerade ein Bündel mit zusammengeschnürten Fellen auf den Lastwagen, ein zweiter trug mehrere abgeschnittene Nasenhörner, ein dritter schleppte einen Ballen mit Krokodilhäuten heran und wuchtete ihn auf die Ladefläche.
Harun Njeru und seine rechte Hand Ahmed Faraj beaufsichtigten das Verladen.
Etwas abseits vertraten sich Benson und Pino die Beine. Pino blickte ungeduldig auf seine Armbanduhr, und Wegner hörte ihn fragen: »Dauert's noch lange? In drei Stunden wird es hell.«
Njeru hob beschwichtigend eine Hand. Wenige Minuten später war die Ware umgeladen. Die Inder verschlossen den Stollen mit abgestorbenem Buschwerk, bis der Eingang von außen nicht mehr zu erkennen war.
Wegner und Adipo rannten zu ihrem Zephyr zurück, und bald darauf brachen die beiden Fahrzeuge, Bensons Lastwagen und Njerus Landrover, durch den Busch, zurück auf die Fahrspur. Zu Adipos Überraschung schlugen sie aber nicht die Richtung zur Küste ein. Sie fuhren weiter landeinwärts.
Als das Brummen der Motoren nicht mehr zu hören war, startete auch Wegner seinen Zephyr, und Adipo schaltete das Peilgerät ein.
»Ein Sammeltransport«, sagte er. »Das lohnt sich.«

»Wann nehmen wir sie endlich hoch?«
»Am Flugzeug.« Adipo entsicherte sein automatisches Gewehr. »Hier irgendwo muß eine von diesen verlassenen Buschpisten sein. Ich nehme an, daß dort Pinos Flugzeug steht.«
Die Fahrspur wurde unwegsamer. Der Zephyr rumpelte durch Schlaglöcher.
»Hast du gesehen, wieviel sie aufgeladen haben? Das ist mindestens zwei Millionen Dollar wert«, sagte Wegner.
»Waffen scheinen sie nicht zu haben. Wenn sie nachher flüchten wollen, ziel auf die Beine, und falls der Sarde die Maschine starten will... Was ist?«
Der Motor ihres Zephyr schepperte, es hörte sich an, als schlügen Propellerflügel auf Blech. Dann gab er keinen Ton mehr von sich, und der Zephyr blieb stehen.
Wegner sprang hinaus und klappte die Motorhaube auf. Schwarzer Qualm schlug ihm entgegen. Es roch nach verbranntem Öl. »Gib mir mal die Taschenlampe, Kim.«
Er leuchtete unter den Wagen. »Es ist die Ölwanne«, sagte Wegner. »Ein Leck. Ausgelaufen.«
Adipo setzte sich ans Steuer und drehte wütend den Zündschlüssel. Wegner winkte ab. »Hat keinen Zweck. Kolbenfresser.«
Ein paar Minuten lang blieben sie hoffnungslos im Zephyr sitzen und lauschten in ihr Funkpeilgerät hinein. Allmählich verklang das Piepen.
Sie hatten den Kontakt mit den Schmugglern verloren.

Robertson war aufgeschreckt. Noch einmal schloß er die Augen und versuchte, die verworrenen Bilder zusammenzufügen: der Fluß und das Krokodil mit dem Gesicht des Mungos, das auf Judy zuschwamm, um nach dem Bein des Mädchens zu schnappen. Er sah sich selbst bei dem vergeblichen Versuch, seiner Tochter zu Hilfe zu kommen. Schachfiguren, die ihn drohend umstellten: der Turm mit dem Gesicht Adipos, der Springer Mirza, die Läufer Wegner und Koski und die dominierende weiße Dame Ginger. Als er an ihr vorbeidrängen wollte, traten ihm schwarze Bauern, die Schilde und Speere der Massai trugen, in den Weg.

Erst allmählich wurde Robertson bewußt, daß er nur geträumt hatte. An seinen Füßen spürte er den warmen Körper des Mungos. In der Nacht war Otto zu ihm aufs Feldbett hinaufgeklettert, als pochte er auf seine Rechte. Immerhin war es das Bett, das er im Kampf gegen die Baumschlange erfolgreich verteidigt hatte.

Robertson tastete im Dunkeln nach der Streichholzschachtel. Er zündete die Kerze auf dem Schemel neben dem Bett an. Draußen bellten Schakale, und vor dem Zelt hörte er das sonore Schnarchen des Turkana.

Seit Robertson allein im Basiscamp war – vom Koch einmal abgesehen –, schien Durako seine Nähe zu suchen. Nur nachmittags verschwand der Turkana regelmäßig, um rechtzeitig vor Einbruch der Dämmerung mit einem erlegten Wild zurückzukehren: einem Klippschliefer, einem Hornvogel, einem Springhasen oder einem jungen Gnu.

Gestern hatte er eine Bienenwabe mitgebracht. Er war einem Honiganzeiger gefolgt, einem jener sperlingsgroßen Spechtvögel, die einen Menschen so lange umschwirren, bis er seinen lockenden Rufen folgt zu einem Bienenvolk, das der Vogel in einem hohlen Baum aufgespürt hat, aber ohne Hilfe auszubeuten nicht imstande ist. Es ist ein Geschäft auf Gegenseitigkeit: Der Mensch holt sich den Honig, der Vogel die Bienenlarven und das Wachs.

Um den Alptraum zu verdrängen, stand Robertson auf und zündete die Karbidlampe an.
Otto war aufgewacht und wieselte fiepend heran. Robertson füllte seine Schale mit frischem Wasser und gab ihm ein Stück Schokolade. Als Robertson sich eine Pfeife zu stopfen begann, schnarrte drinnen im Zelt das Rufsignal des Funksprechgeräts.
Robertson schaute verwundert auf seine Uhr: halb sechs morgens. »Hier ist Robertson. Bitte kommen.«
»Wir sind mit Wegners Leihwagen im Busch steckengeblieben.« Es war Adipos Stimme. »Etwa zwanzig Kilometer landeinwärts vom Indischen Ozean, nordwestlich von Kilifi. Gibt es hier irgendwo eine versteckte Landepiste?«
»Augenblick, Captain.« Robertson kramte aus seiner Umhängetasche neben dem Bett eine Spezialkarte. »Warum fragen Sie?«
»Irgendwann heute früh wird hier eine Maschine starten.«
»Das könnte vom Planquadrat P 8 aus geschehen.«
»Wo ist das?«
»Nordöstlich von Bamba. Ich bin da selbst mal gelandet, vor vielen Jahren. Aber die Piste ist lange nicht mehr benutzt worden.«
»Ist die Landebahn lang genug für ein Transportflugzeug?«
»Kann ich nicht mehr sagen. Ist zu lange her. Warum wollen Sie das überhaupt wissen?«
»Sie haben zwei Sammeldepots geleert. Elfenbein, Nasenhörner, Felle und so weiter. Mehr jedenfalls, als in ein Sportflugzeug hineingehen würde. Ich möchte, daß Sie die Maschine aufhalten.«
»Mit der Cessna?«
»Ja.«

»Aber ich bin ganz allein im Camp.«
»Macht nichts. Sie fliegen nach Mombasa und nehmen Koski als Bordschützen auf. Ich funke ihn im Hotel *Rosamar* an. Er wird am Flughafen auf Sie warten.«
»Was ist mit Mirza? Kommt der nicht mit?«
»Mirza ist unauffindbar. Lassen Sie sich von der Flugüberwachung alle Flugbewegungen im Raum zwischen Mombasa und Malindi melden. Wahrscheinlich wird Pino das Land auf dem kürzesten Weg verlassen wollen.«
»In Richtung Ozean also.« Robertson kraulte gedankenverloren den Nacken des Mungos. »Und wer kümmert sich inzwischen um Otto?«
Bald erhob sich die Cessna in die Luft, dem schwachen Schimmer der Morgendämmerung entgegen.

Gelangweilt schaute Mirza auf die dunkelgrünen Mangrovensümpfe des Tudor Creek hinunter. Hätte er doch bloß nicht auf der Party den Hubschrauber erwähnt!
Stella hieß sie, eine langbeinige Irin mit fuchsroten Haaren und grünen Augen, und Mirza hatte sich einen amüsanteren Ausklang des Festes vorgestellt als ausgerechnet einen Rundflug über Mombasa. Leider hatte sie darauf bestanden. Und das am frühen Morgen!
Wenigstens machte es ihr Spaß. Sie schüttelte begeistert ihre rote Mähne, genoß die Aussicht und spielte an den Armaturen. »Ich will ein bißchen Musik hören.« Sie drückte eine Taste.
»Das ist nicht das Radio«, sagte Mirza nachsichtig.
Das Funksprechgerät war auf MAPSU-Frequenz eingeschaltet, und es war Adipos Stimme, die jetzt ertönte: »Ihr müßt der Transportmaschine den Weg abschneiden und Pino zur Landung zwingen. Wo befindet ihr euch gerade?«

»Ich kann den Kilifi Creek sehen.«
»Das ist Robertson!« rief Mirza verblüfft.
»Ist das ein Freund von dir?« fragte Stella.
»Pscht!« Mirza stellte den Empfänger lauter.
»Sie müßten mit dem Einladen längst fertig sein.« Es rauschte und knackte, dann war wieder Adipos Stimme zu hören. »Wenn Pino nicht beidreht, soll Koski ihm zur Warnung eine Garbe vor den Bug setzen. Frag ihn mal, ob Mirza sich inzwischen bei ihm gemeldet hat.«
»Die sprechen ja von dir!« rief Stella.
»Jetzt habe ich nicht verstanden, was Koski geantwortet hat«, sagte Mirza vorwurfsvoll. Er fing gerade noch das Wort »Ende« auf.
Mirza stellte den Empfänger ab und nahm Kurs Nordnordost. Er hatte wenig Hoffnung, Pinos Transportmaschine am Kilifi Creek abzufangen, und selbst wenn ihm dies gelingen sollte, würde er mit seinem langsamen Helikopter gegen eine Transportmaschine nicht viel ausrichten können.
Er fühlte Stellas zärtliche Hand auf seinem Oberschenkel. »Weißt du, wozu ich jetzt Lust hätte?« fragte sie.
»Sag's lieber nicht«, bat er.
»Ich mag dich, Mirza.« Langsam knöpfte sie sein Buschhemd auf. »Hast du eigentlich Haare auf der Brust?«
»Nein«, sagte er. »Und du?«
Gekränkt zog sie ihre Hand zurück, und wieder einmal begann Mirza mit seinem Schicksal zu hadern, das ihm regelmäßig diesen Adipo schickte, sobald es spannend wurde mit einem Mädchen.
Als er unter sich die Kilifi-Fähre entdeckte, schaltete Mirza das Funksprechgerät um auf die Frequenz der Flugüberwachung.
Stella schmollte. »Sag, daß es dir leid tut.«

»Was?«
»Du hast behauptet, ich hätte Haare auf der Brust.«
»Nach dem Frühstück kannst du mir ja das Gegenteil beweisen.«
»Ich will nach Hause.«
»Augenblick noch.« Zunächst war es nur ein silberner Punkt im Westen, aber als er näher kam, erkannte Mirza, daß es eine zweimotorige Maschine mit einem dicken Rumpf war. Er gab Stella sein Fernglas. »Schau doch mal nach dem Kennzeichen von der Maschine.«
»PY 219«, sagte sie.
Mirza tätschelte ihr dankbar die Hand und drückte die Sprechtaste seines Funkgeräts. »PY 219, PY 219, bitte kommen.«
»Hier ist PY 219, wer spricht? Over.«
»Hier spricht Harun Njeru. Sie müssen sofort in Mombasa landen, Pino. Over.«
»Mann, ich bin froh, wenn ich das offene Meer erreicht habe! Over.«
»Benson hat eine Zeitzünderbombe unter Ihre Ladung geschmuggelt. Over.«
Es dauerte fünf Sekunden, bis Pino antwortete. »Quatsch! Warum sollte er so was tun! Over.«
»Ein Komplott. Er will keine Mitwisser. Over.«
»Erzählen Sie doch keine Märchen, Mann! Over.«
»Okay. Dann grüßen Sie bitte meinen Onkel in der Hölle. Over.«
»Wen soll ich grüßen?«
»Meinen Onkel in der Hölle. Sie werden ihn in zehn Minuten sehen. Er hat den Andenkenladen gleich am Eingang links. Sie können ihn kaum verfehlen. Over.«
»Ach, lecken Sie mich doch am Arsch! Over und Ende.«

Und als die Transportmaschine weiter Kurs auf den Ozean hielt, stellte Mirza fest: »Er hat nicht angebissen, schade. Entschuldige, Onkelchen. Aber diese Dame ist Zeuge, daß ich deinen Namen für einen guten Zweck mißbraucht habe.«

Die Cessna kurvte vor der Küste, und Robertson fragte sich, ob sie nicht schon zu spät dran waren.
Das Maschinengewehr war schußbereit, aber Koski hielt es für ratsam, Reservemunition griffbereit zu haben. »Wo sind die anderen Gurte?«
»Hinter Ihnen im Kasten«, sagte Robertson.
Als Koski in den Blechkasten hinter seinem Sitz griff, spürte er einen kurzen, heftigen Schmerz im Zeigefinger. Er zog seine Hand zurück und lutschte das Blut aus dem Finger.
»Nicht dieser Kasten«, sagte Robertson. »Der andere.«
»Und was ist da drin?«
»Otto.«
»Hat sich wohl wieder hineingeschmuggelt.« Koski öffnete den zweiten Kasten, zog den Reservegurt heraus und legte ihn neben sich.
»Ich konnte den Mungo doch nicht alleine im Camp zurücklassen.« Und als Koski ihn verständnislos anstarrte, erklärte Robertson: »Ist ja keiner mehr da außer Durako. Und dem traue ich nicht über den Weg. Womöglich fängt er Otto ein und ißt ihn auf.«
»Sie machen sich Sorgen um Otto? Sie?«
»Einer muß sich ja um das Tier kümmern.« Robertson brach ab. »Da vorn! Das muß sie sein.«
Robertson schaltete den Sprechfunk ein. »Bitte kommen.«
»Wenn es wirklich die Transportmaschine ist.« Koski

schüttelte den Kopf. »Sehen Sie, der Kurs! Die wird doch nicht etwa in Mombasa landen wollen!«
Statt einer Antwort zog die Maschine eine Schleife aufs offene Meer hinaus. Durch sein Glas erkannte Koski jetzt das Kennzeichen.
»Mr. Pino scheint nicht auf einen Plausch unter Fliegerkameraden aus zu sein«, murmelte Robertson. Dann versuchte er es noch einmal mit einem Funkspruch: »PY 219. Im Namen der Regierung von Kenia! Kehren Sie sofort um und nehmen Sie Kontakt mit Mombasa Tower auf. Over.«
»Er denkt nicht daran«, sagte Koski. »Soll ich?«
Robertson nickte, und Koski jagte der Maschine eine Garbe aus dem Maschinengewehr hinterher.
Einen Augenblick lang schien es, als wolle Pino einen Haken schlagen, um das Sperrfeuer zu umfliegen, aber dann drehte er wieder auf Ostkurs, hinaus aufs offene Meer.
Robertson hob lauschend seinen Kopf. Zuerst hörte es sich an wie ein fernes Donnergrollen, in Sekunden schwoll es an zu einem ohrenbetäubenden Dröhnen, verebbte und schwoll wieder an.
Koski duckte sich unwillkürlich, aber Robertson legte ihm beruhigend eine Hand auf die Schulter. »Überschalljäger!« rief er. »Dachte nicht, daß sie es so schnell schaffen.«
Koski schaute aus dem Bordfenster. Die beiden Mirages zogen eine Schleife und hielten jetzt direkt auf sie zu.
Robertson hielt seinen linken Arm aus dem Fenster und deutete auf das Transportflugzeug, aber die Piloten der Mirages schienen die Geste nicht kapiert zu haben, und als die Jäger unten und oben an ihnen vorbeischossen, schlingerte die Cessna in ihrer Druckwelle.
»Ihr habt das falsche Objekt!« schrie Robertson ins

Bordfunkgerät. »Nicht wir, die Transportmaschine da!«
Die Mirages wendeten und nahmen wieder Kurs auf die Cessna.
»Begreift ihr denn nicht!« schrie Robertson. Der Rest seines Satzes ging in einem ohrenbetäubenden Dröhnen unter. Koski konnte sich nicht erinnern, Robertson jemals so aufgebracht gesehen zu haben.
Im nächsten Augenblick flogen die Mirages an ihnen vorbei, diesmal hintereinander. Sie hatten sich zwischen die Cessna und das Transportflugzeug gedrängt, so daß Robertson gezwungen war abzudrehen.
Pinos Maschine war mittlerweile aus der Reichweite ihres MG geraten. »Warum antworten die nicht?« fragte Robertson. »Schauen Sie doch mal hinaus, welche Kennzeichen die haben.«
»Da sind keine Kennzeichen«, rief Koski.
»So was gibt's nicht!« Robertson sah nun selbst aus dem Fenster. Einer der beiden Jäger schoß in einem Abstand von fünfzig Metern an der Cessna vorbei, und jetzt entdeckte auch Robertson, daß die Stellen an Rumpf und Tragwerk, die sonst die Kennzeichen tragen, mit grauer Farbe überpinselt waren.
Robertson schüttelte den Kopf. »Jetzt verstehe ich gar nichts mehr.«
Pinos Maschine hatte das offene Meer erreicht, jenseits der Schaumkronen des Barriere-Riffs. Koski riß das Fernglas hoch. »Was soll denn das schon wieder?«
Jetzt sah auch Robertson, wie aus der Ladeluke der Transportmaschine etwas hinunterfiel, Säcke, einzelne Stoßzähne, zusammengeschnürte Fellbündel.
»Er wirft die ganze Beute ins Meer«, sagte Koski entgeistert.
Inzwischen hatten die beiden Mirages nach Norden

abgedreht und verschwanden irgendwo im gleißenden Dunst.

Im Funksprechgerät rauschte und knackte es. »Hallo, Robertson, bitte kommen.«

»Mirza! Wo kommen Sie denn so plötzlich her?«

»Schauen Sie sich mal um.«

»Da unten ist er«, sagte Koski.

Der Hubschrauber, der dicht über dem Ufer des Kilifi Creek schwebte, wackelte zur Begrüßung.

»Im ersten Augenblick hatte ich gedacht, er hätte mit dem Sarden gemeinsame Sache gemacht«, sagte Robertson erleichtert.

»Nach allem, was eben passiert ist, hätte ich mich darüber auch nicht mehr gewundert«, sagte Koski.

Ratlos knabberte Robertson an seinen Schnurrbartspitzen. »Das ist wie ein absurdes Theater.« Dann drückte er die Sprechtaste: »Mirza, haben Sie das eben mitgekriegt?«

»Alles, Robertson, alles. Ich bin daran nicht ganz unschuldig, wenn ich das in aller Bescheidenheit erwähnen darf.«

»Haben *Sie* uns etwa die Mirages auf den Hals gehetzt?«

»Immer ich! Njeru und Benson scheinen einflußreiche Freunde zu haben, und denen liegt etwas daran, daß Pino unbehelligt entkommt. Sehen Sie, da hinten. Gleich ist er nicht mehr zu sehen.«

Unwillkürlich wandte Robertson seinen Kopf nach der Transportmaschine, ein winziger silberner Punkt draußen über dem Ozean. »Aber warum hat er seine ganze Beute abgeworfen?«

»Aus Angst, Robertson. Eigentlich wollte ich ihn überreden, in Mombasa zu landen, aber das war wohl ein bißchen zuviel verlangt.«

»Können Sie sich bitte ein bißchen klarer ausdrücken, Mirza, bevor ich total durchdrehe.«
»Ich habe Pino über Funk erzählt, daß Benson ihm eine Zeitbombe in die Ladung geschmuggelt hat.«
»Und diesen Blödsinn hat er geglaubt?«
»Geglaubt vielleicht nicht, aber zumindest hat er Zweifel bekommen. Warum sonst hätte er das ganze kostbare Zeug ins Meer geworfen? Übrigens – was ich noch fragen wollte: Wie ist das werte Befinden Ihres Adoptivsohns?«
»Wessen?«
»Des Mungos.«
»Gut, daß Sie mich daran erinnern«, grummelte Robertson. Er griff in die Tasche seines Buschhemds, holte einen Riegel Cadbury Vollmilch-Nuß heraus und teilte ihn in drei Stücke. Eins davon gab er Otto, der die Luftschlacht in dem Blechkasten hinter dem Pilotensitz verschlafen hatte.

Rösselsprung

Es ist leichter, den Fisch zu essen,
als ihn zu waschen.
(Afrikanisches Sprichwort)

Je entrüsteter Robertsons Schnurrbartspitzen bebten, desto gleichmütiger nahm Adipo den Bericht seines Piloten entgegen. »Schade, daß wir die ganze Bande nicht schon am Boden hochgenommen haben«, meinte er lakonisch.
»Ist das alles, was Sie dazu zu sagen haben?«
Nach dem neuen Fehlschlag hatte Adipo eine Art Vollversammlung anberaumt. Sein fensterloses Zimmer im *Castle Hotel* war nun, wenigstens vorübergehend, das Hauptquartier der MAPSU. Äußerlich ähnelte es eher dem konspirativen Treffpunkt einer Bande, die das Licht der Öffentlichkeit zu scheuen hatte.
»Wir machen weiter, als sei nichts vorgefallen«, sagte Adipo.
Aber Robertson gab sich damit keineswegs zufrieden: »Sie werden sich doch wenigstens bei der Regierung beschweren, Captain.«
»Es ist leichter, den Fisch zu essen, als ihn zu waschen«, sagte Adipo.
»Offen gesagt, Captain, manchmal geben mir Ihre afrikanischen Sprichwörter Rätsel auf.«
Adipo überging den Protest. Was hätte er Robertson auch erzählen sollen? Daß ein Schutzengel namens Mama Ngina seine schützende Hand über Njeru und Benson hielt und daß Kenyattas Witwe vorerst unan-

greifbar war? Daß die MAPSU wieder einmal an ihre Grenzen gestoßen war und daß er, Adipo, aus Gründen der Staatsraison zu schweigen verpflichtet war? Die Legende des großen Mzee durfte nicht angetastet werden.
»Vorläufig bleiben wir in Mombasa«, entschied er. »Mirza wird weiter Njeru beobachten. Wegner und Koski halten die Stellung im *Hotel Rosamar*. Ich möchte wissen, was Benson jetzt unternimmt.«
Nun machte auch Wegner keinen Hehl aus seinem Unmut. »Benson wird stillhalten, schätze ich. Noch eine Woche in diesem Scheißhotel halte ich nicht durch. Und was Jason Koski angeht, der wird noch ganz trübsinnig, wenn er weiter Teller schleppen muß.«
Adipo wandte sich an Mirza. »Und du? Auch Einwände?«
»Ich weiß nicht, was die alle gegen Mombasa haben«, sagte der Inder. »Ich fühle mich hier ganz wohl.«
»Wie heißt sie denn?« wollte Wegner wissen.
»Stella, und sie hat rote Haare.«
»Hoffentlich nimmt diese Stella Sie nicht allzusehr in Beschlag«, sagte Robertson. »Sie sind mir nämlich noch eine Revanche schuldig, Mirza.«
»Kriege ich diesmal die weißen Steine?«
»Einverstanden.« Robertson zog sein Steckschach aus der Brusttasche, und Mirza eröffnete, ohne lange zu überlegen, indem er den Damebauern auf d4 zog.
Bevor sie wieder auseinandergingen, teilte Adipo Signalpistolen aus. »Nur für den Notfall. Kann ja sein, daß einer von euch in einer gefährlichen Situation Hilfe herbeirufen muß.«

Das Mädchen hatte das hohle Kreuz der Luo und einen schmalen herausstehenden Hintern, der beim Gehen nicht horizontal wippte wie bei Stella, sondern vertikal, auf und ab, auf und ab.

Mirza gefiel die Art, wie sie mit dem Hintern wippte, aber mehr noch als diese Eigenart interessierte ihn der Umgang der kaffeebraunen Venus. Gestern, als er Ahmed Faraj heimlich von Njerus Lagerhaus gefolgt war, hatte er beobachtet, wie Faraj eine einfache Bar in der Nasser Road aufgesucht und dort das Mädchen getroffen hatte.

Und heute saß sie wieder an der Bar, diesmal allein, ihre Pfefferkornhaare zu winzigen Zöpfen geflochten, auf dem Kopf Scheitelalleen schnurgerade wie auf einem Stadtplan, und Augen, die Durst und Neugier verrieten.

So dauerte es nicht lange, bis sie sich zu ihm an den Tisch setzte und die Frage stellte, mit der sie gewöhnlich ein Gespräch eröffnete: »Kaufst du mir einen Drink?«

Nachdem Mirza ihr einen Campari Soda bestellt hatte, stellte sie ihre zweite Frage: »Wie heißt du?«

»Brahmaputra.«

»Puh!« Sie blähte ihre Backen. »Schwieriger Name.«

»Nenn mich doch einfach Putti«, schlug Mirza vor. »Und du, Prinzessin?«

»Ich heiße Lizzy. Bist wohl nicht von hier, Putti?«

»Aus Sansibar. Bin der Sohn des Sultans.«

»Oh!« Lizzy rückte ein Stück näher. »Dann bist du sicher sehr reich?«

Mirza antwortete mit einer vagen Handbewegung.

»Hast du eine Frau, Putti?«

»Siebenunddreißig Frauen. In einem Serail aus Seide, Elfenbein und zehntausend Rubinen und Smaragden.«

»Ein richtiger Harem!« Ihre Augen glänzten. »Dürfen Inder denn das?«

»Ich darf das, denn mein Vater ist der Sultan.«
»Und was fängst du mit so vielen Frauen an?«
»Ich langweile mich. Jetzt suche ich die achtunddreißigste.«
Lizzy nickte verständnisvoll. »Ach, und deshalb bist du nach Mombasa gekommen.«
»Das auch. Ich treibe Handel mit einem Kaufmann namens Harun Njeru.«
»Oh, den kenne ich.«
»Ein wertvoller Mensch, nicht wahr?«
»Ich kenne ihn nicht persönlich. Aber sein Manager kommt mich jede Woche zweimal besuchen. Erzähl mir von deinem Harem, Putti. Wie leben die Frauen da?«
»Sie spielen den ganzen Tag mit ihren Juwelen. – Sag mal, Lizzy, dieser Njeru, hat der eigentlich ein großes Geschäft?«
»Ein Lagerhaus und ein paar Dauen im Hafen.« Verträumt starrte sie in ihr Campariglas. »Die Frauen in deinem Harem sind bestimmt sehr schön...«
»Im Hafen, sagst du?«
»Ja, übermorgen früh läuft wieder eine Dau aus.«
»Woher weißt du denn das so genau?«
»Weil Ahmed an dem Abend keine Zeit für mich hat. – Deine Frauen sind wohl schöner als ich?«
»Wohin läuft sie aus?«
»Die Dau? Nach Mokka.«
»Das liegt im Jemen, nicht wahr?«
»Irgendwo in Arabien, glaube ich.« Versonnen fügte sie hinzu: »Ich war noch nie in Sansibar.«
Unter dem Tisch spürte Mirza ihre Hand auf seinem Oberschenkel. »Und was hat sie geladen?«
»Mangroven. In Arabien wachsen nämlich keine Bäume.«
»Du weißt aber gut Bescheid, Lizzy.«

»Der Manager ist doch mein Freund.«
»Ich würde sie mir gerne mal ansehen, die Dau.«
»Warum, Putti?«
»Wenn ich mit Njeru Geschäfte machen will, muß ich doch wissen, ob seine Dau auch seetüchtig ist.«
»Ich glaube, sie heißt *Nawa*..., irgendwas mit *Nawa*.«
Mirza holte einen Stadtplan aus der Tasche und breitete ihn auf dem Tisch aus. »Zeig doch mal, wo sie liegt.«
Unlustig tippte Lizzy mit dem Finger auf einen Punkt am Nordrand der Insel Mombasa. »Ich möchte mich viel lieber über Sansibar unterhalten.«
»Ein andermal, Prinzessin. Ich muß jetzt meine Kamele tränken.«
»Wieviel hast du denn?«
»Siebenunddreißig. Für jede Frau eins. Alle heute gekauft.«
»Mit mir würdest du dich nicht langweilen wie mit den anderen siebenunddreißig Frauen.«
»Ich muß jetzt gehen, Lizzy.« Er stand auf und verabschiedete sich mit einem flüchtigen Kuß. »Die Kamele scharren schon mit den Hufen.«
Als er sich endlich von ihr befreit hatte und auf der Straße stand, zog es ihn mit aller Macht zu Stella ins *Oceanic Hotel*. Auf dem Weg dorthin machte er einen Umweg über die Altstadt.
Jetzt, nach Sonnenuntergang war das schwere Eisentor zum Dauhafen verschlossen. Ein Zöllner in seiner hellblauen Uniform blinzelte träge aus dem Wachhäuschen. Mirza überzeugte sich mit einem Blick durch die Gitterstäbe, daß das Mädchen die Wahrheit erzählt hatte.
Eine der drei Dauen, die dort nebeneinander vertäut waren, hieß tatsächlich *Nawalilkher*.

Als Koski die letzte der vier Tonbandkassetten abgespielt hatte, machten sich Adipo und Robertson an die Auswertung.
Die abgehörten Gesprächsfetzen und Telefonate ergaben nur dann einen Sinn, wenn man sie wie Puzzle-Steine zusammensetzte. Da war die Rede von einem Ballen mit Krokodilhäuten, den der Südostmonsun an das Korallenriff unweit von Malindi angetrieben hatte. Benson mußte also unterdessen erfahren haben, daß der Sarde die Schmuggelware – oder wenigstens Teile davon – über dem Meer abgeworfen hatte.
Auf einer anderen Kassette hatte Koski Bensons vergebliche Versuche mitgeschnitten, über ein Hotel in Aden telefonisch Kontakt mit Pino aufzunehmen. Und es hatte einen aufschlußreichen Telefondialog zwischen Benson und Njeru gegeben. Bensons Stimme war von der Abhöranlage in seinem Büro aufgenommen worden, und was der indische Partner zum Gespräch beigesteuert hatte, ließ sich unschwer zusammenreimen.
Adipo spielte Bensons Part ab:
»Woher soll ich das wissen! Der Sarde muß verrückt geworden sein.« — »Jedenfalls habe ich die Ware ordnungsgemäß abgeliefert und...« — »Nein, frei Flughafen. Aden war nicht abgemacht. Das Transportrisiko trägt natürlich Ihre Firma.« — »Sie können mich doch nicht für die Märchen dieses Piloten haftbar machen. Ich will Ihnen mal sagen, wie es war: Pino hat die Ladung unterschlagen, einfach unterschlagen! Ich habe Ihnen gleich gesagt, diesen Italienern ist nicht zu trauen!« – »Hören Sie, Mr. Njeru, wir haben doch früher immer gut zusammengearbeitet, und nie hat es auch nur die geringste Unstimmigkeit gegeben. Vielleicht sollten wir uns mal zusammensetzen und die Sache in aller Ruhe besprechen.« — »Wie Sie wollen! Jedenfalls muß ich auf

Bezahlung der Ware bestehen!« — »*Ich* soll auch noch Schadenersatz leisten? Für *Ihren* Piloten?«
Adipo stellte den Recorder ab und lehnte sich zurück. »Und hier hat's ihm die Sprache verschlagen.« Er wandte sich an Robertson: »Was halten Sie davon?«
»Wenn ich noch Arzt wäre, dann hätte ich den Mann erstmal zu einem Internisten geschickt. Haben Sie gehört, wie kurzatmig der spricht? Dieser Benson ist schwer herzkrank.«
»Ob Njeru in dem Telefongespräch die Sache mit der Zeitbombe erwähnt hat?«
Robertson schüttelte den Kopf. »Er hat es wohl bei Andeutungen bewenden lassen, sonst hätte Benson das energischer bestritten. Da fehlte der Brustton der Überzeugung. Benson glaubt wahrscheinlich, die wollen ihn aufs Kreuz legen.«
»Dasselbe glaubt Njeru von Benson«, sagte Koski.
Adipo lächelte sibyllinisch. »Zwei Bullen in einem Stall werden nie friedlich zusammenleben.«

Nachdem Koski wieder zurückgefahren war zu seinem ungeliebten Dienst im *Rosamar*, öffnete Robertson die Balkontür, weil Otto fiepte. Robertson hatte den Mungo mitsamt seinem Kasten auf der Loggia untergebracht.
Pius, der Schweizer Hoteldirektor, hatte Robertson eines der größeren Zimmer nach vorn heraus vermietet. Am Standard der Jahrhundertwende gemessen, war es hochherrschaftlich. Die Plazierung der sanitären Einrichtungen freilich war eigenwillig: Das Wasserklosett befand sich draußen auf der Loggia. Die Dusche dagegen mitten im Zimmer. Es gab keinen Duschvorhang und im Estrich eine Art Gully, durch den das Duschwasser ablaufen konnte. In die Glastür zur Log-

gia war die Klimaanlage eingebaut, ein Kasten, aus dem unentwegt Schwitzwasser auf den Estrich tropfte.
Gegen das fensterlose Loch, das Adipo bis dahin bewohnt hatte, war dieses Zimmer luxuriös. Es hatte ein Doppelbett, das sich Adipo und Robertson nun teilten.
»Was macht der Mungo?« fragte Adipo.
Robertson war vom Balkon wieder hereingekommen. Sorgfältig schloß er die Glastür, um die Schwüle auszusperren. »Mir ist die Schokolade ausgegangen. Ob ich im Hotel eine Tafel kriege?«
Adipo lächelte in sich hinein. Mirza hatte recht behalten. So sehr Adipo dessen Methode auch mißbilligte, der Zweck der betrügerisch gewonnenen Schachwette war erfüllt: Der introvertierte Robertson hatte wieder ein Wesen, für das er sich verantwortlich fühlte. Auch wenn es nur ein Mungo war.
Robertson legte sich aufs Bett und starrte zur Decke. Irgend etwas ging ihm durch den Kopf. Es war ihm anzusehen, daß es ihm schwerfiel, sich zu artikulieren. »Wir kennen uns schon eine ganze Weile, nicht wahr, Captain«, begann er schließlich.
»Ein halbes Jahr ungefähr.«
»Ich meine, in einem halben Jahr... wenn man fast ununterbrochen mit einem Menschen zusammenlebt, dann lernt man ihn ganz gut kennen, und manchmal auch schätzen.«
»Manchmal auch schätzen.«
»Auch wenn es nicht immer den Anschein hat.«
»Na ja, eine Stimmungskanone sind Sie nicht gerade. Doch daran habe ich mich gewöhnt. Die anderen auch. Aber sonst...«
Robertson versank wieder in tiefes Grübeln. »Sie sind ja hier der Ranghöchste...«

»Ich hoffe, Sie fühlen sich nicht unterdrückt. Für einen Akademiker ist es bestimmt nicht leicht...«
»Nein, nein, das wollte ich damit nicht ausdrücken, beileibe nicht. Sie sind immer sehr anständig gewesen. Aber da ich nun der Ältere von uns beiden bin, sollte ich vielleicht...« Er gab sich einen inneren Ruck. »Jedenfalls stört es mich, daß Sie sich alle beim Vornamen nennen, und ich bin da so ein bißchen ausgeschlossen.«
Adipo wollte etwas erwidern, aber der plötzlich redselig gewordene Robertson ließ ihn nicht zu Wort kommen.
»Ich weiß, es hat an mir gelegen, und deshalb sollte ich den ersten Schritt tun, wenn Sie es mir nicht übelnehmen.«
Robertson war aufgestanden, für seine Verhältnisse sehr behende, und bevor er Adipo förmlich die Hand reichte, wischte er sie verstohlen an seinem Hosenboden ab. »Ich heiße übrigens Tim.«
»Meinen Vornamen kennst du ja«, grinste Adipo, während er Robertson freundschaftlich an seinem Schnurrbart zauste. »Und wenn wir wieder alle zusammen sind, dann feiern wir eine große Verbrüderungsparty.«
»Abgemacht.«
Und zum erstenmal, seit Adipo ihn kannte, sah er Robertson lächeln.

An diesem drückend heißen Tag hätte sich Wegner viel lieber von Ginger die Meeresfauna in den Riffen vor dem *Hotel Rosamar* erklären lassen. Zum Glück hatte sich Ginger für ein Wochenende frei machen können, sie war aus Nairobi herübergekommen.
Aus dem Ausflug zur Riffbarriere wurde wieder nichts, denn Benson hatte seinen Rover aus der Garage geholt.

So folgten sie ihm einmal mehr in dem grünen Zephyr, und als sie auf der Likoni-Fähre übergesetzt hatten, räsonierte Ginger: »Ich weiß wirklich nicht, warum ich hier weiter Detektiv spielen soll.«
Sie hatte das heikle Thema nicht mehr angeschnitten, aber Wegner spürte, daß sie noch immer unter ihrer vermeintlichen Mitschuld an Petras Tod litt.
»Benson fährt nur zur Post, um sein Fach zu leeren«, sagte Wegner. »Das macht er um diese Zeit immer. Siehst du!«
Benson hatte seinen Rover vor dem Hauptpostamt in der Digo Road abgestellt und ging zu einer der Boxen, die man von der Straße aus aufschließen und leeren konnte, ohne das Gebäude betreten zu müssen.
»Wenn du das schon vorher gewußt hast«, sagte Ginger verdrossen, »warum machen wir uns dann erst die Mühe?«
»Weil ich Benson nicht mehr aus den Augen lassen darf.«
Unterdessen war der Hotelmanager an seinem Postfach angelangt. Er bückte sich, schloß es auf und griff hinein. Seine Hand zuckte sofort zurück.
Benson stieß einen langgezogenen, gellenden Schrei aus. Kopflos rannte er davon, seine Arme rotierten wie Propeller, sein Safarihut fiel auf den Asphalt, dann taumelte er. Im Sturz führte er seine Hand an den Mund.
Ginger reagierte als erste. Schon nach Bensons Schrei war sie über die Straße gerannt. Während die Afrikaner auf der belebten Digo Road zu dem schreienden und tobenden Weißen scheu Abstand wahrten, beugte sie sich zu ihm hinab. »Was ist passiert?«
»Helfen Sie mir doch!« schrie er. Seine Augen waren blutunterlaufen, er wälzte und krümmte sich auf dem

Asphalt und sog das Blut aus einer Wunde an seinem Mittelfinger.
Ginger riß ihm die Hand aus dem Mund, drückte mit ihren Knien Bensons Arm auf den Boden. »Halt ihn fest«, rief sie dem hinzugekommenen Wegner zu. »Er darf sich nicht mehr bewegen.«
»Was hat er denn?«
Während sie die Wunde betrachtete, konnte sie mit den Augen verfolgen, wie die blaurote Schwellung zentimeterweise vom Mittelfinger zum Handgelenk und von dort zum Unterarm hinaufwanderte. »Taschentuch! Schnell!«
Als Wegner es ihr gegeben hatte, versuchte Ginger, Bensons Arm in der Beuge abzubinden.
Die Afrikaner ringsum rannten kreischend auseinander. Wegner hörte ihre Schreie: »Eine Schlange.« Und: »Da läuft sie!«
»Halt ihn fest!« sagte Ginger noch einmal. Sie sprang auf und lief zu den Postfächern hinüber. Fluchtbereit umringten neugierige Passanten die Viper, die sich züngelnd seitwärts über den Bürgersteig schlängelte. Sie hatte einen breiten, eckigen Kopf mit zwei Teufelshörnchen. Ihre Haut war braun mit einem schönen kreuzförmigen Muster, unterbrochen von sandfarbenen Balken, ihr Körper war plump und kurz, kaum einen Meter lang. »*Bitis gabonica*«, murmelte Ginger.
Sie wandte sich an einen Postangestellten. »Rufen Sie das Hospital an. Sie sollen sofort kommen. Sofort! Und sagen Sie dem Arzt, es ist eine Gabun-Viper!«
Und als der Angestellte sie verdutzt ansah, drehte sie ihn resolut um und schob ihn an. »Laufen Sie! Es geht um Sekunden!«
»Er ist tot!« rief Wegner.
Ginger lief zurück und fühlte Bensons Puls. »Er hätte sich nicht soviel bewegen dürfen nach dem Biß.«

Sie hob Bensons Safarihut vom Pflaster auf und deckte damit sein Gesicht zu, so als wollte sie es nicht unnötig den Blicken der schaudernden Menge aussetzen.
»Es war der Schock«, sagte sie leise. »Oft ist es nicht das Gift, sondern der Schock, der die Leute umbringt.«
Die Afrikaner, die vor einer Minute noch erschrocken durcheinandergerannt waren, johlten, und einige hüpften triumphierend in die Luft.
Auf dem Fahrdamm lag der plattgewalzte Leib der Viper. Ein Lastwagen hatte sie überfahren.

Ginger und Wegner warteten nicht erst die Ankunft des Krankenwagens ab, sondern gingen schnurstracks die dreihundert Meter hinüber ins *Castle Hotel*, um Adipo und Robertson die Neuigkeit zu überbringen.
»Sie haben alles richtig gemacht.« Robertson nickte Ginger anerkennend zu. »Den Arm stillegen und abbinden. Die Schlange identifizieren und das Krankenhaus anrufen. Mehr hätte ich als Arzt auch nicht tun können. Das Fatale ist, daß durch Bensons hektische Bewegungen besonders viele Hämotoxine und Neurotoxine in den Blutkreislauf geraten sind. Sonst wäre er vielleicht noch zu retten gewesen, vorausgesetzt, man hätte ihm rechtzeitig das Gegenserum gespritzt.«
»Leider haben Gabun-Vipern extrem lange Zähne, und entsprechend groß ist das Quantum an Gift.«
»Ein gesunder Mann wäre zu retten gewesen, aber bei der Herzinsuffizienz von diesem Benson...«
»Sie können gleich Ihren wissenschaftlichen Disput fortsetzen«, unterbrach Adipo. »Aber vorher möchte ich nur noch eins wissen, Ginger: Haben Sie schon mal von Schlangen gehört, die sich mitten in der Großstadt herumtreiben?«
»Nie. Und schon gar nicht *Bitis gabonica*. Gabun-

Vipern sind sehr scheu und leben in Waldgebieten, meist in Westafrika.«

»Jedenfalls nicht in Postfächern«, meinte Wegner. »Es sei denn, jemand praktizierte sie dort hinein.«

Adipo wechselte einen Blick mit Robertson. »Koski hat ein Telefongespräch zwischen Benson und Njeru abgehört. Njeru schien, gelinde gesagt, ziemlich ungehalten. Immerhin war das Zeug, das jetzt auf dem Grunde des Ozeans schlummert, für ihn ein paar Millionen Dollar wert. Und er muß gewußt haben, daß Benson sein Postfach immer persönlich zu leeren pflegte.«

»Und daß er herzkrank war«, ergänzte Robertson.

»Dann steckt also Njeru hinter dem Attentat«, sagte Wegner. »Wenn wir Njeru wegen Schmuggels nicht drankriegen, dann vielleicht wegen eines simplen Mordes.«

Adipo überlegte. »Irgend jemand aus dem Postamt muß mit Njeru gemeinsame Sache gemacht haben. Und die Viper, die muß er ja irgendwo erstanden haben, von einer Schlangenfarm vielleicht.«

»Verzeihen Sie, Captain«, gab Ginger zu bedenken. »Aber Morduntersuchung – ist das nicht die Aufgabe der Polizei?«

»Es würde mich nicht sehr überraschen«, sagte Adipo, »wenn die Polizei diesen Mord nur allzu schnell als unaufgeklärten Unglücksfall zu den Akten legen würde.«

»Verstehe«, sagte Ginger. »Und was kann man dagegen tun, Captain?«

»Beweise sammeln, die so hieb- und stichfest sind, daß kein Staatsanwalt sie übersehen kann.«

»Captain, wollen Sie damit andeuten …«

»Ich will damit nur andeuten, daß man einen schlauen Vogel auch in einem morschen Käfig fangen kann.«

Als Mirza später das *Castle Hotel* aufsuchte, um die angefangene Schachpartie mit Robertson fortzusetzen, vor allem aber, um Adipo über sein gestriges Gespräch mit Farajs Freundin Lizzy zu berichten, traf er niemanden an. Robertson war unterwegs, um eine Liste aller in Kenia bestehenden Schlangenfarmen zu besorgen, und der Captain konferierte gerade mit seinen APU-Kollegen in Mombasa, um die endgültige Zerschlagung von Bensons nun kopfloser Organisation in die Wege zu leiten.

Im Café hörte Mirza ein Weilchen ohne sonderliche Anteilnahme einem Gespräch zu, in dem es um den Tod eines Mannes ging, der angeblich vor der Hauptpost in der Digo Road von einer Giftschlange gebissen worden war. Die Afrikaner liebten Greuelgeschichten, und Mirza hatte es sich längst abgewöhnt, ihr abergläubisches Geschwätz ernst zu nehmen. Eine Giftschlange vor dem Postamt!

Mirza wartete noch ein Weilchen, dann trank er seinen Gin Tonic aus und schlenderte hinunter in die Altstadt. Er wußte, daß jetzt, zur Dinnerzeit, sich niemand mehr in Njerus Lagerhaus aufzuhalten pflegte.

So lenkte er seine Schritte zur Salisbury Road, und nachdem er sich davon überzeugt hatte, daß alle Türen des Lagerhauses verschlossen waren, verschaffte er sich mit dem Schlüssel, den er bei seinem Besuch neulich hatte mitgehen lassen, Einlaß durch eine Seitenpforte.

In der Lagerhalle war es dunkel. Mirza zündete ein Streichholz an und sah sich um. Obwohl Lizzy behauptet hatte, daß Njerus Dau schon am nächsten Morgen auslaufen sollte, stand das Frachtgut noch überall herum. Hatte Lizzy sich vielleicht im Datum geirrt, oder sollte die Dau erst kurz vor dem Auslaufen beladen werden?

Mirza tastete die Jutesäcke ab. Es knirschte leise, als ginge jemand über einen Kiesweg. Kaffeebohnen.
Danach wandte er sich den Teekisten zu, hebelte aufs Geratewohl eine mit einer Eisenstange auf und griff hinein. Teeblätter, bis zum Boden der Kiste Teeblätter. Er nagelte die Kiste wieder zu.
Mirza sah sich suchend um.
Die Papiersäcke vielleicht. Er warf das heruntergebrannte Streichholz auf den Boden und schlug mit der flachen Hand gegen einen der Säcke. Weißer Staub wirbelte auf. Mirza unterdrückte ein Niesen. *Korallenkalk für Nord-Jemen* stand auf dem Sack. Die Araber weißten damit ihre Häuser.
Am anderen Ende der Halle, neben der Eingangstür, lagen Mangrovenstangen, ein begehrtes Baumaterial auf der arabischen Halbinsel, wo es keine Bäume und kein Holz gibt. Mangroven gedeihen nur in Brackwasser. Die Araber schätzen das Mangrovenholz, weil das Seesalz es mit der Zeit hart und gegen Termiten resistent gemacht hat. Die Mangrovenstangen waren säuberlich verschnürt und gebündelt, ganze Stapel waren dort aufgehäuft.
Mirza zündete ein neues Streichholz an, doch ein Luftzug blies es sofort wieder aus. Der Luftzug kam von der Tür, die jemand hinter ihm geöffnet hatte.
Eine Hand griff nach ihm, hielt ihn fest. Es war die dürre Klaue Harun Njerus.
Mirza drehte sich um und lächelte. »Verzeihen Sie, Sir – können Sie mir sagen, wo hier der Ausgang ist?«
Njeru starrte Mirza argwöhnisch an. Er wandte sich um und rief hinaus: »Kommt doch mal rein!«
Bevor sich Mirza aus Njerus Griff befreien konnte, waren zwei Inder hereingerannt. Sie packten ihn an seinem Hemd.

»Mr. Hirji aus Kalkutta, nehme ich an«, sagte Njeru. »Falls ich Ihren Namen neulich richtig verstanden habe.«
»Aus Kalkutta, ja. Wie gut, daß ich Sie treffe, Mr. Njeru. Hab' mich hoffnungslos verlaufen.«
Einer der Inder leuchtete ihm mit einer Taschenlampe ins Gesicht. »Der kommt mir aber bekannt vor.« Es war Farajs Stimme.
»Eigentlich wollte ich zum Jain-Tempel«, sagte Mirza.
»Das ist ein Lagerhaus, Mr. Hirji. Kein Tempel.«
»Dann muß ich wohl die falsche Tür erwischt haben. Entschuldigen Sie bitte, Sir...«
Eine Hand tastete Mirza ab, zerrte an seinem Hosenbund.
»Nehmen Sie immer eine Pistole mit, wenn Sie in den Tempel gehen?«
»Ach, das ist nur so eine Leuchtpistole. Spielzeug. Völlig ungefährlich.«
Faraj machte sich wieder bemerkbar. »Irgendwo habe ich den Kerl schon mal gesehen.«
»Natürlich, Sir«, nickte Mirza. »Ich bin doch Mr. Hirji, der Kaufmann aus Kalkutta. Ich bin fremd hier und habe mich verlaufen. Und nun wollen Sie mich bitte entschuldigen, meine Herren, ich bin schon spät dran. Im Tempel wartet mein Gott auf mich, Adinath.«
Als Mirza sich mit einem Ruck befreien wollte, spürte er einen kräftigen Tritt an seinem Schienbein. »Verlaufen, he?«
»Überredet!« Mirza zog es vor, die Taktik zu wechseln. »Ich sehe ein, daß Sie unter den ungewöhnlichen Umständen, unter denen Sie mich hier angetroffen haben, eine wahrheitsgemäße Erklärung erwarten können.«

»Wir bitten darum, Mr. Hirji.«
»Aber Sie müssen mir versprechen, daß Sie mich nicht verraten. Er ist nämlich furchtbar eifersüchtig. Ich glaube, der hätte mich glatt erstochen, wenn es mir nicht im letzten Moment gelungen wäre, in Ihr gastfreundliches Haus hier zu flüchten.«
»Wer hätte Sie erstochen?«
»Wie konnte ich denn wissen, daß sie verheiratet war! Sie hätte es mir erzählen müssen, dann hätte ich natürlich nie etwas mit ihr angefangen. Ich respektiere nämlich die Rechte der anderen.«
»Das klingt nicht sehr überzeugend aus dem Munde eines Mannes, der in einer fremden Lagerhalle ertappt wird«, sagte Njeru.
»Was sollte ich machen, Mister Njeru? Mich von dem Ehemann der Dame einfach abmurksen lassen?«
Mirza fand sich selbst nicht besonders glaubwürdig, aber nachdem er sich nun einmal auf diese Geschichte festgelegt hatte, mußte er sie auch durchhalten. »Soll ich Ihnen mal erzählen, wie ich sie kennengelernt habe?«
»Morgen, mein Freund, morgen«, sagte Njeru. »Ich habe eine große Schwäche für Liebesgeschichten.« Er wandte sich an Faraj. »Sorg dafür, daß er bis morgen hier bleibt.«
Nachdem die drei Inder Mirza in Njerus Büro gebracht hatten, gingen Njeru und Faraj wieder hinunter in die Lagerhalle. »Der junge Mann entwickelt mir ein bißchen zuviel Phantasie«, sagte Njeru. »Erst will er mir Elfenbein abkaufen, dann hat er sich verlaufen, und schließlich ist ihm ein gehörnter Ehemann auf den Fersen.«
»Er wollte Ihnen Elfenbein abkaufen, Mr. Njeru?«
»Ja, faselte da was von einer jungen Firma in Kalkutta.«

»Natürlich!« rief Faraj. »Jetzt fällt mir ein, wo ich den Kerl schon mal gesehen habe. Auf dem Flughafen! Das ist doch der Inder, der uns um ein Haar die Luftfracht nach Aden vermasselt hätte.«

»Der mit der unsichtbaren Tinte auf der Ware?«

»Damals trug er noch keinen Bart, deshalb habe ich ihn nicht gleich erkannt. Soll ich raufgehen und ihn weiter verhören?«

»Dafür ist keine Zeit mehr. Hol lieber die Leute. Sie sollen sofort die Dau beladen. Und leg selbst mit Hand an.«

»Jetzt?«

»Wir laufen schon heute nacht aus. Nicht erst morgen früh.«

»Und der da oben?«

»Fährt mit. Bald kommt der Nachtwächter. Der kann ihn solange bewachen. Erzähl dem Alten einfach, wir hätten den Mann beim Einbruch erwischt und bringen ihn morgen zur Polizei. Und versprich ihm zwanzig Shillinge extra, der ist sowieso ein bißchen beschränkt. Aber er darf sich auf kein Gespräch mit dem Spitzel einlassen.«

»Der Spitzel soll also wirklich mit nach Mokka?«

Njeru zuckte die Achseln. »Falls die Haie nichts dagegen haben.«

Als Junge hatte Mirza einmal einen Entfesselungskünstler auf der Bühne bewundert, einen wahren Meister seines Fachs. Aber selbst dem hätte er keine Chance eingeräumt, sich aus diesem kunstvollen Geflecht von Schnüren, Stricken und Tauen zu befreien, das ihm die Inder um den Leib geschlungen hatten.

Zuerst hatten sie ihn auf einem Stuhl eingeschnürt wie eine ägyptische Mumie, die Arme fest am Körper, so

daß er gerade noch die Fingerspitzen bewegen konnte. Dann hatten sie den Stuhl in die Mitte des Büros getragen und mit Schiffstauen an drei unverrückbaren Punkten verknotet, einem schweren Schreibtisch, einem vollen Aktenschrank und einem Stützbalken. Und nun hielten die Taue den Stuhl in der Mitte des Raums fest. Mirza saß im Zentrum eines Spinngewebes. Unmöglich, den Stuhl umzukippen und sich vielleicht zum Schreibtisch heranzurollen. Jeder noch so ausgeklügelte Befreiungsversuch war zum Scheitern verurteilt.
Faraj war noch einmal zurückgekommen und hatte persönlich die Fesselung beaufsichtigt. Nachdem die Inder ihn verschnürt hatten, ließ Faraj es sich nicht nehmen, den Sitz jedes einzelnen Stricks zu überprüfen.
Eigentlich wollte Mirza ihn nach dem Weg zur Toilette fragen, aber die Miene seines Landsmanns ließ es ihm ratsam erscheinen, diese Frage bis zu einem günstigeren Zeitpunkt zurückzustellen.
Dabei war es Mirza wirklich ernst damit, nach all den Aufregungen der letzten Stunde.
Faraj hatte die ganze Zeit kein Wort gesprochen, bis auf einen einzigen Satz, bevor er den Raum verlassen hatte: »Wenn du schreist, kriegst du auch noch einen Knebel in die Schnauze.« Hatte Faraj ihn inzwischen erkannt?
Ein Knebel wäre ohnehin überflüssig gewesen. Wer hätte ihn hier oben schon hören sollen?
Durch das geschlossene Fenster drang entfernter Lärm von der Salisbury Road herauf, Stimmen, das Quietschen schlecht geölter Räderkarren und der dumpfe Aufprall von Säcken und Kisten. Sie schienen die Ware zu Njerus Dau zu transportieren – wie hieß sie noch? Richtig, *Nawalilkher*.
Bisher hatten seine Gedanken vorwiegend um den

Schmerz gekreist, den ihm die Fesseln zufügten, doch je länger er sich nun allein in dem dunklen Raum befand, desto klarer wurde ihm, daß seine Lebenserwartung nicht gerade hoch war. Vielleicht ein paar Stunden noch. Selbst wenn Faraj ihn nicht erkannt haben sollte, würden die Inder es kaum riskieren wollen, ihn nach dem Ablegen der Dau laufenzulassen.

In der Tür drehte sich ein Schlüssel, Schritte schlurften herein. Als der Mann seine Taschenlampe anknipste, sah Mirza, daß es ein Afrikaner war mit einer Decke unter dem Arm und einer Strickmütze auf seinem grauen Kraushaar.

Wenigstens kein Inder, dachte Mirza. Von seinen Landsleuten hatte er fürs erste genug.

Er versuchte es mit einem freundlichen *»Jambo«*.

Der Nachtwächter knurrte etwas vor sich hin, hockte sich auf den Boden und starrte ihn schweigend an.

Mirza wiederholte den Gruß: *»Jambo.«*

»Ich darf nicht mit dir reden.« Das Gesicht des Nachtwächters war nicht zu erkennen, nur drei weiße Punkte schimmerten in der Dunkelheit, die Augäpfel und das Gebiß.

»Brauchst nicht zu reden. Nur zuhören.«

»Zuhören darf ich auch nicht.«

Das Gespräch in Gang halten, dachte Mirza, man weiß nie, was sich aus einem Gespräch alles entwickelt.

»Schade, daß du nicht zuhören darfst«, sagte er. »Wirklich schade.« Eine Idee schoß ihm durch den Kopf, noch hatte sie keine festen Konturen angenommen. »Wenn du mir nämlich zuhören dürftest, dann hätte ich dir gesagt, lauf rüber zum *Castle Hotel* und frag nach meinem Freund Tim Robertson, Zimmer siebenundzwanzig. Wie ich ihn kenne, hätte er dir glatt zweihundert Shillinge dafür gegeben.«

Obwohl der Nachtwächter nicht den Eindruck eines Mannes vermittelte, der es sich leisten konnte, zweihundert Shillinge auszuschlagen, hielt er tapfer sein Schweigen durch. Und Mirza unternahm einen neuen Anlauf.
»Vorher hätte ich dich gebeten, eine kurze Nachricht auf einen Zettel zu schreiben. Ein paar Worte nur an einen Freund.«
»Hab' sowieso keinen Zettel bei mir«, knurrte er aus dem Dunkel zurück.
»Du hättest ja die Rückseite der Karte nehmen können, die da auf dem Tisch liegt.«
Der Nachtwächter knipste seine Taschenlampe an, immerhin. Der Strahl wanderte über den Tisch mit dem Tascheninhalt, den Faraj ihm vorhin abgenommen hatte. Die Leuchtpistole war nicht mehr dabei, auch nicht seine Geldbörse, nur das Taschentuch und der zusammengefaltete Stadtplan lagen auf dem Tisch.
»Ich wette, du kannst gar nicht schreiben.«
»Natürlich kann ich schreiben«, antwortete der Alte gekränkt.
»Mein Freund Tim Robertson wartet sehr dringend auf diese Nachricht. Er würde dir die zweihundert Shillinge sofort geben. In einer halben Stunde könntest du wieder hier sein.«
»Ich darf hier nicht weg.«
»Merkt doch keiner. Und außerdem bin ich festgebunden.«
Der Nachtwächter stand auf und betastete Mirzas Fesseln. »Weglaufen kannst du nicht.« Er grinste. »Und schreiben auch nicht.«
»Du kannst ja für mich schreiben.«
»Ist es viel?« fragte der Alte unsicher.
»Nur ein paar Worte. Springer von a4 auf e6.«
»Springer?«

»Es geht um eine Schachpartie. Weißt du überhaupt, was Schach ist?«

»Ein Spiel. Und das soll so wichtig sein, daß dein Freund mir zweihundert Shillinge dafür geben will?«

»Natürlich wird er das tun, denn er verdient daran immer noch achthundert Shillinge. Es ist nämlich so: Mein Freund Robertson spielt gerade eine Schachpartie mit einem anderen, und die steht schlecht für ihn. Es geht um sehr viel Geld. Um tausend Shillinge, verstehst du?«

»Ja.«

»Und mit dem Zug, den du ihm überbringen wirst, hat er seine Wette gewonnen.«

Der Nachtwächter schwieg eine Weile. Er schien zu grübeln und zu rechnen. »Du sagst, ohne mich kann er diese tausend Shillinge nicht gewinnen.«

»Richtig, mein Freund.«

»Dann müßten wir eigentlich teilen, das wäre doch gerecht. Fünfhundert Shillinge für ihn, fünfhundert für mich.«

»Du bist aber gerissen!«

»Krieg' ich nun fünfhundert oder nicht?«

»Du hast mich in der Hand.« Mirza seufzte erleichtert. Endlich schien er den Burschen soweit zu haben, doch dann kamen dem Nachtwächter neue Bedenken.

»Du willst wohl, daß ich deinem Freund sage, wo du bist, damit er dich hier befreien kann.«

»Gar nichts brauchst du ihm zu sagen. Nur den Zettel übergeben und zweihundert Shillinge kassieren.«

»Fünfhundert.«

»Fünfhundert Shillinge kassieren.«

Der Nachtwächter knipste die Taschenlampe an und suchte auf dem Tisch nach einem Kugelschreiber. »Wie lautet der Text noch mal?«

»Zeig mal her den Plan!«
Der Nachtwächter hielt Mirza den Stadtplan unter die Nase.
»Jetzt umdrehen«, sagte Mirza. »Und schreib auf die andere Seite: Springer von a4 auf e6. Oder laß mich schreiben.«
»Nein, nein. Ich soll dir wohl die Hände losbinden, damit du mich zusammenschlagen kannst.«
»Wenn du mir den Kugelschreiber zwischen die Finger steckst, kann ich schreiben, ohne daß du mich losbinden mußt.«
Der Nachtwächter wiegte unschlüssig den Kopf. Schließlich rang er sich dazu durch, Mirzas Vorschlag zu befolgen. Es war eine umständliche Prozedur, und es dauerte Minuten, bis endlich, mit ungelenken Schriftzügen, auf der Rückseite des Stadtplans stand »Springer von a4 auf e6« mit dem Zusatz: »Tim, geben Sie dem Überbringer fünfhundert Shillinge. Mirza.«
»Aber wenn dein Freund mir das Geld nicht gibt, dann mache ich dich fertig, verlaß dich drauf.«
Bevor der Nachtwächter ging, versicherte ihm Mirza, daß niemand von dem kleinen Handel jemals erfahren würde, am allerwenigsten Harun Njeru oder Ahmed Faraj.

Tim Robertson griff mechanisch unters Kopfkissen, wo er die Leuchtpistole versteckt hatte. »Bist du's, Kim?«
Er knipste die Nachttischlampe an, und als er auf Adipos leeres Bett hinübersah, fiel ihm ein, daß der Captain noch immer unterwegs war, um die Aushebung der Benson-Organisation in die Wege zu leiten.
Der Afrikaner trat zögernd einen Schritt näher und reichte ihm einen Stadtplan. »Von Ihrem Freund, Mr. Robertson.« Er trug eine Strickmütze wie die Nacht-

wächter, die in Kenias Städten nachts auf dem Pflaster vor den Läden lagen.
»Was ist das?« Robertson war noch immer nicht ganz wach. Seine Hand tappte auf dem Nachttisch nach der Brille.
»Schach.«
Robertson setzte die Brille auf. Verständnislos starrte er auf den Stadtplan.
»Sie müssen ihn umdrehen«, sagte der Afrikaner.
Auf der Rückseite des Stadtplans standen ein paar krakelige Zeilen. Was hatte dieser Nachtwächter mit seiner Schachpartie zu tun und mit Mirza, dessen Unterschrift Robertson entzifferte? Diese Schrift! Wahrscheinlich wieder einer von Mirzas dummen Witzen. Robertson sah auf. »Wo ist Mirza?«
»Darf ich nicht sagen. Ich kriege fünfhundert Shillinge.«
»Keinen Penny kriegen Sie, bevor Sie mir nicht erzählt haben, wo er steckt.«
»Er hat gesagt, mit diesem Zug gewinnen Sie tausend Shillinge, und davon sollen Sie mir die Hälfte abgeben.«
»Soso«, murmelte Robertson. Er las noch einmal die Zeilen: *Springer von a4 auf e6.* So einen Zug gibt's doch gar nicht! Und dafür, daß dieser Inder ihn für dumm verkaufen wollte, sollte er auch noch fünfhundert Shillinge berappen.
»Wenn Sie nicht zahlen, dann landet Ihr Freund morgen im Krankenhaus.« Irgendwas lag in der Stimme des Nachtwächters, das Robertson stutzig machte. So sprach kein Komplize eines Scherzes.
Robertson beschloß, sich aufs Verhandeln zu verlegen, um vielleicht mehr zu erfahren. »Und das ist wirklich kein Witz? Ein Test, wie leicht sich der alte Robertson

von einem Fremden fünfhundert Shillinge aus der Nase ziehen läßt?«

»Fünfhundert Shillinge sind kein Witz.«

»Wo hat Mirza Ihnen den Zettel gegeben?«

»Ich habe keine Zeit, lange zu reden. Fünfhundert Shillinge, oder Sie können Ihren Mirza morgen im Krankenhaus abholen.«

»Und wenn ich nun die fünfhundert Shillinge...« Robertson nestelte an seinem Brustbeutel, aber er fand nur vierhundertundzwanzig Shillinge. »Tut mir leid, mein Lieber, aber sehen Sie selbst.« Er stülpte das Innere des Brustbeutels nach außen. »Nichts mehr drin.«

Robertson legte die vierhundertundzwanzig Shillinge auf den Nachttisch.

Der Nachtwächter steckte wortlos das Geld ein und wandte sich zum Gehen.

Robertson richtete sich auf. »Moment noch!«

»Ich darf nichts sagen, und Sie dürfen mir auch nicht nachgehen.« Der Afrikaner schlüpfte durch die Tür hinaus, und als Robertson ihm nachlaufen wollte, fiel ihm ein, daß er nackt war.

Robertson lief auf den Balkon hinaus und beobachtete den Nachtwächter, wie er das Hotel verließ, die menschenleere Moi Avenue überquerte und in der Digo Road verschwand, erstaunlich leichtfüßig für einen alten Mann. Das Geld schien ihn beflügelt zu haben.

Robertson nahm sich noch einmal den Stadtplan vor. Diese gekrakelten Zeilen! Er wußte ja nicht einmal, ob es wirklich Mirzas Handschrift war. Vielleicht hatte sich der Nachtwächter den Trick selbst ausgedacht, um ihn zu schröpfen.

Robertson zuckte die Achseln. Wenn schon! Vielleicht war der alte Mann der einzige in einer Großfamilie, der

einen Job hatte. Wenigstens hatten sie jetzt einen Monat zu essen. Auf Geld war Robertson nicht versessen, der Alte brauchte es nötiger als er.
Springer von a4 auf e6 über sechs Felder, ein Zug, den es überhaupt nicht gab. Oder stand da was anderes auf der Karte, vielleicht eine verschlüsselte Botschaft mit unsichtbarer Tinte? Mirza liebte derartige Mätzchen. Aber woher sollte er mitten in der Nacht die Tinktur auftreiben, mit der man unsichtbare Tinte sichtbar machen konnte?
Oder es war eine Nachricht, die rückwärts gelesen einen Sinn ergab. Doch der einzige Sinn, den Robertson herauslas, vorwärts wie rückwärts, war, daß diese zwei Zeilen ihn fast fünfhundert Shillinge gekostet hatten.
Robertson drehte den Stadtplan um. Auch die bedruckte Vorderseite machte ihn nicht schlauer. Ein ganz gewöhnlicher Stadtplan, wie es ihn überall für zwanzig Shillinge zu kaufen gab, aufgeteilt in Planquadrate, die das Auffinden einer gesuchten Straße erleichtern.
Das Auffinden einer gesuchten Straße erleichtern. Vielleicht war das die Lösung.
Robertson hielt die Karte gegen das Licht der Nachttischlampe. Die Linien waren nicht gedruckt, sondern mit Bleistift nachgezogen, und sie begannen nicht am linken Rand des Plans, sondern etwa in der Mitte der Insel Mombasa, und sie endeten jenseits der Brücke auf dem Festland in Nyali. Acht Kästchen waagerecht, acht Kästchen senkrecht. Vierundsechzig Felder wie auf einem Schachbrett.
Robertson begann links oben, malte ein a und schräg darüber eine eins. Dann markierte er die Kolonnen durch, die waagerechten bis h, die senkrechten bis 8.
Springer von a4 auf e6. Im Feld a4 befand sich das *Castle Hotel.* Wollte Mirza ihm einen verschlüsselten Wink

geben, das Feld a4 zu verlassen und das Feld e6 aufzusuchen?
Dann freilich bekäme der Rösselsprung einen Sinn.
Was wäre denn im Feld e6 zu finden? Zur Hälfte Wasser, ein kleiner Zipfel vom Fischmarkt und der alte Hafen, der längst ausgedient hatte, seit die Regierung am südlichen Ufer der Insel Mombasa einen moderneren Tiefwasserhafen errichtet hatte.
Hier, am nördlichen Ufer, legten nur noch die Dauen an, wenn die Winde günstig standen: der Nordostmonsun im Dezember, der die alten Küstensegler von der arabischen Halbinsel hertrieb, und der Südostmonsun im März, der sie wieder heimbrachte mit ihrer Fracht, ugandischem Schmuggelkaffee via Dar-es-Salam, Mangrovenhölzern und Korallenkalk. Früher hatten sie auch Elfenbein geladen.
Elfenbein! Schmuggelt dieser Harun Njeru nicht Elfenbein, und war Mirza nicht auf den indischen Exportkaufmann angesetzt?
Robertsons Armbanduhr zeigte 1.55 Uhr morgens. Schade, daß er so viel Zeit mit dem Entschlüsseln der Botschaft verloren hatte.
Robertson kritzelte auf einen Zettel fünf Worte: »Bin unten am Dauhafen. Tim« und legte den Zettel auf Adipos Kopfkissen.
Dann zog er sich an, und bevor er sich auf den Weg zum Planquadrat e6 machte, steckte er die Signalpistole, die Adipo ihm nachmittags übergeben hatte, in den Hosenbund.

Das Robertson-Gambit

Für die Ameise ist das Wasser
in der Kokosnuß ein Ozean.
(Afrikanisches Sprichwort)

Sie hatten seine Verschnürung gelöst – bis auf die Fesseln an Händen und Füßen – und ihn in eine Teekiste gesteckt. Dort lag Mirza nun, zusammengekrümmt wie ein Embryo, mit dem Kopf schräg nach unten, weil sie die Kiste beim Aufladen auf den Handkarren verkantet hatten.

Der Karren holperte über unebenes Pflaster, aber er hatte wenigstens Gummireifen, so daß Mirza die Stöße an Hals und Schultern nur gedämpft spürte.

Obwohl ihm das Blut allmählich in den Kopf stieg, war Mirza noch fähig, klar zu denken. Als sie ihn vorhin in die Kiste gepackt hatten, hatten sie kein Wort über das Ziel der Reise verloren. Trotzdem zweifelte Mirza nicht daran, daß sie ihn jetzt auf die Dau brachten. Es waren nur ein paar hundert Meter von Njerus Lagerhaus zum alten Hafen, für einen längeren Transportweg hätte Faraj sicherlich einen Lastwagen benutzt.

Vor hundert Jahren noch hatten die Araber auf ihren Dauen schwarze Sklaven nach Basra und Aden hinübergeschafft. Die waren trotz ihrer Ketten bequemer gereist als ein Mann mit dem Kopf nach unten in einer Kiste.

Wenn sie ihn wenigstens nicht auch noch geknebelt hätten! Mirza versuchte, etwas flacher zu atmen, hauszuhalten mit der knappen Luft, die durch die Fugen in

die Kiste drang. Er dachte an den Nachtwächter. Offenbar war er nicht eingeweiht in Njerus Geschäfte, denn sonst hätte Faraj den Mann nicht nach Hause geschickt. Erst als der Alte fort war, hatten die Inder damit angefangen, ihn von seinem Stuhl loszuschnüren und in die Teekiste zu zwängen.
Zum Glück hatten sie die halbstündige Abwesenheit des Nachtwächters, den kurzen Ausflug zu Robertson ins *Castle Hotel*, nicht mitbekommen.
Ob Robertson die Nachricht verstanden hatte? Er war seine letzte Hoffnung, und Mirza machte sich keine Illusionen darüber, daß dies eine verzweifelt schwache Hoffnung war.
Der Karren kippte vornüber und rumpelte über die ausgewaschenen Steinstufen, die zu der Anlegestelle hinunterführten. Mirza hörte Stimmen, die Kiste flog durch die Luft, der Aufprall war weich. Die Kiste mußte auf der Dau gelandet sein, vielleicht auf den Kaffeesäcken.
Mirzas Rücken schmerzte, seine angezogenen Oberschenkel fühlten sich taub an, als seien sie eingeschlafen. Er hätte sich gern geräkelt, aber dafür war es zu eng in der Kiste.

Als er am Zolltor angekommen war, schaute sich Robertson vorsichtig um. Falls er die verschlüsselte Botschaft richtig gedeutet hatte, dann mußte sich Mirza hier irgendwo herumtreiben, im Hafen oder in einem der Lagerhäuser ringsum. Wahrscheinlich war er verhindert gewesen oder jemandem auf der Spur, sonst hätte er nicht den Nachtwächter geschickt.
Das Wachhäuschen war unbesetzt, das massive Gittertor verschlossen. Durch die Eisenstäbe entdeckte Robertson keine fünfzig Meter entfernt die *Nawalilk-*

her, die einzige Dau an der Anlegestelle. Vorn am Bug schaukelte eine Petroleumlampe, in deren trübem Licht Robertson ein paar Gestalten herumhuschen sah. Njerus Leute? Jedenfalls trugen sie die weißen Turbane der Inder.

Wenn sie heimlich mit Schmuggelware auslaufen wollten – und dafür sprach ihre Geschäftigkeit mitten in der Nacht –, warum hatte Mirza ihn dann geholt? Warum hatte er nicht einfach den Zoll angerufen oder seine Signalpistole abgeschossen?

Es gab keinen direkten Weg dort hinunter ins Zollsperrgebiet. Vielleicht käme man seitlich durchs Wasser besser an die Dau heran. Robertson schaute sich nach beiden Seiten um. Auf der linken Seite endete der kleine Hafen an der Mauer eines dreistöckigen Lagerhauses. Ein rostiger Staketenzaun, der bis ins Wasser hineinreichte, grenzte den Zollhafen auf der rechten Seite gegen Unbefugte ab.

Und dort, wo der Zaun im Wasser endete, watete gerade einer der Inder hindurch. Er trug einen Sack auf den Schultern. Seine Kumpane winkten ihn ungeduldig heran. Der Sack schien das letzte Stück Fracht zu sein, denn zwei andere Besatzungsmitglieder lösten schon das Tau von einem gußeisernen Poller.

Robertson zögerte. Dann entschloß er sich, die Sperrzone von rechts zu umgehen, so wie es eben der Inder mit dem Kaffeesack getan hatte. Robertson lief ein Stück die dunkle Gasse hinunter. Zwischen zwei Häusern fand er den Durchschlupf zum Dauhafen. Er stakte durch Gerümpel und angeschwemmte Abfälle bis hinunter zum Staketenzaun und kletterte über einen Felsbrocken bis zum Ende des Zauns. Jetzt stand er bis zum Bauch im Wasser.

Gerade noch rechtzeitig fiel ihm die Signalpistole ein.

Sie durfte nicht naß werden. Er zog sie aus dem Hosenbund und hielt sie vor die Brust.
Die Segel der Dau waren schon gesetzt. Vor Robertson tauchte das breite Heck auf mit seinen prachtvoll geschnitzten Ornamenten und dem kurzen Ruder. Wie alle Dauen war die *Nawalilkher* ganz und gar aus Holz gebaut.
In diesem Augenblick begann im Leib der Dau ein Dieselmotor zu tuckern.
Unschlüssig blieb Robertson im Wasser stehen. Niemand schien ihn bemerkt zu haben, auch Mirza nicht. Was ging da oben vor? Wo steckte Mirza? Was hatte er ihm mit der verschlüsselten Botschaft mitteilen wollen? Vielleicht war es mehr als eine Botschaft. Ein Hilferuf?
Eins jedenfalls schien sicher: Diesmal hatte Mirza niemanden foppen wollen.
Sollte er die Dau einfach davonziehen lassen?
Robertson lud die Signalpistole, richtete den Lauf senkrecht in die Luft und drückte ab. Die Kugel stieg schnell empor, und als sie an Fahrt zu verlieren begann, leuchtete sie grün auf. Nach fünfzehn Sekunden, die Robertson wie eine Ewigkeit vorkamen, verglühte sie.
An Bord hörte er aufgeregte Rufe. Turbane tauchten am Heck auf, die Inder schauten zu ihm herunter, einer rief etwas in einer Sprache, die er nicht verstand. Sie lehnten sich über das Heck, keine zehn Meter von ihm entfernt.
Robertson lud noch einmal durch, und im selben Augenblick, in dem er die zweite Leuchtkugel in den Himmel jagte, hörte er dicht neben seinem Ohr ein Schwirren. Etwas klatschte ins Wasser, es mußte ein Messer sein oder eine *jambia*, einer von diesen arabischen Krummdolchen.

Einer der Inder war von der Dau ans Ufer gesprungen, er kletterte über die Felsbrocken direkt auf ihn zu. Wegtauchen und zurückschwimmen, dachte Robertson. Wegtauchen, dann hast du eine gute Chance zu entkommen.
Er wandte sich ab, aber etwas hielt ihn zurück, etwas, das stärker war als sein Fluchtinstinkt.
Zum drittenmal hob Robertson die Signalpistole, und in derselben Sekunde, in der die Leuchtkugel zischend den Lauf verließ, nahm Robertson wieder undeutlich dieses Schwirren wahr. In seinem Bauch fühlte er einen kurzen heftigen Schmerz. Er griff in Blut, das aus dem Hemd quoll.
Dann verlor er das Gleichgewicht. Seine Brille fiel herab, sein Kopf tauchte ins Wasser. Es schmeckte nach Salz und Öl und Blut.
Exitus. Wie oft hatte er früher als *Flying Doctor* Sterbenden die Augen zugedrückt, und jedesmal hatte er sich gefragt, was sie dabei empfinden mochten, wenn es zu Ende ging.
Es ist so einfach, dachte er, und es geht so schnell.

Wegner lag auf dem klammen Bett, lauschte dem Quarren der Frösche und den Musikfetzen vom Restaurant. Ginger neben ihm schlief fest. Trotz der Hitze hatte sie ihren Kopf in seiner Achselhöhle vergraben, wie immer, nachdem sie sich geliebt hatten.
Schon um sechs Uhr abends war die Klimaanlage wegen der Stromsperre ausgefallen, aber die Hotelroutine im *Rosamar* war davon unberührt geblieben. Nach dem Dinner spielte die afrikanische Band, ein Feuerschlucker trat auf, und *Mighty Max*, der staunenerregende Schwerathlet, stemmte drei gewichtige Touristen gleichzeitig in die Höhe.

Nur das Personal schien weniger fatalistisch als sonst. Von Koski hatte Wegner erfahren, daß die Kellner und Köche verstohlen die näheren Umstände des mysteriösen Unfalls vom Nachmittag diskutierten, dem ihr Chef zum Opfer gefallen war. Es wurde viel gemunkelt, doch den wahren Hintergrund schien keiner zu ahnen.
Und weil der stellvertretende Hoteldirektor, ein Afrikaner, dem Personal strikt untersagt hatte, mit den Gästen über den Vorfall zu sprechen, blieben die Touristen unbehelligt. Eine Gabun-Viper mitten in der Stadt wäre eine miserable Werbung für den Fremdenverkehr.
Wegner verspürte einen leichten Krampf im Oberarm, Gingers Kopf begann zu drücken, und ihr Atem kitzelte seine Achselhärchen. Als er vorsichtig seine Schulter bewegte, schlug sie die Augen auf.
»Woran denkst du jetzt?«
»Schlaf weiter, Ginger.«
»Männer antworten gewöhnlich darauf mit einer Floskel. Und du? Würdest du mir die Wahrheit sagen?«
»Ich dachte gerade an den Feuerschlucker.«
»Du lügst. Ich spür' das.« Plötzlich war sie hellwach. Sie richtete sich auf und starrte ihn an.
»Dir kann man wirklich nichts vormachen.« Wegner lachte. »Willst du wissen, woran ich tatsächlich gedacht habe? An eine Teeplantage oder ein Fotosafari-Unternehmen. Nichts Großes. Viel brauchen wir ja nicht zum Leben.«
»Klingt gar nicht so übel.« Ginger stutzte. »Sag mal, hast du eben ›wir‹ gesagt?«
»Warum eigentlich nicht? Meinetwegen mit Trauschein, wenn's dir so lieber ist.«
»Na, sehr romantisch klingt das nicht gerade, so wie du's sagst.«
»Wir sind ja auch keine achtzehn mehr.«

»Heiraten – das bringt eine Menge Verantwortung. Unfreiheit.«
»Nehm' ich glatt in Kauf.«
»Ja, du vielleicht!«
»Du etwa nicht?«
»Heiraten, heiraten. Das läuft doch immer auf dasselbe hinaus, Karl. Ein Nest bauen und so...«
»Du hast wohl noch genug vom ersten Mal. Oder genüge ich deinen Ansprüchen nicht?«
»Sei mir bitte nicht böse, Karl, aber...«
»Moment mal! Hast *du* mich nicht immer einen Nestflüchter genannt?«
»Mein Nest ist mein Beruf. Das andere können wir auch so haben.«
»Von Zeit zu Zeit, wenn es sich gerade so ergibt...«
»Und das ist dir nicht genug?«
»Nein. Aber wenn du unbedingt in deinem Beruf weiterarbeiten willst – darüber könnte man ja reden.«
»Du hast mich nie richtig verstanden, Karl. Ich *will* doch mein Leben gar nicht ändern. Und selbst wenn ich es wollte, wie sollte ich das anstellen? Morgens um neun Uhr ins Büro zum World Wildlife Fund und abends um sechs nach Hause, Dinner kochen. Ich kann ja nicht mal kochen.«
»Irgendwie würden wir schon satt werden.«
»Essen, trinken, schlafen. Weißt du eigentlich, daß du ein hinreißender Liebhaber bist?«
»Danke. Ich kann auch nicht klagen.«
»Dann lassen wir es doch dabei. Das habe ich immer so an dir geschätzt: Unabhängigkeit, keine Bindungen, keine Forderungen an den Partner. Und jetzt willst du das alles hinschmeißen, nur weil du gern mit mir schläfst.«
»Das sagst du, ausgerechnet du! Wer hat mir denn

vorgeworfen, ich sei nicht bereit, ein Stück von mir selbst aufzugeben? Bitte, hier ist ein Stück von mir.«

»Ich habe aber auch nie behauptet, daß *ich* das kann. Und außerdem habe ich viel zuviel mit mir selbst zu tun. Mein erster Mann hat das nicht kapiert und du...« Sie sah ihn zärtlich an. »Dich habe ich viel zu gern, um dich auch noch unglücklich zu machen. Und überhaupt – es gibt so viele, die mich hier draußen gar nicht entbehren könnten.«

»Wer? Deine dicken Nashörner?«

»Wenn ich meine Arbeit hinschmeiße, sind die in fünf Jahren ausgerottet.«

»Dann muß ich mich also bei den chinesischen Lustgreisen bedanken, wenn ich dich nicht kriege.«

»Und bei den Arabern mit ihren *jambias*. Und bei den Damen mit ihren Krokotaschen und Leopardenmänteln und bei den Leuten, die unbedingt ein Zebrafell als Bettvorleger brauchen, und bei den Herstellern von Klavieren mit Tasten aus Elfenbein.«

»Und wenn ich dir verspreche, nie Klavierspielen zu lernen und vor dem Schlafengehen kein Nashornpulver zu schlucken?« Er hatte sich ihr auf einem silbernen Tablett angeboten. Jetzt blieb ihm nur noch der Rückzug in unverbindliche Selbstironie, und er war Ginger dankbar, daß sie den Ball aufnahm.

»Du am Klavier!« Ginger lachte. »Schade, wenn ich es mir so recht überlege, vielleicht wärst du wirklich der einzige Mann auf der Welt, mit dem ich alt werden könnte.«

»Ich für meinen Teil könnte es mir schon vorstellen.«

»Kannst ja noch mal bei mir anfragen.«

»Wann – morgen?«

»In fünfzehn Jahren vielleicht.«

»Und bis dahin?«

»Uns wird schon was einfallen, wie wir uns die Wartezeit vertreiben.«
Plötzlich lag ihr geschmeidiger Körper wieder auf ihm, ihre Zunge attackierte ihn liebevoll.
Sanft schob er sie beiseite. »So was mache ich nur unter Ausschluß der Öffentlichkeit.« Er schlüpfte aus dem Bett und ging zum Fenster.
Als er es schließen wollte, entdeckte er im Süden, am Himmel über Mombasa, eine der Leuchtkugeln, die Robertson abgeschossen hatte.

Wegner war nicht der einzige, der die Leuchtkugeln am Himmel bemerkt hatte.
Adipo hatte den ganzen Nachmittag und Abend an den Verhören teilgenommen, denen die Angestellten des Hauptpostamtes von der Polizei unterzogen worden waren. Und als die drei kurz hintereinander abgefeuerten Leuchtkugeln den alten Hafen in ein grünes unwirkliches Licht tauchten, befand er sich gerade auf dem Rückweg ins *Castle Hotel.*
Einer vom MAPSU-Team mußte das Signal gegeben haben – aber wer?
Wegner und Koski hielten sich dreißig Kilometer weiter südlich im *Hotel Rosamar* auf. Robertson schlief im *Castle Hotel.* Blieb also nur Mirza, und der war auf Njeru angesetzt. Die Leuchtkugeln konnten also nur bedeuten, daß Njeru in diesem Moment versuchte, mit Schmuggelware auszulaufen, höchstwahrscheinlich mit einer seiner Dauen.
In wenigen Minuten hatte Adipo das einzige Schnellboot mobilisiert, das die APU in Mombasa unterhielt. Es war im modernen Kilindini-Hafen auf der Südseite der Insel stationiert, ganz in der Nähe des amerikanischen Flottenstützpunktes, und wenn es einer auslau-

fenden Schmuggler-Dau zuvorkommen wollte, mußte es ihr den Weg aufs offene Meer abschneiden.
An der Ostspitze der Insel ließ sich Adipo von dem Schnellboot aufnehmen, kurz darauf erfaßte der Bordscheinwerfer die Silhouette einer unbeleuchteten Dau. Sie tuckerte ostwärts, hinaus zum Indischen Ozean.

»Schmeißt ihn über Bord!«
Es war Ahmed Farajs Stimme, und einen Augenblick lang versuchte sich Mirza weiszumachen, daß vielleicht nicht er gemeint war. Bisher hatte er sich immer auf sein Glück verlassen können.
Aber dann schwebte er in seiner Kiste durch die Luft, und gleich darauf spürte er einen Ruck, die Kiste war aufgeprallt.
Er hörte es gurgeln. Wasser drang durch die Ritzen und Fugen ein, beschwerte die Kiste, die langsam tiefer sank. Wenigstens war sein Kopf oben, er steckte in der Luftblase unter dem Kistendeckel. Seine angezogenen Beine fühlten sich noch immer taub an. Mirza stemmte sie gegen den Kistenboden, in der Hoffnung, auf diese Weise den Deckel aufzubrechen. Er erreichte damit nur, daß die Kiste Schlagseite bekam.
Der Schwall des einströmenden Seewassers näßte Mirzas Knebel. Er hatte das unstillbare Verlangen, den widerlichen brackigen Geschmack auszuspucken.
Noch einmal stemmte er sich gegen den Kistendeckel, diesmal mit den Schultern, und jetzt schien es ihm, als ruckte der Deckel über ihm. In seinen Schläfen hämmerte es, die übermenschliche Anstrengung nahm ihm fast das Bewußtsein. Eine fixe Idee beherrschte ihn: Daß er mitsamt der Kiste untergehen und ertrinken würde, falls er es jetzt nicht schaffte.
Also noch einmal.

Neben seiner Schulter splitterte lautlos Holz. Der Kistendeckel hob sich, Hals und Nacken waren jetzt frei. Mirza stieß sich noch einmal ab, die Fesseln schnürten seine Fußgelenke ein, aber nun, da er die Beine ausstrecken konnte, war ihm, als strömte warmes Blut wieder in sie hinein.
Er wandte den Kopf. Neben ihm im Wasser schaukelte die leere Kiste, und ein paar hundert Meter weiter dümpelte die Dau, angeleuchtet vom Scheinwerfer eines Schnellbootes, das längsseits angelegt hatte.
Das Wasser schwappte über seinen Kopf. Er hob ihn ein wenig und streckte sich flach aus wie ein Brett. Am Ufer beschien der Mond die Silhouette des Fort Jesus.
Das hieß, daß sie sich noch nicht auf hoher See befanden. Und diesseits des Riffs gab es keine Haie.

Adipo und vier Ranger des APU-Schnellboots zogen ihre Pistolen und enterten die Dau.
»Wo ist Mirza?« herrschte Adipo den ersten Inder an, der ihm über den Weg lief.
Ahmed Faraj drehte sich zu seiner Besatzung um. »Heißt einer von euch Mirza?« Und als seine Männer die Köpfe schüttelten, öffnete Faraj eine eisenbeschlagene Malabar-Truhe, zog ein Papierbündel heraus und reichte es Adipo: »Ich nehme an, Sie wollen die Frachtpapiere sehen.«
»Ihre Papiere sind ja immer in Ordnung«, sagte Adipo.
Faraj ließ sich nicht anmerken, ob er die Anspielung auf die mißglückte Festnahme am Flughafen von Mombasa verstanden hatte.
Adipo warf einen flüchtigen Blick in die Papiere. »Da steht aber, daß Sie erst morgen früh auslaufen wollen.«
»Der Wind stand gerade günstig.«

Adipo musterte die Ladung im Bauch der Dau. Er war vollgestopft mit Fracht, und auf den ersten Blick schien sie mit dem Inhalt der Papiere übereinzustimmen.
Ein paar Dutzend Papiersäcke mit Korallenkalk lagen unter der durchgehenden Bastmatte, die auf Dauen die Reling ersetzt. Daneben Kaffeesäcke, Proviantkisten mit gesalzenem Fisch, Fässer mit Dieselöl und ein weiteres Faß mit Frischwasser unweit der kleinen Feuerstelle am Heck unter dem Sonnensegel. Und überall, wo noch Platz war, *botiti* – Tausende armdicker Stangen Mangrovenholz.
»Sie sind der Chef der MAPSU, nicht wahr?« fragte Faraj.
Adipo nickte. »Und wir werden finden, was wir suchen, verlassen Sie sich drauf!«
»Was suchen Sie eigentlich?«
»Jawal Mirza.«
»Ich hab' den Mann nie gesehen.«
»Doch, Sie haben ihn gesehen. Damals am Flughafen und in der letzten halben Stunde auch.«
»Bitte, sehen Sie sich ruhig die Ladung an. Aber für Beschädigungen wird Mr. Njeru Sie persönlich haftbar machen.«
Die APU-Ranger hatten schon mit der Durchsuchung begonnen, schnürten die Papiersäcke auf, einen nach dem anderen, griffen bis zu den Ellenbogen hinein. Nach einer halben Stunde waren sie weiß bestäubt wie Bäcker.
Während sich die Ranger nun an die Inspektion der Kaffeesäcke machten, klopfte Adipo die Bordwand von innen ab. Auf einer Dau gibt es keine Kabinen, dachte er. Wenn sie wirklich Mirza hier gefangenhielten, mußte er also in einem verborgenen Hohlraum stecken, vielleicht hinter den Spanten.

Der Kommandant des Schnellboots schüttelte den Kopf. »Nichts.«
»Schichtet die Mangrovenstangen um«, befahl Adipo enttäuscht. »Vielleicht liegt was darunter.«
Und als die Ranger auch dort nicht fündig wurden, lächelte Faraj maliziös: »Ich fürchte, das wird Sie teuer zu stehen kommen, Captain.«
»Bei wem wollen Sie sich beschweren?« gab Adipo zurück. »Vielleicht bei Mama Ngina?«
»Ich an Ihrer Stelle würde mich schon langsam nach einem neuen Job umsehen.«
Adipo wandte sich ab. Noch einmal wollte er sich nicht zu einer unbedachten Äußerung provozieren lassen. Monatelang hatte er auf diesen Tag hingearbeitet, und nun dieser Schlag ins Wasser!
Morgen würde er Tom Garrison bitten, ihn von seiner Aufgabe zu entbinden. Gegen Mama Ngina kam ein einfacher Captain nicht an. Zorn übermannte ihn, der Zorn des Gerechten. Irgendwie mußte er sich Luft machen in seiner Wut. Er hob eine Mangrovenstange auf und schleuderte sie auf ein *botiti*-Bündel. Er wiederholte es mit einer zweiten, einer dritten und einer vierten Stange. Am liebsten hätte er die ganze Dau kurz und klein geschlagen. Morgen würde man ihn für seine Unbeherrschtheit verantwortlich machen, aber darauf kam es nun auch nicht mehr an.
Bei der vierten Stange hörte es sich etwas anders an. Ein falscher Ton hatte sich da eingeschlichen, nicht mehr das harte Klicken von Holz, das gegen Holz schlug. Es klang viel dumpfer.
Adipo hob die Stange auf und hieb noch einmal auf dieselbe Stelle. »Leuchte mal hierher!« rief er einem Ranger zu, und als der den Strahl seiner Taschenlampe auf das Bündel Mangroven richtete, strich Adipo mit

dem Finger erst über die rissige Oberfläche der *botiti*-Stange und dann über die Hölzer, auf die er in seiner Wut eingeschlagen hatte.

Sie waren braun wie die anderen Hölzer, aber die Oberflächen fühlten sich glatt an wie die von Spazierstöcken.

Adipo steckte den Mittelfinger in den Mund und fuhr noch einmal über die glatte Oberfläche der Stange. Der nasse Finger hinterließ darauf eine weißschimmernde Spur.

Adipo nahm dem Ranger die Taschenlampe ab und leuchtete in das Bündel hinein. Da lagen sie, Stoßzähne von gewilderten Elefanten, handlich zersägt, zu Hunderten zwischen den unverdächtigen Mangrovenstangen, von denen sie sich äußerlich kaum unterschieden. Adipo wühlte in einem unermeßlichen Schatz aus Elfenbein.

Nach einer Weile richtete er sich auf. »Womit haben Sie die Stoßzähne eingefärbt, Mr. Faraj? Mit Schuhcreme?«

Faraj zog ihn diskret zum Heck. »Lassen Sie uns weitersegeln, Captain. Niemand wird Ihnen einen Vorwurf machen, wenn Sie nichts entdeckt haben. Sie mögen von Mr. Njeru halten, was Sie wollen, aber kleinlich ist er nie gewesen.« Faraj nahm eine Mangrovenstange auf und malte mit ihr eine eins und sechs Nullen auf die Planken der Dau. Und als Adipo auf das Angebot nicht reagierte, fügte er hinzu: »Dollar, Captain, nicht Kenia-Shillinge.«

Adipo wandte sich an den Kommandanten des Schnellboots. »Nehmt die Dau ins Schlepptau und bringt sie zurück in den Hafen. Die Besatzung ist vorläufig festgenommen.«

Auf der Rückfahrt rief einer der Ranger: »Da bewegt sich was!« Er zeigte auf eine Schaumkrone im Wasser.
»Vielleicht ein Hai«, sagte der Kommandant des Schnellboots. »Manchmal dringt doch einer ins Hafenbecken ein.«
Der Scheinwerfer strich suchend über das schwarze Wasser. »Da schwimmt eine Kiste.«
Und neben der Kiste trieb ein menschlicher Körper. Er zuckte wie eine Moskitolarve, als wollte er auf sich aufmerksam machen.
Zuerst hielt Adipo ihn für einen Schmuggler, der über Bord gesprungen war, um sich davonzumachen. Aber als sie den Mann an Bord hievten, sah Adipo, daß es Mirza war, der in dem Fischernetz zappelte.
Adipo löste ihm die Fesseln von Händen und Füßen, und als er ihn von dem Knebel befreit hatte, sprudelte eine wahre Fontäne aus Mirzas Mund. »Das ist das letzte Mal, daß ich Wasser trinke«, prustete er. »Von heute an nur noch Whisky.«
»Für die Ameise ist das Wasser in der Kokosnuß ein Ozean. Was treibst du hier eigentlich?«
Mirza hustete einen Rest von Wasser aus der Lunge. »Wollte nur mal ausprobieren, ob man mit gefesselten Beinen bis nach Arabien schwimmen kann.«
»Wie oft habe ich dir gesagt: Keine Aktionen auf eigene Faust!«
»Ich wollte euch ja Bescheid geben, aber es war keiner im Hotel heute nachmittag. Nicht mal Robertson.« Mirza rieb sich die schmerzenden Handgelenke. »Njerus Leute haben mich im Lagerhaus gekidnappt und in die Kiste da gesteckt. Bin schon mal bequemer gereist.«
»Nur ein Verrückter schießt unter den Augen von Njerus Leuten Leuchtkugeln ab!«

»Immer ich!« maulte Mirza.
»Hast du sie denn nicht abgeschossen?«
Und als Mirza gekränkt den Kopf schüttelte, fragte Adipo: »Wer denn sonst?«
»Vielleicht Robertson. Ich habe ihm eine Nachricht ins *Castle* geschickt. Ein bißchen verschlüsselt, die ganze Sache ist ziemlich kompliziert, ich erklär's dir nachher. Jetzt brauche ich erst einmal einen Drink.«
»Wo ist Robertson jetzt?«
Mirza hob die Schultern. »Er wird die Leuchtkugeln abgeschossen haben und wieder ins Hotel zurückgerannt sein. Wahrscheinlich träumt er jetzt von Otto oder von einer Schachpartie.«
Als sie am Dauhafen anlegten, entdeckte ein Ranger den im Wasser treibenden Leichnam Robertsons. Ein Messer steckte bis zum Schaft in seinem Bauch, und zwischen den Felsblöcken blinkte der Lauf seiner Signalpistole.
Einer aus Farajs verängstigter Crew bot sich, wohl in der Hoffnung auf mildernde Umstände, als Kronzeuge an: Er hatte gesehen, daß Faraj das Messer auf Robertson geworfen hatte.
Adipo gab sich mit dieser Aussage nicht zufrieden. »Du willst doch nicht etwa behaupten, daß unser Mann erst drei Leuchtkugeln abgeschossen hat und sich dann in aller Seelenruhe hat abstechen lassen?«
»So war es, Captain«, sagte der Schmuggler. »Und es hat so ausgesehen, als ob es ihm gar nichts ausgemacht hat.«

Am nächsten Morgen traf sich das MAPSU-Team in Adipos Hotelzimmer. Zum erstenmal nach einiger Zeit war, bis auf den alten Turkana, das komplette Team wieder zusammen, auch Koski, der seinen Kellnerjob im *Hotel Rosamar* fristlos gekündigt hatte. Wegner und Ginger waren dabei, Mirza und Adipo und selbst Otto, der Mungo.

Nur Tim Robertson fehlte.

»Er muß den Kopf verloren haben«, sagte Koski.

»Tim hat immer gewußt, was er tat«, sagte Adipo. »Oder hat einer von euch jemals erlebt, daß er den Kopf verloren hat?«

»Was war es dann?« fragte Ginger.

Mirza meldete sich zu Wort: »Ein Gambit, nehme ich an.«

»Ein – was?«

»Ein Gambit«, wiederholte Mirza. »Begriff aus dem Schach, habe ich von Robertson gelernt. Der Spieler opfert einen Bauern, um die Gesamtposition zu verbessern.«

»Du meinst, er hat sich selbst geopfert?«

Mirza nickte. »Ein Robertson-Gambit.«

Während die anderen über Mirzas Version nachdachten, schüttelte Koski beharrlich den Kopf. »Robertson war klug genug, um keine unnötigen Opfer zu bringen. Es hätte genügt, die Leuchtpistole abzufeuern und davonzulaufen. Robertson hatte keinen Grund abzuwarten, bis sie ihn abstechen.«

»Vielleicht hat er das gar nicht mehr gewollt«, sagte Ginger.

»*Was* hat er nicht mehr gewollt?«

»Davonlaufen«, sagte Ginger. »Er ist lange genug davongelaufen.«

Adipo und Koski starrten sie ungläubig an. Es wollte nicht in ihre Schädel, was die weiße Frau da behauptete. Für Afrikaner bestand das Dasein aus Leben und Tod, aus Recht und Unrecht, aus Spiel und Arbeit, aus Gut und Böse, aus Gesundheit und Krankheit, aus Hunger und Sattsein, vor allem aus Sattsein. »Ihr Weißen macht die einfachen Begriffe unnötig schwierig«, brachte Adipo schließlich hervor. »Wenn ich richtig verstanden habe, wollen Sie also behaupten, es war ein verkappter Selbstmord.«

»Ich würde es eher Sühne nennen«, antwortete Ginger. »Oder späte Selbstjustiz, wenn Sie wollen. Tim Robertson hat seine Frau getötet, vergessen Sie das nicht. Er war betrunken. Operierte sie. Kunstfehler. Sie verblutete durch seine Schuld. Wie wird ein Mann damit fertig? Mir hat er das jedenfalls nie verraten.«

Wegner, der inzwischen Robertsons Garderobe durchgesehen hatte, reichte Adipo einen zerknitterten Umschlag. »Den habe ich in dem Hemd da gefunden, Kim. Er ist an dich adressiert.«

Adipo schlitzte das Kuvert auf und überflog den Brief. »Er geht uns alle an«, sagte er. Er räusperte sich und las laut vor:

> »Lieber Captain,
> da ich mein Vermögen längst meinen Kindern Steve und Judy übereignet habe, erübrigt sich ein Testament für den Fall, daß ich bei der Ausübung meines Dienstes den Tod finden sollte.
>
> Aber eins liegt mir doch am Herzen, lieber Captain: Ihnen und meinen Freunden Lebewohl zu sagen. Ihr habt einem erloschenen Mann in der MAPSU so etwas wie eine Heimat gegeben. Ich bin noch einmal auf wirkliche Freunde getroffen, und es ist mein letzter Wunsch, dort, wo ich Diskretion, unverdientes Verständnis und eine sinnvolle Aufgabe gefunden habe, begraben zu werden, bei Euch im Basiscamp.
>
> Leider hatte ich nicht die Kraft, meine Kinder um

Verzeihung zu bitten für etwas, das unentschuldbar ist. Bitte, holt dies für mich nach, meine Freunde, und seid alle umarmt von Eurem Tim.«

Adipo faltete den Brief zusammen. »Er muß ihn schon eine Weile mit sich herumgetragen haben«, sagte er. »Gestern hat er mir seine Freundschaft angeboten, hier in diesem Zimmer. Ich habe ihn zum erstenmal lächeln sehen, und wir hatten beschlossen, ein Verbrüderungsfest zu feiern, wir alle zusammen.«
»Vielleicht hätte ich ihn nicht so hart anfassen sollen«, sagte Ginger.
»Scheiße«, schniefte Wegner. »Er muß doch mitgekriegt haben, daß wir ihn alle gemocht haben! Wenn er uns nur an sich herangelassen hätte, ein bißchen näher wenigstens.«

Epilog

Nach Robertsons Begräbnis war nichts mehr so wie vorher im Basiscamp.

Das Fehlen des alten Durako war Wegner nicht sofort aufgefallen, und erst, als sich Koski nach dem Verbleib des Turkana erkundigte, erfuhr er von dem Koch, was geschehen war: Durako hatte sich schon vor einer Woche aus dem Staub gemacht. Wahrscheinlich war er des Wartens auf Koski überdrüssig geworden.

Monate später hörte Adipo vom APU-Posten Isiolo, daß Ranger am Berg der tanzenden Steine auf die Überreste einer gewilderten Elen-Antilope gestoßen waren. Durako war wieder in seine alten Jagdgründe zurückgekehrt, und Adipo beschloß, es stillschweigend dabei bewenden zu lassen.

Mirza machte nur noch ein paar Wochen bei der MAPSU mit. Eines Tages verabschiedete er sich mit der Bemerkung, die Zeit bei Adipo habe ihm geholfen, erwachsen zu werden, aber nun, da sein Vater krank geworden sei, müsse er dessen Geschäfte weiterführen, ein Inder könne sich nicht einfach aus der Verantwortung stehlen, die ihm Tradition und Familie auferlegten.

Mirza hinterließ der MAPSU seine Hughes 500 C; er brauche keinen Hubschrauber mehr zum Spielen, sagte er. Dafür nahm er Otto mit, den Mungo. Er wollte ihn im Garten seines Hauses halten als Spielgefährten für seine Kinder, die ihm nun bald geboren werden würden von seiner Frau, einem ordentlichen indischen Mädchen.

Im Prozeß gegen Harun Njeru und Ahmed Faraj trat Mirza als Belastungszeuge auf. Aber es hätte seiner Aussage nicht einmal bedurft, um die beiden Inder zum Tode zu verurteilen, Faraj wegen des Mordes an Robertson und Njeru wegen Anstiftung zum Mord an seinem Konkurrenten Benson. Denn Adipo war es gelungen, nicht nur den Besitzer der Schlangenfarm aufzustöbern, der Njeru die Gabun-Viper verkauft hatte, sondern auch den Postangestellten, der die giftige Schlange in Njerus Auftrag in das Postschließfach praktiziert hatte.

Diesmal kam den Indern niemand zu Hilfe, auch Mama Ngina nicht. Die Präsidentenwitwe arbeitete gerade, wie Adipo und Wegner erfuhren, mit Hochdruck am Aufbau einer neuen Organisation, die künftig den weltweiten Vertrieb von gewildertem Elfenbein, Nasenhörnern, Leopardenfellen und Krokodilhäuten besorgen sollte.

Adipo quittierte diese Nachricht mit einem bitteren Lächeln: »Wer einmal seinen Finger in Honig taucht, der wird es immer wieder tun.«

Arnaud de Borchgrave/Robert Moss

Die Falschmelder
„The Spike“

Roman

Sind die öffentlichen Medien von internationalen Geheimdiensten unterwandert? Sitzen Top-Agenten an den Schalthebeln der Medienmacht? Zwei Kenner des internationalen Nachrichtengeschäfts zeichnen eine Horrorvision, die schon heute eintreffen kann: die Übernahme der Macht durch die Geheimdienste und deren neue Methoden der Meinungsmanipulation.

Ullstein

Didier Decoin

Fenster zur Hölle

Roman

Decoins Buch ist der Roman einer Stadt, der Megalopole New York: ein modernes Babylon, das wie das biblische Sinnbild der Hybris zum Untergang verurteilt scheint. Decoin macht den Leser zum betroffenen Beobachter ihrer Agonie. Es ist ein beklemmendes Buch, dessen realistische Vision einer verfallenen Welt viel mit unserer Wirklichkeit gemeinsam hat, auch und vielleicht gerade, weil selbst in ihr noch Liebe möglich ist.

Ullstein

Christine Brückner

Das eine sein, das andere lieben

Roman

Auf einer Bahnreise lernt die Schriftstellerin P. einen jungen Mann kennen; auf der Rückfahrt sitzt ihr dieselbe Person als Frau gegenüber. Es kommt zu Verwirrungen teils komischer, teils tragischer Art, bis sich das wahre Geschlecht der »Person« enthüllt.

Ullstein

Massai-Mara-Reservat
OLENTUTU
C13
Ololol o Gate
Olpunyatta-
Sumpf
MAPSU-
Camp
Talek
C 12
Massai-Nkang
Keekorok
Lodge
Mara
Berg
Leganishu
Olngainet
Tansania
Serengeti
0
10
20 km